당신으로 할게요

당신으로 할게요

1판 1쇄 **찍음** 2017년 6월 7일
1판 1쇄 **펴냄** 2017년 6월 14일

지은이 | 박현진
펴낸이 | 고운숙
펴낸곳 | 봄 미디어

기획·편집 | 김민지, 김자유, 홍주희, 김현주
표지 디자인 | 장형준

출판등록 | 2014년 08월 25일 (제387-2014-000040호)
주소 | 경기도 부천시 원미구 소향로17, 304(두성프라자)
영업부 | 070-5015-0818 **편집부** | 070-5015-0817 **팩스** | 032-712-2815
E-mail | bommedia@naver.com
소식창 | http://blog.naver.com/bommedia

값 9,000원

ISBN 979-11-5810-332-3 03810

당신으로 할게요

박현진 장편소설

Contents

1
만남

8월 중순의 아침은 여전히 뜨겁다.

버스에서 내려 손수건으로 부채질을 하며 타박타박 걸어가던 하은은 미화 선배가 주말을 잘 보내고 왔길 마음속으로 빌었다. 미화가 주말을 보낸 결과는 모두에게 영향을 미치기 때문이다.

아마 출근하면 그녀의 기분도 기분이지만 신경 쓸 일도 많아질 것이다. 날이 더워지기 시작하면서 밤늦은 시간까지 포장마차나 야외에서 시원한 맥주를 즐기는 사람들을 많이 볼 수 있다. 종종 싸움이 일어나는 모습 역시 쉽게 목격할 수 있다. 그건 곧 응급실이 치과 환자로 바빠지기 시작할 것이라는 신호탄이 되기도 했다.

술에 취해 사소한 싸움도 일어나게 되고, 차들이 다니지 않는 새벽 시간에 도로를 점령해 버리는 오토바이족들이 서로 기술을 뽐내다 사고를 당해 이가 부서져 오는 경우도 빈번하게 일어났다. 그 시기가 바로 무더위가 시작되는 6월 말부터였다. 8월 중순이 되었으니 이제 그 끝자락이다.

탈의실에서 옷을 갈아입으며 하은은 진료실이 얼마나 엉망일지 상상해 보았다.

"안 봐도 훤하지."

피 묻은 거즈가 바닥을 굴러다니고 진료 체어에 기구들이 쏟아져 나와 있으리라. 특히 새로 온 인턴은 응급 환자가 올 때마다 소독장에 있는 기구란 기구는 다 꺼내 사용해 진료실을 아주 엉망으로 만들어 놓는 재주가 있었다.

7시 40분. 옷장 문을 닫고 돌아서는데 미화가 들어왔다.

"안녕하세요, 선배님. 주말 잘 보내셨어요?"

"어."

어찌 대답이 신통찮다. 얼마 전에 일어난 사건 때문이겠지.

4년 동안 찍소리 안 하고 있던 하은이 처음으로 선배 대접받고 싶으면 제대로 하라며 말했고 윤미화는 한마디 반박도 못 한 채 입만 뻐끔거렸다.

그 사건 이후 업무적인 대화만이 간단하게 오갔다. 물어도 영혼 없는 대답. 딱 봐도 토라진 목소리와 표정이었지만, 하은은 굴하지 않았다. 그녀의 표정에 벌써부터 피곤해지기 시작했다.

"저 먼저 정리하고 있을게요. 천천히 오세요."

윤미화. 나이 28세. 세림대학병원 구강외과 제1과장 최진국 교수의 어시스트 치위생사. 1과장님의 파워가 제일 센 관계로 그녀 또한 그와 똑같은 행동 양식을 보였다.

즐겁지 않은 주말을 보낸 경우 미화는 성격이 고약해진다. 다른 사람들이 웃으며 이야기하는 모습을 못 본다. 심통이 나는 것이다. 시무룩한 그녀에게 표정은 왜 그런지, 무슨 일이 있었냐는 걱정스러운 말을 건네야 그나마 누그러진다. 정말 피곤한 스타일이다. 하은은 그 사실을 치과에 들어와서 한 달 만에 파악했다.

진료실 문을 열자 역시나 예상대로 바닥을 굴러다니는 거즈와 와이어 조각들이 열렬히 그녀를 환영하고 있었다. 체어 주변을 정리하고 진료에 필요한 소독된 솜과 거즈, 소모품들을 채워 나갔다.

진료실에는 총 12개의 진료 체어가 있다. 그중 8개는 바깥쪽에, 나머지 4개는 제1과장님과 제2과장님이 각각 두 대씩 쓰고 있었다. 과장님 체어를 제외한 8개 체어 중 4개가 엉망인 걸 보니 오전 입원 환자의 방문은 최소한 3명은 된다는 소리였다.

소모품을 겨우 다 채웠더니 기구들이 눈에 들어왔다. 소독장이 활짝 열려 있고, 기구가 제멋대로 나뒹구는 것을 확인한 하은은 빠르게 움직이기 시작했다. 재빨리 기구를 씻고 소독해야 오전 9시에 오는 입원 환자와 외래 환자를 볼 수 있다. 피가 묻어 있는 기구부터 먼저 거두어 찬물에 씻기 시작했다.

"굿모닝!"

간호조무사 혜원과 함께 바닥 청소하는 아주머니가 진료실 문을 열고 들어왔다.

"안녕하세요. 굿모닝."

"네. 안녕하세요."

"아, 참."

하은은 목소리를 죽이며 소곤거렸다.

"미화 선배 저기압이야."

"또 왜 그래? 무슨 일인데?"

"몰라. 주말 잘 보냈냐고 물으니까 어, 이러고 말더라."

두 사람이 조심스레 말을 주고받으며 기구를 정리하고 있을 때 하은의 아래 기수 치위생사들이 우르르 들어왔다.

"선배님, 좋은 아침입니다."

"안녕하세요, 선배님."

"응. 굿모닝. 미화 선배 아직 탈의실에 있어?"

"네. 오늘 기분이 안 좋아 보이세요. 후, 오늘 우리 말 한마디도 못 하는 거 맞죠?"

한숨을 푹 쉬며 입을 삐죽이자 성희가 한마디 했다.

"주말에 미팅한 거랑 영화 본 거, 정말 이야기할 게 많단 말이에요. 아이참."

투덜대는 성희를 보며 하은은 씁쓸하게 웃었다.

"어제 한바탕 치른 거 같으니까 빨리 정리하자."

소독기 안에 기구를 넣어 Start 버튼을 누르는 순간 미화가 진료실 안으로 들어왔다. 곧바로 1과장님 구역으로 들어가 버리는 행동에 진료실은 일순간 조용해졌다. 보이지 않는 한숨이 오갔다.

❋   ❋   ❋

오전 8시 재활의학과 콘퍼런스 시간.

레지던트 3년 차 유정이 환자에 대해 브리핑을 하고 있었다. 3월에 들어온 1년 차 종윤과 주성은 귀를 쫑긋 세우며 발표를 듣고 있었다. 반면 성민의 귀에는 한마디도 들어오지 않았다. 콕콕 쑤시는 느낌의 두통과 치통 때문에 정신을 차릴 수가 없었다. 콘퍼런스 시간이 끝날 때까지는 어떻게든 버텨 보려고 했는데 턱이 부서질 것 같은 통증에 참았던 신음이 한꺼번에 터져 나왔다.

"윽……."

성민이 왼쪽 턱을 감싸며 인상을 찡그리자 유정이 물었다.

"최성민 선생. 왜 그래?"

"아, 죄송합니다."

"치통이야?"

"아프다 말다가 아프다 말다가 하더니 새벽에 아파서 깼는데, 지금은 어디가 아픈 건지……."

"오전에 급한 거 끝내 놓고 치과에 가 봐. 치과 치료는 미루면 더 고생하니까."

얼굴을 찡그리고 있는 성민을 보며 재활의학과 1과장인 전호진 과장이 입을 열었다.

"그렇게 하지. 원래 이가 아프면 갑자기 아픈 게 아니거든. 아파서 가려고 하면 안 아프고, 또 괜찮다가 아프니까. 그러다 잊어버리고, 미루면 신경 치료하고 덮어씌워야 하잖아. 나도 환자 본다고 미루다가 공사 크게 한번 했지."

"알겠습니다."

얼마 전까지 치과 치료 때문에 열심히 2층을 오르락내리락했던 전 과장은 성민의 고통을 충분히 알고도 남는다는 표정으로 쳐다보았다.

"이 아픈 건 진짜 못 참아. 진통제도 안 들을 때가 있어. 환자 보다 보면 치통 왔던 걸 잊고 있다가 나중에 생각이 나거든. 자꾸 병 키우지 말고 시간 내서 치과에 가 봐."

"네, 과장님. 감사합니다."

재활의학과는 다른 과에 비해서 많이 바쁜 편은 아니다. 수술이 있는 것도 아니고, 꼬박꼬박 회진을 도는 경우도 거의 없는 편이다. 재활을 목적으로 치료하는 곳이라 진행 상태를 주기적으로 체크하면 됐다.

하지만 최근 몇 년 사이 재활의학과의 비중은 엄청난 속도로 커졌다. 비인기 진료과였을 때도 있었지만 재활에 대한 인식이 바뀐 후 레지던트 지원도 많아졌다. 교통사고 후유증, 혹은 절단된 신체 부위에 맞는 의수나 의족들을 적응시키는 훈련, 인대가 늘어나거나 끊어지는 경우 사고로 뇌 손상에 의한 마비로 인해 운동 기능이 떨어지는 등 많은 곳에 재활 치료가 필요하다는 것을 많은 이들이 체감하고 있기 때문이었다.

성민도 처음부터 재활의학과에 관심을 둔 것은 아니었다. 사촌 동생이 교통사고 후유증으로 고생하는 것을 보고 재활에 관심을 갖게 되었다. 처음 그가 재활의학과를 지원한다고 했을 때 타 외과 과장들은 의아함과 동시에 아쉬움을 숨기지 않았다. 입학 때부터 과에서 1, 2등을 놓치지 않았던 그를 흉부외과에서 일찍이 점찍어 놓은 상태라 성민의 결정은 더 파란을 일으켰다.

오전 콘퍼런스가 끝나자마자 성민이 자리에서 일어났다.

"선배님, 제가 치과에 예약할까요?"

성민을 따라 나오며 종윤이 물었다.

"아니야. 치과도 환자가 많잖아. 나도 오전은 힘들고. 오후에 보고 진료받을 수 있으면 가 봐야지."

"그럼 진통제라도 하나 드려요? 그거라도 드셔야 견디실 텐데요."

"있으면 하나 줘. 그거 먹고 어떻게든 버텨야지."

치과는 누구에게나 가고 싶지 않은 곳 중의 한 곳이다. 성민도 어릴 때 충치 때문에 갔다가 큰 공포를 경험했다. 의사는 안 아플 거라고 어린 그에게 말했지만, 귀 가까이에서 들리는 윙윙 소리와 이를 파고드는 금속 드릴의 그 느낌. 뭔가 타는 듯한 냄새와 입안 가득 고이는 물은 어떻게 숨을 쉬어야 할지 몰라 어린 그를 두렵게 하기에 충분했다. 코로 숨 쉬라는데 그게 말처럼 쉽게 돼야 말이지. 그 뒤로 치과에 가는 일을 없게 만들기 위해 하루 세 번 꼬박꼬박 양치질했다.

무탈하게 잘 지내다 병원 생활을 하면서 관리에 소홀했는지 충치가 생겼다. 20년 만에 치과를 가려니 선뜻 내키지 않았다.

"구강 건강을 위해 담배도 안 피웠는데."

하지만 치과에 가지 않는 이상 어떤 방법도 그를 평화롭게 하지 못할 것이다.

✻   ✻   ✻

입원 환자 맞을 준비를 끝내고 나니 시계가 8시 40분을 가리키고 있었다. 입원 환자가 없다면 지금쯤 다들 의국에 모여 커피를 마시고 있을 시간이지만 월요일 오전만큼은 그럴 여유가 없었다. 방학이라 실습하는 학생들까지 합세하니 넓다고 생각했던 진료실이 좁게 느껴졌다. 하은은 오늘만큼은 아무 사고도 일어나지 않길 바랐다.

진료실 밖에는 입원 환자들이 대기실 의자에 앉아서 기다리고 있었다.

"오래 기다리셨어요? 안으로 들어오지 그러셨어요."

그녀의 말에 환자들이 각자의 링거 걸대를 밀며 진료실 안으로 움직였다. 입원 환자는 총 세 명으로, 새벽에 응급실로 들어온 사람 중 두 명이 입원한 모양이다. 체어에 환자가 눕고, 모니터에 차트를 띄워 과장님 두 분이 나오길 모두 일렬로 서서 기다렸다.

치과 1과장 최진국 과장은 환자 상태에 관한 설명을 들은 후 처지에 대해서만 오더를 내리고 들어간다. 보수적이고 근엄한 태도로 딱 자신의 환자만 선별해서 보는 스타일이다. 반면 2과장인 서원일 과장은 부교수로 있을 때와 똑같은 태도로 진료를 보는 편이었다. 잘 웃고 환자들과 대화하는 것을 좋아했다. 그런 모습을 의사로서의 근엄함이 없다며 최진국 과장은 마음에 들어 하지 않았다. 더 웃긴 건 최진국 과장의 진료 행동을 윤미화가 그대로 따라 하고 있다는 것이다.

최진국 과장이 두 번째 체어에 도착하자 진료실은 일순간 숨소리조차 들리지 않을 정도로 조용해졌다.

응급실 차트의 히스토리를 보면 자정이 조금 지난 시각, 여자 친구에게 강제로 키스하려다가 상대방이 저항의 의미로 남자의 혀를 깨물었다고 적혀 있었다. 남자의 혀는 반이나 잘려 나갔다. 어젯밤 당직이었던 박도현 선생이 봉합(Suture)을 어떻게 했는지에 대해 설명하기 위해 환자의 입을 벌렸다.

환자가 입을 열자 진료실 공기가 순식간에 흑색으로 변했다. 모두 마스크를 하고 있어서 입을 가리는 행동을 하지는 않았지만 마스크를 뚫고 뇌에 박히는 썩은 냄새는 달리 손을 쓸 수 없을 지경이었다. 예후가 좋지 않았다. 제대로 붙는다면 다행이지만 잘려 나간 부분의 색이 변한 것을 보니 다시 떼어 내야 할지도 몰랐다. 최 과장은 환자가 알아차리지 못할 정도로 작게 한숨을 내쉬고 봉합을 한 박 선생에게 치료 지시를 한 뒤 발걸음을 움직였다.

세 번째 환자는 21살의 남자였는데 오토바이를 타고 가던 중 역주행해 오는 음주 운전자의 차를 피하다가 도로에 미끄러진 케이스였다. 차 밑으로 들어가지 않아 천만다행이었다. 왼쪽 다리는 허벅지까지 깁스한 상태였고 여러 군데 찰과상과 함께 치아가 심하게 흔들려 브래킷(Bracket)*을 장착한 상태였다. 아마 이 환자 때문에 바닥에 와이어(Wire)* 조각들과 브래킷이 떨어져 있었던 모양이다.

드레싱을 끝내고 입원 환자들이 병실로 올라가자 5분 정도 숨을 돌릴 수 있는 여유가 생겼다. 하은은 학생들을 시켜 대기

---

*브래킷(Bracket):치아 교정용.
*와이어(Wire):치아 교정용 철사.

실에 있는 초진 환자들에게 치과에 오게 된 히스토리를 적는 용지를 나눠 주게 했다.

학생이 들고 온 예약 접수증을 본 하은은 환자 이름을 확인했다.

"여기에 담당 교수님 성함 보이지? 1과장님 환자야. 내가 미화 선배한테 주면 되고. 학생들은 예약 스케줄엔 손대지 말아요."

환자의 예약을 잡기 위해선 다섯 명의 스케줄 표를 동시에 확인하며 빈 시간대에 예약을 잡아야 한다. 진료 체어를 효율적으로 이용하기 위해선 예약 시간을 분배하는 것이 무엇보다도 중요했다.

"그리고 스케줄 표 중간에 선생님들이 예약 없이 집어넣은 환자들도 있을 거야. 대부분 지인을 중간에 끼워 넣는 거니까 거기에 붙어 있지 말고, 다른 외래 환자들 어시스트 하는 걸 중심으로 진행해요."

"네, 알겠습니다."

"후우. 어디 이제 본격적으로 시작해 볼까?"

1과장님이 방으로 들어간 순간 미화 역시 과장님 진료실 안으로 사라졌다.

9시가 되기 무섭게 사랑니 발치(S.E) 예약을 한 환자가 진료실 안에 들어오는 것을 시작으로 치과 안은 바쁘게 움직이기 시작했다.

오전 수술 환자의 마취가 될 때까지 기다리는 동안 다른 환자의 신경 치료가 옆 체어에서 진행되었다. 30대 중반의 이 환자는 유독 엄살이 심한 사람이었다. 조금만 뭔가 처치를 하려고 하면 끙끙 앓는 소리를 하는 사람이라 인턴 선생도 진료 보는 것을 그리 달가워하지 않았다. 10분이면 끝날 치료를 시간을 두 배로 잡아먹기 때문이었다.

그래도 미워할 수 없는 것이 이 환자는 처치가 다 끝나고 나면 언제 그랬냐는 듯이 치료받은 쪽을 손으로 감싸며 활짝 웃는다. 다음엔 언제 오면 되냐고 물으며 약속을 꼭 잡고 갔다.

예약 환자 목록을 보던 성희가 갑자기 웃기 시작했다.

"어머, 선배님. 오늘 최종호 환자 오네요?"

"나도 봤어. 저번 충치 치료받고 한 6개월 정도 지났나? 관리 잘하는 편인데 오늘 무슨 일이지?"

"전 이분 굉장히 웃기던데요? 저만 보면 정말 예쁘십니다. 주님께서 제게 보내 주신 것 같습니다, 하시면서 감사하다고 인사하고 그러잖아요."

"처음엔 나도 깜짝 놀랐어. 정확한 히스토리는 모르지만, 참 착한 분 같던데 어쩌다 그리되었는지 안타까워."

오후에는 정신병동에서 두 명의 환자가 오기로 예약이 되어 있었다. 어느 정도 컨트롤이 가능하면 일반 외래에서 치료하고 통제 불능인 경우엔 전신 마취를 한 상태에서 입안의 모든 치료를 한꺼번에 하는 경우도 있다.

오늘 오는 환자 중 한 명은 의대 공부를 하다가 정신이 이상해진 케이스다. 증상을 말할 때도 전문 용어를 사용하고 진료 중에도 의학 용어를 쓰며 불평을 호소해 하은은 그 환자를 처음 봤을 땐 정말 의사인지 알았다.

그때 안쪽 진료실에서 미화가 나오며 날카롭게 말했다.

"뭐가 그렇게 재미있어? 밖에 환자분들 기다리는데!"

"네, 선배님."

다시 진료실 안으로 사라진 미화를 보며 하은은 작게 한숨을 내쉬었다. 지난주 한바탕했으니 내가 곱게 보일 리가 없겠지.

"에휴."

아주 잠깐 대화를 나눈 것조차 오늘은 보기가 싫은 모양이다. 내가 참고 말지, 뭐.

고개를 돌리니 실습생들이 미화의 등장으로 뻣뻣하게 굳은 채 모여 있었다. 찬바람 쌩쌩 부는 미화의 목소리에 겁을 먹은 듯한 표정이었다.

"더운 날씨에 얼음 땡 놀이해요? 다음 환자 진료 준비해 주세요."

짧지만 강했던 오전 시간이 흐르고 오후 2시가 되어갈 무렵 전화가 왔다.

"세림대학병원 치과, 치위생사 김하은입니다."

—안녕하세요. 재활의학과 김주성입니다. 혹시 오후에 진료 받을 수 있을까 해서요.

"선생님께서 직접 받으실 건가요?"

—아닙니다. 저희 선생님이 받으실 건데, 혹시 가능할까요?

"잠시만 기다리세요."

—정말 급합니다.

스케줄을 보니 오늘은 도무지 시간이 나지 않았다. 오전 늦게 접수한 환자들과 초진 환자들이 많아서 정확한 시간을 말해 줄 수 없는 상황이었다.

"오늘은 아무래도 어려울 것 같습니다. 중간에 자리가 비게 되면 연락드릴게요. 몇 번으로 연락하면 되나요?"

—0257번입니다. 연락 꼭 주십시오.

수화기를 내려놓으며 하은은 어깨를 으쓱했다.

"누가 아프기에 그러지? 전호진 과장님은 치료가 다 끝났는데……. 과장님 진료 시간 묻지 않는 걸 보니 레지던트 중 한 명이겠네."

오후에 있는 임플란트 수술 준비로 미화는 과장님 진료실에서 나오지 않았고, 외래만 정신없이 바쁘게 돌아갔다. 3시 수술 예약한 환자가 오지 않아 조금 여유가 있을 거라고 생각했지만 제시간보다 일찍 도착한 예약 환자들 때문에 그 조금의 여유조차 사라져 버렸다.

마지막 접수 시간인 4시 30분이 되자 하은은 학생들에게 기구 정리를 시켰다. 이리저리 흩어진 스케줄 표를 정리하던 하은은 레지던트 2년 차 김형일 선생의 **빡빡한** 스케줄에 시선이 갔다. 그런데 없던 이름이 보였다.

재활의학과 최성민.

"어? 이거 뭐야?"

하은은 모니터를 확인했다. 접수 환자 목록에 최성민란 이름은 보이지 않았다.

"접수도 안 해 놓고 진료받겠다 이거야?"

또 마음대로 환자를 받았다 이 말이지. 바쁜 거 뻔히 알면서 또!

하은은 형일의 스케줄 표를 들고 의국으로 들어갔다. 다른 과와 달리 치과 의국은 외래 진료실과 붙어 있다. 문을 열자 좁은 갈색 가죽 소파에 거구의 남자가 지친 듯 널브러져 있었다. 두 발이 다 올라가지 못하고 한 발은 바닥에 축 늘어져 있었다.

치과 레지던트 2년 차. 키 183cm, 몸무게 90kg에 육박하는 체구를 가진 형일은 그녀보다 두 살 많지만, 인턴 과정 때부터 같이 일을 했기 때문에 돈독한 우정이란 게 존재했다.

하은은 마스크를 턱 아래로 끌어내리며 딱딱한 목소리로 말했다.

"김형일 쌤, 이거 뭐예요?"

스케줄 표를 세워 보여 주며 손가락으로 가리켰다. 형일이 하품을 하며 거구의 몸을 일으켰다.

"아, 맞다. 내가 아까 넣었는데."

하은은 입술을 삐죽였다.

"아침 콘퍼런스 시간에도 아파서 고생했다고. 재활의학과 인턴 선생이 전화했었어. 의국으로. 꼭 봐 달라고."

"흐음. 그래서 봐 준다고 했고요?"

상대방이 앓는 소리를 하면 영락없이 예스맨이 되는 이 사람을 어찌하면 좋을까.

"내가 봐 준다 했는데, 밖에 자리 없죠?"

"차트도 안 떴어요. 돌아가는 사정 뻔히 알면서 이 시간에 끼워 넣으면 어떻게 해요? 어시스트 못 할지도 몰라요. 손이 모자란 거 알면서 그러세요."

간단한 어시스트면 학생을 세워 두면 된다. 사진도 찍으라고 하면 된다. 그러라고 실습 나온 거니까. 그러나 한 번 진료를 보기 시작하면 하나둘 늘어가 점점 바빠질 게 뻔했다.

"후우."

한숨 쉬는 하은을 형일의 눈이 세심하게 살폈다. 마스크 벗은 얼굴을 아침에 보고 이제야 또 보게 되었다. 저절로 입꼬리가 올라갔다. 치과 인턴으로 왔을 때 한눈에 반해 버린 형일은 하은을 눈여겨보았다. 빈틈이 보이지 않아 이러지도 저러지도 못하고 있는 게 벌써 3년째였다.

"하은 쌤이 좀 도와주면 안 될까?"

"어휴, 난 몰라요."

"오후에 2과장님 진료 없는 거 알아. 좀 도와줘."

"서원일 과장님 진료 없다고 내가 마냥 놀아요? 외래 환자부터 봐야 하는데, 인턴 쌤 둘 다 과장님 방에 들어가서 안 나오고 있다고요. 지금 초진 환자 밖에 있는데 쌤이 환자 보시든지. 그러면 생각해 볼게요."

"오케이. 그 말 지키기."

어시스트 해 준다는 말에 형일은 소파에서 벌떡 일어났다. 가운 주머니에서 마스크를 꺼내 귀에 걸면서 의국 밖으로 나갔다. 뒤따라 나가며 하은은 피식 웃었다. 내가 도와준다고 했지 어시스트 해 준다고는 안 했는데.

초진 환자 진료를 끝내고 시간을 확인한 하은이 더 늦지 않게 올라오라고 해야겠단 생각에 수화기를 드는 순간, 유리문을 밀고 한 남자가 들어왔다.

"최성민 선생님 방금 접수했습니다."

스스럼없이 대하는 모습에 하은은 잠시 멈칫했다. 마치 자주 보는 사람처럼 친근한 말투에 그녀는 남자를 빤히 쳐다보았다. 능글맞은 목소리에 걸맞게 서글서글한 인상이었다. 목소리를 들어 보니 아까 전화했던 사람 같았다. 아파 죽겠다는 당사자는 어디에 있는 거지?

"대부분 직접 전화 주시고 접수도 하시던데. 급하게 진료 잡을 만큼 많이 안 아프신 모양인가 봐요?"

"아닙니다. 환자 본다고 정신이 없으셨는데, 진료 끝나고 나면 그제야 아프다고 하실 거예요. 잘 부탁드립니다. 수고하십시오."

윗사람에 대해 꽤 신경을 쓰는 걸 보니 스텝들에게 큰 영향을 끼치는 사람인 모양이었다. 최진국 과장님 같은 스타일인가? 아, 재수 없어.

"여기 오실 만한 과장님이 안 계시는데."

아무리 대단한 사람이라 해도 치과에 오면 달라진다. 체어에 눕는 순간 그들이 긴장한다는 것을 하은은 알고 있다. 어디 누가 오나 지켜보자는 생각으로 스케줄 표를 한 번 보고 빠르게 기구를 정리하기 시작했다.

5시 40분쯤 되자 외래 환자가 정리되었다. 1과장님 진료실에서는 아무도 나올 생각을 하지 않았다. 오늘따라 임플란트 수술이 길어지고 있었다.

"오늘 늦게 끝날 모양인가 봐요."

성희가 과장님 진료실을 기웃거리자 하은이 들어가 보라고 했다.

"밖은 내가 정리할 테니까 수정 쌤이랑 성희 쌤이 들어가 봐요."

예정 시간보다 30분을 훌쩍 넘기고 있었다. 기구 정리를 다 끝낸 학생들이 진료실 한쪽에 멀뚱히 서 있는 게 보였다.

"오늘은 그만 가 봐요. 수고했어요."

"네?"

"더 걸리니까 기다릴 필요 없어요."

학생들이 있어 봐야 더 할 게 없다. 차라리 시야에 없는 게 더 편했다. 하은은 학생들의 실습 기간이 되면 신경이 더 예민해진다. 조심한다고 하지만 돌발 상황과 실수는 늘 일어났다.

"고생하셨습니다."

합창하듯 인사하고 학생들이 사라졌다.

형일이 본 마지막 환자가 체어에서 내려오자 하은이 예약 날짜를 잡아 주었다.

그 순간 진료실 문을 밀면서 흰 가운을 입은 남자가 들어섰다. 한 손으로 왼쪽 턱을 감싸고 들어오는 것을 보니 스케줄 표에 끼어든 그 의사가 분명했다. 하은은 마스크 아래로 입술을 삐죽거렸다.

"최성민 선생님이신가요?"

"네."

남자의 억눌린 목소리를 들어 보니 어지간히 아픈 모양이었
다.

"이쪽에 누우세요."

진료 체어에 남자가 눕자 하은은 에이프런을 해 주고 진단 기
구를 담아 테이블에 올려놓았다.

"잠시만 기다리세요."

성민은 누운 채로 고개를 돌려 하은이 의국으로 들어가는 뒷
모습을 바라보았다. 깝돌이 주성이 한 말이 떠올랐다.

"선배님. 치과에 목소리 끝내주는 치위생사 있던데요? 옥구슬
굴러가는 소리라는 표현을 이런 경우에 쓰나 봐요. 진짜 옥구슬이
굴러가요, 굴러가. 얼굴도 예쁘려나?"

접수해야겠다는 그의 말에 이미 접수하고 치과에 갔다 왔다
는 주성이 내뱉은 말은 더 가관이었다.

"이야, 선배님. 진짜 예뻐요! 키는 좀 작은 거 같은데 그건 문제
가 안 되고요. 눈이 정말 예뻐요. 동그랗고 말간 눈이 절 쳐다보는
데 순간 이거 뭐지? 했어요. 나도 치과에 한번 가 봐야 할까 봐요.
검사하면 견적 꽤 나올 텐데."

호들갑스러운 주성의 말을 100% 믿는 사람은 재활의학과에
아무도 없다. 주성이 한 말에 별로 관심이 없었던 성민은 그녀
의 목소리를 듣고는 깜짝 놀랐다. 그의 말이 틀리지 않았다.

옥구슬보다는 조금 차분한 목소리랄까. 차분하면서도 깨끗한 목소리가 귀에 착 감겨 왔다. 머리가 맑아지는 목소리였다. 주성의 말대로 목소리가 예뻤으며 눈은 정말 크고 맑았다. 강아지 눈처럼 동글동글했다. 게다가 긴 속눈썹이 맑은 눈을 더 예쁘게 만들었다. 김주성, 이번엔 과장이 아니었군.

뒷모습을 보니 키는 한 162cm 정도? 어시스트를 하게 된다면 좀 더 자세히 봐야겠다는 생각이 들었다. 성민은 자신이 아주 오랜만에 여자를 찬찬히 훑어본다는 것을 미처 느끼지 못했다.

시간만 나면 의국 소파에 길게 늘어지는 형일을 하은이 안쓰러운 눈으로 바라보았다. 레지던트 3년 차 서영주 선생은 발표 준비 때문에 모니터 속으로 들어갈 태세였고, 레지던트 1년 차 한준우 선생은 이면지에 뭔가를 그리고 있었다.

"한 선생님 뭐해요?"

"아! 조금 있으면 과장님 수술 끝날 거 같아서요. 사다리 타기나 할까 하고요."

통통한 체격에 걸맞게 군것질을 좋아하는 그는 일주일에 두세 번은 꼭 사다리 타기를 했다.

"하은 쌤도 오늘 동참?"

"아뇨. 또 나한테 제일 큰 거 걸리게 하려고 하죠? 한 선생님은 만날 꽝 아니면 2천 원짜리 걸리는 게 수상해요!"

"정말 아닌데. 하은 쌤이 또 큰 거 걸리면 다시 해요, 그럼."

"됐어요, 형일 쌤. 최성민 선생님 왔어요."

성민의 이름을 듣자 형일이 기지개를 켜며 거구의 몸을 일으켰다.

"아흠. 일단 사진부터 먼저 찍죠. 곧 나갈게요."

"네."

성민은 체어에 얌전히 누워 있지 않았다. 20년 만에 오게 된 치과라 그런지 이리저리 두리번거렸다. 미러를 들고 그 작은 거울에 얼굴을 비쳐 보려 고개를 이리저리 돌려보았다. 분명 이것을 입안에 넣고 좌우로 점막 안에 갖다 대겠지.

오른쪽을 보니 윙윙 소리가 나는 그 기계가 보였다. 작은 금속 머리끝에 뾰족한 침 같은 것을 보자 어렸을 때의 기억이 떠올랐다. 이 작은 핸드피스가 입안으로 들어와 아픈 곳을 후벼 파겠지. 상상만으로도 머리끝이 쭈빗 섰다. 귓가에 크게 울리는 기계 소리와 입안 가득 고이는 물을 떠올리자 손끝이 간질거렸다.

다시 하은이 진료실로 나오는 모습이 보였다. 그녀는 천천히 다가오며 체어에 누워 있는 성민에게 말했다.

"일단 사진부터 찍을게요. 이쪽으로 내려오세요."

성민은 체어에서 내려와 그녀를 따라갔다. 한쪽에 마련된 작은 공간으로 들어간 그녀가 둥근 의자에 앉으라고 했다.

"이쪽을 보고 앉으시고요. 어느 쪽이 아프시죠?"

"여기 왼쪽 어금니요. 너무 아파서 새벽에 깼어요."

"아, 해 보세요."

그녀가 작은 필름을 집게에 꽂더니 왼쪽 어금니 안쪽에 밀어 넣었다.

"조금 아플 거예요. 금방 찍으니까 조금만 참으세요."

성민은 마스크를 한 그녀의 얼굴에 집중했다. 눈만 보였다. 그의 입술, 아니 정확히 입안을 살피는 눈길이 좋으면서도 부끄러웠다. 하필 이런 모습이라니.

"살짝 물어보세요. 그렇죠. 그 상태로 가만히 계세요. 움직이지 마세요."

아이에게 설명하듯 친절한 설명과 함께 그녀가 문을 닫고 나가자 곧 삐, 하는 소리가 들렸다.

"이리 주시고, 자리에 가서 누우세요."

입안에 있던 것을 빼자 침이 묻어 나왔다. 이상한 필름을 입에 넣을 때부터 생기기 시작한 침이 제법 고이자 그는 얼른 입을 다물었다. 침이 묻은 작고 네모난 필름이 그녀의 손으로 넘어갔다.

아, 젠장. 이게 뭐야. 창피하게. 성민은 얼른 자리로 돌아가 입을 헹궜다. 컵을 올려놓자 위에서 또르르 물이 내려와 컵을 다시 채우기 시작했다. 외래 진료가 끝난 시간이라 그런지 진료실이 조용했다. 너무 조용해서 창피함이 얼굴로 번졌다. 여러 번 입을 헹구며 달아오르는 얼굴을 가라앉혔다.

하은은 필름을 현상하고 에어를 불어 말리기 시작했다. 선명하게 찍힌 대구치가 보였다. 세 개의 뿌리 중 두 개의 커다란 뿌리 아래로 시커먼 고름 주머니가 보였다.

"흠, 많이 아팠겠네."

하은은 체어에 있는 작은 필름 박스에 사진을 붙이고 스위치를 켰다. 고름 주머니를 단 튼튼하게 생긴 대구치가 하얗게 나타났다. 성민의 관심 있는 태도에 하은은 시커멓게 변한 부분을 가리켰다.

"많이 아프셨겠어요."

"신경 치료를 해야겠죠?"

"치료 단계는 김형일 선생님께서 말씀해 주실 거예요."

형일이 의국에서 나오더니 마스크 통에서 새 마스크를 하나 집어 들었다. 사진을 보곤 어떻게 참고 있었냐며 물었다.

"처음에 아프다 말다 그러더니 오늘 새벽에 정말 아파서 죽는지 알았어요. 콘퍼런스 시간에 너무 아파하니까 전호진 과장님이 치과 빨리 가라고 하셔서 그나마 눈치 덜 보고 왔죠."

"전 과장님이 치료를 거의 4개월 정도 하셨나? 대 공사를 하셨죠."

형일이 웃으면서 미러를 손에 들자 아, 하고 입을 벌리던 성민이 갑자기 입을 다물었다.

"많이 아프겠죠?"

말을 해 놓고 민망한지 입을 다물며 웃는 그의 모습에 하은은 순간 심장이 멎는 줄 알았다. 내가 언제부터 남자의 눈웃음에 홀랑 빠졌다고? 웃을 때 휘어지는 눈에 시선이 꽂혔다. 예쁘게 만들어지는 반달 모양이 성인 남자와 어울리지 않게 순진하게 느껴졌다.

형일이 친절한 목소리로 설명하기 시작했다.

"일단 마취는 하지 않고 그냥 해 볼게요. 지금 상태로는 마취도 잘 안 될 거 같은데 고름이 빠지면 그나마 좀 덜 고통스러울 겁니다."

윙 소리와 함께 핸드피스가 물을 뿜어내며 돌아가기 시작했다. 하은은 석션팁(Suction—Tip)을 꽂아 입안에 고이는 물을 빨아 당겼다.

체어 손잡이를 잡고 있던 남자의 손에 힘이 들어가자 힘줄이 불끈 솟아오르는 것이 보였다. 체어를 가득 채우는 긴 다리를 보니 185cm 이상은 되는 것 같고, 가운을 입고 있는 몸은 제법 탄탄해 보였다. 꼬질꼬질한 가운을 입고 다니는 사람도 많은데 성민은 방금 새것을 꺼내 입은 듯 깨끗했다.

이 남자가 간호사와 여의사들 입에 오르내리는 그 황태자구나. 재활의학과에 모든 것을 갖고 태어난 능력남이 있다는 말은 들었다. 소문대로 눈에 확 띄게 생겼다.

그의 얼굴을 보던 하은은 이내 정신을 차리고 어시스트를 하고 있으니 딴생각은 하지 말자고 속으로 되뇌었다.

치아가 갈리는 냄새와 함께 구멍이 뚫리면서 고름이 위로 솟아 나왔다. 고름 냄새에 순간적으로 세 사람의 눈썹이 꿈틀거렸다.

"셀라인."

작은 주사기에 담긴 셀라인을 넘겨주자 형일은 와동에 팁 끝을 넣어 고름을 여러 번 씻어 냈다.

"입 헹구세요."

형일이 체어의 올라가는 단추를 눌러 주고는 근관 치료용 파일 박스를 열었다.

"이 상태로는 마취했다 해도 안 됐을 겁니다. 그래도 잘 참네요."

"아, 좀 살 것 같네요."

고여 있던 고름이 터져 나오고 깨끗이 씻어졌으니 통증은 절반 이상 줄어들었을 것이다. 성민이 입을 헹구고 다시 눕자 형일이 체어 높이를 조절했다.

"당분간 좀 다니셔야 하는데 시간 안 되더라도 꼭 오셔야 합니다."

"네."

어시스트를 하면서 하은은 최성민이란 남자를 좀 더 자세히 뜯어보았다. 깨끗한 피부에 저절로 시선이 갔다. 깔끔한 마스크에 뚜렷한 이목구비, 큰 눈, 게다가 모든 여자가 바라는 풍성하면서도 긴 속눈썹이 예술적으로 뻗어 나와 있었다. 누군 속눈썹 파마다, 속눈썹 연장은 어디가 좋더라 하고 있는데 남자가 이런 눈을 가졌네. 머리도 똑똑한데 너무 불공평하게 갔잖아. 코는 그녀가 제일 좋아하는 다니엘 헤니의 코와 닮았다. 반듯한 이마에 속눈썹이 긴 눈, 조각 같은 코, 얇은 편이지만 아랫입술이 상대적으로 도톰해 단정하면서도 꽤 부드러워 보이는 입술을 가지고 있었다.

이런저런 생각을 하며 그를 보고 있던 하은은 갑작스럽게 눈을 뜬 성민의 눈과 정면으로 마주쳤다.

어우, 깜짝이야. 하은은 재빨리 석션팁으로 시선을 옮겼지만 성민이 그녀를 쳐다보고 있다는 것을 느낄 수 있었다. 아, 뭐야. 창피하게.

형일이 마지막 처치를 했다. 임시충전제(Caviton)로 와동을 꼼꼼하게 메우고는 볼 안쪽에 대어 놓았던 막대 솜을 꺼냈다.

"정말 잘 참으시네요. 대부분 중간에 마취해 달라고 그러는데."

"아……."

너무 아파서 정신이 없었는지 성민은 체어 등판이 세워지자 현기증이 났다. 손잡이를 얼마나 꽉 잡고 있었는지 손바닥이 새하얗게 변해 있었다. 진짜 마취해 달라는 말이 턱 끝까지 올라왔었다. 누구의 존재 때문에 차마 뱉어 내지 못했을 뿐.

"최 선생님, 아까도 말씀드렸지만 치료 시작하셨으니 주기적으로 오셔야 해요. 그냥 놔뒀다가는 공사 더 크게 해야 합니다."

"네. 꼬박꼬박 와야죠."

성민이 체어에서 내려오던 그때 임플란트 수술이 끝났는지 인턴 선생 두 명이 과장님 방에서 나왔다. 꽤나 피곤에 지친 모습이었다. 기구를 정리하며 하은이 물었다.

"이제 끝난 거예요?"

박도현 선생이 마스크를 폐기물 통에 던지며 힘들어 죽겠다는 표정을 지었다.

"아. 오늘 진짜 힘들었어요. 뭐 먹을 거 없나? 배고픈데. 이수진 선생, 우리 뭐 먹으러 갈까?"

한 손으로 배를 문지르는 도현을 보며 하은은 손가락으로 의국을 가리켰다.

"들어가 보세요. 준우 쌤이 아까부터 기다리고 있어요."

"우리를? 왜요?"

"뻔하죠."

뭔지 눈치챈 도현이 의국을 향해 걸어가며 말했다.

"아하. 오늘은 내가 준우 쌤이 제일 큰 거 걸리게 한다! 기필코!"

형일이 손을 씻으며 하은을 쳐다보았다.

"내 앞으로 진료 약속 잡아 주세요."

신경 치료를 시작하면 최소한 사흘에 한 번은 치료받아야 한다. 썩은 곳을 파내고 안에 넣어 둔 약솜을 주기적으로 교체해야 해서 방문 치료가 필요했다.

하은은 5개의 스케줄 노트를 펴 시간을 체크하기 시작했다.

"수요일에 한 번 오셔야 하는데, 시간은 언제가 되세요? 오늘처럼 이 시간은 좀 곤란한데요."

온종일 끼고 있던 마스크가 답답해 하은은 마스크를 턱 아래로 잡아당겼다. 나머지 얼굴이 드러나자 성민은 소리 없이 숨을 들이마셨다. 마스크를 한 얼굴도 동그란 눈과 긴 속눈썹 때문에 예뻐 보였는데, 설마 저런 얼굴이 숨겨져 있을 줄 몰랐다. 진하지 않은 화장 아래로 보드랍고 매끄러운 피부가 충분히 상상되었다. 입술은 립스틱이 거의 다 사라져 흐리게 얼룩졌지만 그 모습마저 예뻐 보였다.

치료를 받고 맑은 정신으로 듣는 그녀의 목소리는 처음 들었을 때보다 더 맑았다. 주성의 표현이 과장된 것이 결코 아니었다.

"최성민 선생님?"

"아. 네."

하은을 보는 순간 성민은 이곳이 그렇게 오기 싫어했던 치과임을 잊어버렸다.

"수요일 4시 30분에 잡아 놓을게요. 그 시간 괜찮으시죠?"

앞으로 주기적으로 그녀를 볼 수 있게 된다는 사실에 웃음이 나왔다. 약속을 잡았다는 말에 웃음을 짓는 성민을 하은이 이상한 눈으로 쳐다보았다.

"왜 그러세요?"

"아닙니다."

"이거 수납하시고요."

할 말을 다 했다는 듯 자리에서 일어서는 그녀의 왼쪽 가슴으로 성민의 눈이 꽂혔다.

치위생사 김하은

김하은. 오늘은 내가 아파서 정신없었지만 우리 앞으로 잘해 봅시다. 아픈 곳을 손으로 살살 문지르며 치과를 나서는 성민의 입가에 잔잔한 미소가 지어졌다.

사실 그녀의 태도에 조금 당황스럽기도 했다. 병원에 있는 간호사들은 그가 지나가기만 해도 힐끔거리는 것을 알고 있다. 처음엔 그런 시선이 부담스럽고 신경이 쓰였지만 시간이 지날수록 그러려니 하고 넘길 수 있게 되었다.

무덤덤한 척하는 건가? 정작 그녀가 자신을 제대로 쳐다보지 않자 신경이 쓰였다. 아주 잠깐 눈이 마주친 것을 제외하곤 약속을 잡을 때도 그랬고 빨리 그를 보내고 싶어 했다. 그녀가 친절하지 않았다는 것은 아니다. 서로가 처음 보는 사이인데 그녀의 시선이 왠지 모르게 차갑다는 느낌을 받았다.

의국에 들어서자 주성이 자리에서 벌떡 일어나 잽싸게 성민에게 다가갔다.

"선배님! 어때요? 봤어요? 제 말이 맞죠?"

"응."

"고작, 응? 다른 건 뭐 없어요?"

의국 한쪽에 마련되어 있는 간이침대에 털썩 앉은 성민이 턱을 어루만졌다. 호들갑스러운 주성의 말에 귀가 따가웠다.

"뭘 원해?"

그러자 주성이 옆에 앉아 채근 대기 시작했다.

"선배, 정말 아무렇지도 않았어요?"

아직 통증이 남아 있어 그냥 좀 쉬었으면 좋겠는데. 이 자식 또 시끄럽게 굴겠군.

성민이 아무 말도 없자 주성이 장난기 가득한 얼굴로 그의 얼굴을 살폈다. 고개를 한쪽으로 기울이며 입을 삐죽거렸다.

"이상하네. 선배 취향이 아닌가? 아까 전화했을 때 목소리 듣고 깜짝 놀라고, 얼굴 보고 완전히 뻑 가 버렸는데. 뭐, 선배가 관심 없으면 내가 좀……."

"김주성. 나 아직 대답 안 했다."

"네?"

아픈 턱을 손끝으로 주무르며 쳐다보는 성민을 주성이 눈을 반짝이며 쳐다보았다.

"역시, 선배도 마음에 들죠, 그죠? 제 말대로 정말 예쁘죠?"

자신의 예감이 맞았다며 웃는 주성을 성민이 못마땅한 표정으로 보았다. 아무래도 저 말 많고 까불거리는 주성이 앞으로 그를 괴롭힐 거란 예감이 들자 성민은 벌써 머리가 지끈거렸다.

종윤이 들어오자 주성은 자리에서 벌떡 일어나 들뜬 목소리로 말하기 시작했다.

"종윤아, 있지. 성민 선배가……."

"조용히 안 해?"

종윤의 뒤를 따라 들어오던 유정은 의국 안에서 시끄럽게 떠드는 주성을 날카롭게 쏘아 보았다. 그럼 그렇지. 의국을 시끄럽게 만들 사람이 너 말고 또 누가 있겠냐.

"김주성 선생. 도대체 의국에서 뭐 하는 거지?"

레지던트 3년 차 선배의 카리스마 넘치는 포스에 순식간에 기가 눌린 주성은 말을 더듬거렸다.

"예? 저, 저기……."

"내가 처음부터 말했지? 이름 함부로 부르지 말라고 몇 번이나 말했어? 그런 호칭은 병원 밖을 완전히 벗어나면 하라고 하지 않았나?"

"죄, 죄송합니다."

주성은 유정에게 허리를 90도로 꺾으며 머리를 조아렸다. 위계질서를 꼼꼼하게 따지는 유정이 아무 곳에서나 친밀감 있게 행동하는 주성에게 몇 번 주의를 준 적이 있었다.

"지난번에도 죄송하다고 대충 넘어갔었지, 아마? 김주성 선생. 이러면 정말 곤란해. 내가 하는 말이 말 같지 않은 모양이지?"

"아닙니다. 옳은 말씀이십니다. 앞으로는 절대로, 다시는! 이런 일이 없도록 하겠습니다."

완전히 군기 잡힌 얼굴로 서 있는 주성을 지나 유정은 자신의
책상으로 갔다. 논문과 USB를 챙겨 커다란 가방 안에 넣는 모습
을 세 남자가 조용히 쳐다보고 있었다.

가방을 들고 나가려는 유정을 붙잡고 물었다.

"오늘 회식 있는 거 모르십니까?"

"알아. 못 간다고 말씀드렸으니까 신경 안 써도 돼. 재밌게들
놀아."

더 말을 붙일 수도 없게 유정은 빠르게 의국을 빠져나갔다.

"네. 들어가십시오. 내일 뵙겠습니다."

유정의 모습이 사라지자 그제야 주성은 숨을 내쉬었다.

"아, 젠장. 또 실수했네."

소파에 털썩 앉으며 주성은 머리카락을 두 손으로 마구 헝클
었다.

"이종윤 선생. 난 도대체 왜 이럴까요?"

종윤은 심각한 표정으로 말하는 주성의 뒤통수를 가볍게 한
대 쳤다.

"인마, 징그러워. 새삼스레. 이종윤 선생이 뭐냐?"

"아. 왜 이럽니까! 이종윤 선생."

"이 새끼가 징그럽게. 우리끼리 있는데 선생은 무슨."

눈을 감고 소파에 기대어 있는 성민을 본 종윤은 걱정이 잔뜩
담긴 목소리로 물었다.

"아직도 많이 아파요? 치과 갔다 온 거 아니었어요?"

"갔다 왔어."

"근데요?"

"마취를 안 하고 해서 그래. 조금 지나면 괜찮아질 거야."

마취하지 않았다는 소리에 주성의 눈이 휘둥그레졌다.

"마취를 안 했다고요? 그게 무슨 소리예요? 신경 치료하는데 마취를 안 하다니?"

"마취해도 소용없을 정도였어."

주성과 종윤이 뭐라고 말을 했지만 성민의 귀에는 하나도 들리지 않았다. X—ray를 찍고 난 뒤 침이 고여 있었던 일이 자꾸 떠올랐다. 얼굴이 화끈거렸다.

입안에 무언가가 들어오니 침이 나오는 것은 당연하다. 당연한 건데, 창피했다. 한마디로 쪽팔렸다. 그녀가 어시스트를 하게 되자 뭔가 다른 모습을 보여 줘야겠다는 생각에 아프다는 소리도 하지 않았다. 앓는 소리를 들려주고 싶지 않았다.

윙 소리와 함께 입안에서 느껴지는 고통에도 그저 참아야 한다는 생각에 손잡이를 부서뜨릴 듯 꽉 움켜잡았다. 몇 분만 참으면 된다는 생각으로 신음을 내지 않기 위해 버텼다. 입을 벌리고 누워 있는 모습조차 창피했다. 왜 하필 치과인 거지? 다른 곳에서 만났다면 좀 더 멋지게 시작할 수 있었을 텐데 말이다.

눈을 뜨자 곧장 마주친 그녀의 동그란 눈이 보였다. 시선을 바로 피하는 걸 보니 그를 찬찬히 훑어보고 있었던 것 같았다. 치료하는 동안 그의 입속을 그녀가 낱낱이 보고 있다는 것이 그리 썩 좋은 기분은 아니었다. 그래도 자신을 보는 그 맑은 눈동자가 너무도 예뻤다.

마스크 속에 가려진 그녀의 반쪽 얼굴을 확인했을 때, 그는 알았다. 내 것을 탐지하는 남자의 본능적인 신경 세포가 작동했다는 것을.

마지막 연애가 언제였더라. 깊은 감정을 주고받은 연애는 아니라 기억도 희미했다.

그래서인지 더 김하은이란 여자에게 강한 호기심이 생겼다. 호기심은 곧 호감이고, 그 호감은 내 것으로 만들겠다는 것과 연결되어 있다. 그의 심장이 힘차게 요동쳤다. 연애라는 걸 해 봐야겠다.

김하은. 수요일이라고 했지, 수요일.

"성민 선배. 무슨 생각을 그리 골똘히 하세요?"

종윤이 그들이 하는 말을 듣는 둥 마는 둥 하는 성민의 팔을 잡고 살짝 흔들었다.

"저희가 하는 말 하나도 안 들으셨죠?"

"미안. 뭘 좀 생각하느라고."

"오늘은 그만 생각하세요. 모임 갈 시간이에요."

성민은 소파에서 일어나 뻐근한 몸을 쭉 폈다. 고개를 이리저리 돌렸다.

"가야지. 치과 치료받은 핑계로 술은 안 마셔도 되겠군."

성민은 웬만큼 마셔도 술에 취하지 않았지만, 그렇다고 술을 즐기는 편은 아니었다. 주성이 가운을 벗어 옷걸이에 걸며 들뜬 목소리로 말했다.

"오늘 가서 정보 좀 얻어 볼까요?"

무엇을 말하는지 모르는 종윤이 의아한 눈으로 주성을 쳐다보았다.

"무슨 정보? 시험 있나? 아닌데."

"종윤이 넌 모르겠구나. 내가 가면서 이야기해 줄게."

"그러니까 그게 뭐냐고."

주성은 웃으며 성민을 쳐다봤다.

"선배. 오늘 자리는 과장님들 참석 안 하시잖아요."

"그게 왜?"

과장급들이 빠지면 모임은 사적인 친목으로 변질된다. 명목은 조금 더 편한 자리에서 전공의들이 모여 의학에 대한 정보를 나누는 자리지만 그렇지 않았다.

"이런저런 이야기 하다가 슬쩍 물어봐야죠. 정형외과 옆에 방사선과가 있잖아요."

가운을 벗은 성민은 거울 앞에 서서 셔츠 깃을 점검했다.

"김주성, 본론이 뭐야?"

주성은 장난스럽게 씨익 웃었다.

"3년 전인가? 지금처럼 다 전산화되기 전에 말이에요. 치과에서 환자들 파노라마나 두경부(Cephalo) 찍으면 사진 찾으러 방사선과로 내려왔다면서요? 방사선과랑 치과는 같은 의료 기사라서 친하다고 하던데요."

성민의 눈썹이 꿈틀거렸다.

"제가 발이 좀 넓잖아요. 가끔 지나가면서 들어보면 치과에서 사진 찾으러 내려왔을 때가 좋았다고 하던데요. 슬쩍 물어보면 뭔가 나오겠죠."

주성의 호들갑스러운 행동에 종윤이 고개를 흔들었다. 전화 목소리 듣고 난리 치더니 아무래도 저 방정맞은 입이 아슬아슬하게 느껴졌다.

"저러다 한 번 된통 당하지. 으이그."

주성은 장난스럽게 눈썹을 움직이며 의국 문을 열었다.

"그래도 나처럼 발이 넓으니까 이런저런 깨알 정보가 얻어지는 게 아니겠어? 가시죠, 선배님."

의국을 나서는 성민의 얼굴에 얕은 미소가 지어졌다. 자신이 굳이 나서지 않아도 주성의 못 말리는 오지랖 때문에 유용한 정보들을 얻을 수 있게 될지도 모르겠다.

2
문제적 남자,
문제적 여자

병원 앞 '청기와'는 병원 직원들이 자주 이용하는 곳이다. 각 과별로 회식하는 경우가 많아 분리되어 있는 방은 눈치 보지 않고 사용하기 딱이었다. 세 사람이 들어서자 청기와 주인이 반갑게 인사하며 방을 안내했다.

일반 외과 팀이 먼저 와 있었다. 그들이 신발을 벗는 동안 정형외과, 신경외과 선생들이 뒤따라 들어왔다.

"안녕하십니까."

"어서 와요."

먼저 와 있던 일반 외과 선생이 웃으면서 말했다.

"오늘은 웬일일까? 다들 시간 맞춰서 오고. 설마 환자들을 다 쫓아내고 온 건 아니겠지?"

주성이 자리에 앉으며 늘 그렇듯 한 옥타브 높은 목소리로 입을 열기 시작했다.

"저희야 늘 제시간에 오잖아요. 오늘은 뭐 먹을까요?"

오늘따라 유난스러운 주성을 종윤이 불안한 눈빛으로 주시했다. 저 방정맞은 입 때문에 성민 선배가 난처해지는 건 아닌가 걱정됐다. 종윤은 테이블 아래로 손을 뻗어 주성의 무릎을 살며시 쥐었다.

"왜?"

"조용히 좀 해. 너 오늘따라 왜 이래?"

"내가 뭘?"

종윤이 바짝 붙으며 낮은 소리로 말했다.

"너 지금 오버하는 거 알지? 왜 기분이 들떠 있어? 너 보니까 내가 다 불안하다. 그 입 좀 다물어."

주성에게 주의를 주고 있는 종윤을 성민은 잠자코 보고 있었다. 시선을 돌려 앞에 앉아 있는 일반 외과 선생에게 말을 건넸다.

"오늘은 혼자 오신 겁니까?"

"일이 좀 생겨서, 어차피 서로 얼굴 보며 저녁 한 끼 먹자거니까 내가 대표로 왔죠. 이번에 우리 쪽에서 컨설트(Consult)한 환자, 적응은 잘하고 있습니까?"

"아…… 보조 기구 착용하는 것에 거부가 상당히 심해서 좀 더 시간적 여유를 갖고 지켜봐야 할 것 같습니다."

"그래요? 아직 나이가 어려서. 이해하는데 시간이 좀 걸리겠죠?"

"약속된 시간에 병원에 오니 그나마 다행이라고 봐야죠. 어쩌다가 어린 나이에 그런 사고를……."

"잠깐! 설마, 지금 두 사람 토론에 들어가려는 건 아니겠지? 제발, 이 시간만큼은 환자로부터 벗어나고 싶어. 편한 맘으로 밥 좀 먹자고."

신경외과 레지던트 3년 차 최 선생이 들어오면서 또 환자 이야기냐며 투덜거렸다.

"잠시라도 좋으니까 제발, 밥 먹을 때 환자 이야기하지 말자고. 응?"

평상시 밥 먹으면서도 환자 이야기를 잘 꺼내던 사람이 하지 말라고 하자 두 사람은 입을 다물었다. 신경이 예민해져 있는 사람에게 스트레스를 주고 싶지 않았다.

소고기가 불판에서 맛있는 냄새로 식욕을 돋웠지만 성민은 즐기지 못했다. 성민의 고기 씹는 모습이 어설펐는지 정형외과 레지던트 2년 차 이 선생이 물었다.

"최 선생님, 오늘 컨디션이 안 좋아 보이는데 어디 아픈 겁니까?"

"아, 네……."

"오늘 사실은…… 윽."

성민과 동시에 말을 꺼내는 주성을 종윤이 보이지 않게 옆구리를 찔렀다.

"무슨 일 있었습니까?"

성민이 민망한 표정을 지었다.

"제가 이가 너무 아파서 오늘 치과 치료를 받았더니…… 좀 불편해서 그럽니다."

성민이 치과에 갔다는 말을 하자 잘 익은 고기를 집으려던 정형외과 이 선생의 젓가락이 공중에서 정지했다.

"치과?"

"네. 아프다 말다 그러기에 그냥 넘겼는데 새벽에 너무 아파서요. 간질거리다가 욱신거리고. 할 수만 있다면 그냥 확 잡아 빼고 싶은 심정이던데요."

"아아! 나 그거 뭔지 알아요. 사람 진짜 잡죠. 나도 고생한 적이 있어요."

일반 외과 선생이 마취가 덜 풀린 거냐고 물었다.

"실은 마취를 안 하셨대요. 하하하."

그새를 못 참고 주성이 나섰다. 주성의 입이 벌어짐과 동시에 성민의 날카로운 시선이 곧장 주성에게 날아갔다. 성민의 험악한 표정에 정형외과 이 선생이 그의 표정을 살피며 물었다.

"혹시……."

"네?"

"혹시 최 선생. 마취 주사 맞아야 하는데 참은 건 아니고?"

성민의 얼굴이 잠시 잠깐 흔들렸지만 곧 침착한 표정으로 돌아왔다.

"마취 주사를 놓아도 소용없었을 거라고 하던데요."

"그래도 맞고 봐야지. 그 끔찍한 고통 때문에 난 비명을 지르고 싶었다고."

성민이 그냥 씩 웃고 말자 이 선생이 고개를 갸웃거렸다.

"김하은 쌤을 봤나?"

흔들리는 성민의 눈빛을 본 이 선생의 입꼬리가 천천히 올라갔다.

"여기 나 같은 멍청이가 또 하나 있네. 하하하."

다들 이 선생의 웃음소리에 의아해하며 쳐다봤다. 이 선생은 자신을 쳐다보는 사람들을 한번 쭉 훑더니 말을 꺼내기 시작했다.

"내가 말이죠. 작년에 이가 너무 아파서 치과에 갔거든. 그런데 말이야……."

이 선생이 말을 꺼내자 주성은 경청하기 위해 테이블 앞으로 바짝 붙어 앉았다. 성민은 무관심을 가장한 채 주의 깊게 듣고 있었다.

작년 겨울 정형외과에 근무하는 세준은 아프다 말다 하던 이가 심하게 쑤셔 오자 아픈 곳을 부여잡고 치과에 갔었다.

그때 세준은 작은 요정을 만났다. 그의 시선을 단번에 뺏어간 하은을. 무슨 객기로 그랬는지, 아픈데도 불구하고 참을 수 있다는 생각에 주먹을 불끈 쥐고 참은 기억이 있다.

그때의 일을 회상하며 기분 좋게 말을 하던 세준이 아쉬운 표정을 지었다.

"내가 그때 치과 갈 때마다 은근히 바라는 게 있었지. 김하은 선생 어시스트를 받고 싶었는데 내 뜻대로 안 됐어. 2과장님 어시스트 하더라고. 운 좋게 손이 빌 때 어시스트를 몇 번 받았었지."

"그러셨군요."

"최 선생은 누구한테 잡혔어요?"

"김형일 선생님이요."

"아, 오늘 운 좋았네요."

잔을 들어 원샷을 하는 세준을 성민이 진중한 눈으로 바라보았다.

"김하은 선생에게 마음 있으셨습니까?"

피식. 세준은 웃음이 나왔다. 그걸 말이라고 해?

"나? 있었지. 나만 있었나? 아마도 꽤 많을걸?"

"잘 아시네요."

"우리 과 옆이 방사선과잖아. 방사선과 총각들은 전부 김하은 선생을 마음에 두고 있을걸."

"아, 그렇군요."

그렇단 말이지. 난 왜 같은 병원에서 근무하는데 그녀의 존재에 대해 몰랐을까. 생각보다 주변에 눈이 많군.

"그런가요? 전 오늘 처음 봤는데요."

병원은 넓다. 1층에 위치한 재활의학과는 다른 층으로 연계되는 것이 드물었다.

"최 선생은 우리 병원 간호사들한테 인기가 많지, 아마? 다른 과 수련의 선생들한테도 인기가 많고. 그런데 정작 당사자는 여자한테 별로 관심이 없는 것 같고. 맞죠?"

여자에게 관심이 없다는 건 사실이 아니다. 여자를 싫어하는 남자도 있던가. 그것도 예쁜 여자를. 직무에 충실하다 보니 관심에 반응할 시간이 없었을 뿐.

"성민 선배님이야 재활의학과에 온몸을 던지셔서. 하하하."

주성이 또 쓸데없이 끼어들었다.

"아마 그런 태도 때문에 매력 점수가 더 올랐을지도 몰라. 최 선생의 활동 구역이 1층을 잘 벗어나지 않잖아?"

세준의 말처럼 성민은 병원 내 여자 간호사와 의사들한테 인기가 있었다. 온 병원을 휘젓고 다니는 주성이 오며 가며 들은 이야기를 의국으로 돌아와 죄다 풀어냈다. 그때마다 성민은 모르는 척하며 신경 쓰지 않았다. 여자에게 신경 쓸 만큼 여유롭지 않았기에.

그랬는데 갑자기 신경 쓰고 싶은 여자가 생겼다. 김하은이란 여자가 나타났다. 비록 첫 만남은 아름답지 않았지만.

"대시하는 선생이 있습니까?"

문제는 김하은이란 여자를 눈독 들이는 총각 선생들이 많다는 것이었다.

"겉으로 드러나진 않아도 알게 모르게 많이 할걸? 튕긴 사람은 몇 명 있지."

"그래요?"

"내가 알고 있기론 얼마 전에 방사선과에서도 딱지 맞은 거로 알고 있는데."

"최 선생 관심 있나 봐?"

세준은 웃으며 말했다.

"도전 한번 해 봐. 김하은 씨 마음에 들면. 최 선생이라면 승산이 있을 것 같은데."

"그렇겠죠, 선생님? 저도 그렇……."

중간에 불쑥 끼어드는 주성의 입을 종윤이 손으로 틀어막으며 눈을 부라렸다. 그 입 좀 다물란 말이다, 동기야.

다른 날보다 더 힘들었던 월요일이 마무리되어 갔다. 하은은 탈의실에서 미화와 부딪히지만 않길 바랐다. 문을 열고 들어간 하은이 멈칫했다.

또 시작이군. 저 노처녀 히스테리를 어찌해야 하나.

한쪽 구석을 차지하고 있는 낡은 가죽 소파에 퇴근 준비를 마친 미화가 딱딱한 얼굴로 앉아 있었다.

수정과 성희가 왼쪽에, 금옥이 오른쪽에 서 있었다.

아무도 실수한 게 없는데 분위기 왜 이래?

하은은 미화가 그녀에게 화가 났다는 것을 눈치챘다.

"선배님, 퇴근 안 하세요? 오늘 수술도 늦게 끝났는데 고생 많으셨어요."

최대한 밝은 목소리를 냈다. 그녀마저 기죽어 들어가면 서쪽 마녀의 기세가 더 거세질 것이 분명했다.

"나한테 일부러 그러는 거지?"

미화의 삐딱한 말투에 하은의 표정이 굳어졌다.

"뭘요?"

뭐가 또 널 기분 상하게 했는데? 딱딱해진 표정을 숨기고자 캐비닛 문을 열었다.

"지금 그게 나한테 할 소리야?"

말해야 내가 알지, 이 미친 마녀야. 오늘은 또 어떤 이상한 일로 그녀를 볶아 댈지에 대한 짜증이 치밀어 올랐다. 피곤한 발을 빨리 쉬게 해 주고 싶었다. 하은은 조용히 숨을 깊게 들이마시며 감정을 진정시켰다. 울컥하지 말자, 제발.

옷걸이를 잡은 손에 힘이 들어갔다. 감정을 억제해야 한다.

"하실 말씀이 있으면 저만 불러서 말씀하시면 좋겠어요."

옆으로 찢어진 미화의 눈이 더 가늘게 찢어졌다.

"뭐?"

"이런 말씀 드리긴 뭐하지만, 제가 개인적으로 잘못한 것이 있다면 다른 선생님들이 없는 곳에서 말씀하시는 것이 옳은 거라고 생각합니다. 제 위치도 생각해 주셔야죠, 선배님."

미화의 입술이 파르르 떨렸다. 하은은 늘 예외였다. 그녀를 무서워하지 않았다. 성희나 금옥이처럼 속없이 웃으며 자기를 달래 주지도 않는다. 미화는 그래서 하은이 싫었다. 남자 직원들로부터 관심 받는다는 것을 알아도 무관심하다. 그것도 마음에 안 들었다. 우쭐해 하면 그러지 말라고 핀잔이라도 줄 수도 있는데 그런 기회마저 없었다. 늘 냉정한 태도가 마음에 들지 않았다.

지난주에 이어 이번에도 하은의 반응은 쇼크였다. 전혀 예상치 못한 반박에 머리가 어지러웠다.

"하실 말씀 있으시면 다른 사람은 퇴근시키시죠, 선배님."

심지어 그녀에게 된통 당해도 하은은 결코 후배들에게 내색하지 않았다. 그래서 더 싫었다.

"다른 사람들은 그만 퇴근해."

말이 떨어지자마자 신속 정확하게 탈의실을 빠져나가는 모습을 보며 미화는 거만한 표정을 짓고 다리를 꼬았다.

다리를 꼬고 앉아 있는 미화와 가운을 입은 채 서 있는 하은의 모습은 묘한 대조를 이루고 있었다. 미화는 가슴 앞으로 팔짱을 끼며 하은을 잡아먹을 것처럼 쳐다보았다.

"내가 뭐라고 했지? 뒷정리 시간에 정상적으로 접수한 환자가 오지 않는 이상은 어시스트 하지 말라고 했잖아. 그거 버릇 되면 안 된다고 했지!"

옷을 갈아입어야 할까. 앉아서 듣는 척을 해야 할까. 옷 갈아입으려고 하면 사납게 돌변할지도 몰라. 하은은 돌아서서 미화를 쳐다보았다.

"김형일 선생님 마지막 환자 때문에 그러시는 거예요?"

미화가 턱을 추켜올렸다.

"재활의학과 최성민 선생님 말이야. 5시 넘어서 왔지?"

하루 종일 과장님 방에 있었을 텐데 미화가 그 일을 어떻게 알고 있는 것일까. 1과장님의 임플란트 수술이 늦게까지 진행되어 밖에는 그녀와 정리하는 학생만 남아 있었다. 학생들은 보냈는데 누가 알려 준 거야.

"치통으로 무척 고생했던 모양이던데 예약하기엔 무리가 있었어요."

치통이 애 낳는 것 다음으로 고통스럽다는 걸 아는 사람이 이렇게 융통성이 없어서야. 그놈의 절차, 권위 좀 그만 따지라고. 치과 의사랑 원수 사이도 아닌데 왜 그러는지 모르겠다.

"어쨌든. 그런 식으로 은근슬쩍 끼어드는 사람까지 자꾸 어시스트 해 주면 우리를 너무 쉽게 본단 말이야."

또 시작이다. 누가 누굴 쉽게 본단 말인가.

"지금까지 잘해 오다가 오늘 왜 그랬어?"

"정리가 다 되어 가는 상태였고 환자도 없었는데, 그렇다고 어시스트 안 할 수는 없잖아요. 바빴다면 몰라도……."

미화가 꼬았던 다리를 바꾸며 입술을 삐죽거렸다.

"혹시, 최성민 선생님 때문에 그런 거였어?"

이 마녀가 뭐라고 하는 건가. 최성민 선생님 때문이라니?

자다가 봉창 두드리는 미화의 말에 하은은 어이가 없었다.

"지금 그게 무슨 말씀이세요?"

"내가 무슨 말 하는지 잘 알잖아?"

내가 더 잘 알아? 뭘? 그러니까 지금…… 얼굴 잘생긴 의사 하나 때문에 내가 일부러 어시스트를 했다고 생각하는 거야?

"말 돌리지 말고 똑바로 말씀하세요."

"뭐, 뭐? 지금 뭐라고 했어? 똑바로 말해?"

하은은 미화의 이상한 논리와 노처녀 히스테리를 받아 주는 건 여기까지라고 생각했다. 금요일 전초전도 했겠다. 이참에 확 밟아 버릴까 싶기도 했다. 그래도 그녀보다 연차가 있어 참아야 하나 잠시 망설여졌다.

"말을 빙빙 돌리지 말고 요점을 말씀하시라고요. 저한테 묻고 싶은 말이 뭔데요, 선배님?"

"모른단 말이지?"

"네. 모르겠습니다."

그러니까 빨리 말하라고. 뭐가 그렇게 죄지을 짓인지 말이야.

"재활의학과 최성민 선생님 말이야."

아하, 역시 그 남자가 문제군.

"우리 병원에서 능력 있고, 근사한 체격에 잘생긴 외모로 손 가락 안에 꼽히는 사람이라는 거 알지?"

손가락에 꼽히는 게 아니라 톱이라는 것도 알고 있습니다. 알 고 싶지 않아도 들립니다.

"모두 눈독 들이고 있다는 거 알잖아. 관심 없는 척하더니 아니었나 보네?"

"네?"

눈독 들인다고 내 것이 되느냐 이 말이지.

"왜 밑에 사람 안 시키고 직접 한 거야? 담당 과장님 환자 없을 때 바쁘지 않으면 그 시간은 쉬기로 하지 않았나? 오늘 최동현 과장님 오후 환자 없었잖아."

미화의 말대로 하려면, 수술하는 거 보러 들어간 후배들 중 한 명을 불러내서 어시스트를 시켜야 했다는 뜻이다. 진료실 마무리하고 있는 그녀는 계속 그 일을 하면 되고 임플란트 수술 과정을 보러 간 후배를 불러내야 했다는 말이다. 과장님 환자 없을 때 쉬는 사람은 윤미화 너 말고 누가 있냐! 어디서 이상한 것만 배워 와서는.

"지금……."

귀신 씻나락 까먹는 소리 하고 있네. 울컥 올라오는 이 감정을 누르고자 하은은 두 눈을 감았다. 폭발하면 안 돼. 이성적이고 적당한 단어를 선택하려니 머리가 지끈거렸다.

"그럼 선배님 말씀은 지금, 차트 정리하는 제가 임플란트 과정을 보기 위해 들어가 있는 후배 중 한 명을 불러서 김형일 선생님 어시스트를 시켜야 했단 말이죠? 그 말씀인가요?"

"그런 일은 애들 시켜도 되는 일 아니야?"

그런 일이란다. 하, 환자 진료하는데 그런 일이 어디 있는 거지? 연차에 따라 특정한 것이 나누어진 건 사실이지만 바쁘게 돌아가는 외래에서 네가 할 일 내가 할 일을 가려서 하지는 않았다. 자연스럽게 일이 분담되다가도 손이 부족하면 일정이 비는 사람이 하기 마련이었다. 사랑니 발치 경우는 인턴 선생이 도맡아서 하기 때문에 갓 들어온 신입에게 어시스트를 맡기기도 한다. 그러면서 기구의 이름과 어디에 쓰이는지 어떻게 어시스트를 해야 하는지 배우기 때문이다.

그녀 역시 처음 치과에 왔을 때 하루에 잡힌 수술 네 건을 쉬지도 못하고 어시스트 한 적이 있었다. 점심 먹을 때 빼고는 온종일 서 있었다.

나중에 알게 된 것이지만 미화가 일부러 그녀를 잡기 위해 수술 어시스트만 시켰다고 했다. 그땐 그렇게 하는 것이 당연한 줄 알았었다.

이 서쪽 마녀는 내가 최성민 선생님을 어시스트 했기 때문에 심술이 난 거다. 화가 나면 흥분보다는 가라앉는 쪽인 하은이 천천히 말을 뱉었다.

"선배님. 지난번 일, 기억 안 나세요? 제가 밖이 좀 바빠서 선배님이랑 같이 있던 수정이 불러냈을 때 나중에 뭐라고 하셨어요? 중간에 꼭 불러낼 만큼 바빴냐고 그러셨죠? 오늘 같은 경우는 외래 환자가 거의 끝났을 때 온 거였고, 정리도 다 끝났기 때문에 제가 한 거예요. 수술도 곧 있으면 끝날 것 같아서 끝까지 보라고 불러내지 않은 거고요."

1과장님이 후배들을 휘장처럼 거느리는 것을 좋아하는 것처럼 미화도 그랬다. 꼬박꼬박 선배님이란 호칭과 선생님 호칭을 쓰게 했다. 특히나 후배들이 그녀를 어려워한다는 것을 의사들에게 보여 주고 싶어 했다.

"그래서 지금 날 가르치겠다는 거야?"

"그렇게 받아들이지 마세요, 제발."

하은의 차분하지만 미묘하게 훈계하는 말투에 미화는 신경질이 났다. 차라리 감정을 담아 말을 했으면 했다. 그래야 대든다고 뭐라고 할 수 있으니까 말이다. 감정이 없는 사람처럼 차근차근 설명하는 하은을 보며 미화의 얼굴색이 울긋불긋 변하기 시작했다.

"지금 제가 선배님을 가르친다고 생각하세요? 왜 말을 이상하게 받아들이세요? 제가 지금 선배님한테 말대꾸하는 것처럼 들리겠지만. 아니, 말대꾸해서 정말 죄송합니다. 하지만 선배님, 이건 억지잖아요. 잘 생각해 보세요."

정상적이지 않은 대화는 끝이 없을 것이다. 하은은 캐비닛을 열고 옷을 갈아입기 시작했다.

분노를 담은 미화의 두 눈이 하은에게 향했다. 뭐라고 대꾸해야 하는데 평상시 그녀의 모습이 아니었기에 미화는 입술을 깨물었다. 옷을 갈아입는 하은의 등을 한껏 노려보던 미화는 탈의실 문이 떨어질 정도로 쾅 닫고 나가 버렸다. 얼마나 세게 닫았는지 벽에 걸린 액자가 한쪽으로 기울었다.

"사람 진짜 피곤하게 하네."

탈의실을 나서기 전 휴대폰을 확인해 보니 혜원으로부터 문자가 와 있었다.

〈마녀가 너 붙잡았다며? 무슨 일이야? 너희 집 아파트 커피숍에 가 있을게. 그리로 와.〉

혜원은 간호과 소속이기 때문에 탈의실이 달랐다. 퇴근하다가 후배들과 마주쳤던 모양이었다.

집 앞 커피숍에 들어가자 혜원이 미소를 지으며 손을 흔들었다. 하은이 털썩 자리에 앉자 혜원이 흥분된 목소리로 물었다.

"뭐래? 그 늙은 마녀가 또 뭘 빌미 삼아 널 잡은 거야? 응?"

하은은 눈을 감으며 소파에 등을 기댔다.

"나, 오늘 좀 대들었다?"

"무슨 말이야? 혹시 너 터트린 거야?"

"터트린 건 아니고. 하도 이상한 말을 하니까 버럭 하게 되더라고. 턱밑까지 울컥했는데 겨우 눌렀어."

"에이."

대들었다는 말에 귀를 쫑긋 세웠던 혜원은 간신히 참았다는 말에 바람이 빠졌다.

"그래도 어느 정도 하고 싶은 말은 한 것 같아."

"잘했어! 근데 뭐 때문에 그런 거야?"

하은은 탈의실에서 있었던 일을 차근차근 풀어 놓았다. 테이블 주변에 다른 사람들이 있었음에도 하은의 이야기를 듣던 혜원의 목소리가 흥분으로 커지기 시작했다.

"나 공급실 갔을 때 그런 일이 있었어? 완전히 미쳤어, 미쳤어. 그걸 말이라고 하는 거래? 그러니까 자기 먹이를 네가 낚아채 갔다! 뭐, 이런 말 아니야? 진짜 어이없다."

"먹이? 넌 또 무슨 말을 하는 거야."

"야, 안 봐도 비디오야. 재활의학과 능력자, 우리 병원 황태자가 치과에 납시셨는데 당연히 어시스트 하고 싶었겠지. 안 그래?"

"뭐, 소문대로 잘생기긴 했더라."

하은은 병원 사람들의 얼굴을 눈여겨보지 않았다. 치과에 일이 있어 오거나 업무적으로 대화할 때 빼고는 병원 사람들에게 큰 관심을 보이지 않았다. 최성민이란 남자에 대해서도 소문으로만 들었지 얼굴을 정식으로 본 건 오늘이 처음이었다. 게다가 바로 눈앞에서 마주했다.

"그 반응은 뭐야? 잘생겼지, 똑똑하지, 키 크지. 게다가 다가오는 여자들 많은데 무반응이지. 그만한 매력을 가진 남자가 어디 있다고."

"아, 몰라. 감정적으로 말하면 안 되겠다 싶어서 심호흡 몇 번 하고 차근차근 말했어. 그랬더니 그냥 휙, 하고 나가 버리던데? 문짝 부서지는지 알았어."

"진짜?"

"분명히 날 노려봤겠지. 뒤통수가 따갑더라고."

"오늘 네 행동에 놀랐나 보다. 내일 계획 짜서 올걸?"

"공격하라고 그래. 나도 이제 더는 못 참아."

"참지 마. 그거 오래 참으면 병 된다."

혜원이 테이블 위로 몸을 낮추며 물었다.

"근데, 최성민 선생님 언제 또 오는데?"

"너까지 이러기야?"

✳   ✳   ✳

수요일 오전 8시. 월요일 그 일이 일어난 뒤로 하은은 미화와 말 한마디 나누지 못했다. 미화가 일방적으로 입을 다물었기 때문이었다. 병원으로 향하는 하은의 발걸음은 평상시와는 다르게 무거웠다. 사건의 주인공인 성민이 오늘 치과에 오기 때문이다.

"미화 선배가 하라지. 그 잘난 남자 가까이서 보라고. 원 없이 보고 화나 풀었으면 좋겠네."

다행히 서원일 과장님 환자 스케줄이 잡혀 있어서 부딪힐 일은 없을 것 같아 안심이었다. 남자에게 그다지 관심이 있는 편이 아닌 데다, 의사는 더더욱 관심이 없었다. 병원 내에서 의사와 간호사가 사랑에 빠져 결혼하는 케이스가 종종 있긴 했지만 하은은 그런 인연은 원하지 않았다.

이런저런 생각을 하며 걷는 하은을 멀리서 바라보는 사람이 있었다. 병원 1층 현관 입구에서 세준과 커피를 마시던 성민의 눈에 하은이 걸어오는 것이 보였다.

"안녕하세요."

병원 현관으로 들어오는 하은에게 세준이 먼저 인사했다.

"아, 네. 안녕하세요. 여전히 바쁘시죠?"

"늘 그렇죠, 뭐. 치과는 좀 어때요?"

"늘 똑같아요."

"참, 우리 과에서 치과 치료 원하는 환자가 있어서 오후에 환자 한 분 치과로 내려갈 겁니다."

"알겠습니다."

세준과 인사를 주고받으며 성민과 눈이 마주친 하은은 살짝 고개를 숙여 눈인사했다.

성민은 그녀의 눈빛에서 이상한 느낌을 받았다. 이세준 선생과는 대화를 잘하면서 나한테는 왜 이러지. 거리감이 느껴졌다.

그대로 병원 안으로 들어가려는 하은에게 성민은 말을 걸었다.

"오늘 오후 4시 30분에 예정대로 가면 되는 건가요?"

그의 말에 하은은 무표정한 얼굴로 대답했다.

"네. 그 시간에 오시면 돼요."

말이 끝남과 동시에 하은은 가 버렸다. 세준은 떠난 그녀의 뒷모습을 보고 있던 성민에게 물었다.

"표정이 왜 그래요?"

"아무것도 아닙니다."

그의 대답에 세준이 옅은 미소를 지었다.

"다가가기에 좀 힘든 스타일 같죠? 대화하기 참 힘들다니까요. 업무적인 것 말곤 영 소득이 없네. 병원에 있는 동호회 활동은 꽤 활발하게 잘한다고 하던데. 이상하게 우리한테만 좀 차갑다고 할까요?"

"우리요?"

"의사들한테 차가워요. 아니, 차갑다기보다 뭐라고 해야 하지? 거리감을 둔다고 해야 하나? 그런 게 느껴지더라고요."

"친절하시던데요?"

"친절한데 뭔가 다른 거 있잖아요. 그 점에 대해서 소문이 무성해요."

친절은 한데 거리감을 둔다라. 분명 그녀는 친절했다. 그 이상 그 이하도 아닌. 다른 여직원 같았으면 그와 뭔가 더 이야기를 나누려고 했을 텐데 그런 것도 없었다. 필요한 말만 하고 귀찮다는 듯 사라졌다.

"무슨 소문입니까?"

의사들에게만 유독 거리감을 둔다는 말에 성민은 하은에 대해 알고 싶은 마음이 커졌다.

점심시간이 되어 다들 식당으로 움직이는데 하은은 오전에 봤던 병실 환자 때문에 식욕이 사라졌다. 그녀가 움직이지 않자 성희가 미화의 눈치를 보더니 슬그머니 다가와 물었다.

"하은 선배님. 안 가세요?"

"식욕이 없네. 가서 먹고 와. 난 매점에서 사 먹든지 할게."

한참을 앉아 있던 하은은 지갑을 꺼내 1층 편의점으로 향했다. 오후 진료를 보려면 입맛이 없어도 뭔가를 먹어야 했다. 샌드위치 반 조각을 겨우 먹은 하은은 양치질을 하고 진료실로 향했다.

문을 열고 들어가자 그녀가 담당하고 있는 서원일 과장님의 스케줄 표를 보고 있던 미화가 아무 일 없었다는 듯 자리를 떠났다.

"뭐가 궁금한 거지?"

그녀의 인사도 받아 주지 않던 미화가 왜 갑자기 서 과장님 스케줄 표를 보는지 의문이 들었다. 환자 예약을 많이 잡았으면 그걸 또 꼬투리로 잡으려는 건가.

오후 스케줄을 보니 4시에 보철 환자가 한 명 잡혀 있었다.

50대 중반의 남자로 지난번에 기둥(Post)을 박고 본을 뜨고 가 오늘은 씌우기만 하면 되는 환자였다. 시간이 오래 걸리지 않기 때문에 밖에 일손을 도울 수 있는 시간이 있는 것 같아 그나마 다행이라는 생각이 들었다.

오후 3시 50분 서원일 과장 진료실.

"안녕하세요. 오늘이 마지막 날이라 시원하시겠습니다."

"네, 과장님."

환자도 마지막 날이라 그런지 기분이 좋아 보였다. 충치 때문에 왔다가 신경 치료를 하게 된 경우였는데 다른 치아에 고름 주머니까지 발견돼서 고생을 많이 한 환자였다. 하은이 예약 날짜를 한꺼번에 잡아 주었지만 몇 번 빠지는 바람에 치료가 예정보다 늦게 끝나게 되었다.

"교합지."

한쪽은 빨간색, 반대쪽은 검은색으로 된 교합지는 보철물을 씌우고 난 다음 높낮이를 보기 위한 것이다. 높이가 맞지 않으면 음식이 잘 씹히지 않거나 턱이 아프게 된다.

"자, 음식을 씹는다 생각하시고 평상시처럼 어금니로 다물어 보세요. 딱딱딱 해 보세요. 됐습니다. 아, 하세요."

미세한 높낮이의 차이를 깎아 내고 주변의 치아와 높이를 맞추었다.

"이제 끝났습니다. 음식 드셔 보시고 불편하시면 참지 마시고 바로 오십시오."

"아휴, 선생님. 정말 감사합니다."

"네. 그럼 안녕히 가세요. 관리 잘하시고요."

체어에서 내려온 환자는 주변 눈치를 보며 하은에게 다가왔다. 작은 종이 가방을 그녀의 손에 쥐여 주었다.

"그동안 고생 많았어요. 내가 약속도 잘 못 지키고 시간도 어기고 했는데. 이거, 좋은 건 아니고 그동안 잘 봐준 것에 대한 감사의 표시니까 부담은 갖지 말아요."

"어머, 제 할 일을 한 건데요. 이러시면 오히려 더 죄송하죠."

"아유. 무슨 말을 그렇게 해요. 김하은 선생님이 잘해 주셔서 치과 오는 게 참 좋았어요. 우리 예쁜 선생님 얼굴 본다는 생각으로도 왔으니까. 하하하."

"고맙게 잘 받겠습니다. 감사합니다. 안녕히 가세요."

"또 언제 올지 모르겠지만, 안 오는 게 좋겠죠? 안녕히 계세요. 수고하세요."

서랍 빈 공간에 종이 가방을 넣고 뒷정리를 하는데 수정이 눈을 동그랗게 뜨며 다가왔다.

"선배님. 선배님."

"왜? 무슨 일이야?"

"왔어요. 왔어요."

수정이 호들갑스럽게 말을 하자 하은의 인상이 찌푸려졌다.

"웬 호들갑이야. 누가 왔는데. 또 연예인이라도 왔어?"

수정이 하은의 귓가에 손을 대고 속삭였다.

"아니요. 최성민 선생님이요."

"재활?"

"네. 진짜 끝내주게 생겼는데요? 전 말로만 듣고 멀리서 얼굴

잠깐 본 게 단데, 오늘 보니까 대박이에요. 정말 멋있게 생겼어요! 진짜 잘생겼다!"

수정의 두 눈은 이미 이곳 세계의 것이 아니었다. 또 하나 갔다. 두 손 모아 칭송하는 것을 보며 하은은 고개를 흔들었다.

"그러면 네가 김형일 선생님 어시스트 하던가."

"픕, 벌써 미화 선배님이 준비하고 있어요."

"미화 선배님이? 과장님 환자는?"

"과장님 환자가 4시에 있었는데 좀 일찍 끝났더라고요? 근데 보통 미화 선배님은 다른 쌤들 환자 어시스트 잘 안 하시잖아요. 오늘은 웬일로 밖에 나오셨데요?"

수정은 오후 스케줄 표를 보고 이제나저제나 최성민 선생이 오기를 기다렸다고 한다. 체어 돌아가는 걸 눈치껏 살피며 어떻게 하면 그 잘생긴 남자를 담당할까 싶어 머리를 싸매고 있었는데 갑자기 미화 선배가 나타났단다. 이것저것 시키면서 안 하던 뒷정리를 하려고 책상 앞에 앉더라는 것이다.

잘하셨네요. 오늘 마음껏 보세요. 실컷, 배 터지게.

예약 시간에 맞춰 치과에 들어선 성민은 하은의 모습을 찾아 진료실을 두리번거렸다. 서 있는 그에게 다가온 사람은 키가 크고 빼빼 마른 여자였다. 작은 두 눈은 심술 맞게 옆으로 가늘게 찢어져 있었다. 누가 들어도 과잉 친절이 표가 날 정도로 그에게 상냥하게 말을 건넸다.

"어머, 최 선생님 웃으시니까 더 멋지시네요! 병원에 소문 자자한 거 아시죠? 가까이서 보니 왜 그런 소문이 났는지 알 것 같아요."

이 여자가 오늘 어시스트 하는 건 아니겠지.

"이쪽으로 앉으세요."

어찌나 친절하고 코맹맹이 소리를 하던지 성민은 어이가 없어 피식 웃음이 나왔다. 너무 어이가 없어서 웃은 건데 이 여자 얼굴을 붉히며 배시시 웃는다. 나 참. 시선을 내려 이름을 확인했다.

치위생사 윤미화

이비인후과에 가 보라고 할까. 꽉 막힌 코맹맹이 소리를 내는 이 여자가 이유 없이 싫어졌다. 체어에 누우며 성민은 종알거리는 입을 어떻게 하면 막을 수 있을까 생각했다. 왜 마스크를 안 하는 거지.

체어에 앉아 주변을 두리번거리는데 형일이 나타났다. 마스크를 끼며 형일이 미화를 의문스럽게 쳐다보았다. 미화가 밖으로 나온 것이 의아했다.

"김하은 쌤은 어디 있어요?"

"아…… 하은 선생님이요? 오늘 서 과장님 진료 있잖아요. 과장님 환자 본다고 아예 안 나오던데요?"

"아, 그래요?"

"손이 모자란 데 나오면 좋으련만. 진료도 끝난 것 같은데 안 나오네요."

치료를 시작하려던 형일의 손이 일순간 멈췄다가 곧 아무 일

없다는 듯 다시 움직였다.

그녀를 보지 못할 것 같단 생각에 치료나 받고 가려 했던 성민은 난처한 상황에서 하은을 보게 되었다. 하필이면 지금……. 근관 길이 측정을 위해 파일을 꽂은 상태로 X—ray를 찍고 있는 상황이었다. 그를 보는 둥 마는 둥 지나치는 하은의 뒤를 성민의 눈빛이 좇아갔다.

밖으로 나온 하은을 본 미화가 웃으면서 말을 걸었다.

"과장님 진료는 다 끝났어요?"

"네?"

"아까 마무리 못 했는데 앉아서 그거 정리 좀 해 줘요. 서 과장님 오늘 환자 많은 것 같던데 고생했어요."

순간 형일과 후배들의 모든 시선이 미화와 하은에게 향하게 했다. 미화의 말에 하은의 큰 눈이 더 커졌다.

나보고 지금 앉아서 정리하라고 했지? 내가 앉아 있는 모습은 선배가 제일 싫어하는 거 아니었나? 필름을 현상하는 미화를 쳐다보는데 누군가의 시선이 느껴졌다. 성민이 자신을 빤히 쳐다보고 있었다.

"사진 찍었습니다. 자리에 가서 앉으세요."

성민이 입을 벌린 상태로 그녀의 뒤를 따라왔다.

성민이 자리로 돌아가 체어에 눕자 하은은 수정을 불렀다.

"김수정 선생님, 가서 석션(Suction) 좀 해 주세요."

파일을 꽂은 경우 입을 다물지 못하기 때문에 환자는 상당히 불편해한다. 파일이 입안에 고정되어 있어 계속 침이 고이기 때문이다. 최대한 신속하고 정확하게 사진을 찍어 환자를 체어에

64

눕혀야 했다.

현상된 필름을 손에 들고 오면서 미화가 수정을 빤히 쳐다보았다.

"가서 다른 정리하세요. 여긴 내가 할 테니까."

파일을 뽑으며 형일이 의아한 눈빛으로 미화를 쳐다보았다. 치료가 끝나고 형일이 자신의 스케줄 표를 보며 금요일이 어떤지 물었다.

성민은 잠시 생각에 잠겼다. 금요일은 재활의학과가 바쁜 날이었다.

"금요일은 바빠서요. 다른 날은 안 될까요? 너무 늦나요?"

두 사람의 대화를 듣고 있던 미화가 끼어들었다.

"그러면 월요일 아침은 어떠세요? 그때도 바쁘시려나? 아니면 월요일 오후 이 시간은 괜찮으세요? 그날로 잡아 드릴게요."

사실 이번 주 금요일은 미화가 생리 휴가를 낸 날이었다. 성민이 금요일은 바쁘다고 하자 미화는 속으로 환호를 질렀다. 다음 주 월요일부터 수요일까지는 최진국 과장이 학회 일정으로 진료가 없다. 자신이 그를 맡을 좋은 기회였다.

미화가 예약을 잡는 동안 하은은 조용히 진료실 안을 정리했다. 마지못해 월요일로 약속을 잡은 성민은 정리하는 하은을 눈치껏 살피고 있었다. 얼굴이라도 보면 좋으련만.

진료실을 둘러보니 그가 마지막 환자였다. 마스크를 한 채 이리저리 움직이는 그녀를 보며 성민은 답답함을 느꼈다. 본인도 모르게 생각이 입을 통해 나왔다.

"마스크 하고 있으면 답답하지 않아요? 진료도 다 끝난 것 같은데."

그가 하은에게 말을 걸자 미화는 속으로 외쳤다. 안 돼! 마스크 벗지 마! 김하은, 제발 벗지 마!

미화는 그가 하은의 얼굴을 보기를 원치 않았다. 얼굴을 보는 순간 자신이 세워 둔 계획이 무산될 것 같아 조바심이 났다.

미화는 알고 있다. 남자 직원이 치과에 진료를 받으러 올 경우 하은은 마스크를 잘 벗지 않는다는 사실을. 하은은 사람들의 시선이 닿는 걸 싫어했다. 그녀라면 마음껏 즐길 텐데 하은은 자꾸 숨으려고 했다. 안 그래도 마스크를 한 얼굴이 예쁘다고 소문이 나 있는 상태인데 온전한 얼굴까지 본다면 자신에게 온 기회마저 빼앗길 것 같았다. 미화는 지난번 성민이 하은의 얼굴을 본 것을 모른 채 속으로 간절히 되뇌고 있었다.

성민의 말에 하은은 계속 마스크를 하고 있다는 것을 알았다. 그제야 답답함을 느낀 하은이 손을 움직였다. 마스크를 턱 아래로 내리며 입술을 밀어 올리며 숨을 불어 냈다.

그 모습을 보던 성민은 만족스러운 웃음을 지었다. 마스크를 턱 아래로 걸친 하은은 완전히 벗은 때와는 또 다른 느낌으로 그에게 다가왔다. 양쪽 귀에 마스크를 건 채 턱 아래로 내린 모습이 은근히 귀엽게 보였다.

아침에 한 번, 오후에 한 번 보는 거로 만족해야겠네. 진료실을 나서며 성민은 눈으로 하은을 한 번 더 쳐다보았다. 아무래도 미화라는 여자 때문에 그녀에게 말 걸기는 쉽지 않을 것 같았다.

성민이 의국에 들어서자 논문을 보고 있던 주성이 자리에서 벌떡 일어나 그에게 다가갔다.

"선배님, 오늘도 보셨어요?"

생각에 빠져 있는 성민을 본 종윤이 재빠르게 주성의 입을 틀어막았다.

"읍, 푸푸푸. 야. 왜 이래?"

"넌 입 좀 다물어! 시끄러워 죽겠다. 따라 나와."

밖으로 나가려는 종윤의 팔을 뿌려 치며 주성이 그 방정맞은 입을 열기 시작했다.

"아, 왜! 너도 궁금하잖아."

"이 자식이 진짜."

눈치 빠른 종윤은 벌써 성민의 상태를 알아챘다.

"나중에 물어봐. 나중에."

"선배, 오늘 무슨 일 있었는지 아세요? 선배가 치과에 치료받으러 다니는 거 벌써 소문 다 났어요."

성민이 날카로운 눈이 주성에게 꽂혔다.

"뭐?"

그 번뜩이는 눈빛에 까불거리며 말을 하던 주성이 더 말을 하려다가 입을 다물었다.

"김주성, 그게 무슨 말이야?"

"저, 저기……."

1층에서 거의 벗어나지 않는 세림대학병원 인기남이 2층으로 올라갔으니 누가 모르겠는가. 2층에 다른 과가 없는 것도 아니고.

"내가 치과 가는 게 이상한 일이야? 관심 끄라고 해."

최고 주가를 달리고 있는 최성민과 친절하지만 차가운 김하은이 한 공간에 있게 되었는데 관심이 가는 건 당연했다. 본인들만 모를 뿐이었다.

그뿐인가. 주성이 오늘도 이리저리 병원을 휘젓고 다니는 바람에 소문은 급속하게 번져 나갔다. 딱딱한 표정의 성민을 보며 종윤은 가시방석에 앉은 느낌이었다. 종윤이 그것 보라는 식으로 눈짓하자 주성이 난처한 표정을 지으며 성민의 눈치를 봤다. 곧바로 자신의 입을 자책하듯 때리기 시작했다.

"김주성, 소문의 근거지가 너야?"

화가 난 건지 도통 알 수 없는 표정에 주성은 다리가 덜덜 떨렸다.

"아휴, 내가 요놈의 입 때문에……."

주성의 입방정은 소문의 확산 속도를 빠르게 했다. 언젠가는 소문이 날 일이긴 했다. 그 시기만 앞당겨진 것뿐.

"김주성 똑바로 말해. 하나도 빼놓지 말고."

온몸에 소름이 돋을 정도의 찬 기운이 성민으로부터 뻗어 나오자 주성은 더듬거리며 말을 꺼내기 시작했다. 성민이 이가 아파서 치과에 갔는데 하은을 봤다, 선배도 예쁘다고 하더라, 자신이 봐도 정말 예쁘더라. 그렇게 성민과 하은의 만남이 쫙 퍼지고 방사선과와 정형외과 사람들이 물어보더라는 것이다.

정형외과에서 한 인물 한다는 세준도 하은에게 제대로 다가가지 못한 것을 몇몇 사람들도 알고 있었다. 친절하지만 어딘가 모르게 다가가기 힘든 그녀가 과연 성민에게도 같은 태도를 보일지 사람들은 궁금해했다.

"어떤 분들은 내기도 하셨는데요."

"뭐?"

성민의 진한 눈썹이 꿈틀거렸다.

"그런 쓸데없는…… 왜 유독 하은 씨에 대해 사람들이 관심을 가지는 거야?"

주성이 눈을 굴려 종윤을 쳐다보았다. 종윤은 어깨를 으쓱했다.

"입에 오르내리는 사람인데, 난 왜 이제 알게 된 거지?"

재활의학과 레지던트로 일한 지 2년이나 지났지만 사람들의 관심이 이 정도로 쏠리는 여자라면 진즉에 그도 알았어야 했다.

"그게…… 요란하게 막 눈에 띄는 스타일이 아니고 뭐랄까, 소리 소문 없이 사람들의 관심을 받았다고나 할까요?"

"그래?"

"얼굴도 예쁘잖아요. 마스크를 한 모습도 예쁘고, 목소리도 예쁘고."

선배가 조금만 주위에 관심을 뒀다면 더 일찍 알았을 거랍니다. 주성은 병원 사람들 모두가 아는 이유를 새삼스럽게 물어보는 성민을 보며 고개를 절레절레 저었다.

"친절한데 뭔가 좀 분위기가 다른? 쉽게 다가가기 힘든 그런 느낌인데, 그렇다고 차갑거나 도도한 스타일도 아닌 것이……."

"그냥 눈이 간다?"

"그렇죠! 묘한 매력이 있어요. 예쁘기만 하면 금방 가라앉을 텐데."

"흠."

하은의 이야기가 길어질수록 바뀌는 성민의 표정을 보며 주성은 조금씩 긴장을 풀고 입을 열었다.

"키가 살짝 작은 것 같지만, 아담한 사이즈라 좋죠."

품에 쏘옥 안긴다고 말하고 싶었지만 참았다.

"선배는 환자 말고는 관심 없었잖아요. 1년 차에는 들어오자마자 환자 본다고 정신없었죠. 지금도 마찬가지고요. 지난번에 전 과장님께서 치과 치료받으시면서 예쁜 사람 있다고 말했는데 기억 안 나세요?"

전호진 과장이 치과에 정말 참하게 생긴 사람이 있다고 말한 것 같기도 했다. 성민은 그냥 흔히 어른들이 말하는 그런 여자일 거라 생각했다.

"실제로 보니까 선배는 어떠세요? 뭔가…… 느껴지세요?"

"느끼다니?"

"에이. 이거 왜 이러세요. 제가 척하면 착인데! 아예 관심이 없는 것도 아니면서! 은근히 끌리는 거 못 느꼈어요?"

"시끄러워."

그녀를 둘러싼 소문에 대해서 알아봐야겠다는 생각에 성민이 일어섰다. 세준을 만나야겠다.

"지금 미리 말해 두지만 앞으로 입 조심해."

성민의 손가락이 정확하게 주성을 가리켰다.

"병원 휘젓고 다니지 말고. 콘퍼런스 준비나 해."

"아악! 콘퍼런스."

요 며칠 농땡이 치고 돌아다녔던 주성은 콘퍼런스 준비를 하나도 하지 못했다는 것을 알았다.

"으악. 머리 터지겠다."

머리를 벅벅 긁는 주성을 보며 종윤은 혀를 찼다.

"잘한다. 잘해! 너 준비 하나도 안 했지?"

"그걸 말이라고 하냐. 오늘부터 밤새야 해. 야, 너 논문 가진 것 좀 있냐?"

"너랑 나랑 주제가 다른데 뭘 달라는 거야! 인마, 당장 가서 논문부터 찾아."

금요일 오전 재활의학과 재활 센터.

"왜요? 제가 불쌍해서요? 선생님도 저 보면 다리 병신이라고 말하고 싶어요?"

허리까지 내려오는 긴 생머리의 예쁘장하게 생긴 여자아이가 성민을 노려보며 소리치고 있었다.

"선생님께 무슨 말버릇이야. 당장 잘못했어요, 말해. 어서!"

"아닙니다. 괜찮습니다, 세아 어머니."

"아이고, 선생님. 아직 세아가 어려서…… 정말 죄송합니다. 며칠 전에 안 나가겠다는 걸 제가 억지로 데리고 동네 한 바퀴 돌았는데, 휠체어에 타고 있는 세아를 보더니 동네 꼬마 애들이……."

말을 잇지 못하고 손바닥으로 눈물을 훔치는 세아 어머니를 보며 성민은 세아에게 따뜻한 목소리로 말을 걸었다.

"세아야. 너 평생 방 안에만 있을 거니?"

"네. 밖엔 안 나갈 거예요. 안 나가요."

고집스럽게 입술을 앙다물고 눈물을 참으려는 세아의 머리를 달래듯 부드럽게 쓸어내렸다.

"친구들이랑 밖에서 뛰어놀고 싶은 생각은 없어?"

"이런 다리로 어떻게 뛰어놀아요! 오늘처럼 그 이상하고 징그럽게 생긴 막대기를 저보고 하라고 하면 이젠 병원에 아예 안 올 거예요!"

큰 눈에 눈물을 그렁그렁 매단 채 울먹이는 세아를 성민은 안타까운 표정으로 바라보았다. 장신의 몸을 구부리고 앉아 커다란 손으로 작은 꼬마 아가씨의 눈물을 닦아 주었다.

"그래. 선생님이 더 이상 세아한테 아무 말도 안 할게. 그러니까 다음번 정기 검진 날짜엔 꼭 와야 한다. 알았지?"

정상인 한쪽 발을 흔들며 바닥을 내려다보는 세아에게 다시 말했다.

"선생님 보러 안 올 거니? 선생님은 세아가 오는 날만 손꼽아 기다리는데."

"왜요?"

기다린다는 말에 고개를 들어 세아가 그를 쳐다보았다.

"예쁜 꼬마 아가씨 보는 게 좋으니까 그러지. 다음번 날짜에 꼭 와야 한다."

대답 대신 고개를 끄덕이는 세아에게 성민은 새끼손가락을 내밀었다.

"약속하고 도장 찍어야지. 꾸욱. 복사도 하고."

작고 가는 손가락이 굵은 새끼손가락에 걸렸다. 엄지 도장을 찍고 손바닥을 미끄러트려 복사한 것을 주머니로 넣는 세아에게 성민이 작은 종이 가방을 내밀었다.

"이게 뭐예요?"

"선생님이 꼬마 아가씨에게 주는 선물."

선물이라는 말에 아이의 눈동자가 반짝였다.

"선물이요?"

"집에 가서 보기. 그리고 선생님이랑 약속 하나 할까?"

"약속이요?"

"응. 그 안에 선생님이 세아에게 보여 주고 싶은 것이 있는데 그거 끝까지 보고 오기! 어때?"

"뭔데요?"

"보면 알아. 세아에게 도움이 될 것 같아서 선생님이 주는 거야. 꼭 봐야 한다."

"네! 근데 그거 보고 감상문 써야 해요?"

"아니. 일주일 뒤에 와서 그때 이야기해 주면 돼."

"네, 선생님! 일주일 뒤에 올게요."

성민이 세아에게 준 것은 외국에 있는 장애 아이들의 모습이 담긴 CD였다. 방송에 나왔던 이야기도 들어있다. 사고로 다리를 잃거나 하반신 마비가 된 아이들이 신체의 불편함을 극복하고 자신이 하고자 하는 일을 해 나가는 과정을 담고 있다. 13살인 세아에게는 어려운 내용일 수도 있겠지만 뭔가 새로운 것을 느끼길 바랐다.

재활 센터에서 오전 시간을 보낸 성민은 의국으로 향했다. 그는 자신의 책상 위에 노란 포스트잇을 발견했다.

치과에서 오후에 치료받으러 올 수 있는지 전화 왔었음. 김하은 치위생사.

다음 치료 날짜는 월요일이었다. 오늘은 바빠서 안 된다고 했는데 왜 연락이 왔을까.

3
심장이
쫄깃쫄깃

그녀의 이름을 천천히 보는 성민의 눈빛이 활기를 띠며 반짝였다. 아직 점심시간 전인 걸 확인한 그는 수화기를 잡았다.

―안녕하십니까. 치과 치위생사 김성희입니다.

"안녕하세요. 재활의학과 최성민입니다. 메모 받고 전화 드리는 건데 김하은 선생님이랑 통화 가능할까요?"

―아, 잠시만 기다리세요. 바꿔 드릴게요.

그녀의 목소리를 들을 생각을 하니 심장이 평소보다 배는 더 빨리 뛰는 것 같았다.

―치위생사 김하은입니다. 최성민 선생님?

"네, 최성민입니다. 메모 남기셨던데요?"

―네. 김형일 선생님께서 오늘 오셨으면 하세요. 월요일은 너무 늦다고 말씀하시는데, 오늘 많이 바쁘시…….

"아닙니다. 언제 올라가면 되죠?"

—점심 식사 하시고 1시 30분 어떠세요? 오늘은 내려올 병실 환자가 없거든요. 시간 괜찮으시겠어요?

　"네. 그럼 1시 30분에 뵙죠. 전화 주셔서 감사합니다."

　수화기를 내려놓는 성민의 얼굴은 만족감으로 가득 찼다. 전화로 듣는 그녀의 목소리는 실제로 듣는 것과는 또 다른 느낌이었다. 맑은 목소리가 귓가에 맴돌았다. 실제로 그녀의 귓속말을 들으면 지금과 같을까. 피곤했던 오전 시간을 말끔히 날려 주는 청량감 가득한 목소리. 계속 듣고 싶어졌다.

　직접 전화한 걸 보면 아마도 하은의 어시스트를 받을 것 같단 생각이 들었다. 예상치 못하게 오늘 그녀를 볼 수 있다는 것에 입술이 만족스럽게 휘어졌다.

　재활의학과에서 온 전화를 성희가 받은 뒤 곧장 하은을 찾자 형일은 오전에 있었던 일이 떠올랐다. 오전 병실 환자가 올라가고 형일이 모니터 속 예약 환자 리스트를 보더니 옆에 서 있는 성희에게 물었다.

　"오늘은 예약 환자가 적은 모양이네요. 리스트가 확 줄었는데, 누구 휴가예요?"

　"네. 미화 선생님이요. 그래서 최 과장님 환자 빠지고, 서 과장님 환자도 오늘 몇 분 없어요."

　"그래요? 내 스케줄 표 좀 보죠."

　환자도 많지 않은 데다 미화가 오늘 하루 휴가라 없다고 했다. 형일은 성민을 불러 빨리 치료를 끝내야겠다는 생각이 들었다.

지난번 미화의 이상한 말과 행동에 형일은 할 말을 잃었었다. 평상시와는 다른 과장된 말과 이상한 코맹맹이 소리에 기가 막혀서 어시스트를 바꿔 달라는 소리가 튀어나오려는 것을 겨우 참았었다.

분위기를 보아하니 재활의학과 최성민이 원인인 것 같았다. 최진국 과장님 환자 진료가 끝나면 미화도 같이 쉰다는 건 치과 식구들 모두가 알고 있는 사실이다. 치과 의사와 치위생사는 상하 관계가 아닌 서로 돕는 관계이기 때문에 진료에 크게 차질이 생기지 않는 이상 치위생사들이 하는 행동에 대해서 터치를 하지 않는다.

3년 동안 형일의 눈에 비친 하은은 미화의 온갖 투정과 질투, 시기를 꾹 참으며 잘 견디고 있었다. 하은은 후배들에게 그 스트레스를 푸는 스타일도 아니었고 스트레스를 받는 상황에서도 환자들을 늘 미소로 대했다.

형일은 치료받으러 왔던 성민이 하은을 여러 번 힐끔거리는 것을 보았다. 상처 받기 싫어서 아예 담을 쌓아 버린 하은이 성민의 관심에 어떤 반응을 보일지 궁금하기도 했다. 이미 그는 하은에 대해 마음을 고이 접어 한쪽 구석에 보관하는 중이다.

성민에 대한 소문은 형일 역시 알고 있다. 사람 됨됨이가 좋다는 것을 다른 교수들을 통해 익히 들었다. 인연이 되면 두 사람을 만나게 해 주고 싶었다. 막말로 아님 말고. 미화가 없을 때 두 사람을 만나게 해야겠단 생각에 형일은 하은에게 재활의학과에 전화해 보라고 했다.

"최성민 선생님은 다음 주 월요일 약속인데요?"

"수요일 날 했으니 토요일이면 딱 좋은데 토요일은 내가 없고. 지난번 상태로 보면 월요일은 너무 늦을 거 같으니까 시간 되면 올라와서 받으라고 해요. 복잡한 월요일 날 바쁘게 움직이는 것보다 낫잖아요?"

성민이 금요일에 바쁘다고 해서 월요일로 잡은 것이지만 하은이 전화를 하면 어떻게 해서든 올 거라고 형일은 확신했다. 전화가 온 걸 보니 제 예상이 틀리지 않았던 모양이다.

예약 시간이 바뀐 것을 확인한 형일은 의국으로 걸어가며 하은과 초창기에 함께 일한 기억을 떠올렸다.

형일은 인턴 때부터 그녀의 어시스트를 받았다. 치과 내에서 하은도 형일도 막내였다. 두 사람은 같이 시행착오를 겪으며 서로에게 호흡을 맞춰갔다. 형일이 S.E 수술을 하기 시작하면서 하은이 자연스럽게 어시스트를 했고, 어디를 어떤 식으로 해야 시야 확보가 잘되는지 서로 도우며 자신들만의 노하우를 쌓아갔다.

초짜였던 형일의 수술은 길게는 2시간 이상 걸렸다. 계속 서서 어시스트를 하고 있는 하은은 결코 힘든 내색을 하지 않고 최대한 그의 시야를 확보해 주려고 노력했다.

업무적인 대화만 오갔지만 형일은 하은이 좋은 성품을 가지고 있는 사람이라는 걸 알았다. 서로 격려하면서 신뢰를 쌓아

가는 동안 형일은 그녀에 대한 다른 마음도 함께 키워 갔다. 옆에서 하은을 지켜보던 형일은 인턴 기간이 끝나는 날 그녀에게 마음을 고백했다.

"김형일 선생님께서 이런 마음을 갖고 있는지 몰랐어요. 손발이 잘 맞는 동료라고 생각했었거든요. 제 대답은 아니라고 말씀드리고 싶네요."

"이유를 물어봐도 돼요?"

"김형일 선생님은 좋은 사람이에요. 하지만……."

"하지만?"

"의사와 사귀고 싶은 생각 없거든요."

"그게 무슨 말이죠?"

"치과 의사와 치위생사. 의사와 간호사. 단어만 나열해도 뭔가 느껴지잖아요? 남들이 보면 내가 땡잡았다고 하겠죠? 대부분 의사들은 의사들끼리 결혼 많이 하잖아요. 아니면 음대나 미대 전공자들이고. 전 그런 사람들과 비교당하고 싶지 않아요."

하은은 알고 있었다. 서로 좋아 결혼을 한다고 해도 주종관계가 바닥에 깔려 있다는 것을.

"하은 씨."

"지금은 그렇지 않다고 말할지 모르지만 모임 같은데 나가게 되면 자연스럽게 느끼실 거예요. 전 그런 불편함을 평생 가지고 살고 싶지 않아요."

"날 다른 사람들과 비교하지 말아요, 하은 씨. 난 진심이에요. 날 옆에서 봤잖아요. 내가 그럴 사람으로 보여요?"

하은은 잠시 형일을 바라보았다. 하은의 눈빛은 흔들리지 않았다.

"제가 본 건 치과에서 인턴 과정을 밟고 있는 김형일 선생님이에요. 남자로서가 아니라요. 선생님과 저 손발이 잘 맞는 건 사실이지만 그건 어디까지나 업무상 그런 거예요. 아시죠?"

"하은 씨……."

"제가 김 선생님을 조금이라도 남자로 느꼈었다면 다시 생각해볼 수도 있겠지만, 전 서로 협력하며 지내는 동료 이상으로 생각한 적 없어요."

거절당하고 밤새 술을 마신 형일은 그다음 날 지각을 했고, 최진국 과장에게 불려가 호되게 꾸중을 들었다. 의국에서 아픈 속을 달래는 형일에게 하은이 뭔가를 들고 들어왔다.

"실망인데요? 내가 본 김형일 선생님은 참 멋진 사람인데, 이렇게 망가지다니."

하은이 내민 봉지 안에는 마시는 위장약과 비타민이 들어있었다.

"드세요. 오늘도 바쁜 하루가 될 것 같으니까요."

창피한 마음에 형일은 등을 돌렸다. 괜히 얼굴이 화끈거렸다.

"지금 병 주고 약 줍니까? 의사가 아닌 날 보라고요."

하은은 책상 위에 약봉지를 올려 두었다. 가벼운 한숨을 쉬며 뒤돌아서는데 어느새 일어난 형일이 그녀의 작은 손목을 붙잡았다.

"사람은 누구나 약한 존재예요. 좋아하는 사람에게 고백했는데 바로 거절당하면 다 이렇게 된다고요, 하은 씨! 어떤 일이 있었는지는 모르지만 상처 받는 게 두려우면 아무것도 못 해요."

손을 살며시 뿌리치려는 하은에게 형일이 불안한 목소리로 물었다.

"그래도 내 어시스트는 김하은 선생이 하는 거 맞죠?"

자칫하다간 호흡이 잘 맞는 동료를 잃어버릴 것 같은 느낌이 들어서였다. 사랑에 대한 두려움은 가지고 있을지 모르지만 일할 때의 모습은 누구 못지않은 전문성을 가진 여자다.

"이거 먹고 정신 차릴 테니까 오늘도 우리 잘해 봅시다."

하은이 거절을 했다고 해서 두 사람의 관계가 서먹해지지는 않았다. 그때 형일은 김하은이라는 여자의 스타일을 파악했다. 김하은이 아니라고 하면 아닌 것이다. 뒤끝도 없다. 어찌 보면 참 멋진 여자다.

대부분의 여자들은 예쁘다고 말해 주면 기분 좋아했다. 그에 반해 하은은 오히려 그런 관심을 불편해했다. 병원 복도를 오고 갈 때 남자 직원들과 마주쳐도 하은은 간단히 미소를 지으며 인사할 뿐이었다.

그녀의 깍듯한 예의 바른 행동 속에는 차가움이 담겨 있었다. 상냥하게 미소 짓고 있었지만 형일은 그 뒷면에 숨겨져 있는 그녀의 속내를 느꼈다. 접근 금지라는 경고장이었다. 너무 가까운 접근은 허용하지 않는다는.

하은이 왜 마음을 닫고 있는지 끈질기게 묻자 그녀는 두 가지의 이야기를 해 줬다. 사촌 오빠의 결혼 생활과 친구의 상처에 대해.

세림대학병원에 들어가고 6개월쯤 지났을 무렵 한일병원에 근무하는 친구 효정이가 소개시켜 줄 남자가 있다며 만나자고 했다.

외과 병동 간호사로 근무하고 있는 효정이 같은 병동 레지던트 2년 차와 눈이 맞은 것이다. 사람들 몰래 사귄 지 3개월쯤 지났는데 너무 멋진 남자라며 그녀에게 꼭 보여 주고 싶다고 했다.

"얼마나 멋진데 그래? 네가 홀딱 빠진 걸 보니 근사한 사람인 가 보네?"

―웅! 너도 보면, 와! 이럴 거야. 키는 많이 큰 편은 아닌데 내가 크니까 상관없고. 매너도 좋고, 그리고 은근히 섹시해.

"우리 효정이 또 시작이다. 근데 의사는 좀 그렇지 않아? 너 괜히 상처 받는 거 아니야?"

―아니야. 그 사람도 진지하게 생각하는 거 같아. 너 올 수 있지? 오늘 그 사람 친구들이랑 같이 모여. 친한 친구 부르라고 해서 네가 왔으면 해. 혹시 알아? 너도 멋진 의사 남자 친구 생길지? 기다릴게.

효정이 말한 약속 장소는 청담동 쪽이라 하은은 차를 가지고 갔다. 주차를 맡기며 걸어가던 하은은 레스토랑 입구 근처에 세 명의 남자가 서 있는 것을 보았다.

두 남자는 보통 키보다 큰 편에 속했고, 나머지 한 명은 보통 정도 되었는데 키가 좀 작은 남자가 깔끔하고 제법 잘생긴 얼굴 이었다.

밖에 나와 담배를 피우며 서로 이야기하는 남자들 곁을 지나 안으로 들어가려는 하은의 귀에 그들의 대화가 들렸다.

"홍윤이 너 말이야. 진짜 그 여자랑 사귀는 거야? 키는 크고 훤 칠한 게 보기는 좋던데 인물이 좀 딸리지 않냐?"

"전체적으로 모양새가 보기 좋잖아. 진지하게 생각해 볼까 했 는데 집에서 반대도 있을 것 같고, 솔직히 간호사잖아. 어디 큰 모임에 데리고 가겠어?"

그러자 옆에 있던 포근한 인상을 한 남자가 홍윤이라는 남자에게 말했다.

"뭐 어때서? 그 누구지? 아, 상철 선배. 간호사랑 결혼했잖아. 모임에도 같이 잘 나오던데. 홍윤이 네가 좋으면 됐지. 뭘 그런 걸 따지고 그러냐?"

그러자 다른 남자가 담배를 비벼 끄며 말했다.

"자식, 너 소식 못 들었구나? 상철 선배, 위자료 엄청 물고 이혼했잖아. 보이지 않는 레벨 차이 때문에 간당간당한 거 같더니 선배 바람나서 완전 개망신 당했어. 사랑으로 극복한다는 건 다 그때뿐이야."

"상철 선배는 안 그럴 줄 알았는데, 그렇게 됐나?"

"야. 솔직히 말해서 레벨 자체가 틀린데 뭘 그러냐. 홍윤이 너도 대충 데리고 놀다가 뒤탈 없이 잘 끝내라. 네가 응급 때문에 오프가 없어서 그런 거 같은데. 이래서 응급은 안 된다니까. 이상하게 눈이 맞아서."

"후, 나도 그럴 생각이야. 조만간 정리하려고. 오늘 친한 친구 소개시켜 준다고 하던데, 괜히 데리고 나오라고 했나 보다."

"야. 예쁘면 나도 좀 사겨 보자. 얼굴 확인해 보고 마음에 들면 너 정리하는 시기를 좀 늦춰라. 알았지?"

남자들이 하는 대화를 듣던 하은은 화가 머리끝까지 솟구쳐 올랐다.

효정이 그녀에게 소개시켜 주고 싶어 하는 남자 친구가 바로 홍윤이라는 남자 같았다. 대화 속 그 친구라는 사람은 바로 하은 자신을 말하는 것이리라.

뭐? 적당히 놀라고? 뒤탈 없게? 휙 고개를 돌려 남자들을 노려보는데 안으로 들어오는 남자들 중 한 명과 시선이 부딪혔다. 하은과 시선이 마주친 홍윤은 왜 자신을 노려보는지 어리둥절해하면서도 하은의 얼굴에서 시선을 떼지 못했다.

그래, 두고 보자. 등을 돌려 안으로 들어가는 하은의 뒷모습을 세 쌍의 눈이 좇아갔다.

"이야. 얼굴 하나 끝내주게 생겼는데? 키도 적당하게 아담하고. 근데 홍윤이 너, 아는 여자야? 왜 널 보고 가지?"

"나도 오늘 처음 보는 여자야."

씩씩대며 안으로 들어서자 멀리 테이블에 앉아서 입구를 바라보던 효정이 반갑게 웃으며 그녀를 향해 걸어왔다.

"하은아, 어서 와. 저리로 가자."

딱딱하게 굳은 하은의 표정을 본 효정이 자리에 앉으며 걱정스러운 말투로 물었다.

"표정이 왜 그래? 또 그 미화라는 선배가 너한테만 일 시킨 거야?"

"아니, 효정아. 너……."

"어머, 홍윤 씨. 빨리 와요. 내 친구 왔단 말이에요."

천진난만한 표정으로 남자 친구를 부르는 효정을 보며 하은의 얼굴은 점점 더 딱딱하게 굳어졌다. 효정에게 어떻게 이야기를 꺼내야 할지 마음이 복잡했다.

"여기. 홍윤 씨. 내가 말한 제일 친한 친구 김하은! 하은아, 여긴 내가 말한 내 남자 친구. 도홍윤 씨."

테이블에 앉아 있는 하은을 본 홍윤을 비롯한 세 남자는 그대로 얼어붙은 채 자리에 서 있었다.

"왜들 그래요?"

곧 폭발할 것 같은 하은의 표정과 대조적으로 당황스러운 표정을 감추지 못하는 세 남자 사이를 이리저리 쳐다보던 효정이 하은에게 말했다.

"하은아, 왜 그래? 홍윤 씨 얼굴은 또 왜 그래요?"

홍윤은 알아챘다. 하은이 그들의 대화를 들었다는 것을 말이다.

"아, 답답해. 누가 말 좀 해 봐요. 응?"
"저, 저기, 효정 씨……."
"내가 한마디 할까?"

하은과 홍윤이 동시에 입을 열었다. 하은의 서릿발 같은 목소리에 홍윤은 그만 입을 다물었다.

"네가 자랑하던 남자 친구. 널 애지중지한다는 그 남자 친구 말이야. 그리고 그 떨거지들."

홍윤의 친구를 떨거지라고 표현하자 얼굴에 여드름이 난 남자가 하은에게 소리쳤다.

"뭐? 떨거지? 이 여자가! 지금 어디다가 떨거지라는 거야?"

남자의 반말에 하은은 그만 억누르던 화가 터져 버렸다.

"그래. 떨거지라고 그랬다. 뭐? 적당히 데리고 놀다가 뒤탈 없이 버리라고? 내 얼굴을 확인해서 예쁘면 정리하는 시간을 뒤로 미루라고? 레벨이 안 맞아? 그런 너는 얼마나 레벨이 높아서 그런 교양미 없는 말을 하는 건데? 소위 좀 배웠다는 인간이 고작 하는 말이 레벨 차이가 어떻고, 인물이 뭐 어째? 그럴 시간에 네 얼굴이나 관리 좀 하지? 더럽게 여드름이나 덕지덕지 난 주제에."

하은의 격앙된 목소리에 효정은 무슨 영문인지 몰라 하은과 홍윤을 번갈아 쳐다보았다. 놀란 얼굴로 앉아 있는 효정에게 하은이 말했다.

효정에게 충격이 크겠지만 일이 이렇게 된 이상 숨긴다고 되는 것도 아니다. 당장은 힘들겠지만 시간이 지나면 별거 아닌 상처로 남을 것이다.

"여기 들어오는데 입구에 서 있더라. 너랑 적당히 즐기다가 정리한다고. 집에서 반대할 거라서 너랑은 결혼할 생각 없다고!"
"뭐, 뭐라는 거야, 하은아."
"그리고 뭐라는지 아니? 내 얼굴 확인하고 마음에 들면 너랑 정리하는 거 뒤로 좀 미루라고 하더라! 저 얼굴 더러운 새끼가!"

하은이 뱉은 뜻밖의 말에 효정은 홍윤을 쳐다보며 물어보았다.

"홍윤 씨, 하은이가 하는 말이 사실이에요? 그런 거 아니죠? 네?"

효정이 벌떡 일어나 홍윤을 쳐다보았다.

"홍윤 씨! 뭐라고 말 좀 해 봐요!"

"사실이야. 미안해, 효정 씨."

따악 소리와 함께 홍윤의 얼굴이 반대쪽으로 휘청거렸다. 효정의 키가 170cm에 가깝기 때문에 홍윤은 힘을 얼굴로 고스란히 받았다.

"나쁜 새끼. 넌 좀 다를 거라고 생각했는데…… 결국 너도 똑같아."

효정의 말에 홍윤은 미안한지 아무 말도 못 하고 그냥 서 있었다.

상황의 심각성을 인식하지 못한 홍윤의 친구가 효정과 하은을 손가락질하며 소리쳤다.

"이것들이 어디서 행패야?"

그 순간 하은이 테이블 위에 있던 물이 담긴 유리컵을 잡아 남자에게 뿌렸다.

"넌 입 다물어. 나가자."

하은은 효정의 손을 붙잡아 그 자리에서 벗어났다. 더 있어 봐야 흙탕물만 묻을 뿐이었다. 똥이 무서워서 피하는 게 아니다. 더러워서 피하는 거지.

그 일이 있은 뒤 하은은 의사에 대해 보이지 않는 벽을 하나씩 쌓아 가고 있었다.

하은의 이야기를 들은 형일 역시 마음의 벽에 대해 이해했고 제 관심을 표현할 수 없었다. 그렇게 그들은 호흡이 잘 맞는 동료로 서로를 바라보게 되었다.

＊　　　＊　　　＊

"선배님."

"응?"

직원 식당으로 향하는 하은에게 성희가 팔짱을 끼며 속삭였다.

"저기요, 그 재활의학과 최성민 선생님 말이에요."

아, 또 그 남자다.

"응."

"선배님은 별로예요?"

"그게 무슨 말이야?"

"최성민 선생님 병원에서 인기 많잖아요. 그 선생님 지나가면 1층 간호사들 복도에 얼굴 내밀고 난리도 아니라던데요? 게다가 미화 선배님 보세요."

미지근한 반응을 보이는 하은의 표정에도 불구하고 성희는 말을 이어 갔다.

"태도 확 돌변하는 거 보셨죠? 진짜 황당했다니까요? 학생들도 있는데 그렇게 돌변하니까 민망해 죽겠어요."

하은은 피식 웃음이 나왔다.

"좋은가 보네."

"그게 단지 좋은 거겠어요? 선배님이 제대로 못 들어서 그래요. 수요일 날 완전 장난 아니었어요. 미화 선배 코맹맹이 소리 때문에 토할 뻔했다니까요."

"……."

"제가 보기엔 선배님이랑 최 선생님 완전 딱 인데."

성희의 말에 관심이 없다는 듯 하은은 직원 식당 메뉴를 확인했다.

"오늘 점심 메뉴에 김칫국 나오나?"

"네?"

"왜 그렇게 앞서 나가? 내가 언제 관심 있댔어?"

"아, 뭐 그런 건 아니지만……."

"최 선생님이 나한테 관심 있대?"

"아뇨……."

하은의 말에 성희는 김이 빠졌다. 아무튼 신기했다. 주변 사람들이 예쁘다고 관심을 갖는데 정작 본인은 신경조차 쓰고 있지 않으니 말이다.

"괜한 호들갑이야. 치료 끝나면 치과 올 일도 없어."

"음……."

과연 그럴까요. 성희는 성민이 치과에 들어오는 순간부터 누군가를 찾고 있는 눈빛을 보았다. 그 누군가는 바로 하은이었겠지. 미화 선배만 아니면 두 사람을 붙여 놓을 수 있는데 말이다.

"눈빛이 달랐는데."

식판을 집을 생각도 안 하고 계속 혼잣말을 하는 성희에게 하은은 식판을 건넸다.

"그만 중얼거리고 반찬부터 덜지?"

"맞는데."

"틀렸네요. 그만 신경 꺼. 얼굴이 밥 먹여 주니?"

"이왕이면 얼굴까지 잘생기면 더 좋죠, 뭐."

하은은 아니라는 듯 고개를 천천히 흔들었다.

"최성민 선생님에 대해 아는 거 있어? 얼굴 말고. 없지?"

"그래도 보면 알잖아요. 성격이 괜찮겠다, 아니겠다 하는 거요. 게다가…… 에이. 아니에요."

성민이 하은을 찾아 진료실을 이리저리 기웃거렸다는 것을 말하고 싶었지만 더 이상 말하면 화를 낼 것 같아 입을 다물었다.

예전 회식 자리에서 성희와 수정은 의사가 접근해 오는 일이 생기면 일단 경계부터 해야 한다는 하은의 말을 들은 적이 있었다. 의사와 간호사가 연애하다 깨지는 경우가 허다하다는 것이다. 설령 결혼을 한다 해도 여자가 많이 힘들어하는 것을 보았다고 했다.

사실 틀린 말은 아니다. '연애는 예스, 결혼은 노' 하는 남자에 대해 그녀도 이리저리 주워들은 게 있었다.

식판을 들고 빈자리를 찾아 움직이던 하은과 성희는 방사선과 사람들을 만났다.

"오, 치과! 이리 와. 우리 이제 일어날 거야."

"일찍 내려오셨네요."

"빨리 먹고 올라가야 조금 더 쉬지. 오늘 잡채 맛있던데 많이 먹어."

"네."

병리과나 방사선과 사람들 중 나이 많은 선생님들은 하은을 예뻐했고, 젊은 선생들은 그녀를 편하게 대했다. 병원 볼링 동아리를 통해 좀 더 가까이서 봐 온 사람들은 그녀가 어떤 성격인지 알게 되었다. 친절하고 상냥하지만 개인적인 접근은 허용하지 않는. 그녀의 친절은 어디까지나 직장 동료 사이일 때만 통한다는 것을 말이다. 그녀의 미소 뒤엔 보이지 않는 선이 존재했다.

오후 1시 20분 치과.

"오늘은 금요일이니까, burn 소독 한번 할까? 고압 멸균 살균기에서 기구 꺼내기 전에 소독장부터 먼저 처리하자."

수정이 학생들에게 burn 소독하는 법을 보여 주며 이리저리 지시를 내렸다. 성희는 오후 환자 리스트를 확인했다.

"선배님, 최성민 선생님 차트 안 떴어요."

"접수에 전화해 봐. 예약 날짜 변경되었다고."

"네."

오후 진료 준비가 끝날 무렵 성민이 진료실 안으로 들어섰다. 학생들이 수줍게 힐끔거리는 것을 보며 하은이 시간을 확인했다. 정확히 1시 30분.

"제시간에 오셨네요."

"그럼요. 오라는 시간에 와야죠."

자신을 맞이해 주는 하은을 보며 성민은 시원한 미소를 지었다. 당신이 오라는데 무조건 와야지.

"오늘 바쁘다고 하셨는데 괜찮으시겠어요?"

"치과에서 부르면 냉큼 와야죠. 저도 치료가 빨리 끝났으면 하거든요."

더 이상 당신한테 이상한 모습 보여 주기 싫으니까.

"김형일 선생님 곧 나오실 거예요. 앉아 계세요."

하은이 형일을 부르러 가는 사이 성희가 진료 준비를 하고 에이프런을 해 주었다.

진료실을 두리번거리던 성민이 성희에게 물었다.

"지난번에 왜, 어시스트 하시던 분 오늘은 안 계신가요?"

"네?"

미화를 찾는 물음에 성희는 정신이 멍해짐을 느꼈다. 하은 선배가 아니고 미화 선배를? 이 남자 무슨 취향이야?

"미화 선배는 왜 찾으세요?"

"그분은 좀 부담스럽더군요."

"아, 네."

성민의 대답에 성희는 웃음을 속으로 삼켰다. 그럼 그렇지. 아무리 사람마다 취향이 다르다 해도 보는 눈이 있는데.

의국에서 나온 형일이 마스크를 하며 다가가 의자에 앉았다.

"오늘 신경 치료 끝내도록 하겠습니다."

"벌써요?"

"오늘이 세 번째죠? 보고 깨끗하면 마무리 짓죠."

하은이 접수 데스크로 향하자 체어 옆에 서 있던 성희가 잰걸음으로 그녀에게 다가갔다.

"선배님, 안 하세요?"

"뭘?"

"어시스트요. 저는 물품 정리해야 하는데요."

옆에 있던 혜원이 하은의 옆구리를 쿡 찔렀다.

"왜? 넌 또 왜 이래?"

"빨리 가라고."

혜원이 하은의 등을 떠밀며 작은 목소리로 속삭였다.

"그냥, 잘생긴 얼굴 옆에서 자세히 좀 보고 나한테 말해 달라고."

혜원과 성희의 성화에 하은은 속으로 한숨을 쉬었다. 못 간다고 했다간 학생들 앞에서 볼썽사나운 모습을 보여 줄 게 뻔했다. 내가 아니라는데 다들 왜 이러지.

다행히 오늘 신경 치료가 끝날지도 모른다고 하니 다음 주면 조용해질 것이다.

어디든 잘생긴 환자나 의사가 있으면 사람들의 시선이 집중된다. 인턴들이 예쁜 환자가 오면 서로 자기가 문진을 맡겠다며 난리 치는 것과 비슷했다.

어시스트를 하기 위해 가까이 다가온 그녀를 누워서 올려다보니 예쁜 쌍꺼풀이 보였다. 가지런히 뻗은 속눈썹과 마스크를 하고 있지만 콧대도 꽤 높아 보였다. 성민이 하은을 뻔히 쳐다보자 형일이 보다 못해 성민의 얼굴을 잡았다.

"자, 이쪽으로 좀 더 기울여 보세요. 입 더 크게 벌리시고요."

너무 티가 났나. 성민은 눈을 감았다. 감은 눈꺼풀 안에서도 서 있는 그녀의 모습을 그려 보았다. 비록 볼품없이 입을 크게 벌리고 있지만 곧 끝날 것이니 조금만 더 참자고 자신을 다독였다.

"고름이 많았던 것에 비하면 아주 깨끗하네요. 내가 신경 치료 하난 잘하는 것 같지 않아요, 하은 쌤?"

형일이 눈을 찡긋하며 말하자 하은은 웃으며 맞장구를 쳐 주었다.

"형일 쌤이야 다 잘하시잖아요. 최 선생님이 운이 좋으신 거죠."

실러를 넣고 마지막 사진을 찍었다. 사진을 확인한 형일은 만족스런 표정으로 다음번엔 시간이 좀 걸린다면서 약속 시간을 잘 조정해 보라고 했다.

"다음에는 본을 떠야 하는데, 시간은 넉넉하게 잡는 게 좋을 거 같아요. 한 시간 정도 걸리는데 언제가 괜찮으세요?"

"음, 여기 스케줄은 어떻게 되죠?"

스케줄 표를 펼쳐 놓으니 약속 날짜를 정하기가 쉽지 않았다. 레지던트 1, 2년 차 스케줄은 꽉 차 있었고, 3년 차인 서영주 선생은 한 달간 파견으로 현재 병원에 없다. 어찌해 본다 해도 체어가 여의치 않았다.

빡빡한 스케줄을 같이 살피던 성민이 손가락으로 한 곳을 가리켰다.

"여기는 어때요? 여긴 시간이 비어 있는데요?"

"아, 이건 서원일 과장님 스케줄이에요."

"아! 그건 좀 힘들겠죠?"

레지던트가 먼저 과장님께 약속을 잡는 법은 없다. 수련의들은 자기들끼리 알아서 약속을 정했다.

"음, 그럼 어떻게 하죠?"

하은이 스케줄 표를 보며 그다음 주 시간대를 보고 있는데 진료실로 서원일 과장이 들어왔다. 성민을 보고는 반갑게 다가왔다.

"아이고, 이게 누구지! 최성민 선생이네?"

"안녕하셨습니까! 과장님. 오랜만에 뵙습니다. 잘 계셨죠?"

"그럼, 나야 잘 있지. 2층은 잘 안 올라오는 사람이 여긴 어쩐 일이야?"

"네. 고생 좀 했습니다."

"그래? 신경 치료 중인가?"

"네."

"오, 그래요? 밖에 예약 꽉 찼으면 김 선생. 내 앞으로 약속 잡지?"

그게 무슨 말씀이신가요, 과장님. 하은은 당황스러운 표정을 지었다.

"김형일 선생님께서 오늘 신경 치료 끝내셨는데요."

하은이 더 설명하려고 하자 성민이 먼저 나섰다.

"본뜨는 일만 남았는데 날 잡기가 힘드네요, 과장님."

두 사람의 시선이 부딪혔다. 그녀를 쳐다보는 성민의 시선은 꽤 도전적이었다. 저 눈빛은 뭐지? 빨리 날을 잡아서 치료를 끝내고 싶어 하는 느낌이 아니었다.

성민과 얽히고 싶지 않은 그녀의 마음을 모르는 서원일 과장은 스케줄의 빈 공간을 손가락으로 가리켰다.

"김 선생, 여기 다음 주 금요일에 약속 잡으면 되겠네. 시간은 최 선생이 정하고."

"저기, 과장님……."

말을 끝내고 서 과장이 자신의 방으로 들어가 버리자 하은은 어쩔 수 없이 스케줄 표를 집어 들었다.

이런 예약이 제일 싫은데.

"제가 운이 좋은 모양입니다."

웃음을 감춘 성민의 말에 하은은 눈을 동그랗게 뜨며 성민을 바라보았다. 조금 전에 보였던 도전적인 눈빛이 수그러들고 대신 집요하게 그녀의 시선을 붙잡았다.

하은은 겨우 시선을 돌려 스케줄을 확인했다. 볼펜을 쥔 손에 힘이 바짝 들어갔다. 인기남이 능글맞다는 소리를 들어 본 적이 없는데.

"시간은 한 시간 정도 걸려요. 차라리 마지막 시간에 올라오시겠어요?"

"그러죠. 그런데……."

약속을 잡으려고 스케줄을 보다 보면 자연스럽게 가까이 붙게 된다. 성민의 시원한 체취가 더 가까이 느껴졌다.

"내가 마음에 안 들어요?"

"네?"

이게 무슨 소리지. 동그랗게 뜬 그녀의 눈을 보며 성민이 말했다.

"날 꺼리는 거 같아서 물어보는 겁니다."

이렇게 훅 들어오면 내가 당황스럽잖아요. 그의 눈빛이 너무 부담스러웠다.

"그, 그럴 리가요. 과장님께서 그러셔서 놀라서요. 수련의들은 그냥 그 선에서 끝낸다는 거 아시면서."

성민의 집요한 시선을 느끼며 하은은 스케줄에 그의 이름을 적어 넣었다. 하은이 날짜가 적힌 종이를 건네주는데 성희가 다가와서 물었다.

"선배님, 오늘 볼링 치러 가실 거예요? 병리과 박 선생님이 전화하셨는데요."

"응. 간다고 전해 줘."

볼링이라는 말에 성민의 눈이 반짝거렸다. 세준에게 듣기로는 그녀가 의료 기사들이 만든 볼링 동호회에 굉장히 적극적으로 활동하고 있으며 실력도 상당하다고 들었다. 병원 사람들이 이용하는 볼링장이 어디인지 알아봐야겠단 생각이 들었다.

"본뜨고 덮어씌울 때까지는 딱딱한 거 조심하셔야 해요. 되도록 반대쪽으로 씹으시고요. 아셨죠?"

"네. 그럼 또 보죠."

말을 마친 성민은 집요한 시선을 거두고는 몸을 돌려 진료실을 나갔다.

또 보죠? 다음 주에 오는데 뭘 또 봐? 말없는 젠틀한 남자라더니 능글맞고 전투적이야. 근데, 이 기분은 뭐지?

✻   ✻   ✻

퇴근 후, 병원 근처에 있는 볼링장으로 간 하은은 사람들이 몇 명 오지 않았다는 것을 알았다. 한 달에 두 번 정기전이 있는 수요일엔 많은 사람들이 참여하지만 작은 모임에 나오는 사람들은 일정치 않았다.

라커룸에서 볼링 세트를 가지고 나오는데 병리과 박 선생이 볼링장 안으로 들어왔다.

"하은 씨, 벌써 왔네?"

"안녕하세요. 오늘은 사람들이 안 보이네요?"

"금요일이라 그런지 다들 이리저리 약속이 있나 봐. 오늘 한 네 명 정도 오려나?"

"정기전과 차이가 너무 나는데요. 오붓하니 좋아요. 이런 맛도 있어야죠."

"그렇지?"

"사람이 적으니까 레인 사용하기도 편하고. 오늘은 리그로 할까요?"

"좋지. 하은 씨 오늘 컨디션 좋은 모양이야?"

하은은 볼링을 좋아했다. 스트라이크를 했을 때 들리는 맑고 경쾌한 소리에 스트레스가 풀렸다.

"정신없이 바쁘진 않았어요."

"그랬군. 오늘 저녁 내기할까?"

"뭐로 할까요?"

신난다는 듯 웃으며 말하는 하은을 보며 박 선생이 따라 웃었다.

"오, 거부 안 하네. 나 긴장해야 하는 건가? 오늘 나한테 핸디 좀 주지?"

두 사람은 볼링화로 갈아 신으며 대화를 주고받았다.

"어머? 그건 아니죠! 박 선생님 에버가 200인데 지금 저보고 핸디를 달라고요? 오히려 제가 받아야죠."

"하은 씨도 잘 칠 땐 무서워."

"일부러 무서워하는 척이에요? 다 알아요."

"하하하. 어, 저기 방사선과 팀 오네."

그녀와 눈이 마주친 방사선과 규일이 슬쩍 시선을 피하자 하은이 먼저 인사했다.

"오랜만에 오시네요? 잘 지내셨어요?"

"아, 네. 오랜만이네요."

먼저 인사를 건네는 하은을 보며 규일이 멋쩍은 듯 머리를 긁적였다. 한 달 전 하은에게 대시했다가 보기 좋게 거절당한 규일은 그날 이후 동호회에 나오지 않았었다.

"오늘 올 사람은 다 온 거 같은데 시작할까? 일단 몸 풀이로 한 게임하고. 그다음에 어떻게 편먹을 건지 정하지."

어쩌다 보니 남자 셋에 여자 하나인 모양이 되어 버렸다. 하은은 내기에 약했다. 몸 풀이 때 점수가 잘 나오면 정작 본 게임에선 힘을 쓰지 못했다. 그녀는 그저 게임을 재미있게 즐기는 것을 좋아했다.

"박 선생님! 몸 풀이 게임인데 왜 목숨 걸고 하세요? 180점이 뭐예요!"

"나 참, 지금 누구보고 말하는 거야? 하은 씨, 우리 몰래 연습이라도 해? 나랑 동점을 만들다니!"

무슨 일인지 몸 풀이로 시작한 게임에서 점수가 잘 나왔다.

"저야 몸 풀이 때 잘하면 그다음 경기부터 못 하잖아요. 내기에 약한 거 아시면서 그러세요."

"점수대가 다 비슷하게 나왔는데 이거 큰일이군. 편을 어떻게 정하지?"

점수 차이가 크면 1등과 꼴찌가 같은 편을 먹는데 다들 비슷한 점수가 나와서 정하기 힘들었다.

박 선생이 유부남과 싱글로 편을 정하자고 해서 하은은 규일과 같은 편이 되었다.

게임이 중반 정도 흐르고 하은의 차례가 되었다. 레인에 올라가 자세를 잡은 그녀는 힘차게 볼을 굴렸다.

"오, 이거 심상찮아!"

"스트라이크!"

예스! 핀이 모두 넘어지는 것을 끝까지 보던 하은이 웃으며 돌아섰다. 박수 소리에 화답하며 인사하던 그녀의 눈이 크게 떠졌다.

성민과 세준, 그리고 주성과 종윤이 하은의 옆 레인에 자리를 잡고 있었다. 자리로 내려오며 하은은 눈이 마주친 성민에게 인사했다. 볼을 내려놓으며 성민이 미소 지었다.

흰 가운을 벗은 성민의 모습을 처음 본 하은은 그의 남자다운 모습에서 시선을 뗄 수가 없었다. 블루 스프라이트 반팔 셔츠 아래로 드러난 성민의 팔뚝은 꽤 단단하고 힘이 넘쳐 보였다.

"저녁 내기라도 하나요? 우리도 끼워 주시죠, 박 선생님."

성민이 연장자 병리과 박 선생에게 친근감 있게 말을 건넸다.

"최성민 선생님을 여기서 볼 줄은 몰랐네요. 저희한테 질 텐데요? 우리 하은 씨가 얼마나 잘하는데요. 지갑은 두둑하십니까?"

성민의 시선이 다시 하은에게 향했다. 그녀가 스트라이크를 치는 것을 보았다. 차분하면서도 힘 있게 볼을 굴리고 끝까지 릴리스(Release) 자세로 있는 모습이 굉장히 인상적이었다.

대화를 듣고 있던 주성이 방정맞게 입을 열었다.

"4대 4로 하면 딱 좋네요. 종윤이가 볼링을 좀 했었죠."

주성이 촐싹거리며 방방 뜨기 시작하자 종윤이 팔을 잡았다.

"좀 가만히 있으라니까."

성민은 하은을 정면으로 쳐다봤다.

"김하은 선생님, 잘하나 봐요? 도전하겠습니까?"

"도전이요?"

"점수를 보니 나랑 비슷할 것 같은데 나랑 한판 어때요?"

하은은 미간을 살짝 찌푸렸다. 이상하게 자신의 신경을 긁는다. 뜬금없이 왜 도전하라고 하는 거지? 난 왜 그게 거슬리고 살포시 밟아 주고 싶은 걸까.

그녀의 눈빛에서 성민은 의아함과 동시에 그를 못마땅해하는 것을 보았다.

그렇겠지. 날 경계하고 있는 당신은 왜 내가 이러는지 모르겠지. 솔직히 나도 어떤 감정인지는 잘 모르지만 김하은이란 여자에게 호기심이 생겼어. 성민의 시선은 게임에 대한 도전이 아닌 다른 뜻을 담고 있었다.

하은은 마른침을 삼키며 고개를 돌렸다. 자신을 바라보는 성민의 강렬한 시선에 몸이 따끔거렸다. 사람들의 힐끔거리는 시선을 무시하는데 익숙했지만 최성민처럼 빤히 쳐다보는 경우는 처음이었다. 하은은 고개를 돌리며 자리에 앉았다.

"시선을 피하는 걸 보니 자신 없나 보네요."

다른 여자들은 나랑 눈 마주치려고 애쓰는데 당신은 그러지 않잖아. 오히려 거부하니까 더 매력적인 걸까?

"뭐라고요?"

"그냥 간단한 저녁 내기인데 너무 인색하게 구는 거 아닙니까?"

살살 긁어 대는 성민의 말에 하은은 두 손을 허리에 얹고 턱을 치켜들었다.

"지갑이나 꺼내 놓으세요."

하은의 말에 성민은 뒷주머니에서 지갑을 꺼내 보이며 약 올리듯 웃었다.

발끈하는 하은의 반응에 성민은 속으로 쾌재를 불렀다. 그녀가 미끼를 물었다. 어떤 식으로 다가갈까 고민하던 그는 의외의 기회를 잡았다.

게임을 같이 해 보면 그 사람의 성격을 알 수 있다. 자연스럽게 김하은이란 여자에 대해 더 잘 파악할 수 있으리라. 성민은 오늘 그녀의 다른 면을 볼 수 있게 되어 기뻤다.

좌우로 섞어 레인을 다시 잡고 본격적인 게임이 시작되었다. 하은의 오른쪽 레인에서는 주성이 호들갑스럽게 다양한 자세를 보여 주고 있었다. 그 모습을 본 모든 사람들이 즐겁게 웃으며 게임을 했다.

하은과 성민을 제외하고 말이다. 두 사람 사이에는 보이지 않는 긴장감이 돌고 있었다. 차례가 되어 레인 위에 올라간 하은은 마음을 진정시키기 위해 길게 숨을 내쉬었다. 안정적인 자세가 그녀의 트레이드마크였는데 시작하자마자 거터(Gutters)를 냈다. 옆으로 빠져 굴러가는 볼을 보며 사람들이 의아한 반응을 보였다.

"어라……?"

"하은 씨 거터 내는 거 처음 보는데요?"

성민을 의식했던 탓에 스텝이 약간 흔들리는가 싶더니 볼링공이 옆으로 흘러가 버리고 말았다.

하은은 그 자리에 서서 부동자세로 있는 볼링 핀을 바라보았다. 내가 거터를 낸 거지? 왜 긴장하지? 그게 뭐라고 이러는 거야.

공이 올라오자 하은은 볼링공을 닦으며 편하게 하자고 열심히 자기 최면을 걸었다. 그녀의 굳은 표정에 다들 아무 말도 못하고 조용히 있었다.

다시 자세를 잡고 백스윙(Backswing)을 한 뒤 부드럽게 공을 릴리스했다. 공이 굴러가는 방향을 끝까지 바라보며 하은은 핀이 여덟 개 이상 쓰러지기를 기도했다. 제발.

"나인 핀!"

규일이 아깝다며 주먹을 쥐며 부딪쳐 왔다. 세준과 성민도 똑같이 가볍게 쥔 주먹을 내밀었다.

다음은 성민의 차례였다. 하은은 멀찌감치 뒤에 서서 그의 투구 자세를 보았다. 큰 키에 걸맞게 높은 백스윙과 함께 힘찬 릴리스에 볼링공이 빠른 스핀을 보이며 굴러갔다. 열 개의 핀이 경쾌한 소리와 함께 쓰러졌다.

"나이스!"

옆에 있던 다른 사람들도 성민의 스트라이크에 하이파이브를 했다. 하지만 성민의 오른손을 맨 처음 맞댄 건 그녀였다. 다른 사람들이 내민 손에 왼손으로 손바닥을 친 성민이 뒤에 서 있는 그녀를 향해 걸어갔다. 오른손을 펼친 성민의 손바닥에 하은은 얼떨결에 손바닥을 부딪쳤다. 눈이 세준에게 향했다. 당연히 다음 차례인 세준에게 먼저 가야 하는데 방향이 틀렸기 때문이다.

성민의 행동에 세준은 서운해하는 기색 없이 왜 그랬는지 알겠다는 미소를 지었다. 하은의 맞은편에 편안한 자세로 앉으며 성민이 물었다.

"긴장됩니까?"

"네?"

"아까 들어올 때 보니까 자세도 좋고 잘 치던데, 거터를 내는 거 보니 말입니다."

"아, 내기에 좀 약해요. 내기만 하면 잘 안 되더라고요."

최 선생님이 뚫어지게 쳐다보니까 집중이 안 된다며 말하고 싶었지만 하은은 고개를 돌려 규일이 치는 것을 보았다.

성민은 하은의 옆모습을 찬찬히 훑어보았다. 출근을 하며 사복을 입은 모습을 보긴 했지만 그때는 하은의 얼굴만 눈에 들어왔을 뿐 무엇을 입고 있었는지 기억에는 없었다.

오늘은 그녀를 좀 더 유심히 보았다. 예쁘게 물이 빠진 청바지에 빨간색 반팔 티셔츠는 매끄럽고 하얀 피부를 더 환하고 밝게 보여 주었다. 클럽에서 맞춘 옷인지 등에는 하은의 이름 이니셜이 예쁜 글씨체로 박혀 있었다.

몸에 피트 되는 청바지는 그녀의 날씬한 각선미를 한층 더 돋보이게 했다. 투구하는 자세는 발레를 하는 사람처럼 우아했다. 가느다란 팔이 빨간색 볼을 잡아 부드럽게 백스윙을 하는 동시에 오른팔이 곧게 위로 뻗었다. 굽혀진 왼쪽 무릎 뒤로 쭉 뻗는 오른쪽 다리가 멋진 뒷모습을 만들어 냈다.

당신이란 여자, 멋지고 매력 있네. 의사는 연애 대상에서 제외한다니까 괜히 도전 정신이 생겼어. 그래서 그걸 깨 보려고 해. 날 의식한다는 건 내가 신경 쓰인다는 걸 테니까.

세 번째 프레임까지 제 실력을 발휘하지 못했던 하은은 중반 이후 서서히 게임에 집중할 수 있었다. 성민은 자연스럽게 그녀에게 스페어 처리 팁을 알려 주었고, 그녀도 부담 없이 받아들이면서 게임은 막바지를 향해 갔다. 다들 만만치 않은 실력이었다. 하은이 앞부분에서 실수한 것 때문에 점수 차를 좁히지 못했다. 마지막에 그녀가 더블(Double)을 치긴 했지만 역부족이었다.

"아깝네, 하은 씨. 평상시와는 다른데? 닥터들하고 치니까 긴장되나? 아니면 잘생긴 총각들이 너무 많아서 부끄러운 거야?"

병리과 박 선생이 평상시 실력보다 못 나왔다며 놀리자 하은의 얼굴은 홍당무가 되어 버렸다.

주변 사람들로부터 예쁘다는 칭찬을 많이 들어서 이런 놀림에는 익숙할 거라 생각했던 성민은 하은이 부끄러워하는 모습을 빤히 쳐다보았다.

"저 때문에 진 거니까 오늘 저녁은 제가 살게요. 어디로 갈까요?"

핑계도 안 대고, 저녁을 자기가 산다고 한다.

"그런 게 어디 있어. 우리 팀에서 같이 계산해야지."

"아니에요. 제가 제 몫을 다 못했으니 당연히 제가 내야죠."

그녀의 초반부 실수만 없었다면 이긴 게임이었다. 하은은 그래서 마음이 불편했다.

성민은 하은에게서 시선을 거두지 못했다. 자꾸 입술 끝이 흔들렸다. 보고만 있어도 기분이 좋아지는 것 같았다. 여기서 웃어 버리면 놀린다고 느낄 것 같아 성민은 등을 돌렸다. 사람들이 레인을 정리하는 동안 성민이 계산대로 다가가 여덟 명의 게임비를 계산했다.

볼링장 근처 삼겹살 가게로 자리를 옮기면서 사람들이 섞여 앉았다.

성민은 은근슬쩍 하은의 옆에 자리를 잡았다. 하은은 다른 데 앉으라고 말하고 싶었지만 참았다. 오히려 역효과를 낼 것 같았다. 그냥 옆에 앉을 뿐이니까 예민하게 굴지 말자.

선남선녀가 나란히 앉아 보기 좋은 그림을 연출하자 힐끔힐끔 두 사람을 바라보던 주성은 입이 근질근질한지 입을 떼려 했다. 주성에게 한시도 눈을 떼지 않았던 종윤이 테이블 아래로 황급히 그의 허벅지를 힘주어 잡았다.

"흠흠."

종윤의 무언의 경고를 받고 주성은 입을 다물었다. 적극적으로 태도를 보이는 성민을 보며 세준은 보이지 않는 씁쓸한 미소를 지었다. 쉽게 다가서지 못한 그에 비해 성민은 너무나 자연스럽게 하은에게 다가가고 있었다.

박 선생이 소주병을 성민에게 내밀었다.

"최성민 선생님, 볼링 치는 자세가 아주 멋지던데 구력이 얼마나 되십니까?"

성민은 정중히 술을 사양했다.

"마시고 싶긴 한데 운전을 해야 해서요. 다음으로 미루죠."

"아, 그러십니까."

"오랜만에 친 건데 오늘은 운이 좋았던 것 같습니다. 보니까 김하은 선생의 자세가 아주 좋던데요."

성민의 관심에 하은은 못 들은 척하며 집게를 들어 불판 위에 고기를 얹었다.

"이리 주세요. 고기는 남자가 구워야죠. 잘 익은 고기를 대령할 때까지 가만히 계세요."

맞은편에 앉은 주성이 하은이 들고 있는 집게를 빼앗아 고기를 굽기 시작했다.

잘했다는 눈빛을 보낸 성민이 하은에게 소주병을 내밀었다.

"술?"

"네. 주세요."

하은의 잔에 술을 채우며 성민이 부드럽게 물었다.

"얼마나 됐어요?"

"저도 그리 오래된 편은 아니에요. 2년 반 정도 됐어요."

"아, 그렇군요. 다른 분들 말씀을 들어 보니 오늘 제대로 실력 발휘 못 한 것 같던데요. 다음 기회에 다시 붙어요. 오랜만에 하니까 꽤 재미있네요."

"그럴 필요 없이 지금 날짜를 정하죠. 다음이란 말은 형식적이고 기약 없어 보이니까요. 다음번엔 김하은 씨 실력을 제대로 볼 수 있겠죠?"

상추에 고기를 한 점 얹어 입에 가져가는 하은을 보며 성민이 도전적인 눈빛으로 말했다. 쌈을 먹는 여자를 똑바로 쳐다보는 거 아니랍니다. 그의 눈빛을 애써 무시하던 하은이 고기쌈을 먹었다.

"다음번에는 우리 둘이 1대 1로, 어때요? 오늘 것은 연습으로 치고 다음에 정식으로 하는 게?"

입안으로 넣어 버린 고기쌈 때문에 대답할 수 없게 되자 하은은 손끝으로 입을 가리며 씹었다.

성민은 그녀 앞에 있는 유리잔에 사이다를 부었다. 마치 연인에게 따라 주는 듯한 분위기에 사람들은 서로 눈치를 주고받기 바빴다.

씹은 고기를 겨우 목구멍으로 넘긴 하은은 성민이 따라 준 사이다를 한 모금 마시고 그의 시선을 맞받아쳤다.

"좋아요. 도전할게요. 오늘처럼 지지는 않을 거예요."

"굿. 기대하죠."

얽히기 싫은 남자와 의도치 않게 같이 있게 된 것에 기분이 상하려 했던 그녀의 기분은 오래가지 않았다. 난데없이 그의 콧대를 꺾어 주고 싶은 마음이 생겼다.

월요일 오전.

성희와 수정은 접수 테이블에 앉아서 예약 환자 명단과 모니터에 올라온 리스트를 확인하고 있었다. 두 사람은 작은 목소리로 소곤거렸다.

"봤어? 오늘 미화 선배?"

"응."

"화장 장난 아니다. 그렇지?"

"눈 화장이 평상시보다 좀 진한 거 같고, 오늘따라 얼굴이 유난히 하얗던데?"

"인상이 밝아 보여서 좋긴 한데 낯설어. 오늘 최성민 선생님 올라온다고 저렇게 하고 온 거 아닐까?"

"뭐? 오늘 안 오잖아."

미화는 성민이 금요일 날 치료받은 것을 아직 모르고 있다. 그 사실을 알면 난리 날 텐데 어떻게 대처를 해야 할지 걱정되었다.

미화가 다가와 리스트를 확인했다. 작은 눈이 모니터를 뚫어져라 쳐다보았다. 스크롤을 내렸다가 다시 올리더니 눈썹을 찌푸리는 게 보였다.

수정은 그 자리를 벗어나기 위해 일어섰다.

"최성민 선생님 예약 안 하고 가셨나?"

"네? 아……."

돌아가는 사정을 모르는 학생 한 명이 끼어들었다.

"그 잘생긴 선생님 말씀하시는 거예요?"

"그래. 오늘 예약해 드렸는데 리스트에 안 떠서. 예약 안 했을 리는 없는데."

"그 선생님 금요일 날 하고 가셨어요."

전화기로 손을 뻗던 미화의 손이 공중에서 멈췄다.

"금요일? 뜬금없이 무슨 소리야?"

진료실 내에서 미화의 목소리가 높아지자 공급실에서 막 돌아온 혜원은 순간 잘못된 것을 파악하고 재빨리 밖으로 나갔다. 하은을 찾아야 했다.

몇 걸음 가지 않아 하은을 만났다. 그녀에게 바짝 다가서며 혜원이 목소리를 죽였다.

"하은아, 마녀 지금 뿔나기 직전이야."

"미화 선배가? 왜?"

"최성민 선생님 말이야. 원래 오늘 예약이었잖아."

"응."

"리스트에 안 뜬 거 봤거든. 학생이 금요일에 왔다 갔다고 말했어. 얼굴색이 확 변해 버리는 거 있지?"

"흠……."

골치 아프게 생겼다.

"최 과장님한테 예약 잡힌 거 알게 되면…… 윽, 생각만 해도 끔찍하다."

하은은 미화가 어떤 억지를 내세우며 괴롭힐지 벌써 머리가 아파 왔다. 내가 그러고 싶어서 그랬겠냐고. 어쩔 수 없이 그리 된 것을.

진료실로 하은이 들어서자 성희와 수정이 눈치를 보며 자리를 피했다.

"김하은 선생, 어떻게 된 일이지?"

"뭐가요?"

미화의 성난 시선을 피하며 하은은 서 과장님 체어로 걸어갔다.

작은 눈을 매섭게 치켜뜨며 미화가 서원일 과장의 스케줄 표를 쥐고 하은을 따라갔다.

"최성민 선생님 말이야. 어떻게 여기에 잡혀 있는 거지?"

그새 그걸 확인하셨군요. 어쩜 이리도 빠르신지.

"과장님께서 보신다고 말씀하셔서 그렇게 된 거예요."

아무렇지 않게 대답하는 하은의 말에 미화가 어이없다는 듯 비웃었다.

"과장님이? 서 과장님께서 그럴 리가 없지. 레지던트 진료를 과장님이 왜 보셔? 하은이 네가 부탁한 거 아니야?"

하은은 속에서 불이 활활 타오르기 시작했다. 서 과장님 스케줄을 무슨 재주로 내 마음대로 짠단 말인가.

"부탁이요? 뭐 때문에 제가 부탁을 해요?"

"알면서 묻는 거야, 지금?"

"제가 뭐 때문에 과장님 환자를 늘려요? 그것도 한 시간이 넘게 걸리는 환자를요?"

"그거야 난 모르지."

"약속을 잡으려고 하는데 과장님께서 들어오셨어요. 과장님께서 보겠다고 하시는데 제가 거기서 무슨 말을 해요?"

"스케줄에 넣을 상황이 못 된다고 말했으면 됐잖아! 서 과장님이 모든 스케줄을 너한테 일임하고 있는 거 내가 알고 있는데, 그 정도 컨트롤이 안 돼?"

"……."

이 마녀가 진짜 뭐라는 거야. 아무리 컨트롤이 가능하다 한들, 과장님이 넣으라는데 그 앞에서 '과장님, 안 됩니다. 최성민 선생님은 미화 선배가 눈독 들이고 있어요'라고 말을 할까!

미화의 짜증 나는 목소리를 더 듣고 싶지 않았다. 말이 통해야 지지든 볶든 할 텐데 말이다. 아침부터 미화의 히스테리를 받아 주려니 속에서 부아가 치밀어 오르기 시작했다.

스케줄을 확인하기 위해 나온 형일이 미화를 보고는 눈살을 찌푸렸다.

"아침부터 뭡니까? 윤미화 선생님, 아침부터 얼굴이 왜 그래요? 신성한 진료실에서."

"흠흠. 죄송합니다."

분을 삭이려고 노력하는 미화에게 형일이 짧게 한숨을 내쉬었다. 지나다가 들어 보니 미화의 말은 온통 억지였다. 고작 환자 한 명 때문에 일어나는 어처구니없는 일이다.

"서 과장님이 누굴 예약 환자로 잡았는지 그걸 윤미화 선생한테 일일이 보고해야 하는 겁니까?"

"……아닙니다."

형일이 진료실 밖으로 나가자 미화는 쌩하니 최 과장님 진료실로 들어가 버렸다.

잠깐 나갔다 오겠다고 한 하은은 병원 산책로 외진 곳으로 내려갔다. 심호흡을 크게 하며 마음을 진정시키려고 노력했다.

"후우……."

그럭저럭 참을 만했던 미화와의 관계가 최성민이란 남자의 등장으로 악화되었다. 전혀 생각지도 못한 미화의 신경질적인 행동에 하은은 가출하려는 정신을 간신히 붙잡았다.

어쩌다 이렇게 됐지. 도대체 뭐가 잘못된 거야.

"내가 뭘 어쨌는데."

조금 더 머리를 식히고 싶었지만 곧 있으면 진료가 시작된다. 치과로 돌아가기 위해 병원 안으로 들어온 하은은 재활의학과 센터에서 나오는 성민과 마주쳤다. 하은을 본 성민이 반가운 마음에 미소를 짓다 그를 외면하는 그녀를 뒤쫓아 갔다.

"김하은 선생님."

외면하는 그녀의 표정은 분명 그를 향한 것이었다.

모른 척 지나가면 되는 것을 왜 자꾸 다가오는 걸까.

성민이 가까이 다가오자 하은은 손을 내밀어 저지했다.

"저기……."

더 이상 다가오지 말라는 신호였다. 사람들이 분주하게 오가고 있었지만 두 사람이 이런 식으로 서 있으면 시선이 집중될 것이다. 하은은 그 자리에서 그냥 사라지고 싶었다.

입술을 꽉 다문 하은의 모습에 성민은 주변을 살피더니 그녀의 팔을 붙잡고 비상구로 향했다. 아무도 없다는 것을 확인한 성민은 문을 닫고 하은을 바라보았다.

"무슨 일이에요?"

"……."

성민은 고집스럽게 시선을 내린 하은의 얼굴을 살폈다. 왜 아침부터 표정이 이런데.

"무슨 일이냐고 묻고 있습니다."

성민의 친절했던 얼굴이 굳어지고 목소리에 힘이 실렸다.

어제와는 사뭇 다른 그녀의 표정이 성민은 마음에 들지 않았다.

"나 때문에 그래요?"

내려갔던 시선이 올라와 그와 부딪혔다.

"맞구나. 나 때문이네요."

"그걸 어떻게 아세요? 아닐 수도 있잖아요."

눈이 마주치자 성민은 미소를 지었다.

"어떻게 아냐고 묻는 순간 답 나온 거죠."

"그냥 좀……."

그의 촉이 기막히게 맞아떨어졌다. 화가 난 표정의 원인은 자신이 분명했다. 아침에 얼굴을 보게 되어서 기분이 업 되려고 했는데 그를 외면하는 그녀의 행동에 기분이 가라앉기 시작했다.

"병원에 들어서는 순간부터 완벽하게 공적인 사람이 된다고 들었어요. 가볍게라도 인사하고 갈 수 있었는데 그게 아닌 거죠, 내 느낌이. 내가 관련되어 있다는 것을 느낄 수 있으니까요."

진료실에 몰래 CCTV라도 달았나. 하은은 성민과 부딪히는 것이 부담스러웠다. 사람들의 관심도 싫었다.

바닥으로 시선을 내리는 하은의 얼굴을 보기 위해 성민이 고개를 숙였다. 하은은 반사적으로 고개를 들며 몸을 뒤로 뺐다.

"그냥…… 절 보면 모른 척 좀 해 주세요."

그녀의 대답에 마음에 안 드는 듯 성민의 눈썹이 심하게 구겨졌다.

"뭐라고?"

성민의 입에서 저절로 반말이 툭 튀어나왔다. 보면 모른 척해 달란다. 그게 말이 되는 소린가?

"절 알은체하지 말았으면 좋겠어요. 주변 사람들이 날 쳐다보지 않았으면 좋겠어요."

"그게 무슨 말입니까."

힘이 실린 목소리가 점점 저음으로 깔리며 차가워졌다. 이 예쁜 여자가 지금 뭐라는 거야. 내가 뭘 어쨌다고. 금요일, 그와 함께 즐겁게 볼링 친 여자랑 동일 인물 같지 않았다. 아주 조금이지만 가까워진 거라 생각했는데 말이다.

하은의 가느다란 두 팔이 성민의 크고 힘 있는 손에 잡혔다. 그녀와 시선을 맞추려는 성민을 피해 팔을 휘저었지만 잡힌 팔은 쉽게 풀리지 않았다. 자동으로 목소리가 신경질적으로 변했다.

"가까이 오지 말란 말이에요. 친한 척 다가오지 말라고요."

성민의 미간이 잔뜩 구겨졌다.

"무슨 소린지 똑바로 말해 봐요. 알아듣기 쉽게."

"최성민 선생님이 치과에 나타난 순간부터 내 생활이 평탄치가 않아요! 잘 지내고 있었는데. 날 쳐다보지도 말고, 말도 걸지 마세요!"

"아……."

성민은 순간적으로 눈치챘다. 눈이 옆으로 찢어진 그 미화라는 여자가 아침부터 하은을 괴롭힌 게 분명했다. 그러니 평탄치 않다고 하는 거겠지.

치위생사 중 연차가 두 번째로 높은 그녀를 괴롭힐 수 있는 사람은 윤미화 말고는 없었다.

사람이 많은 곳은 말 또한 많다. 특히 병원은 말이 많은 곳이기도 하다. 누가 어땠다, 누가 누구랑 사귄다는 둥. 당사자들보다 더 신나서 관심을 갖고 소문을 만들어 낸다. 또한 자기들끼리 누구와 누가 잘 어울리겠다는 둥 가상 커플을 만들어 내기도 했다.

어떤 이유이든 그 자신이 중심이 된 건 분명했다. 그렇다고 해서 그 원인을 제거해 줄 생각은 눈곱만큼도 없었다. 성민은 하은의 어깨를 힘 있게 잡았다. 천천히 다가가고 싶었는데 아무래도 계획을 수정해야 할 것 같았다. 철벽이 더 단단해지면 곤란하지.

"나, 김하은 씨한테 관심 있어요. 난 금요일 날 즐거운 시간 보내서 좋았는데, 하은 씨도 즐겁지 않았어요?"

"저기……."

"김하은 씨에 대해서 알고 싶고, 만나고 싶고, 데이트 하고 싶은데 안 됩니까?"

당신처럼 이런 식으로 다가온 사람은 없었단 말이에요. 성민은 그녀를 혼란스럽게 했다. 다른 의사들이 가끔 그녀에게 신호를 보내긴 했지만 그들은 굉장히 조심스럽게 다가왔다. 그래서 거절도 쉬웠다.

자신을 뚫어지게 쳐다보는 성민을 하은이 어지러운 눈빛으로 쳐다보았다. 머리에 전기 충격이라도 받은 것 같았다.

"지, 지금 뭐라고 하신 거예요?"

그의 고백에 심장이 제멋대로 쿵쾅거렸다. 곤란해. 정말 곤란해. 이걸 원하지 않았어. 왜 거절의 말이 나오지 않는 거지?

그녀의 '무조건 안 되는 리스트' 맨 위에 자리 잡은 피해야 하는 직업, 의사. 의사이기 때문에 무조건 안 되는 사람이어야 한다. 게다가 그를 둘러싼 많은 소문들과 여자들의 시선 또한.

난 왜 망설이고 있는 걸까.

"진지하게 만나고 싶은데 어떻습니까?"

몸이 미쳤나 보다. 가슴에서 뛰고 있어야 할 심장이 머리에서 뛰고 있었다. 머릿속이 텅 빈 것처럼 아무 생각도 떠오르지 않았다.

"하은 씨, 내가 보고 있는 거 느끼고 있었죠?"

이처럼 적극적으로 말하는 남자는 최성민이 처음이다. 이런 상황에 대해 대비해 놓은 것은 없었다.

"아, 저기, 난, 어……."

나 바보가 됐나 봐. 이제껏 해 왔던 것처럼 '아니오'라는 말이 왜 안 나오는 걸까. 그에게 관심이 없었는데 왜 말 한마디에 그를 의식했었던 것처럼 느껴지는 걸까.

"난 여자에게 쉽게 만나자고 안 해요. 단지 하은 씨가 예쁘기 때문에 이런 말 하는 건 더욱 아니고. 하은 씨에게 끌려요. 매력 있어요. 우리 같이 공통점을 찾아보지 않을래요?"

"공통점이요?"

멍하니 그의 말을 따라 하는 모습에 성민의 목소리가 달래듯 다시 부드러워졌다.

"부담이 된다면 그냥 몇 번 만나보는 건 어때요? 같이 볼링도 치고. 우리 대결도 남아 있는데."

"아……."

그때 성민의 가운 주머니에서 휴대폰 진동이 울렸다.

"후우, 하필 호출이네요. 오후에 봐요."

진료실로 돌아온 그녀에게 시선이 꽂히자 하은은 그제야 정신이 들었다. 머뭇거리며 진료실 한쪽으로 가 괜히 소모품 통을 열고 닫는 그녀에게 혜원이 다가왔다.

"어디 갔다 왔어? 기분은 괜찮아?"

"응."

"근데, 너 열 많이 받았나 보다."

"왜?"

"얼굴이 아직 빨개. 마녀 때문에 화났었구나?"

"어? 아, 조금."

혜원의 말대로 하은의 뺨은 아직도 뜨거웠다. 조금 전 충격적인 일을 혜원에게 말하고 싶었지만 망설여졌다.

최진국 과장이 학회 일정으로 자리를 비우자 과장님 진료실을 정리한 미화는 탈의실로 들어가 오전 내내 나오지 않았다. 다른 때 같았으면 나와서 좀 도와주었으면 했겠지만 오늘 같은 날은 차라리 나타나지 않는 게 도움이 되었다.

잠시 비는 시간이 생기자 혜원은 하은을 서 과장님 진료실 쪽으로 몰아갔다.

"왜?"

"자자, 빨리 불어 봐."

"뭘 불어."

혜원이 콧방귀를 끼며 하은을 쳐다보았다.

"내가 널 한두 번 보니? 네가 아무리 마녀한테 열 받았다고 해도 어떻게든 풀고 온다는 걸 아는데. 중간에 분명 다른 일이 있었어. 취조 들어가기 전에 보따리 풀어 봐, 김하은 씨."

최성민이란 남자도 혜원도 이상했다. 마치 눈으로 모든 걸 본 것처럼 말한다.

"혜원아."

"응."

불러 놓고 말을 잇지 않자 혜원이 얼굴을 가까이 들이댔다.

"뜸 들일 거야?"

"……최성민 선생님 말이야."

"응? 누구?"

"아는 거 좀 있어?"

"헐."

혜원이 당황스러웠는지 눈을 껌뻑거렸다.

"너, 너 지금 뭐라고 한 건지 알지? 나 똑바로 들은 거 맞지?"

"응…….."

"아까 나갔을 때 최성민 선생님 만났었어? 어디서?"

혜원의 얼굴을 한참 쳐다보던 하은은 단숨에 말을 내뱉었다.

"만나자고."

"뭐? 진짜? 어머! 이게 웬일이니?"

혜원이 진료실 구석으로 하은을 더 몰아갔다.

"그래서? 뭐라고 대답했어?"

"대답 안 했어."

"뭐?"

"호출이 와서 갔어."

"진짜, 헐이다."

"나도 그래."

나도 지금 날 잘 모르겠단 말이야. 정신이 너무 혼미해. 멘붕 상태야. 성민의 말에 마음이 흔들린 건 사실이었다. 너무 순식간이었다.

"그래서, 넌 어떤데?"

이제까지 그녀가 세워 두었던 '의사는 안 된다'라는 벽에 금이 가기 시작했다. 결국 나도 외모에 끌리는 건가. 나도 어쩔 수 없는 여자인지도 몰라.

"공통점을 찾아 보재."

"공통점?"

"부담이 된다면 그냥 몇 번 만나보는 게 어떻겠냐고 했어."

"그냥 몇 번? 썸 타자는 거야?"

"만나자고 하긴 했는데, 내가 대답을 안 하니까 그러더라고."

썸 타는 게 나쁘다고는 할 수 없다. 상대에 대해 뭘 알아야 사귀든지 말든지 하는 거 아닌가. 탐색전은 필요했다.

"하은 씨, 내가 보고 있는 거 느끼고 있었죠?"

"우리 같이 공통점을 찾아보지 않을래요?"

큰 키를 숙여 자신과 시선을 맞춘 그의 눈빛에 흔들렸다. 그에게 잡혔던 팔을 두 팔로 쓰다듬어 보았다. 별말이 아닌 것 같은데 왜 이리 가슴이 쿵쾅거리는 걸까.

4
밀어붙이기

점심시간이 끝나기 무섭게 진료실에 나타난 미화는 오후에 내려올 병실 환자가 없다는 걸 확인하고 학생들에게 청소를 시켰다.

"아니, 거기 말이야. 거기 창문틀 닦으라고. 먼지 없이 깨끗하게 닦아. 나중에 검사할 거니까. 오늘 물품 청구하는 거 알지? 다들 떨어진 소모품 체크해서 나한테 가져와요."

환자가 없는 시간대가 생기면 다들 요령껏 청소하고 정리해왔다. 그걸 알고 있으면서 유난히 까칠하게 말하는 미화의 모습에 하은은 마음이 불편했다. 평소처럼 탈의실로 퇴장하시든가.

오후 내내 접수 테이블에 자리를 잡고 사람들을 이리저리 감시했다. 특히 그녀를 꼼꼼하게 살폈다.

서원일 과장님 환자가 오후에 한꺼번에 몰려와 하은은 미화의 날카로운 눈빛으로부터 몇 시간이지만 벗어날 수 있었다. 마

지막 환자가 나가고 과장님 진료실을 정리하고 있는데 혜원이
다가왔다.

"다 끝나가?"

"응."

진료실 눈치를 힐끔 보던 혜원이 하은을 붙잡고 기둥 뒤 구석
으로 데리고 갔다.

"왜?"

"쉿. 조용해."

목소리를 낮추며 혜원이 하은의 귀에 속삭였다.

"상황 봐서 휴대폰 확인 좀 해."

"왜?"

"정형외과(OS)에 일 있어서 갔다가 최성민 선생님이랑 딱 부
딪혔지 뭐야. 뭔가 할 말 있는 것처럼 머뭇거리더니 너 휴대폰
확인해 달라고 전해 달래. 답이 없다면서."

"응?"

가운 안에 휴대폰을 들고 다니지 않는다. 다들 탈의실 안에
휴대폰을 두고 다녔다. 성민이 그녀에게 메시지를 보낸 모양이
었다.

"오늘 공급실에서 정보 좀 얻었는데."

"또 무슨 일 있어?"

혜원은 아침마다 중앙 공급실에 들린다. 치과에 필요한 소공
포와 대공포 및 소독된 글러브, 기타 소모품을 받아 가지고 왔
다. 공급실 또한 많은 간호사들이 출입하는 곳이라 그곳에 가면
다양한 소문들을 접할 수 있었다.

수집한 정보에 의하면 성민은 학생 때부터 과 톱을 놓치지 않았으며 병원에서 수련의 과정을 밟으면서도 스캔들 한 번 낸 적이 없다는 것. 간호사들과 잘 지내고 있으며 항상 매너 있게 행동한다고 했다. 회식 자리에서 추태를 보인 일도 없고 말도 없는 편이라고 했다. 모두가 인정할 만큼 미모의 간호사 몇 명이 관심을 보이긴 했지만 그와 가까운 관계를 성공시킨 여자는 없었다.

"이래저래 너랑 좀 비슷한 거 같아. 작년인가? 대놓고 대시한 간호사가 있었는데 보기 좋게 거절당했대. 환자에 대해 관심이 많지, 여자에겐 별로 관심이 없다고 하더라고."

"그래?"

"응. 그랬던 사람이 너한테 관심 있다고 하잖니!"

"여자한테 관심이 없었던 사람이 나한텐 왜 관심을 보이는 거야?"

"뭔가 다르겠지. 어쨌든 최성민 선생님이 너에게 관심을 보인다는 것 자체가 아주 획기적인 거 아니겠어?"

"후우."

"의사한테 관심이 없었던 네가 최성민 선생님한테 관심을 보이는 거랑 같은 이치겠지?"

"내, 내가?"

혜원의 예리한 지적에 하은은 말을 얼버무렸다.

"두 사람은 완전 선남선녀 그 자체야! 세림대학병원 최고의 커플이 될 거야."

하은은 혜원의 말에 고개를 저었다. 그리고는 화장실에 가는 척하며 조심스럽게 탈의실로 들어가 가방 속 휴대폰을 꺼냈다.

〈퇴근하고 7시쯤 시간 괜찮아요?〉

메시지를 보낸 시간을 확인해 보니 그녀와 헤어지고 얼마 지나지 않은 시간이었다. 그 뒤로 문자가 몇 개 더 있었다.

〈답장을 주세요.〉
〈답장을 원합니다.〉
〈휴대폰 진료실에 안 들고 다니는 거예요?〉
〈7시. 기다릴게요.〉

무슨 문자가 이렇게…… 딱딱해? 성민의 진지하고 낮은 저음이 들리는 것 같았다.

"답이 없어서 기다렸겠네."

많이 늦었지만 하은은 답을 보내려고 자판을 열었다.

"뭐라고 보내지."

거절을 하든 그의 말대로 몇 번 만나 보든 일단은 봐야 하니까. 차라리 다른 사람들처럼 영화를 보자든가, 차 한잔하자고 했으면 거절하기도 쉬웠을 텐데.

쓰고 지우기를 반복하던 하은은 한숨을 쉬며 전송 버튼을 눌렀다.

〈알겠습니다.〉

문자를 보내고 정신없이 스케줄을 소화했다. 모두가 퇴근하고 없을 무렵 탈의실로 들어간 하은은 긴장된 손으로 옷을 갈아입었다.

"흠음. 다를까?"

아직 최성민이란 남자에 대해 아는 것이 없었다. 겉으로 보이는 모습은 어떤 여자여도 호감을 가질 만큼 모든 것이 완벽한 남자다. 훤칠한 키와 잘생긴 얼굴, 촉망받는 재활의학과 레지던트 2년 차. 객관적으로 완벽에 가까운 조건이다. 성격 또한 군더더기 없는 매너남이라고 알고 있다. 세림대학병원 간호사와 젊은 여의사들의 애정 어린 시선을 받고 있지만 무성한 소문 속 그의 태도는 무척이나 깔끔했다. 그 속은 어떤지 모르지만 말이다.

볼링 동호회 활동을 하면서 사람들이 그녀의 동작 하나하나에 집중해 쳐다봐도 한 번도 긴장한 적이 없었다. 그랬던 그녀가 성민의 등장에 흔들렸다. 한 번도 낸 적 없던 거터를 냈다. 왜 그의 존재를 의식하는 것일까. 그녀를 빤히 바라보는 짙은 눈동자를 생각하자 마음이 흔들리기 시작했다.

논문을 보고 있던 성민은 수시로 책상 위에 있는 휴대폰으로 눈길을 주었다. 아직 그녀에게서 어떤 답도 오지 않았다.

내가 휴대폰 확인해 달라고 부탁했는데 제대로 전하지 않은 건가. 지난번 치과에 갔을 때 분명 하은과 친해 보였는데.

그때였다. 진동 소리에 성민은 가만히 문자를 쳐다봤다.

〈알겠습니다.〉

무표정이었던 성민의 얼굴에 피식 웃음이 새어 나왔다.

"하."

성민은 그녀의 답장을 보고 또 보았다. 변함없는 한 줄의 간단한 대답이었다. 뒤이어 도착하는 문자도 없다.

"알겠습니다라, 재미있네."

성민은 알면 알수록 김하은이란 여자에 대한 궁금증이 자꾸만 커져 갔다. 답장 속에 그녀의 성격이 고스란히 담겨 있었다.

"정말 쉽지 않은 여자야. 그래서 더 매력적인 거 같아."

성민은 하은이 머릿속에 잔상으로 남아 논문에 집중을 할 수가 없었다. 이리저리 환자들을 살피고 몸을 괴롭힌 후에야 겨우 그녀를 머리 밖으로 보낼 수 있었다.

7시가 되기까지 아직 여유가 있는데도 성민은 의국을 나섰다. 북적했던 외래 복도가 조용했다. 힘찬 걸음으로 복도를 가로질러 2층으로 가는 계단으로 향했다. 2층 복도 끝 치위생사 실이라고 적힌 문 앞에 그가 멈춰 섰다. 문 아래로 불빛이 새어 나왔다. 그녀겠지.

똑똑똑.

생각에 잠겨 있던 하은은 노크 소리에 화들짝 놀랐다. 문으로 다가가 작은 소리로 물었다.

"누구세요?"

"최성민입니다."

천천히 문을 열자 성민의 커다란 체구가 그녀의 눈을 가득 채웠다.

"아…… 안녕하세요."

부드러운 표정으로 그녀를 보며 말을 하지 않는 그에게 하은이 물었다.

"약속 시간은 7시 아니었나요?"

"맞아요. 시간만 정했지 장소는 정하지 않아서 왔어요."

"아, 그러네요."

하은은 괜히 초조해졌다. 혹시라도 누가 지나가면서 이 상황을 보게 된다면 이상한 소문이 퍼질지도 몰랐다. 상대가 성민이기 때문에 더 신경이 쓰였다.

"지하 3층입니다. 엘리베이터 앞에서 기다릴게요."

말을 마친 성민은 미소를 짓고는 몸을 돌려 걸어갔다.

그 말을 하려고 올라온 거야? 문을 닫는 하은의 얼굴에 갑작스럽게 열이 올라왔다. 아주 잠깐 얼굴을 본 건데 왜 이러는 거지. 그녀를 보며 부드럽게 미소 짓는 성민의 얼굴이 꽤 멋있어 보였다.

"이러면 곤란해. 곤란하다고."

겉모습이 전부는 아니란 말이다. 성민의 행동은 예측하기 힘들었다. 빤히 쳐다보는 시선에 몸이 제멋대로 꼬이려고 했다. 나 이렇게 흔들려도 되는 거야? 거울을 보며 머리를 매만지는데 진동이 울렸다.

"네, 엄마."

—하은아, 퇴근하는 중이야?

"아직 병원인데 곧 나갈 거예요. 저녁 약속이 갑자기 잡혀서 요."

─그래? 많이 늦진 않지? 아버지가 좀 보자고 하신다.

"아빠가요? 무슨 일인데요?"

─들어오면 알게 될 거야.

엄마의 목소리가 평소와 달랐다. 평범한 일은 아닌 듯했다.

"힌트 좀 주세요."

그녀의 말에 이 여사는 잠시 머뭇거리며 말을 꺼냈다.

─아버지가 너 선보라고 하신다. 괜찮은 사람 있다고 소개받 으셨다는데…….

"선이요?"

하은의 입에서 불만 가득한 소리가 터져 나왔다.

─그냥 한 번 보는 게 어떻겠니?

"들어가서 얘기해요. 지금은 약속이 있어서요. 늦지 않을 거 예요."

휴대폰을 가방에 넣는 하은의 표정은 잔뜩 일그러졌다.

"어쩐지 한동안 잠잠하다 했어."

세림대학병원 치과에 근무한 지도 4년이 다 되어 가니 내년 이면 스물일곱이다.

"스물여섯이면 결혼하기엔 아직 이른 거 아니야?"

규칙과 규범을 따르는 것을 좋아하고 완벽을 추구하는 아버 지가 소개시켜 주는 사람이라면 분명 믿을 만한 사람일 것이다. 하지만 평생을 함께 갈 사람만큼은 직접 선택하고 싶었다. 취향 이 비슷한지, 성격은 잘 맞는지, 얼마나 잘 통하는지 겪어 보고 직접 결정하고 싶었다.

"우리 같이 공통점을 찾아보지 않을래요?"

"그래, 공통점. 중요하지."

지하 3층에 도착한 엘리베이터의 문의 열리자 성민이 서 있었다. 그녀를 본 성민이 환한 미소를 지었다.

"특별히 먹고 싶은 거 있어요?"

차로 에스코트해 가며 성민이 다정하게 물어왔다. 하은은 시원하게 다가오는 그의 향에 기분이 편안해지는 것을 느꼈다. 조수석 문을 열고 미소를 지으며 차에 탄 하은은 운전석으로 돌아가는 성민을 바라보았다.

"약속을 정하셨으니 생각해 둔 곳도 있으시겠죠?"

함축된 말 한마디에 많은 뜻이 내포되어 있다는 것을 성민은 눈치챘다. 묻지 말고 어디 한번 안내해 보란 소리군. 그를 테스트하겠다는 것이다.

지하 주차장을 빠져나가면서 성민은 그녀의 취향이 무엇일까 생각해 보았다. 현재 그가 알고 있는 정보엔 그녀의 음식 취향에 관한 것은 없었다. 오늘처럼 일진이 사나웠던 날은 뭘 먹으면 될까 생각하던 성민은 매운 낙지볶음 집을 떠올렸지만, 첫 데이트인데 그건 아닌 것 같아 목적지를 변경했다.

하은을 데리고 간 곳은 깔끔하고 정갈한 음식이 잘 나오는 한정식 집이었다. 고급스럽게 반질거리는 깔끔한 실내가 눈에 들어왔다. 편안한 분위기가 그녀와의 첫 식사를 부담 없게 해 주길 바랐다.

"한정식 집이네요?"

성민이 데리고 온 이 음식점은 그녀의 가족이 자주 들리는 곳이기도 했다. 집에서 그리 멀지 않은 곳인 데다 방이 분리되어 있어 조용하고 편안하게 이야기를 나눌 수 있었다.

그녀가 음식점을 고를 때 우선시하는 것은 편안함이었다. 고가의 가구와 멋진 인테리어로 어우러진 분위기에 위축되는 것을 싫어했다. 마음이 편안해야 음식도 맛있는 법.

성민을 따라 음식점 안으로 들어서는 하은을 알아본 주인이 반갑게 웃으며 다가왔다.

"어서 오세요. 두 분이 같이 오신 건가요?"

"아……."

주인의 표정을 보니 성민을 아는 모양이었다. 큰일 나게 생겼다.

"얼마 전에 식사하러 오셨는데 너무 잘생겼다 싶어서 기억하고 있었죠. 예쁜 하은 씨랑 같이 와서 놀랬습니다. 하하하. 두 분이 아는 사이인지 몰랐어요."

사장이 하은의 이름을 부르는 것을 보아하니 단골손님인 것이 분명했다. 성민은 희미한 미소를 지었다. 장소 변경이 탁월했어. 이사 오고 난 뒤 우연찮게 발견한 곳인데 음식이 맛깔스러워 또 오고 싶었던 곳이었다.

방으로 안내받은 두 사람은 추천 메뉴인 특선을 주문했다.

"자주 오는 곳인가 보죠?"

"네. 부모님과 종종 오는 곳이에요."

"장소 선택을 어떻게 해야 하나 고민했어요."

수줍게 미소를 짓는 하은을 성민이 그윽한 눈빛으로 바라보았다.

"일진 사나운 날은 매운 음식이 당기는데, 거리가 좀 있지만 매운 낙지볶음을 먹으러 갈까 하다가 여기도 마음에 들어서 먼저 왔어요."

"그러셨구나."

"여긴 조용하니까 서로 조금씩 알아가기 좋기도 하고요."

부드럽게 말하면서도 뭔가 압박감이 느껴지는 건 혼자만의 생각일까. 묘한 어감에 하은은 풀어지려던 긴장감을 다시 다잡았다.

"차트 봐서 알겠지만 우리 두 살 차이인 거 알죠?"

"네."

"솔직히 난 하은 씨가 훨씬 더 어릴 줄 알았어요. 스물넷 정도? 더 어리게 볼 수도 있었지만 치과 내에서 하은 씨 위치가 있으니 그렇게 어릴 거라는 생각은 안 들더군요."

"아."

하은은 물컵을 들고 입으로 가져갔다.

이 남자. 분명 자신에 대해 사전 조사를 했을 거란 생각이 들었다. 그녀가 혜원을 통해 그에 대해 알아본 것처럼 말이다. 그녀가 직원들, 특히 의사에게 차갑게 군다는 소문이 오히려 젊은 인턴들의 오기를 부추긴다는 것을 하은은 알고 있었다. 그래서 내기 비슷한 형식으로 다가오는 의사들이 더 싫었다. 그는 그녀에 대한 소문을 어디까지 들은 것일까.

"무슨 생각해요?"

물컵을 잡고 가만히 컵 안을 들여다보는 하은을 성민이 주의 깊게 바라보았다. 마치 그녀의 생각을 읽어 보려는 것처럼 말이다.

"아무것도 아니에요."

"왜요? 잘 따라 온 건지 걱정돼요?"

하은은 어디 가서 말이 막히는 일은 없었다고 생각했는데 그게 아닌 모양이었다. 성민이 툭 던지는 말 한마디, 한마디가 이상하게 그녀의 말문을 막히게 했다. 편하게 말을 걸어옴에도 알 수 없는 압도적인 느낌. 정중하면서도 강요하지 않는 말투 속에 대답을 듣겠다는 강한 의지가 담겨 있었다.

아이러니하게도 하은은 그런 점에 끌리는 것 같았다. 본의 아니게 차갑다고 소문이 난 그녀에게 스스럼없이 다가서는 남자가 조금은 궁금해지는 것 같았다.

"아뇨. 걱정할 거였으면 처음부터 차에 타지도 않았을 거예요."

"다행이네요."

성민은 조용히 하은을 바라보았다. 사실 그녀가 쉽게 승낙할 줄은 몰랐다. 당연히 몇 번의 거절이 있을 거라 생각했었다.

"오전에 말한 우리의 공통점을 찾아보기 시작할까요?"

긴장감이 다시 찾아오려는 순간 문이 열리고 음식이 하나둘씩 두 사람 앞에 놓였다. 식욕을 돋우는 맛있는 음식 냄새에 두 사람은 동시에 젓가락을 집어 들었다.

성민이 먼저 웃자 하은도 덩달아 피식 웃었다.

"금강산도 식후경인데 일단 먹죠."

"네."

웃음과 함께 두 사람을 감싸고 있던 긴장감이 옅어지기 시작했다.

내가 딱 잘라 거절하지 못하고 여기까지 왔으니까. 공통점 찾아보다가 아니면 아닌 거고. 내가 아니라고 하면 쿨하게 받아줄지도 몰라.

하은은 별거 아니라고 스스로에게 주입시켰다. 따라온 마당에 가시를 잔뜩 세워서 좋을 건 없었다. 한결 편해진 마음으로 맛있는 식사를 즐기기로 마음먹었다.

음식을 씹고 있으면서도 표정이 시시각각으로 변하는 하은을 성민은 조용히 지켜보았다. 그녀가 거절하면 어떤 식으로 허락을 받아낼까 고민했던 그였다. 생각보다 쉽게 응한 그녀의 행동에 그 또한 조금은 의아해하고 있었다.

다행이긴 한데 뭔가 미심쩍단 말이지. 물어보고 싶은 것이 많았지만 시작하면 식사를 이어 갈 수 없을 것 같아 최대한 가벼운 대화를 하려고 노력했다.

나온 음식을 골고루 먹는 하은의 식성에 성민은 자꾸 미소가 지어졌다. 내숭을 부리며 먹는 둥 마는 둥 하는 여자들은 많았지만 이정도로 맛있게 먹는 여자는 처음 봤다.

"혹시, 내가 편해요?"

너무 편하게 느껴도 문제인데.

"네?"

"아닙니다."

괜한 말을 꺼내 불편하게 만들면 안 된다. 절대로.

"이 집 음식 정말 맛있죠? 밑반찬 간도 세지 않고 재료 본연의 맛이 나서 좋아요."

"가리는 음식 있어요?"

"딱히 없어요."

"그래도 특별히 안 먹는 음식이 있다거나."

"음…… 비린 맛이나 냄새가 좀 많이 나거나 몸보신용으로 먹는 건 삼계탕, 오리 말고는 안 먹어요. 그 외에 보편적인 음식은 골고루 다 먹는 편이에요."

"냄새가 많이 나는 홍어는 안 먹겠네요."

"네."

"홍어는 정말 개인 취향이죠."

"홍어 좋아하세요?"

"아뇨. 몇 번 먹을 기회가 있었는데 내 입에 안 맞았어요."

"전 냄새가 너무 강해서 먹어 볼 생각이 아예 안 들었어요."

"그렇군요. 배 많이 고플 텐데 얼른 먹어요."

"네."

한동안 조용하게 식사를 이어 갔다. 이런 분위기도 나쁘지만은 않다고 생각하는데 주인이 누룽지를 먹겠느냐고 물었다. 오늘 메뉴에서는 빠져 있었는데 원하면 내올 모양이었다.

"하은 씨, 더 먹을 수 있겠어요? 여기 누룽지 맛있던데요."

하은은 배가 불렀지만 구수한 누룽지의 유혹을 버리지 못했다.

"조금만 주세요."

저 작은 입으로 음식을 참 맛있게 잘 먹는다. 오물오물 맛있게.

많이 만나 보진 않았지만 기존에 만났던 여자들과 정반대의 모습을 보여 주고 있었다. 날 의식하지 않는 건가. 그래서 편하게 막 행동하는 건가? 이런 모습이 난 왜 이리 좋을까. 감정이 또 몽글몽글 피어올랐다. 손은 언제쯤 잡을 수 있을까. 저 아담한 체구는 내 품에 쏙 들어올 것 같은데.

누룽지가 작은 공기에 덜어져 나오자 하은이 잠시 쉬었다가 숟가락을 들었다. 그녀가 먹는 걸 보고 난 뒤 그도 누룽지를 한 숟가락 떠서 입에 넣었다.

"연애는 몇 번이나 해 봤어요? 난 두 번 정도 했어요."

"네?"

"예과에서 한 번, 본과 2학년 때 한 번."

"어……."

그걸 왜 말하는 걸까. 묻지도 않은 과거에 대해서.

"그 뒤론 없었어요."

물끄러미 그를 쳐다보며 말을 않는 하은에게 성민이 살짝 미소 지었다. 참 잘 웃는 남자다. 잘 웃는단 소리는 못 들어 봤는데.

"하은 씨가 오해할까 봐 말하는 겁니다."

"오해요?"

"나에 관한 소문이 돌고 있는 거 알고 있어요. 소문은 그리 났어도 나 아무렇게나 쉽게 연애 안 한다고요."

"우리가…… 지금 연애 중인가요?"

"말을 바꿔야겠네요. 연애 시작하기 전 단계?"

"전 단계요?"

"요즘 말로 썸 탄다고 하죠?"

"아, 썸이요."

하은은 썸이란 단어를 좋아하지 않았다. 어감이 어딘가 모르게 싫었다. 괜히 간 보는 것 같았지만 어찌 보면 서로에 대해 뭘 알아야 사귀든지 말든지 할 것 아닌가. 그래, 일종의 탐색전이다.

"썸이란 단어, 솔직히 난 어감이 별로인데. 사귀기 전 단계, 마음이 가는 상대가 나와 맞는지 아닌지 탐색하는 거잖아요. 미묘한 관계."

"저도 알아요."

"하긴, 생각해 보면 지칭하는 단어만 없었지 다들 썸이란 걸 타긴 하죠."

누룽지와 함께 나온 매실차를 한 모금 마시며 성민은 하은을 세심하게 살폈다. 그녀의 표정이 아까와는 달리 조금 굳어졌으나 그는 아닌 척, 좋아도 싫은 척, 빙빙 돌려 말하는 것을 싫어하는 터라 대놓고 말해 버렸다. 그게 자신의 성격이었다.

소문을 100% 다 믿을 순 없겠지만 소문 속 김하은은 그와 비슷했다. 적당한 선을 유지하고 사람들의 관심 어린 시선을 싫어한다는 것. 병원 내에서의 관계는 공적이라는 점.

그 공적인 관계가 문제군. 그녀가 세워 두고 있는 방어벽. 그 속에 숨어 있는 모습이 궁금했다.

"게다가 이미 난 도파민과 페닐아틸아민이 분비되고 있는 상황이라."

"……?"

세상에, 도파민과 페닐아틸아민 분비라니. 직업은 못 속이나. 하은에게 최성민 같은 남자는 처음이었다. 정말 특이했다.

"좋아하는 이성을 바라보거나 스킨십을 할 때 분비되는 페닐아틸아민이 내가 하은 씨를 볼 때마다 분비가……."

"됐어요!"

뭐 이런 남자가 다 있을까. 하은은 얼굴이 화끈해졌다. 이런 말을 아무렇지도 않게 하는 남자였나.

"최성민 선생님. 원래 이런 스타일이세요?"

"네. 직진 스타일이 나랑 맞아서요."

"상대를 당황스럽게 만든다는 건 모르시죠?"

"알아요."

"안다고요?"

"내 말에 하은 씨 흔들려요? 나, 무조건 직진하진 않아요."

성민은 뚫어지게 그녀를 쳐다보았다. 짙은 검은색 눈동자가 그 속을 감추며 반짝였다.

"사람에 따라 직진하죠. 이제까지 두 번 연애했었다고 했죠? 그 두 번 다 이런 식은 아니었어요. 그땐 그냥, 뭐 어느 정도 잘 맞는 것 같아서 자연스럽게 사귀다가 헤어졌지만, 하은 씨 경우는 달라요. 완전히."

내 경우는 뭐가 다르다는 걸까. 당연히 그를 좋아하게 될 거라는 저 자신감은 어디서 오는 걸까. 오만함이라고 해야 할까. 그녀를 이런 식으로 뚫어지게 쳐다본 남자도 없었고, 저돌적으로 다가오는 남자도 처음이다. 다들 부드러웠고 자연스럽게 다가왔었다.

자연스럽게 그녀를 끌어들이기 위해 많이 우회했었다. 그래서 거절도 쉬웠었다. 하지만 최성민이란 남자는 그녀의 거절을 인정하지 않을 것이다. 파르르 심장이 떨려온다. 이 남자에게 끌리는 거야, 지금?

"하은 씨는 우회하면 안 될 것 같아요. 그걸 내 뇌가 먼저 알았는지 계속 하은 씨 생각만 하면 호르몬 분비가 되고 있으니까."

"그 호르몬이란 거, 일정 시간이 지나면 분비가 멈추기 마련이죠."

성민은 몸을 앞으로 숙이며 다가갔다.

"멈추길 바라나 본데…… 어떡하죠. 화수분처럼 계속 나올 것 같거든요. 그래서 내 본능에 충실하려고요. 호르몬의 영향을 피할 수 있는 인간은 없어요. 알면서."

나직이 깔리는 은근하고 느릿한 목소리가 그녀의 귀를 타고 흘러 들어가 심장을 공격했다. 그의 목소리가 제 심장을 움켜쥐는 착각을 일으킬 정도로 그녀는 성민에게서 시선을 떼지 못했다.

스킨십을 할 때 분비된다는 호르몬을 듣고 이상한 상상을 해버렸다. 얼굴이 화끈해져 방어적으로 나왔던 말들이 꼬리를 물어 분위기가 이상하게 바뀌었다.

얼굴을 붉히고 있는 그녀를 지켜보며 성민은 다 안다는 듯 입술을 움직였다.

"하은 씨는 연애 안 해 봤죠."

"공통점을 찾아보자고 하더니 날……."

하은 씨에게 접근했던 병원 사람들에게 감사해야겠어요. 나 같은 남자 처음이네. 그래서 당신은 흔들릴 수밖에 없는 거야.

"나도 내가 이럴 줄은 몰랐는데."

그녀의 놀란 표정에 성민이 미안한 듯 깊게 숨을 내쉬자 동그 랗게 떠진 그녀의 눈이 조금 누그러졌다.

"천천히 다가가고 싶었는데 그러면 놓칠 것 같아서요."

입을 꽉 다문 채 자신을 빤히 쳐다보는 시선을 마주 보며 성 민은 고개를 살짝 기울였다.

"사람들 시선 의식하고, 쳐다보는 거 싫어하고, 게다가 의사 는 더더욱 싫어하고. 의사라는 직업에 대한 선입견에 날 같은 선상에 두지 말아요. 난 그런 남자 아닙니다. 지금 난 김하은이 란 여자에게 호감을 느끼고 있어요. 이런 호감이 일시적이 아니 라는 걸 알아요. 난 확신해요. 내 심장이 당신을 보면 뛰는데 어 쩔 수 없는 거 아닌가요?"

성민은 진짜 천천히 다가가려고 했다. 질문하면서 자연스럽 게 공통점을 찾아보자 했었는데 지금 상황을 보니 다 틀렸다. 너무 직선적이었나.

두 사람 사이에 미묘한 긴장감과 함께 침묵이 흘렀다. 하은을 바라보는 성민의 시선은 흔들림이 없었다. 그녀를 끌어내려는 의지가 담겨 있었다.

"나와 상관없이 본인의 감정에 충실하겠다는 말인가요?"

"상대방의 감정에는 상관이 없다라, 하은 씨가 굳이 그렇게 말하고 싶다면 그런 거겠죠."

"상대방의 감정에 상관없이 본인이 좋으니까."

"하은 씨, 그런 식으로……."

"말 끊지 마세요."

저돌적으로 들어오는 그의 말꼬리를 잡았던 것이 실수였을까.

"제게 감정을 강요할 생각이세요?"

하은의 말에 성민의 미간이 구겨졌다. 그녀를 바라보는 시선이 험악하게 변했다. 강요가 가능하다면 그렇게라도 하고 싶었다. 관심이 가고, 궁금하고, 눈을 마주하고 싶은 여자다. 그녀가 그에게 전혀 관심이 없었다면 이런 자리도 없었을 것이다. 시작이 좋았다고 생각했는데 엉뚱하게 빠져 버렸다. 그녀의 방어 태세가 생각보다 강했다.

"둘이 사귀는데 있어서 난 정직한 걸 좋아해요. 서로 속이거나 감추는 것은 없었으면 합니다. 그래서 솔직하게 하은 씨에 대한 내 감정을 말했어요. 그럼, 내가 하나 묻죠."

"……."

"단단한 철벽녀 행세를 하면 김하은 씨에게 득이 되는 건 뭡니까?"

정곡을 찌르는 성민의 말에 하은은 말문이 막혔다. 반격을 위해 입을 열었지만 아무 말도 하지 못했다.

"굉장히…… 공격적이시네요."

"접근하는 남자들을 다 밀쳐 내면 기분 좋아요?"

화를 가득 담은 하은의 눈이 성민을 매섭게 노려보았다.

"난 별로 감정이 없는데 다가오는 남자들을 두 손 벌려 환영할 이유는 없죠. 안 그런가요?"

하은의 눈빛이 더 날카로워졌다. 이성이 끌리는 본능을 누르며 발버둥을 쳤다.

"최성민 선생님도 대시하는 여자들을 다 받아 준 건 아니지 않나요?"

그녀의 분노와 반대로 성민은 차분하게 천천히 입을 열었다.

"하은 씨, 뭔가 착각하는 것 같은데. 서로 상호 간의 감정이 통하는데 거부하는 사람은 없어요."

"뭐라고요?"

"내가 하은 씨에 대한 어떠한 확신도, 느낌도 없는데 이런 행동을 할 거라고 생각해요? 내가 나에게 호감이 없는 사람에게 밥 먹자고 할 거 같아요?"

"……."

"하은 씨 머리는 애써 부정하고 싶겠지만, 당신도 나에게 관심이 간다는 거 인정해요."

진료실에서 내 얼굴을 뜯어먹을 듯 꼼꼼히 관찰한 거 다 알고 있거든. 볼링장에서 나 때문에 안 하던 거터를 냈다는 사실만으로도 충분히 의식하고 있다는 증거야.

그녀의 얼굴을 찬찬히, 꼼꼼히 집어내듯 쳐다보는 그의 시선이 따가웠다.

"잘 생각해 봐요. 정말 내게 먼지만큼도 관심이 없는지. 진짜 먼지만큼이라도 관심이 없다면…… 계속 그 벽 뒤에 숨어 있어요. 평생."

이 자리에 나온 것만 봐도 이미 당신은 한 발짝 나온 거 같은데. 본인은 모르겠지만. 그 틈이 다시 닫히기 전에 난 어떻게든 비집고 들어가려고.

"아무래도 하은 씨는 의사라는 직업을 가진 사람을 싫어하는 게 아니라, 모든 남자들에 대한 불신이 있는 것 같아요."

"……."

"그것도 간접 경험을 가지고 말이죠. 부딪쳐 볼 생각조차 안 하고. 그럼 얻을 수 있는 것도 없어요. 뭐든 열어 봐야 그 속을 알 수 있죠."

당신의 다가서기 힘든 분위기 때문에 다들 천천히 다가서려 했을지 모르지만, 난 달라요. 당신에게 매력을 느끼고, 호감이 가고, 보고 싶고, 목소리 듣고 싶으니까. 어떻게든 당신을 뒤흔들 거니까.

"두 번 연애했다고 했죠? 두 번 다 내가 차였어요. 여자도 마음 잘 변하던데요."

하은의 동그란 눈이 놀람으로 더 커졌다. 이 멋진 남자가 여자에게 차였다고?

"그런 경험을 두 번이나 했는데 난 왜 하은 씨에게 관심이 가서 사귀자고 하는 걸까요. 하은 씨가 더 조건 좋은 남자를 만나서 날 차 버릴 수도 있는데."

살짝 굳어져 있던 성민이 그녀와 시선이 마주치자 처음처럼 부드러운 미소를 지었다.

"우린 좋은 인연이 될 거라는 확신이 들어요. 하은 씨와 같이 있으니 그 느낌이 점점 더 확실해지고 있어요."

"아……."

"그 확신이 나중엔 틀릴 수도 있겠지만 지금은 믿고 다가가고 싶어요. 솔직히 말해 봐요. 정말 내게 눈곱만큼도, 먼지만큼도 관심 없어요?"

시선을 피하자 그녀를 달래듯 성민의 목소리가 한층 더 부드러워졌다.

"이번 주는 언제 시간 돼요? 우리 다시 내기하기로 하지 않았어요? 지난번에 제대로 실력 발휘 못 했잖아요. 나한테 한 수 가르쳐 줘요."

그녀가 살고 있는 아파트 정문 앞에 차를 세운 성민은 차에서 내려 고층 아파트를 올려다보았다.

"여기 살아요? 몇 동?"

"101동이요."

의미심장한 미소를 지으며 그윽한 눈으로 그녀를 바라보는 성민의 표정은 재미있어 보였다.

"왜요?"

"그냥요. 들어가요. 내일 병원에서 봐요."

집으로 걸어가는 하은의 머릿속은 그야말로 혼돈의 상태였다. 무슨 일이 있었던 거지.

그녀가 정신을 차리기도 전 성민이 재차 공격해 오는 바람에 온전한 정신으로 대화하지 못했다. 머릿속이 텅 빈 느낌이다.

집에 들어가서 차근차근 정리해 봐야겠어.

"다녀왔습니다."

"이제 오니? 저녁 먹고 온 거지?"

"네."

"옷 갈아입고 나오렴. 과일 먹자."

"아빠는요?"

"지금 통화 중이셔."

집에 오니 또 다른 사건이 그녀를 기다리고 있었다. 문제의 그 맞선이다. 작년부터 계절이 바뀔 때마다 마지못해 나갔던 자리. 그러고 보니 다음 주가 9월이다.

"무슨 계절이 이렇게 빨리 돌아와."

화장을 지우고 샤워하면서 선을 보라는 말에 뭐라고 대답을 해야 할지 고민하기 시작했다. 호감 아니, 관심이 가는 사람이 생겼다고 해야 하나? 그렇게 말하면 당장 눈앞에 대령하라고 할지도 모른다. 잠시 빠져나가기 위한 거짓말이 눈덩이처럼 불어날 게 훤히 보였다.

편안한 옷으로 갈아입고 나오자 두 분이서 머리를 맞대고 뭔가 속삭이고 있었다.

"뭐하세요?"

거실로 나오는 그녀에게 엄마가 빨리 와 보라며 손짓했다.

"어머. 얘, 하은아. 이 남자 한번 만나 보렴. 이름은 박재민이고 직업은 의사래. 훤칠한 게 어쩜 이리도 잘생겼니? 아버지한테 소개 들어온 사람인데, 여기 와서 좀 봐봐."

소파에 앉는 그녀에게 엄마가 사진 한 장을 내밀었다. 별생각 없이 사진을 손에 받아 든 하은은 사진 속 남자를 뚫어져라 쳐다보았다.

사진 속 남자는 10대 때 김하은이 첫눈에 반한 사람이자 첫사랑의 주인공이었다.

재민은 하은이 학창 시절 잠시 마음을 비우기 위해 다녔던 교회에서 만났었다. 멋있는 그의 모습에 첫눈에 반했고 고백을 하지 못하고 제 마음을 숨긴 채 주위만 맴돌던 그 사람. 첫눈에 반한 교회 오빠가 어느 날부터인가 보이지 않게 되자 그녀도 더 이상 교회에 나가지 않았었다. 부끄러운 일이지만 그땐 오직 그 오빠만 바라보고 교회에 갔었다.

그녀의 기억보다 훨씬 더 잘생겨진 모습이었다. 이 오빠는 날 기억할까?

"어떠니? 괜찮지? 지금 레지던트 3년 차래. 하은이 너랑 나이도 세 살 차이고."

"네?"

그때도 공부 잘했다고 들었던 것 같은데. 공부도 잘하고 인물도 반반하다. 꼭 누구처럼.

"어때? 잘생겼지? 예전에 이 동네 살았던 모양이야. 이 주변 지리 잘 안다고 하더라."

"아…… 네."

아는 사람이라고 하면 난리 날 것이 분명했다. 차라리 모르는 척해야 덜 피곤하겠지.

아버지는 사진을 뚫어지게 쳐다보는 딸의 모습을 긍정으로 받아들였다. 마음 같아선 그저 밀어붙이고 싶지만 참았다.

"마음에 들어 하는 것 같아 다행이구나."

하나밖에 없는 딸을 좋은 방향으로 이끈다는 것이 오히려 역효과를 불러냈음을 뼈저리게 느끼고 있다. 강요하면 빗나갈 게 분명했다.

한 가지 걸리는 건 의사라는 직업에 대해 하은이 어떤 반응을 보이는지 알고 있다는 것이다. 모든 의사가 다 그런 건 아니라고 몇 번을 말해도 듣지 않았다.

방으로 들어온 하은은 화장대 앞에 털썩 앉으며 땅이 꺼져라 한숨을 내쉬었다. 다시 한 번 사진을 들여다보았다. 분명 그 사람이다.

"재민 오빠……."

날 기억은 할까. 혼자 짝사랑하다시피 한 건데. 시간이 흘러 다시 보게 되면 많이 부끄러울 것 같다. 어느 날 갑자기 사라지더니 그동안 잘 지냈던 모양이다.

그녀가 중학교 3학년 때 겨울 방학이 시작되던 시점에서 갑자기 사라진 오빠였다. 다른 지역으로 이사 갔다는 소리를 들었다.

여자 친구가 없는 걸까? 왜 맞선 시장에 나온 거지. 안 그래도 머리가 복잡한데. 왜 일이 한꺼번에 몰려오는 걸까.

그녀에게 무척이나 친절했던 사람이었다. 그녀를 보면 손을 흔들어 주고, 웃어 주고, 학교생활에 대해 조언도 해 주었었다. 지금 보면 어떤 느낌일까.

❋   ❋   ❋

지하 주차장에 주차하고 엘리베이터를 향해 걸어가는 성민의 발걸음은 가벼웠다. 자꾸 웃음이 나왔다. 엎어지면 코 닿을 거리에 그녀가 살고 있다니.

"신기하게도 말이지."

그녀와 나란히 석촌 호수를 배경으로 가벼운 산책을 하는 모습을 떠올려 보았다. 가슴이 또 찌릿찌릿해지며 기분 좋은 감정이 몽글몽글 피어올랐다.

—21층입니다.

잠시 생각에 잠겼더니 어느새 도착했다는 알림 음이 나왔다. 엘리베이터에서 내려 비밀번호를 누르고 집으로 들어가 신발을 벗는 성민의 입술에 여전히 미소가 걸려 있었다.

"다녀왔습니다."

"성민이 왔니?"

"네."

윤 여사가 반갑게 아들에게 다가갔다. 60대 중반의 윤 여사는 늘 잔잔한 미소를 지으며 그를 대했다. 성민의 미소는 윤 여사와 많이 닮아 있었다.

"저녁은? 병원에서 대충 먹었으면 뭐 좀 만들어 줄까?"

"괜찮아요. 맛있는 저녁 먹었어요."

"늦지 않게 들어왔구나."

그와 똑같이 생긴 중년의 남자가 서재에서 나왔다. 나이가 들수록 성민은 점점 더 아버지를 닮아 갔다. 다부진 체격과 훤칠한 키, 깔끔한 인상과 매력적인 목소리까지 판박이었다.

"네, 아버지."

"거기 좀 앉아라."

거실 소파에 두 분이 나란히 앉아 성민이 앉기를 기다리는 모습에 무언가 심상치 않음을 느꼈다.

"무슨 일이라도 있습니까?"

성민이 자리에 앉자 아버지는 잠시 뜸을 들이며 아들의 표정을 살폈다.

"요즘 병원 일에 어려움은 없고?"

"네."

"흠흠."

뜸을 들이는 것을 보니 아무래도 그가 싫어하는 것을 하라고 할 낌새 같았다. 설마 또…….

"환자도 좋지만, 여자 친구도 있어야 하지 않겠니?"

"또 선을 보라는 말씀은 아니시죠?"

성민의 질문은 '아니다'라고 대답하기를 강요했다. 아들의 목소리가 딱딱하게 나오자 윤 여사가 나섰다.

"그게 말이지. 이번 자리는 선을 보라는 게 아니라 소개팅 같은 자리라고 생각하면 돼. 부담 갖지 말고 한 번 보면 어떠니?"

지난 연말 성민이 선을 봤을 때 플루트를 전공한 단아하게 생긴 여자가 나왔었다. 신부 수업을 받아 다소곳이 앉은 채 작은 목소리로 말하던 여자가 떠올랐다. 단아하고 예쁘다고 오케이할 수는 없었다. 기본적으로 그와 대화가 잘 통하지 않았다.

평생을 그가 사랑할 여자, 내 아이들의 엄마인데 말이 안 통하면 어찌하란 말인가. 같이 있고 싶고, 있어도 보고 싶고, 즐겁고, 매력을 느낄 수 있는 그런 여자를 만나길 원했다. 김하은 정도는 되어야겠지.

"지난번에 말씀드렸는데 그새 잊으셨습니까? 제가 알아서 한다고 했을 텐데요."

딱딱한 성민의 반응에 윤 여사는 남편의 눈치를 봤다. 마음에 들지 않거나 싫어하는 것을 억지로 시킬 때 나오는 성민의 버릇이었다.

성민이 단호하게 거절했지만 아버지가 다시 나섰다.

"그러지 말고 한 번 만나봐. 같은 의사니까 대화도 잘 통할 테고, 서로 격려도 하고 그러면 좋은 거 아니냐."

"아버지."

손을 들어 아들의 말을 끊어 냈다.

"당장 결혼하라는 말은 하지 않겠다. 병원에만 빠져 있지 말고 널 지지해 줄 사람을 만나 보라는 거야."

윤 여사가 옆에서 거들었다.

"성민아. 부담 갖지 말고 만나 봤으면 좋겠어. 그냥 편하게 소개팅한다는 마음으로 나가서 이런저런 대화해 보라는 거야."

"저, 지금 마음에 두고 있는 여자 있습니다. 말씀하신 내용은 안 들은 것으로 하겠습니다. 먼저 들어가 보겠습니다."

단호한 표정으로 일어나 깍듯이 인사를 하고 방으로 들어가는 아들의 뒷모습을 부부는 눈을 깜빡이며 보고 있었다. 문이 닫히는 소리에 먼저 정신이 든 윤 여사가 입을 뗐다.

"여보, 제가 지금 제대로 들은 거 맞아요?"

"뭘 말이오? 성민이한테 아가씨가 있다는 말?"

"네. 제가 잘못 들은 건 아니네요. 당신도 그렇게 말하는 걸 보니."

"이것 참, 황당하군. 여자한테 관심이 없는 것처럼 행동하더니 갑자기 이게 무슨 말이야. 당신은 아는 것 없소?"

"저도 오늘 처음 듣는 말이에요. 어쩌죠?"

"어쩌긴. 마음에 두고 있는 여자가 있다고 했지 사귀는 여자가 있다고 한 건 아니잖소. 안 그래?"

"같은 병원에 다니는 의사라서 서로 의지가 많이 되겠다 싶었는데, 성민이가 저렇게 나오면 억지로 뭐……."

"일단 날짜 잡고 통보해. 부모 얼굴 봐서라도 약속 장소에 나가긴 하겠지."

기분 좋게 집에 왔는데 뜬금없이 선을 보란다. 그의 마음을 쏟아붓고 싶은 여자가 생겼는데 가당키나 한 소린가.

"골치 아프게 생겼네."

세준을 통해서 알게 된 새로운 사실 하나, 그녀의 친한 친구가 의사와 안 좋은 일을 겪어 그녀가 무척이나 격분했다는 것이다.

하은의 친구는 세준과 친척이었다. 또한 하은의 친척 중에 의사가 있는데 간호사와 결혼한다는 소리에 집안이 발칵 뒤집힌 적이 있다고 했다.

"이제 막 한 발짝 움직였는데……."

복잡한 머리로 인해 새벽까지 잠을 이루지 못하던 하은이 벌떡 일어나 앉았다. 억지로라도 잠을 자 보려고 했지만 그럴수록 정신이 더 또렷해졌다. 무릎을 세워 양팔로 감싸고는 머리를 숙였다.

"왜 생각을 못 하는 거지. 뭐가 이렇게 복잡해."

손을 들어 이마를 콩콩 박으며 하은은 긴 한숨만 내쉬었다.

숙면을 취하지 못한 하은은 충혈된 눈으로 병원에 출근했다. 뒤숭숭한 기분으로 탈의실에서 옷을 갈아입고 있는데 성희가 들어왔다.

"어? 선배님. 오늘 왜 일찍 오셨어요?"

"그러는 너는? 이 시간에 안 오잖아. 8시 전인데 출근이라니, 놀라운데?"

"헤헤. 오늘 아침엔 선선해서 저절로 눈이 뜨였어요. 더워지기 전에 출근해 보자 싶어서 일찍 나왔어요."

"하긴 8시만 넘어도 더워지니까."

"이제 입원 환자도 퇴원하고 없잖아요. 오전이 그나마 한가해서 좀 나은 거 같아요. 그렇죠? 최 과장님도 안 계시니까 더 좋고요."

"아침부터 북적대지 않아서 나도 마음이 좀 편하긴 해."

"어젠 미화 선배님이 진료실에 계셔서 솔직히 불편했어요. 차라리 환자가 많아서 과장님 진료실에서 안 나왔음 싶을 때가 있거든요. 어제처럼 계속 진료실에 있으면 괜히 눈치만 보이고."

"편하게 생각해. 이제 적응할 때가 되지 않았어?"

"그렇긴 하지만요. 가끔 보면 정말 이상하다니까요."

진료실로 가기 위해 문을 열고 나간 성희는 서성이는 성민을 발견하곤 문을 닫는 하은의 팔을 붙잡았다.

"선배님, 최성민 선생님이 이 시간에 2층엔 무슨 일이죠?"

"뭐?"

"진료 약속 때문에 그런가?"

두 사람을 본 성민이 미소 지으며 다가와 인사하자 하은의 심장이 다시 두근거리기 시작했다. 심장의 반응과는 반대로 그를 보는 하은의 표정은 그리 밝지 않았다.

"안녕하세요."

성민의 인사에 성희가 반갑게 인사했다.

"안녕하세요. 이 시간엔 어쩐 일이세요?"

"아."

곧장 하은에게 날아가는 성민의 시선에 성희는 재빨리 자리를 벗어났다.

"저 먼저 갈게요."

성희가 자리를 비켜 주자 성민은 더 환한 미소로 하은에게 아침 인사를 건넸다.

"잘 잤어요?"

"네."

"2층으로 올라가는 거 봤어요. 아침 인사나 할까 하고 올라왔는데."

하은의 표정을 살피며 성민은 고개를 살짝 기울였다.

"나, 하나도 안 반가워요?"

"……"

"어제 그런 대화했다고 해서 우리 원수 된 겁니까?"

"……"

그를 지나쳐 가려는 하은의 손을 성민이 움켜잡았다.

"어?"

그녀의 손을 잡고 바로 옆에 있는 비상구 문을 열었다.

"다른 사람들 시선이 신경 쓰인다면서요. 사실 나한텐 어제가 첫 데이트이긴 했지만 많이 아쉬워서요. 하은 씨를 너무 몰아붙인 것 같고."

대꾸도 안 하고 바닥만 쳐다보는 하은을 보며 성민은 고개를 젖혀 눈을 감았다. 이 여자를 어쩌면 좋을까. 마법이라도 부릴 줄 안다면 그냥 주머니 속에 넣어 버렸으면 싶었다.

"나, 김하은 씨가 평생 장벽 뒤에 숨어 있게 하지 않을 거예요. 숨어 버리라고 그런 말한 거 아닌데."

성민의 오른손이 하은의 턱을 부드럽게 받치자 어쩔 수 없이 시선이 마주쳤다. 하은은 성민의 검은 눈동자 속으로 빨려 들어갈 것만 같았다. 말과 행동은 강단 있고, 조금은 강압적인 것 같은데 또 이럴 땐 한없이 부드러웠다. 그녀의 턱을 받치고 있는 그의 손은 따뜻했다.

"이번 주는 내가 좀 많이 바빠서. 금요일까지 기다리려니 못 참을 것 같아서요."

별것 아닌 말인데 달콤하게 들려온다.

"얼굴 보고 그때까지 버티려고요."

최성민이란 남자는 아무래도 선수 같다. 그녀의 심장이 간질거리는 걸 보면. 이럴 땐 뭐라고 말해야 할까.

성민의 눈빛이 탐색으로 바뀌었다. 그 시선에 하은은 침을 삼켰다.

"왜, 왜요?"

"하은 씨가 무슨 생각하는지 궁금해서요."

"네?"

"날 보면 어떤 느낌이 드는지, 어떤 감정이 생기는지 궁금해서요. 물어봐도 돼요?"

정말이지 말문 막히게 하는 덴 일가견이 있는 남자다.

"일방적으로 내 감정만 뱉어 내서. 어찌 보면 욕먹을 상황일 수도 있겠다 싶고."

"전……."

"욕먹어도 좋으니까."

하은 씨 생각만 하면 내 몸이 반응하니까. 심장이 뛰고, 기분이 좋아지니까. 그래서 본능에 충실해 보려고. 오늘도 그녀를 보고 있으니 호르몬 분비가 왕성해졌다. 어떻게 하면 그녀의 발걸음을 나와 맞출 수 있을까.

"네?"

"하은 씨가 날 욕해도 상관없다고요."

당신 속도에 맞추려니 내가 미칠 것 같아서. 도망가지 못하게 계속 나타나려고.

"그런 건 아닌데."

이 남자가 나타나면 순식간에 바보로 전락해 버리는 내 자신이 이상해서. 나 쉽게 흔들리는 여자 아닌데. 당신의 정체가 궁금해요. 멍청이처럼 흔들려도 되나 싶을 정도로 혼란스러우니까. 멋대로 밀어붙이는데 난 왜 그냥 있는지.

"금요일에 봐요. 나에 대해 좋은 감정도 좀 만들어 놓고요. 알았죠?"

조금은 제멋대로인 남자가 앞에 서 있고, 멍청한 여자는 말도 제대로 못 하고 듣고만 있네.

성민의 호출기가 삐삐거렸다.

"아, 진짜."

성민의 입에서 불평이 튀어나왔다.

"지난번에도 이러더니. 아무튼 딴생각은 절대 금물이에요."

성민의 몸이 하은에게 더 가까이 다가가는가 싶더니 그녀의 왼손을 두 손으로 잡아 올렸다.

쪽.

"어……?"

성민의 입술이 왼쪽 손등에 부드럽게 닿았다 떨어졌다.

"내 생각 좀 해 줘요. 응?"

그녀의 얼굴을 애틋하게 바라보던 성민은 몸을 돌려 계단을 내려갔다.

조용한 오전, 아무도 없는 비상구에 혼자 덩그러니 남은 하은은 닫힌 문을 멀뚱히 쳐다보았다. 왼손을 빤히 쳐다보던 그녀는 심장이 다시 간질거리는 것을 느꼈다. 더불어 손등도 간질거렸다. 정중하면서도 부드러운 입맞춤이었다. 오른손으로 그의 입술이 닿았던 부분을 문지르고 싶었지만 그러지 못했다.

가만히 왼손을 덮으며 하은은 입술을 깨물었다. 감정이 속절없이 흔들린다.

"뭐든 열어 봐야 그 속을 알죠."

"내 생각 좀 해 줘요."

하은은 고개를 흔들었다.

"완전 능구렁이야, 능구렁이."

연애를 두 번밖에 안 해 봤다는 말이 과연 사실일까. 아니야, 그럴 리 없어. 내가 아무리 제대로 된 연애를 해 본 적이 없지만, 최성민이란 남자가 여자 마음을 흔드는 덴 탁월한 능력이 있다는 건 안다고.

서둘러 치과로 들어간 하은은 체어를 정리하고 소모품을 채웠다. 오전에 여유가 생기자 오랜만에 의국에서 커피 타임이 열렸다.

"하은 쌤, 어서 와. 커피 마셔."

"여기 하은 쌤 좋아하는 딸기 타르트도 있어."

형일이 타르트 접시를 하은 쪽으로 밀었다.

"감사해요."

과장님 두 분을 제외한 치과 식구들이 모이면 분위기는 늘 화기애애했다. 오늘은 웬일로 심술 맞은 미화도 조용히 커피를 마시고 있었다.

"참, 우리 새 식구 들어와요."

레지던트 3년 차 서영주의 말에 여러 개의 눈이 곧장 영주에게 향했다.

"네?"

"내가 사정이 생겨서 다른 선생님이 새로 오세요."

차갑고 조용한 영주의 성격을 알고 있는 치과 식구들은 쉽게 입을 떼지 못했다. 하루 이틀 만에 결정된 일이 아니라 최소 몇 개월 전부터 대신 할 사람을 물색했을 것이다.

하은은 형일을 쳐다보았다. 그녀의 눈짓을 읽고 형일이 입을 열었다.

"너무 예고가 없으신데요?"

"미안해요. 그렇게 됐어요."

간단명료한 서영주의 태도에 다들 조용히 커피만 마셨다.

"새로 오신 선생님한테 텃세 같은 거 부리지 말고 잘 대해 주세요."

"어우, 우리가 뭘 하겠어요. 갑자기 영주 쌤 연차로 오신다니까 조금 부담스럽긴 하네요."

다른 과도 마찬가지지만 중간에 레지던트가 바뀌는 일은 거의 없다. 특히나 치과는 인턴 과정부터 레지던트 과정까지 쭉 연계가 되는 게 일반적이었다.

"영주 쌤이 결정을 내리셨고 이미 새로 오실 분이 있다니까 더 묻지 않을게요. 건강하세요, 영주 쌤."

"고마워요, 하은 쌤."

잔잔한 미소를 주고받는 가운데 미화가 그 분위기를 뒤엎어 버렸다.

"새로 오실 선생님은 여자예요, 남자예요?"

미화의 질문에 다들 웃음을 터트렸다. 웃겨서 웃는 사람도 있고, 너무 어이가 없어서 웃는 사람도 있었다. 하은은 그저 헛웃음만 나왔다.

전 과장이 성민을 찾은 이유는 토요일에 있을 재활의학 교실에서 실시하는 세미나에 관한 사항 때문이었다.

"이번 재활 교실 말이야. 최 선생이 진행해 보는 건 어떤가?"

"김유정 선생님이 계신데 저보고 하라는 말씀이십니까?"

레지던트 3년 차가 엄연히 있는데 2년 차인 그가 처음으로 열리는 세미나를 단독으로 진행할 수는 없었다.

"김유정 선생이 거절했어."

"네?"

병원에서 열리는 작은 교실이기 때문에 경력에 크게 영향을 끼치진 않는다. 논문으로 바쁜 유정이 흔쾌히 하겠다고 하지 않았을지도 몰랐다.

"김유정 선생이 바빠서 안 된다고 하는군. 뭐, 규모가 크게 진행되는 것도 아니라 최 선생이면 충분히 잘 해낼 거라 믿어. 다른 선생들 데리고 한 번 진행해 봐. 논문 세미나라고 생각지 말고 환자와 보호자들 대상으로 하는 거니까 큰 어려움은 없을 거야."

"네. 알겠습니다."

진료할 스케줄과 브리핑을 쭉 듣던 전 과장이 수고하라는 말을 남기며 의국에서 나갔다.

"성민 선배, 이번이 기회인걸요? 확실하게 자리 굳히기!"

"인마. 시끄러워."

호들갑스럽게 나서는 주성의 뒤통수를 종윤이 가볍게 쳤다.

"아씨. 왜 자꾸 때려! 안 그래도 내 귀중한 뇌세포들 너 때문에 다 죽겠다."

"머릿속에 뇌세포가 그리 적어? 나한테 맞아서 다 죽는다고? 요즘 네 행동을 보면 뇌세포의 0.01%라도 쓰는지 궁금하다."

맞은 머리 부분을 손으로 쓰다듬으며 주성은 투덜거렸다.

"나도 의사거든? 원래 똑똑했는데 너한테 자꾸 맞으니까 내 머리가 이상해지잖아. 총명한 게 사라진 거 같아!"

주성의 투덜거림을 뒤로 한 채 종윤은 성민에게 물었다.

"갑작스러운 일이지만 뭐 떠오르는 테마라도 있으세요?"

"글쎄. 나한테 그 일이 넘어올 거라고 생각을 못 했어."

"유정 선배가 자료를 좀 가지고 있을까요?"

"자료를 받을 수 있을 거란 생각은 안 하는 게 좋겠지. 과장님 말씀처럼 환자와 보호자들을 대상으로 하는 거니까, 흔히 접할 수 있는 것부터 설명해야 관심을 가질 테고."

"관절염 같은 거요?"

주성이 옆에서 거들었다.

"그것도 좋겠지? 근골격계 통증 질환이 제일 흔하니까. 이종윤 선생 생각은 어때?"

"괜찮은데요? 아무래도 나이 드신 분들이 많으니까 호응이 좋을 것 같고요. 아직까지 많은 분들이 나이 들면 다 그렇게 생각하시니까요. 선배님이라면 잘하실 거라 믿습니다."

"우리의 호프, 최성민 선배님이 못 하는 게 어디 있냐 이 말이지! 암."

두 팔을 옆으로 쫙 벌리며 너스레를 떠는 주성 때문에 성민은 피식 웃음이 나왔다.

"후, 저걸 누가 말려."

똑똑똑.

노크 소리에 종윤이 문을 열었다.

"어? 안녕하십니까."

"안녕."

흰색 가운을 입고 들어선 여자가 성민을 정면으로 쳐다보았다.

"최성민 선생님, 잠시 시간 좀 내주세요."

5
인연이란

　두 사람은 병원 6층에 있는 작은 정원 벤치로 자리를 옮겼다. 1층 산책로로 향하는 정하나를 붙잡고 성민이 엘리베이터를 탔다. 머릿속을 휘젓는 김하은 때문에 사람들의 시선이 신경 쓰이기 시작했다. 정하나와 같이 있다가 괜한 소문을 만들고 싶지 않았다. 6층 정원은 그나마 사람들의 시선이 많지 않은 곳이었다.

　하나는 자신과 시선을 마주치지 않는 성민을 향해 먼저 말을 걸었다.

　"오랜만이야."

　"……."

　"같은 병원에 있으면서 얼굴 보기가……."

　"정하나."

　"응?"

"그때도 제멋대로더니 그 성질은 여전하구나."

"아직도 나에게 화가 나 있는 거야?"

그녀의 대답에 성민은 기가 찬 듯 헛웃음을 흘렸다.

"너 웃긴다. 그때가 언제인데."

싸늘한 시선이 정하나의 얼굴에 꽂혔다.

예과 1학년 때 사귄 정하나가 왜 뜬금없이 그의 앞에 나타났는지 모르겠다.

남자든 여자든 누구나 처음을 잊지 못한다. 정하나를 기억하는 건 그가 당한 첫 번째 배신이었기 때문이었다. 좋다고 그의 뒤를 졸졸 쫓아다니며 지극정성을 쏟을 땐 언제고 반년 만에 본과 2학년 선배로 갈아탔다. 그 선배의 족보를 무척이나 좋아했지. 그 덕에 2학년 과 톱을 정하나가 했었다.

"그땐 어렸잖아."

"……."

그렇다고 미련이 남은 건 아니었다. 그를 배신하고 떠나는 여자를 보고만 있었다는 건 딱 거기까지가 그의 감정이었던 것이다.

"성민아."

"용건만 말해. 우리가 얼굴 쳐다보며 웃을 사인 아니지 않나?"

성민의 말에 정하나는 그가 아무것도 모른다는 것을 알았다. 그녀에 대해 듣지 못한 모양이었다.

"성민아, 우리 선보는 거 알아?"

"뭐?"

"나에 대해서 듣지 못한 거야?"

정하나는 성민이 맞선 상대로 연락이 와 무척이나 반가웠다. 같은 병원에 근무하면서도 제대로 인사도 못 했고 얼굴도 못 봤었다. 어쩌다 미팅이 있어도 그녀를 본체만체하는 성민이었다. 그러다 성민의 사진을 처음 봤을 때 기회가 다시 왔음을 알았다.

예전엔 모든 과목의 족보를 가지고 있는 남자 선배가 한없이 위대해 보였었다. 덕분에 과 톱도 하고, 상위권 성적을 유지할 수 있었다. 결과적으론 그 선배 역시 그녀를 이용한 것밖에 없었다. 파릇한 신입생이 그저 궁금했던 것이었다.

성민과 다시 연이 닿았으니 이번엔 놓치지 않겠다고 결심했다.

성민의 눈썹이 꿈틀거렸다.

"그게 너였어?"

"우리가 예전에 안 좋은 일이 있었지만, 다시 보게 되는 것도 연이 닿아서 그런 거야. 난 그래. 성민아, 우리 다시 시작할 수 있어."

그녀가 성민의 팔을 붙잡자 성민이 차갑게 입술을 뒤틀며 팔을 떨쳐 냈다.

"정하나, 뭔가 착각하는 모양인데."

그녀를 정면으로 쏘아보는 성민의 눈빛이 서릿발처럼 차가웠다.

"나, 너랑 선 안 봐."

"뭐?"

"너에게 아무 감정 없어. 너에게 어떤 감정도 주고 싶지 않고. 지금 내 머릿속을 헤집어 놓은 여자한테 신경 쓰기도 바빠."

정하나의 미간이 흉하게 일그러졌다. 병원 내에서 최고 주가를 올리고 있는 성민에게 여자가 있다는 소문은 없었지만 그의 눈빛을 보니 무언가 있는 게 분명했다.

"성민아."

하나는 성민에게 다시 손을 뻗었지만 또다시 거절당했다.

"시간 낭비하지 마. 너나 나나 바쁜 사람이잖아."

"최성민!"

"되도록 우린 보지 않는 게 나을 거 같다."

그녀를 향해 매몰찬 표정을 지은 성민은 그대로 몸을 돌려 그곳을 벗어났다.

예약 환자가 도착하고 진료를 시작하려는 순간 응급실에서 바로 올라온 어린 환자가 있었다. 2살배기 아이는 넘어져 윗입술이 찢어진 상태였다. 울고 불며 초인의 힘을 발휘하는 아이와 한바탕 전쟁을 치르고 나니 하은은 힘이 빠졌다.

"하은 쌤, 수고했어요. 성희 쌤도."

형일이 라텍스 장갑을 벗어 폐기물 통으로 던졌다.

"쌤도 수고하셨어요."

아이와 부모가 진료실에서 나가자 하은은 구석에 있는 빈자리로 갔다.

"애들 사고는 정말 눈앞에서 순식간에 일어난다니까."

어깨가 뭉친 것 같은 느낌이 들자 하은은 의자에 앉아 어깨를 주물렀다.

"뭉쳤어?"

혜원이 그녀의 손을 치우고는 톡톡 두드렸다.

"긴장했나 봐. 아이가 너무 어려서 힘으로 누를 수도 없고, 그렇다고 움직이게 놔둘 수도 없고. 어쨌든 형일 쌤이 신속하게 잘하셨지, 뭐."

조금 떨어진 곳에서 두 사람의 행동을 본 미화가 못마땅한 표정으로 바라보더니 버럭 소리 질렀다.

"이런 일 한두 번 겪어요? 뭐 그리 어려운 일 했다고 어깨를 주무르고 그래? 김하은 쌤, 서 과장님 환자 없어요?"

"있어요."

있긴 하지만 환자는 아직 오지 않았다. 의자에 1분도 앉아 있지 않았는데 그것조차 보기 싫은 모양이다. 다들 분주히 움직이기 시작했고, 하은은 서 과장님 진료실로 향했다. 그녀에게 할 말이 있는지 미화가 뒤따라오는 것이 느껴졌다.

이 선배가 진짜 해보자는 거야? 하은은 몸을 돌려 미화를 똑바로 바라보았다.

뒤를 따라가던 미화는 하은이 눈을 부릅뜨며 몸을 돌리자 당황해 주춤거렸다.

"저의 어떤 면이 마음에 안 들어요? 절 못 잡아먹어 안달 나신 거 같은데, 선배님은 절대로 절 잡을 수 없어요."

"뭐, 뭐?"

"전, 선배님이 원하는 그런 고분고분한 후배는 못 된다고요."

"김하은."

"제가 언제 경우에 어긋난 행동을 한 적 있었나요? 아뇨, 없었어요. 조금 전 의자에 앉아서 어깨 주무른 거요? 진료실 내에 환자는 한 명도 없었어요. 환자에게 퍼져 있는 모습, 보이지 않았어요. 조금 전 상황 다 보셨으면서 왜 그러세요?"

"지, 지금 나한테 따지는 거예요?"

당황한 미화의 입에서 순간 존댓말이 나왔다.

"네. 그런 것 같습니다, 선배님."

"하."

정면 공격에 미화는 당황스러운 표정으로 떨리는 손을 들어 하은을 가리켰다.

"나, 나한테 어떻게 감히……."

부들부들 떨고 있는 미화를 무시하고 하은은 서 과장의 스케줄을 확인했다.

당황해서 얼굴이 시뻘겋게 달아오른 미화가 몸을 돌려 진료실을 나갔다. 그제야 하은은 고개를 저으며 낮은 한숨을 내쉬었다.

병원이 다 그렇듯 본격적으로 진료실 체어가 정신없이 돌아가고, 퇴근 시간이 다가오자 하은은 뒤도 돌아보지 않고 쌩하니 퇴근해 집으로 돌아갔다.

피곤한 몸을 이끌고 집으로 들어서자마자 엄마의 수다가 시작되었다.

"하은아, 있지."

"엄마, 옷 갈아입고 나올게요. 그리고 일단 저 좀 씻고요."

"알았어. 얼른 씻고 나와. 수박 잘라 놓을게."

엄마의 성화에 하은은 선볼 남자가 아는 사람이라고 말하려다 참았다. 아는 교회 오빠라고 하면 더 난리겠지. 인연이 닿으려고 그런 거라면서 말이다.

"후우."

시원하게 샤워를 한 뒤 편안한 옷으로 갈아입고 나온 하은은 엄마 손에 이끌려 식탁 앞에 앉혀졌다. 빨갛게 잘 익은 수박이 먹기 좋은 크기로 썰어져 있었다. 하은은 포크로 직사각 모양의 수박을 콕 찍어 입으로 가져갔다.

하은이 수박 먹는 모습을 보며 엄마가 입을 열었다.

"하은아, 날짜 정했다. 9월 첫째 주 토요일 오후 1시."

"그럼 바로 다음 주인데요?"

"한 번만 봐, 응? 네가 좋아하는 삼세번 말이야. 이번 일에도 적용 좀 하지 그러니?"

신이 나서 말하는 엄마의 표정을 보니 하은은 마음이 착잡해졌다. 수박을 입으로 가져가려다 포크를 도로 내려놓았다.

"엄마, 의사라니까 좋아요?"

"어머, 얘는. 의사 사위가 보고 싶다는 게 아니라 사람 됨됨이가 좋다니까 그러지. 의사야 이미 우리 집안에 있고, 말 많고 탈 많았던 거 내가 모르는 것도 아니고. 그냥 선 자리 들어왔으니 봤으면 하는 거지. 예전에 이 동네 살았다고도 하고. 무슨 교회도 열심히 다녔다고 하던데. 어디였더라…… 들었는데 까먹었네."

반누리 교회요. 그 교회에서도 인기가 있었죠. 지금 생각하면 엄마가 같이 안 다녀서 다행이었다.

"어쨌든 아버지가 잘 알고 지내는 친구분의 조카래."

운명적인 만남에 환상을 갖고 있는 엄마다. 차라리 만나고 나서 같은 교회에 다녔다는 사실을 알았다고 해도 무방했다. 지금은 모른 척하는 게 상책인 것 같았다.

"알았어요."

"정말?"

"네. 나가기만 하면 되는 거죠?"

"그럼, 그럼. 일단 보라는 거지. 그래, 잘 생각했어."

"엄마. 그 집에도 제 사진 갔죠?"

"내 휴대폰에 있는 예쁜 사진 보내 줬어."

"네."

큰 반항 없이 하은이 선을 보겠다고 하자 기분이 좋아진 엄마는 콧노래를 부르며 안방으로 들어갔다.

하은은 TV를 켜고 거실 바닥에 앉아 스트레칭을 시작했다. 피곤한 다리 근육을 풀어 주지 않으면 자다가 쥐가 나는 경우가 종종 있었다. 그것 말고도 머리가 복잡할 땐 몸을 움직이는 게 도움이 된다.

"으음."

코미디 프로를 틀었는데 재미가 없었다. 차라리 산책이라도 할까.

소파 위에 올려 둔 휴대폰이 싱그러운 멜로디를 울리자 하은은 냉큼 전화를 받았다.

"여보세요."

—최성민입니다.

"어, 어……."

생각지도 못한 그의 전화에, 목소리에 괜히 심장이 놀랐다. 두근두근. 쓸데없이 또 널뛰기 시작했다.

─지금 내려올 수 있어요?

"지금요?"

─단지 앞 공원에서 기다릴게요.

트레이닝 복장으로 나가려다 이건 아닌 것 같아 하은은 옷을 갈아입기로 했다. 편안하게 입을 수 있는 스프라이트 면 원피스로 손을 뻗다가 망설였다.

"너무 편하게 나가도 그렇겠지?"

낮이면 모를까 화장까지 다 지운 상태라 하은은 가볍게 비비크림을 발랐다. 옷장에서 또다시 고민을 하다 가볍게 한숨을 내쉰 하은은 스트라이프 면 원피스를 꺼내 입었다.

"한 바퀴 돌고 올게요."

저녁 산책은 자주 있는 일이기에 굳이 눈치 볼 필요는 없었다. 하은은 굽 낮은 흰색 스니커즈를 신고 집을 나섰다. 엘리베이터 안 거울을 보며 머리카락을 손가락으로 다시 쓱쓱 빗어 넘겼다.

웃으며 인사를 해야 하나, 아니면 놀란 표정을 지어야 하나. 내 마음은 이미 흔들린 것 같은데 시작을 어떻게 해야 할지 모르겠다.

성민의 밀어붙이기 공략이 그녀에게 먹힌 건 사실이다. 오전에 그가 그녀의 손등에 입맞춤했을 때의 그 간질간질함이란.

"그렇다고 좋은 티를 낼 수도 없고."

일단 그가 하는 걸 보면서 자신의 행동도 맞춰지겠지 싶었다.

1층 현관을 나선 하은은 계단을 내려오며 주변을 살폈다. 조금 떨어진 거리에 성민이 서 있었다. 가로등 아래 서 있는 그의 모습은 한마디로 멋졌다. 키가 큰 그가 주머니에 손을 넣고 그녀를 향해 서 있는 모습은 치명적이었다. 그녀와 시선이 마주치자 그가 부드러운 미소를 지었다.

그녀를 보자 성민의 입술이 더 크게 휘어졌다. 스프라이트 원피스를 입고 있는 하은의 모습이 상큼한 레모네이드처럼 느껴졌다. 보는 것만으로 더위가 날아가는 기분이었다.

"쉬고 있었을 텐데 보자고 해서 미안해요."

"아니에요. 가끔 소화도 시킬 겸 한 바퀴 돌거든요."

"그래요?"

"네. 안 그래도 몸이 찌뿌둥해서 산책을 할까 말까 고민 중이었어요."

"잘됐네요. 우리 걸을까요?"

호수 입구로 들어가자 운동하는 사람들이 보이기 시작했다. 강아지와 함께 뛰는 사람, 대화를 하며 걷는 엄마와 딸, 음악을 들으며 조깅을 하는 사람, 다정히 손잡고 걷는 연인들까지 다양한 사람들이 여름의 끝자락을 즐기고 있었다.

성민은 지나가는 사람들을 관심 있게 보았다.

"사람들이 많네요. 아침엔 지금보다는 적겠죠?"

하은은 고개를 끄덕였다.

"훨씬 적어요. 운동하기에도 편하고요. 저녁은 운동하는 사람이 반, 데이트하는 사람들이 반이거든요. 데이트하는 사람들의 모습을 보고 있으면 재미있어요."

"어떤 면이요?"

"저 커플은 만난 지 얼마 안 됐네, 저기는 좀 됐네. 뭐 이런 거요?"

"아, 그럼 우린 다른 사람들 눈에 어떻게 보일까요?"

"네? 어, 음……."

그는 늘 예고도 없이 훅 치고 들어온다.

"아악! 비키세요. 비키세요."

"어머!"

살짝 경사가 있는 언덕을 자전거를 타고 내려오던 소년이 중심을 제대로 잡지 못하고 비틀거리며 그녀를 향해 돌진했다.

"죄송해요. 죄송해요."

성민은 재빨리 하은을 감싸 안고 산책로를 벗어나 잔디밭 안으로 들어갔다. 그들을 아슬아슬하게 피해간 소년은 경사가 끝나는 지점에서 가까스로 자전거를 멈춰 세웠다. 뒤를 돌아보며 두 사람에게 정말 미안하다고 사과했다.

성민은 하은의 표정을 살폈다.

"괜찮아요?"

"네. 갑자기 나타나서 좀 놀랐어요. 저도 놀랐지만 아이도 많이 놀랐겠네요. 다행이에요. 사람들하고 부딪쳤으면 큰일 날 뻔했어요."

하은이 가슴을 쓸어내리며 웃자 성민의 눈이 놀람으로 커졌다. 자전거를 능숙하게 타지 못한 소년을 향해 어떠한 화도 내지 않았다. 오히려 소년 역시 놀랐을 거라는 말을 하는 그녀를 성민은 말없이 쳐다보았다. 타인에 대한 배려가 큰 여자였다.

성민이 어깨를 감싼 채 지그시 그녀를 내려다보자 하은은 헛기침을 하며 시선을 돌렸다.

"뭘 그렇게 보세요?"

"짜증 안 나요?"

"짜증이요? 왜요? 그 아이도 놀랐어요. 계속 죄송하다고 그랬잖아요. 누군가 다칠까 봐 얼마나 무서웠겠어요."

성민은 피식 웃음이 나왔다. 상냥하고 배려를 할 줄 아는 사람이다. 그의 눈동자가 짙게 가라앉았다. 별것 아닌 일일지 모르지만 김하은이란 여자가 더 사랑스럽게 보였다. 첫인상보다 더 매력이 짙어지는 여자인 건 분명했다.

뜬금없이 떠오른 사람을 머릿속에서 밀어낸 성민은 그녀의 어깨에서 손을 내렸다. 스르륵. 어깨에서 내려간 손이 하은의 손목 근처에서 멈췄다. 손목을 잡을 듯하던 손이 그대로 떨어져 나갔다. 손목을 잡게 되면 안고 싶을 것이다. 오전에도 키스하고 싶은 것을 겨우 참고 손등에 입술을 가져다 댔었다.

"좀 앉을까요?"

잔디밭 안쪽에 빈 벤치가 보이자 성민은 그리로 걸어갔다. 벤치에 앉은 하은이 다리를 앞으로 쭉 뻗으며 편안한 자세를 취하자 성민이 먼저 운을 띄웠다.

"나, 많이 불편해요?"

"네? 아뇨."

"우리 서로 공통점 찾기로 했었죠? 첫 데이트는 이상한 방향으로 흘러갔지만, 한 가지는 확실해요. 하은 씨가 내게 끌리고 있다는 것, 관심이 가고 있다는 것, 흔들리고 있다는 것만 인정하면 되는 거죠."

"……."

그가 내뱉는 말은 별것 아니었지만 그녀의 귓속을 파고들며 묘한 진동을 남겼다. 그 진동은 곧장 심장으로 향해 파르르 떨게 만들었다.

"오늘은 하은 씨 대답을 듣고 싶어서요."

무슨 대답을 원하는 걸까. 몸이 긴장으로 움츠러들었다.

"내게 관심이 간다는 거. 그걸 인정한다는 말을 듣고 싶어요."

그와 눈이 마주친 하은은 진지한 눈빛을 보고 시선을 피했다. 그의 말이 맞다. 그녀만 인정하면 되는 거였다. 끌린다는 한마디면 끝난다. 그러면 머릿속도 더 이상 복잡해지지 않을 것이다. 그런데 쉽게 대답을 주고 싶지 않다는 생각도 들었다.

"만약 아니라고 한다면……."

"정말?"

성민이 손을 뻗어 하은의 턱을 잡아 고개를 돌리게 했다. 흔들리는 그녀의 눈을 보는 성민의 눈이 음흉스러운 빛을 발산했다. 시선을 아래로 내려 작은 입술을 뚫어지게 쳐다보았다. 그녀가 불편한 듯 입술을 안으로 말아 넣는 행동에 성민의 입술이 느릿하게 옆으로 휘어졌다.

"확인해 볼 수 있는데. 지금."

"뭘 확인한다는 거예요."

아무래도 최성민은 전기 인간 같았다. 그의 손과 접촉이 된 그녀의 턱을 따라 전류가 흘러들어왔다. 그가 더 가까이 다가오자 하은은 목을 뒤로 뺐다.

"알, 알았어요. 인정해요. 인정."

"뭘?"

"흠흠. 최성민 선생님께 끌린다는 거, 인정한다고요."

뜨거운 그의 시선에 어쩔 줄 몰라 하며 하은은 고개를 돌렸다. 그 바람에 턱에 붙어 있던 그의 손이 떨어져 나갔다.

"고마워요."

뜻밖의 말에 하은의 시선이 다시 성민에게 향했다. 그녀를 이글거리는 눈으로 쳐다보던 좀 전의 음흉함은 어디로 사라지고 따뜻한 눈빛이 가로등에 반짝반짝 빛나고 있었다.

"고마움을 표시하고 싶은데, 그래도 돼요?"

"네?"

"보답이니까 일단 받아 둬요."

성민의 큼직한 두 손이 그녀의 작은 어깨를 가볍게 감싸 쥐었다. 부드러운 입술이 그녀의 봉긋한 이마에 살짝 내려앉았다.

쪽.

천천히 떨어져 나가던 입술이 다시 그녀의 콧등에 내려앉았다.

쪽.

쿵쾅쿵쾅.

그녀의 심장이 미친 듯이 요동치기 시작했다. 설마, 입술에도?

콧등에서 벗어난 입술이 그녀의 작은 입술 위에 멈춰 섰다.

하은은 자신도 모르게 두 눈을 꼭 감았다. 그의 숨이 입술에 파르르 전해졌다.

성민은 입술 방향을 바꿔 그녀의 볼에 천천히 입술을 붙였다 떼었다.

"입술에 하고 싶은 마음이 굴뚝같지만, 다음에."

"하아……."

그녀의 참았던 숨이 가늘게 흘러나왔다. 안도의 한숨인지 아쉬움의 한숨인지 헷갈렸다.

"난 직진형 남자예요. 목표가 정해지면 앞만 보고 달리죠. 하지만 아무래도 속도를 좀 줄여야 할 것 같아요. 하은 씨가 내 속도에 맞춰서 오긴 힘들 테니까 내가 맞출게요."

예고도 없이 훅 들어오는 줄 알았더니 나름 배려하려는 모습에 그녀의 마음이 조금 더 그에게 기울었다.

"지난번에 말하셨죠. 의사에 대한 안 좋은 감정이 있는 것이 아니라, 모든 남자에 대해 불신이 있는 것 같다고."

"내 느낌은 그랬어요."

하은은 어깨를 크게 들썩이며 긴 숨을 내쉬었다.

"사촌 오빠가 의사인데 간호사랑 결혼했었어요. 작은아버지의 반대가 엄청 심했죠. 어디 감히 간호사 주제에 의사를 넘보느냐고. 그렇게 결혼시킬 아들이 아니라면서 말이죠. 간호사 며느리 볼 생각 없다고…… 난리도 아니었어요. 오빠는 자기가 사랑하면 그만이라며 고집 피웠고. 결국 결혼하긴 했어요."

온갖 모욕을 받아가며 두 사람은 결혼에 성공했지만 오래 가지 못했다. 작은아버지의 구박을 이겨 내지 못한 새언니는 결국 이혼을 선택했다.

"오빠는 끝까지 붙잡았지만 언니는 아니었어요. 오빠는 언니를 지켜 주지 못했어요. 사랑으로 모든 걸 극복할 수 있다고 했지만 그러지 못했죠."

그 일이 있었던 뒤 그녀는 작은아버지를 달리 보게 되었다.

"그리고 제 친한 친구가 또 의사와 안 좋은 경험을 했어요. 간접적이지만 의사라는 직업에 색안경을 끼고 보게 되었죠. 술 먹고 제일 지저분하게 노는 것도 의사, 변호사라면서요?"

그를 빤히 쳐다보는 하은의 시선에 성민은 눈을 동그랗게 떴다.

"내가 그래 보여요? 술은 좋아하지만 음주가무 즐기는 스타일은 아닙니다. 난 스트레스가 쌓이면 땀 흘리는 걸로 해소해요. 한바탕 흘리고 나면 몸이 가벼워지죠. 생각도 정리되고. 하은 씨는요?"

"여자들은 대부분 맛있는 음식을 먹고, 수다 떠는 걸 좋아해요. 전 달달한 것보다는 매콤한 것이 더 좋아요."

성민이 손가락으로 그의 머리를 톡톡 두드렸다.

"여기에 딱 저장해 둘게요."

그의 행동에 하은은 배시시 웃음이 나왔다. 성민이 마주 웃으며 물었다.

"인연이란 걸 믿어요? 정해진 인연 말이에요."

"정해진 인연이요?"

"난 원하는 여성상에 대해 구체적인 것이 없었어요. 딱 보고 내 여자다 싶은 여자를 기다렸던 것 같아요."

"아……."

"하은 씨가 내 인연인 것 같아요."

그녀의 작은 손을 성민이 감싸 쥐었다. 커다란 그의 두 손안에 가두고 시선을 마주쳤다.

"하은 씨의 예쁜 얼굴 때문이 아니에요. 그냥 내 가슴에 꽂혔다고 하면 믿겠어요? 특별한 이유 같은 건 없이, 그냥 끌린다는 말 믿어요?"

솔직한 표현에 하은은 꿀꺽 마른침을 삼켰다. 진심이 느껴졌다. 그녀를 보는 그의 눈빛이 그랬고, 그녀의 손을 잡고 있는 손에서 따뜻함이 느껴졌다. 그가 말한 정해진 인연이라는 말이 그녀의 귀를 통해 머릿속으로 파고 들어왔다.

"인연……."

인연이라는 말에 잠시 잊고 있던 일이 떠올랐다. 첫사랑이자 짝사랑을 했던 재민과의 맞선. 내 인연은 누구라는 거지. 첫사랑 같은 짝사랑 박재민? 아니면 지금 옆에 있는 최성민?

"날 믿어 봐요. 내가 하은 씨를 실망시키게 하면 날 죽여도 좋아요."

선본다는 걸 이야기해야 해. 결과가 어찌 되든 말이야.

"서로 100% 맞는 사람은 이 세상에 없어요. 서로 이해하려고 노력하면서 맞춰가며 사는 거죠. 공통점을 찾기 위해 노력하고, 또 노력하고. 안 그래요?"

화려한 말솜씨가 아님에도 하은은 그의 순수한 말에 감동받았다.

"네. 노력하는 거죠."

그녀의 동의에 미소를 짓던 성민이 갑자기 표정을 굳혔다.

"그리고 정직해야 해요."

"네?"

하은은 순간 뜨끔했다. 정직이라는 단어가 가슴에 콱 박혔다. 말을 해야 하는데 타이밍을 못 잡겠어. 어쩌지.

"그런 의미로 내가 먼저 정직해질게요."

성민이 미안한 표정을 지었다.

"집에서 선 자리가 들어왔어요."

그녀가 선본다는 걸 그가 어떻게 알았을까 싶었던 하은은 눈을 깜빡였다. 아니지, 이 남자가 선을 본다는 거지?

"집에서 내 동의 없이 진행시킨 건데 신경 안 써도 돼요."

그의 입장을 모르는 건 아니다. 으레 성민의 연차면 혼담이 오고 간다.

"신경 쓰지 말라고요?"

"그 자리 안 나갈 거니까요. 그리고 나중에라도 하은 씨가 알게 될 거예요."

"뭘요?"

"공교롭게도 아는 사람이라서. 예과 때 잠시 사귀었었던."

"아."

"우리 병원에 신경과 정하나 선생이라고 있어요. 성격이 얌전하지 않아요. 혹시, 어떤 경우로라도 하은 씨한테 연락이 가면 나한테 꼭 말해야 해요. 알았죠? 상당히 이기적인 여자니까."

하은은 입을 벙끗거렸다. 그녀도 말을 해야 하는데 치고 들어갈 타이밍이 보이지 않았다. 아, 모르겠다.

"저기, 최성민 선생님. 저도 선을 봐야 하는데……."

"……."

"전 눈도장은 찍어야 할 상황이라서요."

"……."

두 사람 사이에 잠시 침묵이 흘렀다. 애매한 상황에 하은은 벤치 바닥을 손가락으로 문질렀다.

성민이 먼저 입을 열었다.

"제대로 시작해 보기도 전에 방해꾼이 나타났네요."

"음……."

그에게 뭐라고 설명해야 할까. 구구절절 어릴 적 짝사랑했던 교회 오빠라는 것까지 다 말해야 하나 싶었지만 그건 아닌 것 같았다.

"시시껄렁한 조건의 남자는 아니겠죠. 막 한 발짝 다가선 시점에 방해꾼이 나타나 기분이 안 좋지만. 하은 씨 사정도 고려해야겠죠."

"……."

"내게 조금 더 유리한 조건이 있다면, 내가 지금 하은 씨 앞에 있다는 거죠."

"네?"

"부모님 뜻을 거역하지 못하죠? 나가서 눈도장 찍어요."

그녀가 놀란 눈으로 자신을 보자 성민이 입술을 길게 늘였다.

"난 계획을 바꿔야겠어요. 하은 씨는 눈도장 찍고, 난 입술도장 찍고."

성민이 자리에서 벌떡 일어섰다. 손이 잡혀있던 하은도 덩달아 일어섰다. 그녀에게 성민이 덮칠 듯이 바짝 다가섰다.

"왜, 왜 그래요, 갑자기?"

그녀의 손을 잡고 나무 사이의 조금 어두운 곳으로 들어간 성민은 하은을 부드럽게 나무에 밀어붙였다.

"저, 저기……."

그녀의 눈앞으로 흘러내린 머리카락을 성민이 부드러운 손길로 뒤로 넘겨 주었다.

"천천히 진도 나가려고 했는데 아무래도 뭔가 확실한 게 필요한 거 같아요."

부드럽게 말하고 있지만 성민의 눈은 결코 부드럽지 않았다. 하은을 쳐다보는 눈은 소유욕으로 이글거렸다. 한입에 삼켜 먹을 듯 번뜩거렸다. 내 건데 남이 탐하는 건 어림없다는 듯.

강한 소유욕으로 이글거리는 눈과 달리 그의 커다란 손은 꽤 천천히, 부드럽게 움직였다. 가느다란 팔을 타고 위로 올라갔다. 작고 둥근 어깨를 지나 목선을 따라 더 위로 올라갔다. 앙증맞은 작은 귀를 만지작거렸다.

"으읏."

순간 솟아나는 전율에 하은의 고개가 움츠러들었다. 귀를 만지던 손이 앞으로 움직이며 손등으로 부드러운 뺨을 쓸었다. 꿀꺽. 출처를 알 수 없는 침 넘기는 소리가 났다.

성민은 그녀의 머리와 목을 양손으로 떠받치며 천천히 입술을 내렸다. 긴장된 숨이 얕게 두 사람 사이로 퍼져 나갔다.

"찍을게요."

부드럽게 두 입술이 부딪쳤다. 긴장으로 굳은 그녀의 입술을 성민이 달래듯 천천히 쓸어 올리기 시작했다. 윗입술과 아랫입술을 번갈아가며 천천히 빨아 당겼다. 틈틈이 혀를 조금 내밀어 입술을 핥았다. 느릿한 키스에 그녀의 입술에서 힘이 빠지고 느슨해지자 성민은 조금 더 몸을 밀착시켰다. 한 손으로 목 뒤를 받치고 다른 손은 등 뒤로 돌려 바싹 끌어당겼다.

그는 결코 서두르지 않았다. 천천히 그녀의 부드러운 입술과 붙어 버린 것처럼 훑고, 물고, 빨았다. 그러다 하은이 숨차하는 걸 느끼고는 살짝 틈을 줬다가 다시 입술을 부딪쳤다. 입술이 조금 더 대담하게 움직여 집어삼킬 듯 물고는 축축한 소리를 내며 작은 입술을 잠식해 갔다.

✳   ✳   ✳

9월 첫째 주 토요일 오전 6시.

"김하은! 어서 일어나!"

아침 이른 시간부터 부산하게 그녀를 깨우는 소리가 들렸다. 하은은 잠에서 깨기가 싫어 이불을 머리 위로 덮어썼다. 온몸이 찌뿌둥했다.

"일어나. 응? 어서."

머리끝까지 뒤집어쓴 이불을 끌어 내리며 엄마는 하은의 엉덩이를 두드렸다.

"으, 왜요. 새벽에 잤는데."

"엄마랑 스파 가자."

이불을 뺏긴 하은은 손으로 눈을 가렸다.

"스파? 갑자기 왜요."

잠에 취한 그녀의 목소리가 느릿느릿하게 흘러나왔다.

"왜긴! 오늘이 무슨 날인지 몰라? 가서 사우나도 좀 하고, 마사지도 좀 받고. 응? 시간 없어. 빨리 일어나."

일어날 생각을 하지 않는 그녀를 엄마가 억지로 일으켜 앉혔다. 눈을 감고 아직도 잠에 취해 있는 딸의 뺨에 찬물이 담긴 유리컵을 갖다 대었다.

"앗, 차가워."

"마시고 정신 차리자. 일찍 잘 일어나던 애가 오늘 왜 이러니?"

"몇 시예요?"

"6시."

"나 새벽에 겨우 잤단 말이에요."

복잡한 생각 때문에 하은은 새벽녘에 겨우 잠들었다. 성민이 자꾸만 떠올라 잠을 설칠 수밖에 없었다.

지난번 산책길에서의 성민과의 첫 키스는 무척이나 감미롭고 야릇했다. 성민을 생각하면 키스하던 장면이 오버랩 되어 그 순간을 자꾸 되새겨 보게 되었다.

머릿속에 꽉 찬 야릇한 장면 때문에 그녀 스스로를 엉큼하게 만든 성민을 괜히 탓하기도 했다.

"하은 씨는 눈도장 찍어요. 난 입술 도장 찍을 거니까."

성민의 적극적인 행동과 매력적인 저음이 그녀의 갈등을 쉽게 없애 버렸다. 재민을 다시 보게 되면 혹여 흔들리는 건 아닐까 했던 우려는 저 멀리 사라졌다.

"정신 들지? 얼른 물 마셔. 가져갈 거 다 챙겼으니까 넌 대충 머리만 빗어."

"엄마. 이렇게까지 안 해도 돼요."

"안 해도 되긴! 너 피부 좋은 건 알지만 이런 날 팩이라도 해야지. 그래야 화장도 잘 받고. 새벽에 잤다며? 푸석푸석하겠네."

하은은 엄마의 손에 질질 끌려 나갔다. 전신 마사지를 받고 얼굴에 미백 팩까지 한 다음 집으로 돌아온 하은은 나른해진 몸을 주체할 수가 없었다. 침대에 그대로 누우려는 그녀를 엄마가 말렸다.

"지금 누우면 얼굴 부어. 나갈 때까지 자면 안 돼."

"조금만 누워 있을게요. 응? 조금만."

"안 돼. 일어나. 과일 먹자."

"얼굴도장만 찍으라면서 뭘 이렇게 거창하게 해요?"

"어머. 얘는 무슨 말을 그렇게 하니? 이왕이면 예쁜 게 낫지. 안 그래? 입장 바꿔서, 못생긴 남자가 너 싫다고 하는 것보단 이왕이면 잘생긴 남자가 너 싫다고 하는 게 기분이 덜 상하잖아. 솔직히 엄마는 그쪽에서 널 마음에 들어 했으면 싶은 거지."

"내가 마음에 안 들면요?"

"그럼 할 수 없는 거고. 아무튼 말 돌리지 말고 얼른 나와."

엄마와 같이 TV를 보며 쉬고 있던 하은은 11시가 되자 나갈 준비를 하기 위해 일어섰다. 옷을 골라 주겠다고 방으로 따라 들어오려는 엄마를 겨우 문밖으로 몰아내고 문을 잠갔다.

"제가 알아서 입고 나간다고요! 자꾸 이러시면 안 나갈 거예
요."

"알았어. 더 이상 참견하지 않을게."

옷장 문을 열고 선 하은은 어제 미리 정해 놓은 옷을 꺼내 들
었다. 아직 여름 날씨가 남아 있어 소매가 어깨를 살짝 덮어 주
는 하얀색 원피스를 골랐다. 무릎 위에 닿는 치마 밑단에 작은
진주가 여러 층으로 달려 있어 바람이 세게 불어도 치마 끝이
날리지 않아 그녀가 좋아하는 옷이었다. 성민도 성민이지만 재
민 오빠를 오랜만에 본다는 생각에 괜히 기분이 설레었다.

오후 12시 45분 W호텔, 1층 커피숍.

주말이라 길이 밀리는 걸 대비해 일찍 나선 하은은 약속 시간
15분 전에 도착했다. 하은은 혹시라도 먼저 와 있지는 않을까 라
운지를 둘러보았지만 재민과 비슷한 모습을 찾을 수 없었다.

커피숍 입구에 서서 안을 두리번거리자 직원이 다가왔다.

"찾으시는 분이라도 있으십니까?"

"혹시 박재민 씨라고 오셨나요?"

"아직 오지 않으셨습니다. 김하은 씨 되시나요?"

"네."

"자리로 안내해 드리겠습니다."

안내받은 곳은 한쪽 면이 전면 유리창으로 되어 있었고 다른
곳보다 조용한 자리였다. 유리창을 통해 바깥 정원 경치를 볼
수 있었다.

"주문은 나중에 하시겠습니까?"

"네. 시원한 물 한 잔 주세요."

"네. 알겠습니다."

한때 짝사랑했던 사람을 오랜만에 본다는 일이 기분을 이다지도 이상하게 만드는 걸까. 성민을 향한 두근거림과는 다른 느낌으로 가슴이 떨렸다. 이렇게 해야지 저렇게 해야지 하며 생각해 두었던 것이 하나도 기억나지 않았다.

띠링.

"어?"

성민이 보낸 문자를 보는 하은의 눈이 흔들렸다.

⟨내 입술 도장 잘 기억하고 있죠? 너무 예쁜 눈도장 찍지 말아요.⟩

하은은 메시지 창을 열어 뭐라고 보내면 그를 약 올릴 수 있을까 생각해 보았다. 적당한 답을 찾은 그녀가 살짝 미소를 지으며 전송 버튼을 눌렀다.

⟨오늘처럼 정성들여 꾸며 본 적은 처음이네요. 이왕이면 예쁜 눈도장이 좋겠죠?⟩

"흠흠. 실례합니다."

재민의 목소리에 하은은 바로 고개를 들지 못했다. 재빨리 휴대폰을 가방에 넣고 고개를 들었다.

재민이 그녀를 내려다보며 미소 짓고 있었다. 블랙 슈트를 입고 환하게 웃고 있는 재민을 보며 하은은 입을 벙긋거렸다.

"아⋯⋯."

사진보다 실물이 더 잘생겼다. 재민이 그녀를 기억이나 하고 는 있는지, 인사는 어떤 식으로 해야 할까 고민하던 것을 한 방에 날려 버렸다.

"미안해. 일찍 나섰는데 먼저 와 있었네."

재민은 그녀에게 시선을 고정시킨 채 맞은편에 앉았다. 하은이 눈을 동그랗게 뜨고 쳐다봤다.

"하은이 맞지? 내가 기억하고 있는 그 김하은."

"네."

재민이 시간을 확인했다.

"10분 전에 미리 와 있는 아가씨는 처음 봐."

재민의 시선을 마주하며 하은은 만감이 교차하는 것을 느꼈다. 기억 속 모습과 사진보다 실물이 훨씬 더 멋있고 근사했다. 몸에 잘 맞는 블랙 슈트는 몸 관리에 소홀하지 않다는 것을 보여 주었다. 그런데⋯⋯.

재민을 보기 전부터 두근거렸던 심장이 이상하리만치 정상적으로 뛰고 있었다. 괜한 걱정을 한 것이다. 예전의 그 감정이 되살아날까 봐 걱정했었다. 괜한 기우였다.

"김하은? 하은아."

그의 부름에 하은은 정신이 들었다.

"아, 죄송해요. 재민 오빠 오랜만이에요."

"정말 오랜만이네. 나 기억해?"

"그럼요. 교회에서 유명했었잖아요."

"그랬던가."

하은의 사진을 처음 본 날, 재민은 낯익은 얼굴을 조금 더 자세히 들여다봤다. 이사하기 전 잠시 다녔던 교회에서 본 여자아이가 있었다. 그때도 예뻤는데 훨씬 더 예뻐진 모양이다. 동그란 눈과 환하게 웃는 미소에 저절로 입꼬리가 올라갔다. 그의 기억이 맞다면 하은은 자신을 몰래 쳐다보곤 했었다. 눈이 마주치면 수줍게 얼굴을 붉히던 모습이 떠올랐다.

"정말 나 기억해?"

"네."

사진 속 웃는 모습을 실제로 앞에서 보니 더 마음에 들었다. 재민은 그녀와의 인연에 기분이 좋아졌다.

"자리 옮겨서 이야기 이어 갈까?"

"네?"

"우리 초면은 아니잖아."

"아, 그렇죠."

뚫어지게 쳐다보는 재민의 눈길에 그녀의 볼이 살짝 붉어졌다. 그의 시선 한 번 받아 보겠다고 앞에서 알짱거렸던 기억이 떠올랐다.

"자리 옮기자. 여기 2층 멜라노에 예약했어. 날이 날인만큼 분위기 한 번 낼까?"

W호텔의 멜라노는 최고급 이탈리안 풀코스를 경험할 수 있는 곳으로 국내 최대의 Wine cellar를 보유하고 있다. 보유하고 있는 와인만 해도 4백여 가지가 넘어 와인 애호가들에게 각광을 받는 곳이기도 했다.

고급스러운 분위기에 깔끔하면서도 격조 있는 실내로 들어서자 매니저가 나와 그들을 자리로 안내했다.

창 쪽에 마련된 자리에 앉자 직원이 곧바로 작은 파티션을 테이블 주변에 세웠다. 다른 테이블과 분리되어 두 사람만의 오붓한 공간이 생겼다.

"마음에 들어?"

"네. 분위기 좋네요."

"다행이다."

메뉴판을 들어 그의 시선을 피하는 하은을 보며 재민은 웃었다.

하은을 처음 본 게 고2 때던가. 그녀는 파릇파릇한 중학생이었다. 동그랗고 말간 눈으로 그를 바라보는 얼굴이 무척이나 인상 깊었던 소녀였다. 수줍게 웃는 모습이 꽤 귀엽고 사랑스러웠다. 가끔씩 불쑥 생각났던 꼬마 아가씨였다. 지금은 어엿한 숙녀가 되어 앞에 앉아 있는 것이 믿기지 않았다.

"넌 여전히……."

"메뉴 정했어요."

"어, 그래? 뭐 먹을 건데?"

그와 눈을 마주치지 못하는 모습이 예전의 수줍어하는 어린 하은과 겹쳐졌다. 왜 그때 널 그냥 지나쳤을까. 넌 여전히 날 바로 쳐다보지 못하는구나.

재민은 자신이 잘못 생각하고 있단 걸 알지 못했다. 하은이 그를 바로 쳐다보지 못하는 것이 예전의 수줍음으로 인한 것이 아니라, 기억 속 두근거림이 사라져 당황스러움에 그랬다는 것을 말이다.

하은은 메인 메뉴로 해산물 크림소스와 야채를 곁들인 연어 구이를 선택했다. 재민은 부르넬로 레드와인 소스를 곁들인 소 안심구이로 주문했다.

하은은 전채 요리보다 수프를 먼저 달라고 부탁했다. 상큼한 샐러드도 좋지만 속이 따끔거리는 것을 진정시키려면 단호박 수 프를 먼저 먹는 것이 좋을 듯했다.

"속이 안 좋아?"

"아니요. 아침 일찍 움직인 데다 빈속이라서요."

"그랬구나. 부드러운 것부터 시작하면 훨씬 낫지."

수프가 나오자 두 사람은 조용히 음식을 즐기기 시작했다. 재 민은 하은에게 묻고 싶은 게 있었으나 그녀가 다 먹기를 기다려 주었다.

식사가 다 끝나가자 재민이 부드럽게 말을 꺼냈다.

"하은이 넌, 나 금방 기억해 냈어?"

"네?"

"내 사진 보고 말이야. 나 금방 기억났냐고."

"그럼요. 오빠가 교회에서 제일 유명했었는데."

"내가?"

재민이 시원하게 웃자 하은은 그제야 긴장이 풀리기 시작했 다. 길 가다 우연히 만난 것도 아니고 선 자리에서 재민을 볼 거 란 생각은 꿈에도 하지 못했으니.

"그 말은 금방 기억했다는 거네?"

기억 속에 있는 재민의 살인적인 미소가 그녀 앞에 펼쳐졌다.

"기분 좋네."

그녀의 얼굴에서 떨어질 줄 모르는 재민의 그윽한 시선에 하은은 침을 꿀꺽 삼켰다. 저 미소가 자신에게 향하길 얼마나 기다렸던가. 그 옛날 어릴 적에 말이다. 멋진 미소는 더 매력적으로 변해 있었다.

나 이래도 되는 건가. 재민 오빠가 멋있어졌다는 것을 인정하는 건 죄짓는 게 아니겠지? 가시방석에 앉은 것마냥 어쩔 줄 몰라 하는데 재민이 손을 뻗어 그녀의 손을 잡았다.

"우리 인연인 것 같지 않아?"

"네?"

"너와 나. 만날 수밖에 없는 인연 말이야."

"아······."

재민의 말처럼 이런 우연이 또 있을까 싶었다. 정해진 운명은 소설 속에서나 볼 수 있다고 생각했었다. 그녀의 첫사랑이자 짝사랑했던 남자가 맞선 상대로 나타났다. 두 번 다시 보지 못할 거라 생각했던, 다시 보기 전까지는 기억의 단편 조각으로 남아 있을 사람이었다.

하지만 시간대가 달랐다. 지금 그녀의 마음이 흔들리고, 향하는 곳은 최성민이란 남자다. 예전의 풋사과 같았던 감정은 더 이상 존재하지 않았다. 성민도 재민도 그녀에게 인연이라고 말하고 있는 이 현실이 복인지 재앙인지 모르겠다.

"저기······."

"응. 하은아."

하은은 크게 심호흡을 했다.

"저 오늘 눈도장 찍으려고 나왔어요."

"뭐?"

그녀의 말에 재민이 눈을 깜빡였다.

"죄송해요."

"……남자 친구가 있다는 말이야?"

남자 친구라고 하기엔 또 애매한 시기다. 입술 도장 찍었으면 사귀는 사이가 맞는 거지?

"마음 가는 사람이 있어요."

"마음 가는 사람? 그럼 아직 애인 사이는 아니겠네?"

애인 사이라. 참 애매하다.

"오빠 사귀는 사람 없어요?"

"헤어진 지 좀 됐어."

"아, 네."

"네가 확실하게 말 못 하는 거 보니 나 도전해도 되는 거지?"

"네?"

"김하은 애인 자리에 내가 도전해 보겠다고."

"하하."

하은은 재민의 선언에 어설픈 웃음을 지었다. 그래도 한때 좋아했던 오빠였다. 그래서 매몰차게 뿌리치지 못했다. 왜 하필 이런 상황인 걸까. 기분 상하지 않게 거절하는 방법은 없을까.

"오늘 눈도장 찍으려고 나온 거라니까요."

입술 도장 찍고 나왔단 소리까지는 차마 못 하겠다.

"알았어."

재민은 하은을 보며 태연하게 미소 지었다. 그녀는 정식으로 사귀는 사람이 없다고 했다. 그렇다면 아직 시작 단계이거나 남자 친구로 인정하기에 뭔가 꺼림칙한 게 있다는 말이겠지. 어차피 계속 보게 될 사이니까. 천천히 해도 상관없었다.

6

교회 오빠

재민은 자신에게 이것저것 물어보지 않는 하은이 신기했다.
여자 친구와 헤어지기 무섭게 많은 여자들의 소개가 들어왔을
때 다들 어느 정도 알고 나왔음에도 그에게 많은 질문을 했다.
확인 절차였다. 나중에 개인 병원을 차릴 것인지, 대략 수입은
어느 정도 되는지 궁금해했다.

넌 왜 아무것도 묻지 않는 거니. 다 알고 다시 만나는 것보단
깜짝 선물도 괜찮긴 하겠다.

재민은 세림대학병원 치과로 출근하게 되었다는 말을 하지
않았다. 그녀를 이런 자리가 아닌 일상에서 봤을 때 어떤 반응
을 보일지, 그녀가 일할 때는 어떤 모습인지 궁금했다.

재민은 다시 연락하겠다는 말도 없이 그녀를 집 근처에 내려
주었다.

"들어가."

"네."

"오늘 정말 즐거웠어. 하은이 너 봐서 진짜 반가웠고."

"저도요. 조심히 들어가세요."

"그래."

하은은 가볍게 고개를 숙여 인사하고 차에서 내렸다. 재민의 차가 출발하자 그녀는 무거운 짐을 털어 내듯 숨을 내쉬었다. 재민과의 점심은 즐거웠다. 여전히 부드러운 미소를 짓고 있었고, 가벼운 대화로 어색함은 금방 사라졌다.

하은은 휴대폰을 꺼내 잠잠한 액정을 바라보았다. 화면을 다시 확인해 봤으나 아무것도 없었다. 자신이 보낸 메시지가 끝이었다. 지금은 4시 20분. 그러고 보니 오전에 세미나가 있다고 했던 것 같다.

하은은 몸을 돌려 아파트 단지 내로 들어갔다. 이대로 집에 가면 엄마의 궁금증을 말끔하게 풀어 드려야 할 것이다.

"안 궁금한가."

그녀가 보낸 메시지에 대해 성민의 답장은 없었다.

"으음."

정성 들여 꾸민 적은 처음인데 집으로 들어가자니 괜히 심란해졌다. 예쁜 눈도장이 어떤 건지 안 궁금한가 보네.

아파트 벤치에 앉아 휴대폰을 만지작거리며 생각하고 있는데 순간 액정이 켜졌다.

〈예쁜 도장, 뭐하고 있어요?〉

성민의 메시지에 하은은 피식 웃음이 나왔다. 살짝 긴장하고 있었는데 굳어 있던 입가가 풀렸다.

"뭐라고 보낼까?"

화면을 한참이나 바라보던 하은은 그냥 솔직해지기로 했다. 복잡하게 이것저것 생각하는 게 더 어려웠다.

〈막 집에 도착했어요.〉

〈많이 피곤해요?〉

〈아뇨. 괜찮아요.〉

뭐하느냐고 묻고 싶은데 머뭇거려졌다. 보자고 해 볼까?

"아, 깜짝이야."

성민이 바로 전화했다.

"네."

─피곤하지 않으면 잠깐 볼까요?

"지금요?"

─눈도장이 얼마나 예뻤는지 확인해야겠어요. 나한테도 눈도장 찍어 줘요.

하은은 얼굴이 확 달아오르는 걸 느꼈다. 이런 간질간질한 말을 어쩜 이리 쉽게 하는 걸까.

"아직 집에 안 올라갔어요."

─그래요? 어디에 있어요? 내가 그리로 갈게요.

"집 앞에 있는데 어디서 볼까요?"

─거기에 있어요. 금방 갈게요.

금방 간다는 말을 끝으로 통화가 끝났다. 하은은 주변을 두리번거렸다.

"어디에 있는데 금방 온다는 거지."

벤치 아래에 앉아 있으니 시원한 바람이 불어 왔다. 등나무 꽃이 다 지고 푸른 잎사귀만 무성한 그늘 아래서 하은은 조용한 시간을 가졌다. 단지가 제법 큰데 의외로 지나다니는 사람이 적었다. 석천 호수 쪽으로 가는 길은 단지 후문이라 그녀의 집과는 반대 방향이었다.

"조용하니 좋다."

위를 한 번 올려다보고 다시 앞을 보는데 성민이 걸어오는 것이 보였다.

"어? 왜 거기서……."

그가 앞 동에서 걸어 나왔다. 그녀를 향해 성큼성큼 걸어오는 성민의 표정이 무척이나 진지했다.

"인사는 나중에 해요."

일어서려는 하은을 제지하며 성민은 그녀의 주변을 천천히 돌았다. 훑어보는 시선에 하은의 얼굴이 다시 살짝 붉어졌다.

새하얀 원피스 위로 단정하게 빗어 내린 웨이브 진 머리카락, 봉긋하고 단정한 이마를 따라 그의 시선이 내려갔다. 앙증맞은 코와 마스카라로 인해 훨씬 아름답게 반짝이는 눈을 한참이나 들여다보았다. 그의 시선을 피해 눈동자가 이리저리 흔들리는 것을 보고는 시선을 아래로 내렸다. 홍조를 담은 하얀 뺨을 지나 작고 부드러운 입술이 핑크빛을 머금고 있었다.

"저기……."

그의 시선이 얼굴에서 떠날 줄 모르자 하은의 뺨이 더 붉게 짙어졌다.

"하은 씨, 혼나야겠네요."

"네?"

"나가서 대충 눈도장 찍고 오랬지. 그 남자 눈에 각인을 시키고 오다니."

예쁘다는 표현을 참 독특하게 하는 남자였다. 오글거리는 말도 서슴없이 하면서 훅 치고 들어오는.

"예뻐 보여요?"

"당연한 걸 묻는 걸 보니, 나한테도 예쁘단 소리 듣고 싶죠?"

그 말에 하은의 얼굴이 토마토보다 더 빨개졌다.

"예뻐요. 예뻐서 미칠 거 같아요. 으스러지게 안아 주고 싶어요. 잠깐만."

순식간에 그의 입술이 내려앉았다.

쪽. 재빨리 닿았다 떨어진 입술이 재차 내려앉았다 떨어지길 두세 번 반복했다.

"아, 미치겠다. 정말."

성민이 눈을 질끈 감으며 못 참겠다는 듯 두 손을 들더니 쥐었다 피기를 반복했다. 하은은 그 모습이 우스워 웃음이 터졌지만 한편으론 긴장도 됐다. 그의 감정이 고스란히 전해졌다. 행동은 우스워 보일지 몰라도 자신을 뚫어지게 쳐다보는 강렬한 눈빛엔 짙은 갈망이 담겨 있었다. 통째로 삼켜질지도 모를 그의 분위기에 압도되어 갔다.

성민이 덥석 그녀의 손목을 잡고 움직였다.

"요 앞에 커피숍 있던데 그리로 가요. 아무래도 지금은 사람 많은 곳이 좋겠어요."

그녀의 손목을 잡은 채 아파트 단지 앞 커피숍으로 들어간 성민은 주문을 하고 자리에 앉을 때까지 잡은 손을 놓지 않았다. 마주 보고 앉게 되어서야 한시름 놓았는지 아까보다 편안한 표정을 지었다.

"손목 아팠어요?"

"아, 아뇨. 아프진 않았어요."

"미안해요. 하은 씨가 너무 예뻐서 내가 어떻게 할 거 같아서요. 날도 환하고, 사람도 없었지……."

"주문 번호 5번. 아이스 아메리카노와 아이스 카페라테 나왔습니다."

"내가 가져올게요."

성민이 주문한 커피를 찾으러 가자 다른 테이블에 앉아 있던 아가씨들의 시선이 따라 움직였다. 성민에게 몰리는 시선을 하은은 한눈에 볼 수 있었다. 그가 커피를 가져와 자리에 앉자 여자들의 시선이 그녀에게 왔다가 다시 제자리로 돌아갔다.

"선 자리 어땠어요?"

"아, 좋았어요."

"뭐라고요? 좋았다고요?"

짐짓 화난 표정을 짓는 성민을 보며 하은은 웃었다.

"알던 사람이에요."

"응?"

"교회 오빠요. 예전에 다녔던 교회 오빠."

"음."

성민은 고개를 삐뚜름하게 기울이며 하은을 쳐다보았다.

"교회 오빠라."

"네."

고개를 끄덕이며 아이스 카페라테를 마시는 그녀를 성민이 빤히 쳐다보았다. 불만스러운 표정으로 성민은 가슴 앞으로 팔짱을 꼈다.

"진짜 교회 오빠?"

"가짜 교회 오빠도 있어요?"

"있죠. 교회 오빠가 그냥 오빠가 되고, 자기가 되고, 아빠가 되고."

"푸흡."

진지하게 말하는 목소리에 하은은 웃음이 터졌다.

"뭐예요."

"난 솔직하게 다 말했는데. 하은 씨는 완전히 솔직하지 않았네요. 강요할 생각은 없지만."

"아."

눈이 마주치자 성민은 눈썹을 올리며 더 할 말 없냐는 표정을 지었다.

"확인할 게 있었어요. 재민 오빠는 교회에서 꽤 유명하고 인기 있던 사람이었죠. 음, 누구나 다 좋아했던 동경의 대상 같은 사람이 있잖아요."

"그 재민이란 남자를 좋아했었네요."

"네. 짝사랑이었어요. 오빠 다정했고, 웃는 표정이 꽤 멋졌거든요."

"으음."

"예전의 감정이 아직 남아 있는지, 그냥 어렸을 적 누구나 한 번은 겪는 그런 감정이었는지 궁금했어요. 조금 걱정도 되고."

성민은 묵묵히 그녀의 말을 듣고 있었다.

"근데 걱정할 필요가 없더라고요."

"……."

"옛날 감정은 제 어릴 적 기억일 뿐이고. 현재는 아니구나. 그런 거 확인했어요."

"아쉬웠어요?"

"아뇨. 그런 생각 안 들던데요. 뭐든 타이밍이라는 게 있구나 싶었어요."

"내 입술 도장, 효과 있었어요?"

갑자기 여기서 왜 그 입술 도장 이야기를 꺼내는 걸까. 아까부터 그녀의 입술에서 시선이 떠나지 않는 그의 눈빛 때문에 죽을 맛이었다. 커피도 마시고 잠시 시선을 다른 곳으로 돌려 보아도 그의 시선은 집요하게 따라붙었다. 커피를 마시고 있음에도 갈증이 일었다. 해가 떠 있는 오후에, 사람들이 북적이는 커피숍에 앉아 있어도 단둘이 밀폐된 공간에 있는 것처럼 느껴졌다. 무심결에 혀를 내밀어 아랫입술을 핥자 성민이 벌떡 일어났다.

"아무래도 운동이 필요할 것 같아요."

"네?"

"집에 가서 옷 갈아입고 내려와요. 우리 지난번에 못 했던 볼링 치러 가요."

벤치에 앉아 하은이 옷을 갈아입고 내려오길 기다리던 성민은 빨대를 빼 아이스 아메리카노를 벌컥벌컥 마셨다. 얼음을 부숴 먹었지만 그녀에 대한 갈증이 쉬이 가시지 않았다.

단 한 번의 키스. 너무나 달콤했던 그 키스가 그날 이후 그를 괴롭히고 있었다. 그 작고 부드러운 달콤한 입술을 또 맛보고 싶어서 미칠 지경이었다. 지난주는 너무 바빠서 도저히 시간을 낼 수 없었고, 치과에 가서 본뜨는 약속도 겨우 지켰다.

오전에 재활의학과 세미나를 마쳤으니 이제 좀 여유가 생겼다. 예쁜 눈도장 찍겠다는 메시지를 확인 후 2시간 동안 무슨 정신으로 세미나를 했는지 모를 정도로 성민의 머릿속은 온통 하은이 독차지하고 있었다.

직접 눈으로 확인해 보니 더 사랑스럽고 매력적이었다. 품에 가두어 핑크빛 입술을 꿀꺽 삼키고 싶은 본능이 솟구쳐 올라와 심란해졌다. 사람이 많은 곳이면 가라앉겠다 싶어 장소를 옮겼는데도 효과가 없었다. 오직 그녀만 그의 눈에 들어왔다. 검은색 빨대를 입술로 문 모습조차 그의 말초 신경을 자극했다.

그녀가 내려오기 전에 마음을 완전히 비워야 했다. 음흉한 생각을 조금이라도 남겨 둔다면 그녀와의 즐거운 시간을 망칠 것이 분명했다.

그녀가 사는 아파트 출입구를 계속 쳐다보고 있는데 휴대폰이 울렸다. 집이다.

"또 그 얘기겠지."

성민은 휴대폰을 꺼 버렸다. 그때 하은이 웃으며 걸어 나왔다.

"참, 최성민 선생님. 여기 사세요?"

"이사 온 지 한 달 됐어요. 지난번에 말하려다가 타이밍을 놓쳤어요."

"아까 저기서 나오셔서 깜짝 놀랐어요."

"우리 서로 마주 보고 살고 있네요, 지금 우리처럼. 그나저나 하은 씨 우리 호칭부터 바꾸죠?"

뭔가 진한 의미를 담은 그의 말에 하은의 심장이 움찔거렸다.

"호칭이요?"

"누군 교회 오빠고, 난 최성민 선생님이고?"

"아. 그럼 최 쌤?"

"지금 놀려요? 다른 거요."

설마 오빠라는 호칭이 듣고 싶은 건 아니겠지.

"이름 불러요, 이름. 이름 부르기 뭐 하면 오빠라고 부르든지."

재민이야 어렸을 때 누구나 다 부르는 흔한 교회 오빠였지만, 성민에게 오빠를 붙이려니 입이 떨어지지 않았다.

"그냥 이름 부를게요."

"해 봐요. 하은 씨."

"……"

"어서요."

"성민…… 씨."

"잘했어요."

성민은 그녀의 어깨를 끌어당기며 머리카락에 입을 맞췄다.

"이제 가 볼까요? 이번 내기는 뭐가 좋을까요? 이긴 사람 소원 들어주기?"

사귄 지 오래된 사이처럼 자연스럽게 대하는 그의 행동에 하은은 완전히 휘말리고 있었다. 속수무책으로 그에게 잠식당하고 있었다.

❋ ❋ ❋

어김없이 월요일이 돌아와 분주한 하루가 시작되었다. 각 체어마다 소모품을 채우고 소독한 기구를 트레이에 담는 하은의 표정은 밝았다.

토요일에 있었던 성민과의 경기에선 아쉽게도 그녀가 졌다. 핸디를 10점이나 받고 시작했음에도 성민을 따라갈 수 없었다. 그는 결코 봐주지 않았다.

"치사하게 말이지. 봐줄 법도 한데."

흔히들 하는 이긴 사람 소원 들어주기는 성민이 가져갔고, 나중에 그 소원을 쓰겠다고 했다.

"들어줄 수 있는 소원이라고 했으니까, 뭐."

감정적인 것은 제외하고 그녀가 들어줄 수 있는 소원으로 범위를 정했으니 부담은 없겠다 싶었다.

진료실 정리가 끝나갈 무렵 미화가 오더니 말했다.

"정리 끝났죠? 다들 의국으로 좀 와요."

"네?"

"새로 온 선생님 얼굴 봐야죠."

"알겠습니다."

진료실 정리하느라 누가 의국으로 들어가는지도 몰랐다. 의국으로 향하는 하은에게 성희가 귀띔했다.

"선배님 못 보셨죠?"

"응. 성희 씨는 봤어?"

"전 아까 새로 오신 선생님 봤는데요. 그게……."

"왜?"

"완전 대박이던데요?"

"그래?"

"네. 모델이 따로 없어요. 최성민 선생님 자리가 위태로울지도 몰라요."

"그 정도야?"

"보시면 깜짝 놀라실 걸요? 세림대학병원 최고 인기남이 바뀔지도 몰라요."

미화가 먼저 의국실 문을 열고 안으로 들어가자 줄줄이 따라 들어갔다. 미화의 뒤를 따라 들어간 하은은 환한 미소를 지으며 서 있는 한 남자를 보았다. 성희의 말대로 하은은 깜짝 놀랐다. 이게 어떻게 된 일이지. 왜…….

서원일 과장이 옆에 서 있는 남자의 등 뒤로 손을 가져갔다.

"다들 모였으니까 인사하지. 여긴 서영주 선생 다음으로 온 박재민 선생."

"박재민입니다. 잘 부탁합니다."

입만 뻐끔거리는 하은에게 재민이 매력적인 미소를 발산하자 충격으로 놀란 표정을 짓고 있는 그녀에게 시선이 쏠렸다.

"두 사람 서로 아는 사이야?"

서 과장이 먼저 물었다.

"하은이와 예전에 알고 지냈던 사이었습니다."

다정하게 그녀의 이름을 부르며 웃는 재민으로부터 하은은 힘들게 시선을 떼어 냈다.

"예전부터 알고 지낸 사이요?"

미화의 목소리다.

"같은 교회 다녔었어요. 이사 가서 더 못 봤지만."

재민은 여전히 미소를 짓고 있었다. 하은의 반응이 꽤나 재미 있는 모양이었다. 서 과장이 재민의 어깨를 툭툭 쳤다.

"하은 쌤은 몰랐던 모양이야? 박재민 선생 여기 오는 거?"

"아, 네. 몰랐어요."

"저도 하은이가 여기 다니는지 주말에 알았습니다. 맞선 자리 에 하은이가 나오지 뭡니까."

"뭐라고?"

"네?"

"맞선이요?"

하은은 눈을 질끈 감았다. 이런 폭탄이 또 있을까. 치과 식구 들의 시선이 완전히 하은에게 집중되었다.

"하은 쌤, 정말이야?"

재민이 쐐기를 박았다.

"하은이랑 주말에 선봤어요. 여기로 출근하게 된 건 깜짝 선 물로 숨겨 뒀는데 성공한 것 같죠?"

놀란 그녀의 표정이 서서히 안정적으로 되돌아왔다. 아니, 무표정이라고 해야 할 정도로 차분해졌다.

"성공하셨네요. 이제 오전 진료 시작하시죠?"

하은은 의국실 문을 열고 밖으로 나갔다.

점심을 먹고 의국에서 잠시 휴식을 취하던 성민은 벌컥 문을 열고 들어오는 주성을 보며 눈을 찌푸렸다.

"살살 좀 다녀라."

"아하하."

"웃지도 말고."

성민의 핀잔에 아랑곳하지 않고 주성은 가운 주머니에 두 손을 찔러 넣으며 장난스럽게 웃었다.

"선배, 오늘 치과 치료 마지막 아니에요?"

주성이 능글맞은 표정으로 성민의 앞에서 알짱댔다.

"내 스케줄을 왜 네가 다 꿰고 있어?"

"흠흠. 그냥요. 뭔가 진척이 있나 궁금하기도 하고요."

"쓸데없는데 신경 쓰지 마. 네 앞가림이나 해."

주성이 성민 앞으로 동그란 스툴을 끌어당기며 앉았다. 얼굴을 바짝 들이대며 고개를 장난스럽게 흔들었다.

"면상 좀 치우지."

"어? 선배, 이러시면 곤란해질 텐데요."

"뭐가?"

성민은 주성이 앉은 스툴을 발로 밀어냈다.

"아이참."

"미적거리지 말고 할 말을 해. 너 사고 쳤냐?"

"에이, 왜 그러세요. 그런 거 아니거든요."

"그럼 뭐야. 뭔데 내 눈치를 봐."

뒤로 밀려난 주성이 다시 스툴을 당겨 앉았다. 누가 듣지도 않는데 갑자기 목소리를 낮췄다.

"치과에 레지던트 새로 온 거 아세요?"

"그게 뭐."

주성이 몸을 가까이하며 성민의 귓가에 속삭였다.

"2층 난리 났는데요?"

"뭐?"

성민의 눈이 화살처럼 주성에게 향했다. 그 반응에 주성이 능글맞은 표정을 지으며 몸을 뒤로 빼며 거드름을 피웠다.

"선배랑 거의 삐까삐까해요."

"삐까삐까?"

주성이 팔을 머리 뒤로 깍지를 끼며 스툴을 빙글빙글 돌렸다. 그런 모습에 성민의 이마가 못마땅하게 일그러졌다.

"장난치지 말고 똑바로 말해."

성민의 낮은 목소리에 주성이 빙글빙글 돌리던 스툴을 멈추며 과장된 몸짓으로 두 팔을 위로 뻗었다.

"재활의학과 최성민이냐, 치과 박재민이냐! 이것이 문제로다!"

"새로 왔다고?"

"네. 서영주 쌤이 나가고 그 자리에 왔다던데요? 2층 간호사들 난리 났어요. 오전에 2층 돌면서 과장님들한테 인사했던 것 같은데 뒤집어졌어요."

"……."

"확인 차 올라가서 봤는데……."

주성이 눈을 굴리며 성민을 쳐다보았다. 무표정한 표정에 주성이 말끝을 흐렸다.

"봤는데."

"선배 입지가 불안해요."

성민은 벌떡 일어나 의국을 나섰다.

"치과 갔다 올게."

재활의학과 의국을 나오며 성민은 무조건 하은을 봐야겠다는 생각만 들었다. 그녀가 새로 온 레지던트에게 흔들리지 않을 거라는 확신은 있지만 새로운 인물의 등장에 신경 쓰이지 않는다는 건 거짓말이다. 2층 간호사들이 난리 났단 말이지. 직접 보면 알겠지.

계단을 올라가는 성민의 발걸음이 조금씩 빨라졌다. 2층에 성민이 나타나자 복도를 지나가던 간호사들의 눈이 일제히 쏠렸다.

"와, 대박. 오늘 눈이 아주 호강하는데?"

"웬일이니. 최성민 선생님 아직 치과 치료 남았나?"

"오늘 끝이라고 하는 거 같던데? 근데 무슨 일이지?"

호기롭게 치과 진료실 유리문을 열고 들어가자 데스크에 앉아 있던 성희가 얼떨결에 벌떡 일어났다.

"어머, 최성민 선생님."

성민은 고개를 까딱이며 인사했다. 점심시간이 안 끝났는데 무슨 일로 왔을까 싶겠지.

"김하은 선생님 없어요?"

"탈의실에……."

그때 열린 문으로 재민과 서 과장이 들어왔다.

"어, 최성민 선생. 이 시간에 어쩐 일이야? 오후 예약 아니었 던가?"

"맞습니다. 시간 확인 차 올라왔습니다."

"그랬군. 참, 인사하지. 박 선생. 여긴 재활의학과 최성민 선 생. 여긴 치과에 새로 온 박재민 선생."

"처음 뵙겠습니다. 박재민이라고 합니다."

"재활의학과 최성민입니다."

정상적인 코스로 밟았다면 재민은 그보다 한 살이 많다. 서영 주 선생 대신으로 왔다면 레지던트 3년 차다. 주성의 말대로 재 민은 간호사들의 심장을 들었다 났다 할 정도로, 굉장히 잘생긴 미남이었다. 장신의 그와 키도 비슷했고, 얼굴도 연예인 뺨치고 도 남을 정도로 수려했다. 인정할 건 인정해야겠지. 주성이 그 와 삐까삐까하다고 했던가.

가만, 박재민이라고? 설마 아니겠지?

오전 내내 저기압이었던 미화의 기운을 온몸으로 느낀 하은 은 정말 피곤했다. 그나마 서원일 과장님의 예약 환자가 많아서 다행이었다. 재민이 던진 말은 불씨가 아니라 핵폭탄이 되었다.

도대체 무슨 생각으로 그런 말을 했을까. 거의 10년 만에 다 시 본 건데 재민은 늘 만났던 사람처럼 말했다. 이곳으로 온다는 것을 말하지 않은 것도 기분이 나빴다. 최소한 그녀가 당황스러운 상황에 놓이지는 않게 해야 했다.

맞선 본 것을 대수롭지 않게 말해 버린 것에도 화가 났다. 그녀의 입장을 전혀 고려하지 않았다. 안 그래도 기분이 별로인데 미화의 보이지 않는 분노 게이지는 그녀를 더 피곤하게 만들었다.

미화와 같은 공간에 있기가 싫어 하은은 서둘러 양치질을 하고 진료실로 향했다. 문을 닫고 막 코너를 도는데 가운을 펄럭이며 걸어가는 사람이 보였다.

최성민 선생님? 진료실로 들어가자 성희가 손짓했다.

"왜?"

"방금 최성민 선생님 나가셨는데 못 보셨어요?"

"아니, 못 봤는데. 무슨 일로 오셨대?"

"오후 예약 시간 확인하러 오셨어요."

"그래?"

"근데, 확인 안 하시고 그냥 가셨는데요. 아, 맞다. 서 과장님 오셔서 보고는 갔구나."

"……."

"박재민 선생님이랑 인사도 했어요. 두 분이 서 있으니 완전 황홀한 거 있죠? 마치 연예인 보는 기분이었다니까요. 누가 알았겠어요? 우리 병원 최고로 잘생기고 능력 있는 싱글 의사를 나란히 세워 두고 봤으니."

성희의 두 눈이 반짝반짝 빛이 났다. 쓸쓸한 미소를 지으며 하은은 서 과장님 진료실로 향했다. 하필 이런 식으로 보다니.

아직 성민에게 아무 말도 못 한 상태였다. 맞선 본 남자가 교회 오빠였다는 것만 말했지 이 병원, 같은 진료실에서 일하게 되었다는 건 그녀도 몇 시간 전에 알았다. 왜 일이 꼬이는 걸까.

서원일 과장의 마지막 환자는 최성민이었다. 오늘 크라운을 덮어씌우면 더 이상 치과에 올 일이 없어진다. 하은은 그나마 다행이란 생각이 들었다.

성민을 받아들이기로 마음을 먹고 있는데 재민이 등장과 동시에 폭탄을 터트렸다. 그녀를 보는 재민의 시선은 그녀가 알고 있던 교회 오빠의 시선이 아니었다.

"후우."

오후 4시가 넘으면 남은 진료 시간은 늘 화살처럼 빨리 지나갔는데 오늘따라 시간이 느려도 너무 느리게 가는 것 같았다. 서원일 과장이 가운을 벗은 모습으로 진료실에 나타났다.

"내가 급하게 일이 생겨서 그러는데 최성민 선생이 마지막이지?"

"네."

"어디 보자. 아, 박 선생한테 대신 좀 보라고 해."

"네?"

"박재민 선생보고 나 대신에 보라고 해. 크라운이니까 별거 없잖아. 나 먼저 갈게."

"어, 어…… 저기 과장님."

쌩하니 사라지는 서원일 과장의 뒷모습을 하은은 멀뚱히 바라보았다.

"정말 나 삼재인가."

그녀의 삼재는 마녀, 성민, 재민이다. 하은은 터벅터벅 의국으로 걸어갔다.

똑똑.

"네."

의국 안에 재민 혼자 있었다. 논문을 보고 있었는지 한 손에 페이퍼를 들고 있었다.

"어, 하은 쌤."

별안간 하은은 웃음이 튀어나왔다. 어쩜 아무렇지도 않게 날 대할 수 있는 걸까. 오늘 첫 출근임에도 오래전부터 있었던 사람처럼 구는 것이 신기했다.

재민은 왜 그녀에게 세림대학병원 치과로 온다는 말을 하지 않았을까. 그녀가 여기에 다닌다는 것을 재민은 알고 있었다.

그녀의 웃음소리에 재민이 싱긋 미소를 지었다.

"좋은 일이라도 있어요?"

좋은 일이라고 해야 하나.

"4시 30분에 과장님 환자가 있는데, 대신 좀 보셔야 할 것 같아요."

"내가요?"

"네. 급한 일 있으시다고 방금 나가셨어요."

"그래요? 그러죠 뭐. 무슨 환자인데요?"

"크라운만 씌우면 끝나요."

"간단하네요. 환자 오면 알려 줘요."

"네."

일상적인, 지극히 업무적인 대화다. 왜 이 대화조차 물 흐르

듯 자연스럽게 되는 걸까.

의국을 나서려는 하은을 부르며 재민이 가까이 다가갔다.

"하은아."

하은은 두 주먹을 불끈 쥐었다. 기분이 나빠졌다. 오랜 시간, 두 사람 사이에 공백이 존재한다. 그렇다고 예전에 두 사람 사이에 무슨 일이 있었던 것도 아니다. 더 이상 재민에게 느꼈던 풋풋한 감정은 없다. 그런데 뭔가 기분이 찜찜하다. 그냥 맞선 상대로 끝났어야 했다. 그래. 그렇게 되든지, 맞선 보기 전에 치과에서 마주치든지 해야 했어. 여기에 근무하는 것을 알고 있었으면서 날 놀리고 싶었던 거지.

"미리 말 안 해서 미안해. 네가 놀라는 모습이 보고 싶었어."

상대에 대한 생각 없이 그저 그녀가 놀라는 모습이 보고 싶었다라. 고개를 돌려 재민을 보자 매력적인 미소가 눈앞에 나타났다. 얼렁뚱땅 넘어가겠다니.

"우리 진짜 인연인 것 같지 않아?"

"인연이요?"

"난 그런 거 같은데. 여기서 너 보니까 더 좋아."

재민 오빠가 이렇게 능글맞았었나? 예전에 다가왔었다면 아마 기뻐서 폴짝폴짝 뛰었겠지. 재민의 이런 모습을 바랐었지만 지금은 살짝 거부감이 들었다.

잘생긴 건 인정한다. 재민은 더 잘생겨지고 멋있어졌다. 키도 그때보다 더 컸고 어깨도 태평양처럼 넓었다. 그녀의 가슴을 설레게 했던 눈웃음이 눈앞에 펼쳐져 있다. 문제는 심장이 그 미소에 예전처럼 널뛰지를 않는다는 것이다.

"인연이란 말, 쉽게 꺼내는 거 아니에요."

"하은아."

"제 입장은 생각도 안 하고 말해 버리면 어떡해요?"

"아…… 미처 생각 못 했어. 미안하다."

"환자 올라오면 말씀드릴게요, 박재민 선생님."

의국을 나온 하은은 머리가 지끈거렸다.

서 과장이 일이 있어서 일찍 퇴근해 버린 것처럼 하은도 어디론가 사라지고 싶었다. 미화는 최 과장님 진료가 끝나기가 무섭게 탈의실로 사라졌다. 그나마 다행이었다. 재민의 등장에 눈을 반짝이던 미화인데, 자신이 성민의 마지막 진료와 더불어 그의 어시스트까지 한다면 어떤 표정을 지을지 생각만 해도 숨이 턱턱 막혔다.

7

삼재 극복하기

체어에 누운 성민은 눈을 부릅뜬 상태로 올려다보았다. 그를 보는 그녀의 표정이 달라졌다. 화가 난 것 같기도 하고, 아닌 것 같기도 한. 나한테 화가 난 걸까. 아무 일도 없었는데. 오늘 연락을 안 해서 기분이 상했나 싶은 생각이 들었지만 그런 걸로 화를 낼 사람이 아니다. 분명한 건 그녀의 기분이 전혀 좋지 않다는 것이다. 덩달아 아까 본 재민이란 남자의 표정도 이상했다.

이상하리만치 조용했다. 숨소리조차 들리지 않았다. 성민의 눈동자가 재빨리 두 사람을 번갈아 훑었다. 병원 직원들끼리 있을 땐 아무리 진료실이라 해도 사소한 이야기를 하게 되는데 전혀 그렇지 않았다. 사무적인 모습으로 어시스트 하고 있는 모습이 다른 사람들에게는 어떤 식으로 보일지 모르겠지만 그의 눈엔 이상했다.

새로 온 선생이라고 하은이 다시 소개시켜 줄 법도 한데 그런 것도 없었다.

"아, 하세요."

크라운을 씌우고 교합을 확인하며 맞추는 동안 세 사람을 둘러싼 공기가 미묘하게 흐르고 있었다. 마지막 점검이 끝나고 체어가 올라갔다. 입을 헹구는 그의 귀에 한숨 섞인 재민의 목소리가 들려왔다.

"하은 쌤, 미안해."

미안함 가득한 재민의 눈빛과 지금 이 상황이 어떤 것인지 묻는 성민의 시선이 그녀에게 날아들었다.

하은의 미간이 희미하게 찡그려졌다. 차라리 진료 다 끝나고 말을 하든가. 하필 성민이 있는 자리에서 대뜸 사과하는 것도 마음에 들지 않았다.

사용한 기구를 챙기며 자리를 정리하는 하은의 뒷모습을 재민이 애타는 시선으로 좇았다. 성민이 체어에서 내려오자 불편하면 언제든 오라는 말을 남기고는 의국으로 들어갔다.

"지난번에 수납 다 하셨으니까 오늘은 그냥 가시면 돼요. 식사는 한 시간 뒤……."

주의 사항을 말하던 하은은 말을 더 잇지 못했다. 성민이 그녀의 꼭 쥐어진 두 주먹을 커다란 손에 가두었기 때문이다.

고개를 비스듬히 숙여 그녀의 얼굴을 살피는 성민의 눈빛은 아까와 달리 다정했다. 그녀의 손을 감싸고 있는 그의 눈빛처럼 따뜻했다.

서 과장님 진료실이 그나마 분리가 되어 있어서 정말 다행이었다. 안 그럼 이 상황을 보는 또 다른 시선들을 견딜 수 없었을지도 몰랐다.

이상했던 분위기와 더불어 재민이 던진 말 한마디에 성민은 순간 욱하고 치밀어 올랐다. 지금 이게 어떤 상황인지, 출근한 지 하루밖에 안 된 남자가 왜 그녀에게 미안하다고 하는 건지, 미묘한 분위기는 또 무엇인지 묻고 싶어 하은을 쏘아보았지만 그녀의 표정을 보는 순간 순식간에 가라앉았다.

그가 처음 느꼈던 분위기처럼, 아니 그보다 잔뜩 화가 난 그녀의 표정에 재민이 아주 큰 실수를 했다는 것을 느낄 수 있었다.

"하은 씨, 화가 많이 났네요."

그를 쳐다보는 그녀의 시선이 이리저리 흔들렸다. 커다랗고 맑은 눈동자 속에 여러 가지 혼란스러운 감정을 담고 있었다.

"오늘 술 한잔할까요?"

"……."

"아니면 매운 거라도 먹을까요?"

다정한 그의 말에 하은은 표현하기 힘든 감정이 울컥 치밀어 올랐다. 침을 삼키며 가까스로 눈물이 나오는 것을 막았다.

"하은 씨."

그녀의 불안정하게 흔들리는 눈동자를 보며 성민은 속이 탔다. 끌어안아 무슨 일인지 묻고 싶었지만 그럴 수도 없는 상황에 화가 났다. 사랑스러운 김하은에게 분명 일이 있었다. 새로 온 저 남자 의사가 원인을 제공한 것이 분명했다.

"퇴근하고 나한테 꼭 연락해요. 알았죠?"

누군가 다가오는 기척에 성민은 하은에게서 떨어졌다.

"그동안 고생하셨습니다."

진료실 유리문을 열고 나가는 성민의 표정은 복잡했다. 금방이라도 울어 버릴 것 같았던 그녀의 얼굴이 그를 심란하게 만들었다.

생각에 잠긴 채 재활의학과 의국으로 들어서자 종윤과 주성이 자리에서 일어섰다.

"선배님."

뭔가 말을 꺼내려던 주성이 성민의 심각한 표정을 보고 입을 다물었다. 주성과 종윤은 서로 눈짓을 주고받았다. 지금 말을 잘못 꺼냈다간 뼈도 못 추릴 것이 분명했다.

"저……."

주성의 얼른 말하라는 눈짓에 종윤이 조심스럽게 입을 뗐다.

"정형외과에서 한 달 전 교통사고로 수술하고 퇴원한 김보성 환자 아시죠? 재활 치료 안 받으시겠다고 하셨던 분이요."

"오신 모양이지?"

"네."

"그런데?"

"선배님한테 받으시겠다고, 무조건 기다리겠다고 하십니다."

정형외과에서 재활 치료를 의뢰했지만 한쪽 다리 대퇴부 이하 절단으로 재활 치료니 뭐니 다 필요 없다고 했던 환자였다.

"지난번 선배님 말씀이 마음에 와닿았다면서 김유정 선생님 계신데도 싫다고 기다리고 계십니다."

"알았어. 내가 가지."

성민은 자리에서 일어났다. 좀 전과는 달리 한결 나아진 표정에 종윤과 주성은 보이지 않게 안도의 한숨을 내쉬었다.

탈의실로 향하는 하은의 눈빛에 단호함이 담겼다. 당하고만 있을 수는 없다. 여기가 회사지, 소꿉놀이하는 곳이야?

탈의실 문을 열고 들어간 하은은 성희와 수정, 금옥을 향해 말했다.

"미안한데 미화 선배랑 할 말이 있어."

그녀가 던진 말에 수정이 재빨리 반응했다.

"거의 다 갈아입었어요."

세 명은 후다닥 옷을 갈아입고 먼저 가 보겠다는 말을 남긴 채 문밖으로 사라졌다. 옷을 갈아입던 미화는 하은을 힐끔 쳐다보고는 소파에 앉아 팔짱을 꼈다.

"나한테 무슨 할 말이 있는데?"

"저보다 선배가 할 말이 더 많이 있지 않아요?"

"내가? 너한테?"

"아침부터 지금까지의 선배 표정. 말하지 않아도 아시죠? 며칠 전부터 저한테 계속 화난 상태잖아요."

"내가 너한테 화가 나 있다고?"

"자꾸 묻지 마시고 오늘 확실하게 서로 속마음 털어놓는 거 어떠세요?"

"아하. 지난번처럼 나한테 또 대들겠다 이거야?"

"아뇨. 대드는 수준에서 끝나지 않을 것 같아서요. 그러니까 더 쌓이기 전에 털어 버렸으면 좋겠어요."

"나한테 경고하는 거야?"

"편할 대로 생각하세요. 제가 뭐라고 말을 해도 멋대로 해석하실 거 아니에요?"

하은의 말을 들은 미화의 얼굴이 충격으로 굳었다. 하은의 목소리는 지극히 단조롭고 평온하게 들렸지만 속은 단단히 벼르고 있는 것이 느껴졌다. 맞은편에 앉은 하은을 보며 미화는 입술을 삐죽거렸다.

"막상 말씀해 보시라 하니까 힘드세요?"

"너……."

"저한테 할 말이 무지 많을 텐데요. 오늘 제가 그 기회를 드리잖아요. 이때 잡으세요. 놓치면 아마 후회하실걸요?"

"너도 나한테 할 말이 많은 모양이지?"

"네. 아주 많아요. 계속 이런 상태로 곪게 두지 말고, 우리 서로 그냥 터트려요. 그리고 잊어요."

"잊어? 잊자고?"

"네."

"너랑 나랑 싸우고 잊자고? 그게 가능해?"

하은은 가볍게 숨을 내뱉었다.

"이런 상태로 계속 지낼 수는 없어요. 서로 감정 소모가 클 뿐이죠. 선배도 그런 걸 원하지는 않을 거 아니에요? 저 뒤끝 없어요."

하은을 보는 미화의 한쪽 입술이 삐딱하게 올라갔다.

"난 너의 지금 이런 태도가 마음에 안 들어."

"구체적으로 말씀해 주세요."

"구체적? 어디 말해 보란 담담한 눈빛으로 날 보는 게 마음에 안 든다고. 기분 나빠. 난 처음부터 네가 마음에 들지 않았어. 얼굴은 하얗고 예쁘장하게 생겨서, 조금만 일을 많이 시켜도 힘들다고 낑낑댈 줄 알았어. 아니, 네가 힘들어서 스스로 병원을 그만두길 바랐어. 그런데도 꿋꿋하게 내가 시키는 일을 군소리 없이 하더라?"

아, 그랬구나. 처음부터 내가 마음에 들지 않았던 거다. 그래서 하루에 잡혀 있는 수술을 모두 자신에게 몰아주었던 거다.

그땐 그게 당연하다고 생각했다. 그 덕분에 그녀는 좀 더 고급스러운 어시스트 스킬을 얻을 수 있었고, 김형일 선생과 환상적인 궁합을 만들었다.

"난 그게 더 미웠어. 차라리 네가 힘들다고 말했으면 괜찮았을지도 몰라. 왜 나만 어시스트시키냐고 투덜거릴 만도 한데 넌 그러지 않았어."

"하……."

"너무 완벽해서 싫었어. 게다가 다들 너만 좋아하고! 너만 예쁘하니까!"

오후 진료가 시작되기 전 치과 식구들이 그녀에게 간식과 마실 것을 챙겨 주고, 치과 선생들이 그녀에게 힘내라고 말해 주었는지 이제 알 것 같았다. 선배는 또 그런 점이 싫었겠지.

"얼굴이 예쁘면 성격이라도 나쁘던지! 넌 그것도 아니잖아? 모든 게 완벽해 보여서 싫어."

세상에 완벽한 사람이 어디 있을까. 왜 날 상대로 그런 생각을 하게 된 걸까. 나 자신도 많이 부족하다고 생각하고 있는데

224

누군가의 눈에는 내가 완벽하게 보였나 보다.

오히려 감사해야 할지도. 미화의 괴롭힘이 없었다면 치과 식구들의 응원 따윈 있지도 않았겠지. 미화는 혹 떼려다 혹을 붙인 셈이었다.

"내가 일부러 화를 내도 넌 태연하게 날 위로하면서 그냥 꾹 참고 넘어갔지. 넌 나한테 무척이나 정중했어. 난 그런 정중한 모습도 싫었어! 싫었다고!"

미화는 히스테리를 부리는 사람처럼 흥분하기 시작했다. 최소한의 선배 배려를 해 준 것뿐인데 그것도 싫었단다.

흥분으로 얼굴이 울긋불긋해진 미화에게 동정심이 생기려고 함과 동시에 짜증도 일었다.

"최성민 선생님까지 너한테 호감을 가진다는 게 느껴지니까 너무 불공평한 것 같아서 더 싫었어. 내가 최성민 선생이랑 결혼이라도 하겠다는 것도 아닌데! 그냥 좀 보겠다는데 넌 그 기회마저 빼앗아 갔잖아?"

하은은 불안한 눈빛으로 미화를 쳐다보았다. 이러다 정신을 놓을지도 모르겠단 생각이 들었다. 히스테릭한 목소리와 흥분으로 붉어진 얼굴이 더 보기 흉하게 일그러졌다.

"선배!"

"네 뜻이 그렇지 않았다고 말하고 싶어? 넌 그렇지 않은데 사람들이 다 너에게만 호의적이고 관심을 갖는 거야?"

곧 울음이라도 터트릴 것 같은 미화를 차분하게 바라보는 하은의 눈빛 속에 안타까움이 담겼다.

"게다가 박재민 선생님은 또 뭔데? 잘난 남자는 다 김하은 네

거야? 왜 네가 다 갖는 건데, 왜!"

억지를 부리고 있다. 말도 안 되는 억지. 짜증이 일다 말았다.

"제가 어떻게 하면 좋겠어요?"

눈물을 그렁그렁 달고 하은을 쳐다보는 미화는 당황스러움에 눈을 깜빡였다. 그렇게 퍼부었는데도 하은의 표정은 아무 일도 없었다는 듯 평온해 보였다.

"이제 좀 시원해졌죠? 그럼 이젠 제 차례예요."

마음속에 담아 두었던 감정을 다 쏟아 낸 미화는 스스로 정화가 되었는지 한결 차분해진 모습으로 하은이 하는 말을 듣기 시작했다. 그들은 두 시간이 넘도록 소통이라는 것을 했다.

병원을 나서던 하은은 시간을 확인했다.

"벌써 8시가 넘었네."

성민에게 연락 온 것은 없었다. 미화와의 대화로 그녀 역시 기분이 많이 나아진 상태였다. 복잡하게 엉킨 실을 이제 겨우 하나 풀어냈을 뿐인데 상쾌한 기분이 들었다.

하은은 목소리라도 듣기 위해 성민에게 전화했다. 신호음이 몇 번 울리기도 전에 그가 전화를 받았다.

―끝났어요?

"네. 지금 막 밖에 나왔어요. 정말 피곤한 하루였어요."

―어디예요? 내가 갈게요.

"아직 병원이에요?"

―나도 정리하던 중이에요. 잘됐네요.

성민에게 위치를 알려 주고 병원 앞 버스 정류장에 있는 벤치에 앉아 눈을 감았다. 병원 앞이라 진료 시간이 끝나고 나면 한산한 정류장이다. 가을의 시작을 알리는 저녁 바람이 불어와 그녀의 얼굴을 다정하게 훑고 지나갔다.

"많이 힘들었던 모양이네."

피곤해 보이는 기색이 역력한 하은의 얼굴을 따스한 손길이 부드럽게 감쌌다. 그 손길에 하은은 눈을 떠 성민을 바라보았다.

"좀 힘들었어요."

성민은 하은의 옆에 앉으며 어깨를 내밀었다. 하은은 피식 웃으며 성민이 내어 준 어깨에 머리를 살짝 기대었다.

"하은 씨 얼굴 보니까 멀리는 못 가겠네. 저녁 먹어야죠. 당장이라도 쓰러질 것 같은 얼굴이야."

"매운 거 먹고 싶어요."

"매운 거?"

"달콤하면서 살짝 매운 거?"

하은은 매운 음식을 잘 먹지 못했다. 무리해서 먹으면 꼭 배탈이 났기 때문에 너무 매운 음식은 피하는 편이었다.

"달콤하면서도 살짝 매운 거라. 까다롭군요."

하은에게 묻고 싶은 것이 많았지만 그녀가 먼저 말해 주길 기다리는 것이 좋을 거란 생각이 들었다.

"지난번에 말한 낙지볶음에 소주 한잔할까요?"

"좋아요. 소면도 비벼 먹을래요."

힘들게 일어서는 그녀를 부축하며 성민은 낙지 전문점으로 향했다. 명성을 말해 주듯 사람들로 북적였다.

"와, 정말 많네요."

자칫하면 번호표를 받아야 할 것 같은 느낌에 성민은 그녀를 쳐다보았다.

"음, 여긴 너무 복잡한 거 같은데 다른 곳으로 갈까요?"

"상관없어요."

머뭇거리는 두 사람에게 친절한 미소를 지으며 주인이 다가 왔다.

"두 분이신가요?"

"네."

"방금 방이 비었는데 들어오세요. 깨끗하게 치워 드릴게요."

운이 좋았다. 시끄러운 바깥 자리보다 훨씬 나았다.

성민과 하은은 서둘러 주인을 따라 안으로 들어갔다. 테이블 두 개가 놓여 있는 방이었다. 옆 테이블엔 여자 두 명이 낙지볶음을 먹고 있었다.

"아, 좋다."

하은이 자리에 편하게 앉자 성민이 테이블 아래로 그녀의 발을 잡아당겨 쭉 뻗게 했다.

"왜, 왜 잡아요!"

하은이 눈을 동그랗게 뜨며 잡힌 발을 빼려고 하자 성민은 더 힘주어 잡으며 움직이지 못하게 했다.

"이쪽으로 쭉 뻗어요. 양반 다리 불편해요."

"싫어요."

옆 테이블에 앉아 있는 여자들의 시선을 곁눈질로 살피며 하은이 작은 목소리로 저항했지만 성민은 상관없는 듯 그녀의 발목을 잡고 있었다.

"괜찮아요. 피곤한데 다리 접고 앉으면 더 피곤해요. 아주머니, 여기 등받이 의자 좀 갖다 주세요."

성민은 곧바로 두 손으로 그녀의 다리를 나란히 뻗게 하더니 한 발을 잡고 발바닥을 주무르기 시작했다.

그의 돌발적인 행동에 하은은 당황스러웠다. 다리를 빼려고 힘을 주어 저항했지만 성민의 손은 아무렇지도 않게 발바닥을 지압하기 시작했다.

이상야릇한 기분에 하은이 잡힌 발목을 빼려고 이리저리 움직였다.

"가만히 좀 있어 봐요. 여기 눌러 주면 시원해요."

"다른 사람이 보면 욕해요. 그리고 스타킹 신었는데……."

"뭐 어때요. 손은 씻으면 되지. 내가 해 주고 싶어서 그러는 건데 가만히 좀 있어 봐요. 나 누군지 몰라요? 재활의학과 의산데."

새 스타킹으로 갈아 신긴 했지만 발 냄새가 날 것은 분명했다. 하은은 낯이 뜨거워졌지만 그가 만지고 있는 발은 시원함으로 나른해졌다. 정확하게 어딜 눌러야 하는지 아는 그의 손놀림에 하은의 입에서 만족스런 소리가 저절로 나왔다.

그녀의 반응에 성민이 활짝 미소를 지었다.

"시원하죠?"

차마 대답은 못 하고 하은은 고개를 끄덕였다.

"거 봐요. 나한테 맡기면 된다니까."

"고마워요. 최 선…… 아니, 성민 씨."

"고맙긴. 나중에 내가 피곤하다고 하면 하은 씨도 날 주물러 줘야죠."

"어, 나, 잘 못 주무르는데."

"발바닥은 아무 곳이나 주물러도 시원해요."

예전에 성민이 같은 과 후배들을 대하는 모습을 지나가다 본 적이 있었다. 무슨 일이었는지 기억은 안 나지만 그때의 성민은 꽤 차가웠다. 흰 가운을 입고 카리스마 넘치는 표정으로 후배 들을 대하는 모습은 쉽게 다가가기 힘든 분위기였다.

자신에게만 웃는 남자라는 생각이 들자 하은은 왠지 뿌듯했 다.

"피로가 확 풀린 것 같아요. 음식 나오기 전에 손 씻고 오세 요."

"그럼, 잠깐만 기다려요."

손을 씻기 위해 자리에서 일어서는 성민을 하은이 따뜻한 눈 빛으로 바라보았다. 그는 언제나 그녀를 미소로 대했다. 그녀를 대할 때는 한없이 따뜻하고 배려할 줄 알며 유머가 있는 사람이 었다. 두 사람은 취미도 비슷했고 공통점도 많았다.

하은의 입가에 잔잔한 미소가 감돌았다. 미화 선배와의 대화 도 성공적으로 끝난 것 같고, 성민의 마사지를 받으며 피로도 풀렸다.

한 가지 걸리는 것이 있다면 박재민에 대한 설명이다.

"왜 안 먹고 있어요. 맛이라도 보지 그랬어요."

그가 올 때까지 음식에 손도 대지 않고 기다리고 있는 그녀를 보며 성민이 말했다.

"성민 씨 오면 같이 먹으려고요. 방금 나왔어요."

성민이 소주를 그녀의 잔에 붓고 자신의 잔에도 따랐다.

"맛있는 거 먹으면서 오늘 하루 힘들었던 거 툴툴 털어 버려요."

"네."

하은이 단숨에 잔을 비우자 성민이 제일 통통해 보이는 낙지를 볶은 채소와 함께 집어 그녀의 입으로 가져갔다.

"아, 해요."

휘둥그레진 그녀의 눈을 보며 성민이 재촉했다.

"어서요."

하은은 입을 벌려 얼른 낙지를 받아먹었다. 옆 테이블에 앉아 있던 아가씨들이 고개를 숙이며 키득거리는 것이 느껴졌다. 얼굴이 화끈거렸지만 기분이 나쁘진 않았다.

"맛있어요?"

하은은 낙지를 씹으며 고개를 끄덕였다. 그녀의 잔에 술을 채우며 성민이 격려하듯 눈빛을 보냈다.

"고생하셨습니다, 김하은 선생님."

"감사합니다."

건배하고 한 모금 마신 하은은 소주의 쓴맛에 얼굴을 찡그렸다.

하은은 낙지볶음을 먹으며 미화와 있었던 일을 이야기하기 시작했다. 말을 하는 중간중간 성민의 얼굴이 찡그려지기도 하고 고개를 끄덕이며 동의를 표하기도 했다.

"미화 씨가 둘째라고?"

"네. 모든 둘째가 다 그렇진 않을 텐데 말이에요. 유독 미화 선배만 좀 심한 거 같아요."

"들어 보니 둘째로서의 불이익을 어렸을 때부터 많이 당해서 그런 것 같은데?"

성민은 미화의 성격을 분석해서 그녀에게 설명해 주었다. 둘째이다 보니 분명 첫째 언니에게 밀렸을 것이라고. 첫아이는 첫째이기 때문에 자칫 잘못될까 금이야 옥이야 했을 텐데, 그러다 보니 둘째에서는 이 정도는 괜찮다는 심리가 작용해 조금 소홀히 대하는 경향이 있다고 했다. 게다가 남동생들과의 나이 차이도 얼마 안 난다고 하니 미운 네 살, 미운 일곱 살을 모두 남동생들에게 밀렸을지도 모른다고 했다.

"그랬기 때문에 김 과장님 어시스트 하는 위치에서 본인 뜻대로 모든 것이 움직여지길 원했을지도 모르고."

"아."

"그런 식으로라도 스스로 우월하다는 것을 나타내고 싶어 하는 심리적 요인이 작용했을 확률이 높다고 볼 수도 있죠."

그의 설명을 들으며 하은은 감탄의 눈빛으로 그를 바라보았다.

"성민 씨, 차라리 정신과 의사를 하지 그랬어요? 심리학 부전공한 거 맞죠?"

그녀의 칭찬에 성민은 머쓱한 미소를 지었다.

"부전공으로 하지는 않았지만 심리학에 대해서는 관심이 많았어요. 특히나 교통사고를 당한 환자들을 보면 재활 의지가 없는 사람들이 종종 있거든요."

"그래요?"

"재활 과정이 쉽지도 않고 오랜 시간을 필요로 하기 때문에 환자들의 심리 상태를 파악하는 건 의사의 중요한 몫이라고 생각했죠. 재활 치료를 꾸준히 하면 평생 못 움직이게 되는 사태는 피할 수 있으니까. 어떤 경우는 기적을 일으키는 경우도 있어요."

대화하는 중간중간 하은이 하품을 속으로 삼키는 것을 본 성민은 아쉽지만 그녀를 일찍 집으로 들여보내야겠다고 생각했다.

두 사람은 아파트 단지 내 벤치에 앉아 아쉬움을 삼키고 있었다.

"오늘 한바탕 전쟁을 치러서 그런지 많이 피곤해 보여요."

하은은 잠시 머뭇거리다 입을 떼었다.

"아직 해야 할 말이 있는……."

성민은 하은의 입술에 손가락을 대며 고개를 저었다.

"오늘 하은 씨 충분히 피곤한 하루였어요. 솔직히 나도 궁금하고 묻고 싶은 게 있지만 오늘은 안 해도 괜찮아요. 당신을 믿으니까."

"성민 씨."

"다음번 만날 때 말해 줘요. 이번 주는 주말에야 시간이 될 것 같은데 괜찮겠어요?"

그녀를 바라보는 성민의 눈이 웃고 있었다. 참 독특한 남자다. 묻고 싶은 것이 많을 텐데 그녀를 기다려 주고 있다.

"네. 고마워요."

성민은 하은을 끌어당겨 안았다. 넓은 가슴에 코를 박은 채 그의 체취를 한껏 들이마시던 하은은 품에서 벗어나며 성민의 입술에 기습적으로뒹 입맞춤을 하고 자리에서 일어섰다.

"잘 자요. 최성민 선생님."

갑작스런 그녀의 행동에 멍한 표정을 짓는 성민을 향해 하은은 환하게 웃어 보였다.

집으로 들어와 개운하게 씻고 침대에서 뒹굴거리던 하은은 노크 소리를 듣고 몸을 일으켰다.

"들어오세요."

방으로 들어서는 엄마는 딸의 눈치를 잔뜩 보고 있었다. 그 표정에 하은은 엄마가 이미 재민에 대해 알고 있었다는 것을 눈치챘다. 집에 와서도 아무런 말도 하지 않고 방으로 사라진 그녀 때문에 궁금증이 폭발하기 직전일 것이다.

"음…… 하은아."

"말씀하세요."

화장대 의자를 끌어다 침대 옆에 앉은 엄마는 궁금증이 가득한 표정으로 힐끔힐끔 눈치를 보았다. 그녀의 표정을 이리저리 살피기만 하는 엄마에게 하은은 먼저 말하기로 했다.

"박재민 씨가 우리 치과로 왔더라고요. 엄마 알고 있었죠?"

"어? 어어."

"왜 말씀 안 하셨어요? 처음부터 치과 의사고, 곧 같은 병원에서 근무할 거다 말씀해 주실 수도 있었잖아요."

"아, 그게 말이다. 네가 워낙 의사를 꺼려하다 보니……."

"엄마. 지금부터 제가 하는 말 잘 들으세요."

하은은 재민에 대해 말하기로 했다. 단순히 마음에 들지 않는다고 한들 매일 한 공간에서 얼굴 보고 지내는데 뭔가 진전이 있길 바라는 건 당연한 것이었다. 애초에 다른 생각을 못 하도록 명확하게 선을 긋는 것이 중요했다.

"박재민 씨 말이에요."

어렸을 적 다녔던 교회에서 인기가 많았던 오빠라는 것을 말했다. 짝사랑했던 상대라는 것은 말하지 않았다. 현재 진행형이 아닌데 굳이 말할 필요는 없었다.

"알고 있었단 말이야? 그럼 왜 말하지 않았어."

"만약 그때 말했으면요? 인연이다 뭐다 그러셨을 텐데."

"그거야……."

"병원에서 하루밖에 지내보지 않았지만 저랑은 안 맞는 거 같아요."

"아니, 왜?"

하은은 잠시 뜸을 들였다. 맞선 본 이야기를 치과 식구들이 있는 곳에서 말했다는 것까지 한다면 정말 코가 꿰일 것이다.

"예전에 인기가 많았던 오빠였다는 걸 알고 나갔는데도 별 감정이 안 생겼어요."

"아니, 잘생기고 능력 있는……."

"엄마."

하은이 동그란 큰 눈을 더 또렷하게 뜨자 엄마는 입을 다물었다.

"어찌 보면 인연이라고 볼 수도 있지만 아니에요. 제가 생각

235

하는 인연은 극적인 뭔가가 있는 게 아니라, 서로 이해하려 노력하고, 서로 배려도 할 줄 알고, 보면 마음이 편안해지고 기분 좋아지는 사람이라고 생각해요."

"으응. 그렇지."

문득 성민에 대한 느낌을 말하고 있다는 걸 알아차렸다. 하은은 포근하게 안아 주었던 성민을 떠올렸다.

"제 인연은 그런 사람이면 좋겠어요."

"박재민 선생은 아니란 말이니? 이제 겨우 하루 같이 있어 봤잖아."

"엄마, 느낌이란 게 있어요. 엄마가 아빠 만났을 때 느낌이 딱! 왔었다면서요."

"그 느낌이라는 게 조금 늦게 올 수도……."

"아니에요. 안 와요. 재민 오빠는 예전 교회 오빠였을 때가 좋았고. 지금은 아니에요."

그녀의 발을 아무렇지도 않게 잡아 주물러 주는 성민이 불쑥 떠올랐다. 여자의 맨발이나 다름없는 발을 잡고 주물러 주는 남자가 과연 몇 명이나 있을까. 씻지도 않은 발을 말이다.

"관심 가는 남자가 있어요."

"뭐라고?"

"같은 병원 의사예요."

"어머, 하은아."

하은은 엄마의 두 손을 잡고 고개를 흔들었다.

"아니, 아니. 엄마 앞서가지 말아요. 이제 시작했어요."

"그쪽이 먼저 다가온 거야? 그렇지?"

"네. 어쩌다 보니 서로 알아 가고 있는 중이에요."

"어머!"

하은이 말도 없이 남자를 만나고 있다는 사실도 놀라운데, 같은 병원 의사라는 말에 더 놀라웠다. 이제껏 좋지 않았던 일 때문에 남자를 쉽게 믿지 않았던 딸이었다.

"엄마, 아빠한텐 비밀, 절대 비밀이에요. 알았죠?"

엄마가 충격 받은 얼굴로 고개를 끄덕이며 방에서 나가자 하은은 어깨를 늘어트리며 깊은숨을 내쉬었다.

또 하나 해결해야 할 것이 있다. 바로 박재민. 그녀의 입장은 전혀 배려하지 않고 폭탄을 투하한 것에 대해 따끔하게 한마디 해야 했다.

"하필 상황이 이렇게 될 게 뭐람."

사귀는 게 맞는지 아닌지 판단이 서지 않았었는데 이젠 아니다. 엄마에겐 알아 가는 단계라고 했지만 이미 그녀의 마음은 성민에게 기울었다.

최성민과 김하은은 사귀는 사이가 되었다. 예전부터 무의식에 자리 잡았던 성민의 존재가 부각되기 시작한 것일지도 몰랐다. 철저히 거부하려고 했던 저항만큼 마음의 벽은 빨리 무너졌다.

그의 따뜻함이 좋다. 웃는 모습이 좋다. 의외로 털털하고 자상한 모습이 마음에 와닿았다. 가끔 집요하고 뜨거운 시선에 심장이 뜀박질을 하지만 그런 느낌조차 좋다.

그의 말대로 단순히 의사라는 직업이 싫은 것이 아니라 남자에 대한 기본적인 신뢰가 없었던 것 같았다. 그리고 재민이 생각 없이 뱉은 말 때문에 성민에게 더 기울어졌다.

"재민 오빠는 직접 만나서 말하는 게 나은데."

시간이 벌써 11시를 향해 가고 있었다. 이왕 마음먹은 거 질질 끌 필요는 없었다. 하은은 연락처를 검색해 재민에게 문자를 보냈다.

〈늦은 시간 연락드려서 죄송해요. 내일 저녁에 시간 되시면 차라도.〉

"아니야. 내가 뭘 잘못했다고."

〈내일 저녁 시간 좀 내주세요.〉

메시지를 보내고 몇 분 지나지 않아 답장이 왔다.

〈알았어. 저녁 먹자.〉

"흠."

딱딱한 문자를 보고 느낀 게 없는 듯했다. 하긴, 진료실 안에서 그녀가 뭘 할 수 있었을까. 괜히 어설프게 했다간 오히려 이상하게 될 것이 불 보듯 뻔했다.

❋　　　❋　　　❋

9월이 시작되었음에도 여전히 날씨는 아침부터 뜨거웠다. 하늘은 전형적인 가을 하늘이다. 청명한 하늘처럼 맑고 상큼한 바람이 불어 주면 좋겠단 생각이 드는 아침이었다.

병원 앞 정류장에 내려서 걷고 있는데 가방 속 휴대폰이 울렸다. 누군지 확인하는 그녀의 눈이 반짝였다.

"네."

─잘 잤어요? 출근하는 길이에요?

"막 내렸어요. 병원 들어가는 길이에요."

─난 세미나 들어가는 길이에요.

8시가 조금 안 된 시간이었다. 지금 이 시간에 세미나를 한다는 걸 보니 최소 한 시간 전엔 병원에 왔을 것이다.

"바쁘다면서 뭐 하러 전화해요."

─전화 안 해도 하은 씨 실망하지 않을 거라는 거 알아요. 목소리라도 듣고 싶어서.

성민은 그녀에게 완전히 말을 놓지 않았다. 말 중간중간 반말을 섞는 것이 은근 매력 있게 느껴지는 건 무슨 심리일까.

"오늘 하루도 파이팅 하세요."

─하은 씨도 파이팅. 내 생각나면 문자라도 줘요. 알았죠?

"네. 그럴게요."

─어, 이제 들어가야겠어요. 나중에 또 통화해요.

"네."

성민의 다정한 목소리를 들으니 얼굴에 닿는 햇살이 따가운지 어쩐지 모르겠다. 다물어진 입술 사이로 피식 웃음이 흘러나왔다. 또 심장이 간질간질거렸다.

웃으며 걷던 하은은 그 자리에 멈춰 섰다. 뭔가 이상했다. 하룻밤 사이에 무슨 일이 있었던 거지? 하은은 어딘가 모르게 자신이 낯설게 느껴졌다. 마음이 향하는 이가 있어 그런 것일지도 모른다고 생각을 하다 보니 어느새 병원에 도착했다.

병원 안으로 들어서니 그나마 좀 시원했다. 가벼운 발걸음으로 조용한 2층 복도를 지나 탈의실 앞에 도착한 하은은 문이 벌컥 열리는 바람에 깜짝 놀랐다.

미화였다. 이 시간에 출근한 적이 없는 미화가 옷을 갈아입고 서 있었다.

"왔어?"

그녀와 눈이 마주치자 시선을 옆으로 살짝 비키며 먼저 알은체했다.

"네."

"먼저 가 있을게."

"아, 네."

그녀를 지나쳐 걸어가는 미화를 놀란 눈으로 쳐다보았다. 밤사이 윤미화가 달라졌다. '왔어?'라는 말의 뉘앙스가 어딘가 모르게 미묘한 차이가 났다.

하은은 옷을 갈아입고 휴게실로 향했다. 오전 업무 전에 간단히 커피를 즐기는 사람들이 모여 있었다.

하은이 휴게실로 들어오는 걸 본 형일이 눈인사를 하며 말했다.

"이제 당분간은 입원 환자가 없을 것 같지 않아요?"

형일이 긴 팔다리를 쭉 뻗으며 기지개를 켰다.

하은이 고개를 끄덕이며 접시 위로 시선을 내렸다. 유리잔에 든 커피를 하나 집어 들어 입으로 가져갔다.

"9월이긴 하지만 아직 덥고, 이제 선선해지기만을 기다려야겠죠. 이러다 가을인가 싶다가 추워지는 거 아닌가 몰라."

재민이 커피를 홀짝이며 애플파이 한 조각을 집어 들었다. 큰 크림빵을 한입에 넣어 먹던 도현이 손뼉을 마주쳤다.

"아, 오늘 정형외과에서 환자 내려올 거예요. 전화 준다고 했는데 아직 연락이 없네요."

"그래요?"

"꼬맹이 하나. 이따 오면 한 번 봐요. 쇼킹했으니까."

"무슨 일이었는데요?"

"보면 알아요."

"난 얼음 넣어 마실 건데 누구 필요한 사람 있어요? 하은 쌤 줄까?"

미화가 냉장고를 향하며 묻자 치과 식구들의 시선이 일제히 한곳으로 쏠렸다.

"네. 주세요."

자연스럽게 대답하는 하은에게 다시 시선이 이동했다. 집중된 시선에 하은은 싱긋거리며 어깨를 살짝 올렸다 내렸다. 뒤에서 그런 시선이 오가는 걸 눈치채지 못한 미화는 얼음을 꺼내 하은의 컵에 담았다.

"네 개면 돼?"

"하나 더 주세요."

그녀의 컵에 얼음을 넣어 주면서도 미화는 시선을 마주치지 않았다. 하은은 선배가 무척이나 힘든 용기를 냈다는 것을 느꼈다.

사실 얼음은 충분했지만 한 개 더 받아서 나쁠 건 없었다. 잘 지내보자고, 서로 노력해 보자고 내가 말했다. 그 첫 스타트를 미화가 먼저 내디뎠다.

"얼음 넣으니까 커피가 더 맛있네요."

우습게도 미화의 얼굴이 그리 미운 얼굴은 아니란 생각이 들었다.

정신없던 오전 진료가 끝나갈 무렵 미화가 진료실로 들어왔다.

"오늘 점심, 우리 나가서 먹을까?"

미화의 등장에 금옥이 긴장을 하며 물었다.

"네?"

"우리끼리 오랜만에 나가서 먹자. 모두."

"그럴까요?"

기구를 한곳에 모으던 하은은 흔쾌히 그러자 했다. 사실 그녀가 먼저 점심 먹으러 나가자고 하려 했었다.

"멀리는 못 갈 것 같아서 내가 임의로 파스타 집 예약했어. 괜찮지?"

"시간도 넉넉하지 않은데 잘하셨어요."

수정과 성희, 금옥의 시선이 하은과 미화 사이를 오갔다. 어젯밤 두 사람 사이에 무슨 일이 있었는지 무척이나 궁금해하는 눈치들이었다.

"얼른 옷 갈아입고 나가요. 가면서 주문하면 좋을 것 같은데
요?"

✹　　　✹　　　✹

"아, 허기져."

주성이 책상 위로 철퍼덕 엎드렸다. 아침 일찍부터 있었던 세
미나에서 된통 깨진 주성은 오전 내내 성민의 따가운 눈총에 시
달려야 했다. 종윤이 널브러져 있는 주성의 어깨를 툭툭 치며
말했다.

"그러게 내가 준비 좀 하라고 했지?"

"야야, 그만해."

"그만하긴 뭘 그만하냐? 난 시작도 안 했는데. 동기 사랑 나
라 사랑 모르냐?"

"지랄하네. 이종윤, 내가 된통 깨질 때 너 웃는 모습을 못 본
줄 알아?"

"그걸 또 봤냐. 자식, 그러게 좀 잘하지."

"아, 됐어. 속 쓰려. 아침도 못 먹었는데 위장에 구멍 나게 생
겼네. 성민 선배한테 영양가 있는 거 먹자고 할까?"

"너의 철면피 같은 얼굴은 어디서 파냐?"

종윤이 혀를 끌끌거렸다.

"성민 선배는 공과 사가 분명하잖아. 날 개인적으로 얼마나
귀여워하는데."

"그걸 귀여워한다고 받아들이는 네가 진짜 탐구욕을 불태우

게 하네."

주성과 종윤이 서로 티격태격하고 있는데 조심스러운 노크 소리가 들렸다.

"네."

문이 살짝 열린 틈 사이로 정하나가 얼굴을 빼꼼히 내밀었다.

"정하나 선생님?"

"최성민 선생님 자리에 없어요?"

"과장님 방에서 아직 안 나오셨는데요."

"그래요? 점심 먹으러 안 가요?"

"가야죠. 곧."

그때 정하나 뒤로 성민이 나타났다. 그녀를 무시한 채 성민은 문을 더 활짝 열고 의국으로 들어섰다.

"김주성."

"네, 선배님."

"똑바로 해라."

"알겠습니다."

주성은 성민을 향해 거수경례를 했다.

"아직도 혼이 덜 났지. 더 심하게 굴려 줄까?"

"아닙니다."

하나의 존재를 무시한 채 있는 성민을 보며 종윤이 주성의 팔을 잡았다.

"주성이가 위장에 구멍 나겠다고 아까부터 난리였는데 먼저 식당으로 가 보겠습니다."

종윤과 주성이 연기처럼 사라지자 그제야 성민은 하나를 쳐다보았다.

"여긴 신경과 아닌데."

"성민아."

"내가 너랑 일없다고 말하지 않았나?"

"했어."

"그런데?"

그의 무시에도 불구하고 정하나는 조금 더 적극적으로 말했다.

"우리 다시 시작해 보자. 응? 성민아."

"나 너랑 선 안 본다고 말했어. 이쯤에서 너도 마음 접어."

"최성민."

"너랑 어떤 일이 있었는지 어른들은 모르신다. 알게 하고 싶지도 않고. 하지만 이런 식으로 내 앞에 계속 나타나면 너도 곤란해질 거야."

"말해도 상관없어. 그땐 철없을 때야. 지금이라도……."

"나 사귀는 사람 있어. 결혼도 할 거야."

성민을 애타게 바라보던 하나의 얼굴이 보기 싫게 일그러졌다.

"너…… 지금 뭐라고 한 거야?"

그에게 사귀는 여자가 있다는 것은 금시초문이었다. 이제껏 여자들이 그를 어찌해 보려고 했었지만 성공한 여자가 없었다. 그런데 지금 당사자 입에서 여자가 있다고 말하고 있다. 결혼도 할 거란다. 그 여자와.

"결혼할 여자 있다고."

하나는 눈을 가늘게 뜨며 책상 정리하는 성민을 쳐다보았다.

"결혼이라고 했어, 지금?"

"응."

당연하듯 말하는 성민의 말에 하나는 헛웃음이 나왔다.

"웃기지 마, 최성민. 없는 여자 만들어서 뭘 어쩌려고 그래?"

"없는 여자 아닌데."

"뭐?"

"현실에 존재하는 여자라고. 아주 가까운 곳에."

마주 보고 서게 되면 예전의 추억이 떠오를 것이라 예상했지만 아무런 감정도 일지 않았다. 애써 외면하려고 했던 과거가 이제 보니 별거 아니었던 거다. 웃기게도 말이다.

"안 믿어. 여자한테 관심 없는 네가 여자가 있다고? 그것도 결혼을?"

"그러게 말이야. 그런 나한테 관심이 가는 여자가 있으니 대단하지?"

성민의 표정은 진지했다.

"가까운 곳이라고 했니? 직원이구나. 의사? 간호사?"

재활의학과에 여자는 레지던트 3년 차 김유정밖에 없다. 김유정은 제외해도 될 정도로 성민의 타입이 아니었다.

"너무 알려고 들지 마. 나중에 자연스럽게 알게 될 테니까."

"공개하기엔 무리가 좀 있나 봐?"

문으로 성큼 걸어간 성민이 손잡이를 잡고는 활짝 열었다.

"너한테 설명할 필요 없잖아. 그만 가 줄래?"

"하."

일단 물러나기로 한 하나는 성민의 옆을 지나쳐 나가다가 걸음을 멈췄다. 성민의 얼굴을 똑바로 쳐다보며 싱긋 웃었다.

"우린 서로에게 처음이야. 안 그래? 처음은 잊을 수 없어."

미화를 비롯한 치위생사 네 명은 파스타와 얇게 구워진 화덕 피자를 먹으며 오랜만에 평온한 점심시간을 보냈다. 미화의 대화 상대는 주로 하은이었다. 대화가 많이 오가지는 않았지만 딱딱한 분위기는 사라졌다.

"미화 선배님, 정말 맛있게 잘 먹었습니다."

"인사는 한 번으로 족해."

툭 내뱉으며 탈의실 쪽으로 미화가 먼저 걸어갔다. 후배들의 시선이 다시 제게 쏠리자 하은이 부드럽게 웃었다.

"그동안의 오해를 조금 풀었어. 앞으로 우리 서로들 노력하자. 서운한 거 있으면 마음에 담아 두지 말고 말해 주기. 오케이?"

"네!"

화기애애한 분위기로 걸어가고 있는데 안과 간호사가 지나가면서 알은체했다.

"어머, 하은 쌤."

"식사하고 오시는 길이세요?"

"응. 나가서 먹었네?"

"네. 오랜만에요."

"참, 최성민 선생님 치과 진료 끝났지?"

"그럼요."

"박재민 선생님 여자 친구 있대?"

"아…… 잘 모르겠는데요."

그러고 보니 두 남자 비슷한 점이 많았다. 성민을 무너트리는 것이 실패니 그 시선들이 재민에게 몰려들지도 모를 일이다.

커피를 들고 가던 하나의 발걸음이 최성민이란 이름에 멈춰 섰다. 신경과는 2층 복도 끝에서 오른쪽으로 꺾어 조금 더 걸어가야 한다. 평소 반대편으로 다녔던 하나는 성민이 말한 가까운 여자가 누구일까 생각하며 걷다가 이리로 오게 됐다.

치과에 다녔었다고? 하은의 얼굴을 확인하는 하나의 눈이 살짝 더 커졌다. 최성민 네가 말하는 가까운 곳이라는 게……. 생각을 하기도 전에 하나의 발이 두 사람에게 향했다.

"저기……."

"어머, 정 선생님."

안과 간호사가 반갑게 인사하자 하나는 살갑게 웃었다.

"오늘 점심 정말 별로였죠?"

"네. 이쪽 길로 잘 안 다니지 않으세요? 이쪽은 신경과랑 거리가 멀잖아요."

"뭘 좀 생각하느라 걷다 보니 이리로 왔어요."

"그러셨구나."

자리를 피하려는 하은을 하나가 붙잡았다.

"오늘 환자 많아요?"

"네?"

"치과 안 간지 좀 오래돼서 검진 좀 받았으면 하는데요."

"오늘요?"

"굳이 오늘이 아니어도 상관은 없지만. 이왕 마음먹은 거 **빨**리하면 좋잖아요."

"그렇긴 하죠."

안 된다고 해도 의사들은 억지로 스케줄 사이를 비집고 약속을 잡아서 오긴 한다. 미화는 그 점을 싫어했다. 바쁜 와중에 환자가 오면 어시스트 손이 모자라기 때문이었다. 되도록 의사들 인맥으로 온 사람들은 시간 외에 오거나 어시스트 없이 온전히 혼자 다 하게 내버려 두기도 했다.

"스케줄 확인하고 전화 드리면 될까요?"

"아, 아뇨. 치과에 잠시 들르든지 할게요."

몸을 돌려 신경과로 걸어가는 하나의 굽 소리가 유난히 크게 울렸다.

치과로 향하는 하은의 표정이 조금 굳어졌다. 지난번 성민이 말한 정하나의 얼굴을 확인했다. 그녀의 가슴에 꽂혀 있는 이름을 하은은 정확히 보았다.

"우리 병원에 신경과 정하나 선생이라고 있어요. 성격이 얌전하지 않아요. 혹시, 어떤 경우로라도 연락이 가면 나한테 꼭 말해야 해요. 알았죠? 상당히 이기적인 여자니까."

본인에게 꼭 말하라는 건 두 사람 사이에 무슨 일이 있었다는 의미일 것이다. 또 다른 일이 생길 것 같은 불안한 느낌은 뭘까.

오후 진료가 시작되자 하은은 진료실을 정신없이 돌아다니면서 정하나를 만났던 일을 잊어버렸다.

퇴근 시간이 다가오자 재민이 슬쩍 손을 씻는 척하며 기구를 정리하는 하은에게 다가왔다.

"어디서 볼까?"

"병원 왼쪽 골목에 작은 카페가 있어요. '휴' 라는 곳이에요."

"시간은?"

"7시?"

"6시 30분이요."

"알았어요."

탈의실에 남아 종아리와 발바닥을 주무르던 하은은 약속 시간이 다가오자 자리에서 일어났다. 손을 씻고 거울을 보며 머리카락을 정리했다. 어깨를 덮는 기장의 머리카락을 단정하게 포니테일로 묶은 것을 다시 한 번 더 확인하고 약속 장소로 움직였다.

골목 안쪽에 위치한 작은 카페 휴는 하은이 우연히 발견한 곳인데 7시쯤 되면 손님이 없어서 조용했다. 카페 앞에 도착하자 유리창 너머 앉아 있는 재민이 보였다. 문을 열고 하은이 들어서자 그가 웃으며 일어섰다.

"왔어?"

"네."

하은이 자리에 앉자 주인이 메뉴판을 가져왔다. 하은은 재스민 차를 주문했다.

"전 아메리카노로 주세요."

"알겠습니다."

미소를 지으며 주문을 한 재민은 주인이 사라지자 조심스럽게 하은의 표정을 살폈다.

"같은 곳에 있으면서도 대화하기가 힘들지는 몰랐어."

"……."

"내가 좀 경솔했지?"

"네."

곧바로 튀어나오는 대답에 재민이 머쓱한 표정으로 웃었다.

"널 다시 보니까 너무 좋아서, 내가 오버했어. 하은아, 미안해."

"처음 봤을 때 말해 주지 그랬어요. 난 분명 눈도장 찍으러 나간 거라고 말했는데."

"남자 친구 있느냐는 질문에 네가 정확한 대답을 하지 않아서, 나한테도 기회가 있겠다 싶었어."

"그랬죠. 제 탓이에요. 정확하게 말하지 않았어요."

주문한 커피와 차가 나오자 두 사람의 대화가 잠시 끊어졌다.

향긋한 재스민의 향을 하은은 깊이 들이마셨다.

"하은이 너, 나 좋아하지 않았니?"

그 말에 하은은 당황스러운 표정으로 재민을 쳐다보았다.

성민과 똑같이 재민도 갑자기 훅 치고 들어오는 게 있었다. 문제는 비슷한 행동인데 재민이 하면 기분이 나빠진다는 것이다.

"알고 있었어요?"

"그땐 몰랐어. 그냥 예쁜 교회 동생으로 기억하고 있었으니까. 똘망똘망한 큰 눈과 예쁜 미소를 지으며 수줍게 얼굴을 붉히는 동생으로만 생각했었지. 찬송가를 부르는 걸 들은 적도 있어. 목소리만큼이나 찬송가 부르는 노랫소리가 정말 천사 같았어."

재민의 말에 손이 오그라들려고 했다. 하은은 찻잔을 들어 후후 불며 한 모금 마셨다.

"그때 알았더라면 좋았을 거란 아쉬움이 들었어. 맞선 상대로 네 사진을 봤을 때, 예전 기억이 떠오르더라고. 깨달았지. 아, 그때 네가 날 바라보는 수줍음이 무엇이었는지 말이야."

"맞아요. 그랬어요."

인정할 건 인정한다. 이제 와 아니라고 한다 해서 달라질 건 없었다.

"오빠 좋아했던 거 맞아요. 아마 다시 보지 않았다면 예쁜 어릴 적 추억으로 남았을지도 모르죠. 같은 직장에서 하루 종일 얼굴 보게 되는데 미리 말도 없었고, 제 입장은 전혀 고려하지 않고 치과 식구들 있는 곳에서 그런 말씀 하시면 안 됐었죠."

"그래, 맞아. 내가 경솔했어."

"저도 잘못했어요. 그냥 예전 추억 때문에 좋게 하려고 했었는데. 제가 잘못 처신한 거예요."

"하은아."

"저, 만나는 사람 있어요. 진지하게 생각 중이에요."

재민이 작게 웃음을 터트리며 커피 잔 테두리를 손끝으로 문질렀다.

"최성민 선생이야?"

하은이 놀란 눈으로 쳐다보자 재민은 맞구나하면서 고개를 끄덕였다.

"어떻게 알았어요?"

"그냥 알겠더라. 내가 너한테 실수했던 날. 최성민 선생 진료 받으러 왔을 때, 너와 날 보는 눈빛에서 알았어. 둘이 뭔가 있구나. 정확하게는 아니지만 남자는 알거든. 연적을 구분하는 법을 말이야."

티가 많이 났나 싶다. 하긴, 그날 성민의 눈빛은 무척이나 강렬했었다.

"오빠 말처럼 예전에 나 혼자 좋아했었어요. 그래서 맞선 자리도 긴장감을 가지고 나갔죠. 어떻게 변했나 궁금하기도 했고."

"막상 보니까 아니었어?"

"예전의 설렘이 그대로 남아 있으면 정말 큰일이겠다 싶었는데……."

"큰일?"

"양다리를 걸칠 순 없잖아요."

성민과 비슷한 체형과 외모. 그녀가 그토록 보고 싶어 했던 매력적인 미소를 마구 보여 주고 있었음에도 가슴이 뛰지 않았다.

"그때 정말 시작 단계였어? 우리 맞선 본지 이제 일주일도 안 되는데 그사이 내가 비집고 들어갈 공간이 없을 만큼 진행된 거야?"

성민과 시작 단계였다고는 하지만 하은은 넘어가고 있었는지도 몰랐다. 가게 될 길에 속도를 붙인 격이랄까. 어쩌면 맞선 봤다고 말하기 전, 재민과의 맞선 자체가 도화선이 되었을지도.

"오래 살아오진 않았지만, 사람에겐 '때'라는 것이 있는 것 같아요. 오빠와의 인연은 교회에서 같이 활동했던 그 시기고요."

하은의 말투에서 재민은 느낄 수 있었다. 그가 김칫국을 마시고 있었다는 것을.

어찌 보면 하은을 전혀 고려하지 않은 일방적인 자신감이었다. 거절당하지 않으리라고 생각했던 것이다. 어디 가서도 인기가 많아 그녀에게도 그런 줄 알았다. 하지만 하은에겐 통하지 않았다. 아니, 예전엔 통했을지도 모르지만 지금은 확실히 아니었다.

"내가 늦었네. 그것도 많이."

"전 오빠한테 나쁜 감정 없어요."

"알아."

의국에서 재민은 하은의 직장 생활에 대해 충분한 정보를 얻었다. 지켜야 되는 선만 지키면 최고의 어시스트 파트너가 된다고 말이다. 병원 내에서도 제법 인기가 있는 편이었지만 그런 관심은 싫어한다고 했다.

같이 일하게 된 치과 식구들은 인성이 다들 좋았다. 그가 첫날에 폭탄을 터트렸음에도 누구 하나 먼저 두 사람의 관계에 대해 궁금증을 드러내지 않았다. 아마 하은을 고려했기 때문이리라.

그녀에 대한 평가는 모두 좋았다. 모든 사람들이 호의를 가질 정도로 하은은 그녀가 정해 놓은 건강한 선을 잘 유지하고 있었다. 덤으로 형일에게 충고 아닌 충고를 받았다.

"좋은 직장 동료 잃고 싶지 않으시면 말과 행동을 조심하셔야할 거예요. 환자 보는 덴 지장이 없겠지만 좋은 유대 관계는 힘든 병원 일에 많은 도움이 되거든요."

"우선 내가 일방적으로 이야기한 거 사과할게. 내일 아침에 다른 사람들한테도 사과할게."

"다른 사람들한테까지 사과할 필요는 없어요."

"아니. 해야 해. 나 치과 식구들한테 밉보이기 싫거든."

재민이 눈을 반달로 접으며 웃었다. 누가 봐도 매력적인 미소였다.

"그래도 너랑 나, 오빠 동생 맞지?"

"그럼요."

서로 마주 보며 웃고 있는 두 사람을 카페 밖에서 누군가 보고 있었다.

"이건 또 무슨 장면이야?"

정하나는 차 끝 번호가 쉬는 날짜와 같아서 병원 안에 주차할수 없었다. 골목 안 공터에 차를 주차했던 정하나는 퇴근길에두 사람을 목격했다.

은근슬쩍 간호사들과 이야기하며 성민에 대해 알아보았다. 한동안 치과에 치료받으러 다녔고, 그가 시선을 줄 만한 여자는 김하은이란 저 여자 하나였다. 낮에 잠시 봤지만 꽤 예쁜 얼굴이었다.

성민이 관심을 갖는 건 분명했지만 김하은이란 여자도 만만

찮은 상대였다. 인기는 많지만 그런 것엔 관심이 없고, 병원 직원들과는 사적인 관계는 만들지 않는다고 했었다.

"그런데, 지금 저 남잔 누구지?"

8
변화된 관계

　병원 앞 정류장에 내린 하은은 다른 날보다 기분이 더 상쾌했다. 미화 때문에 스트레스 받을 일도, 재민과의 껄끄러운 관계도 더 이상 존재하지 않았다. 두 가지 일이 해결됐으니 환자가 하루 종일 몰려와도 거뜬히 해낼 수 있는 기분이 들었다.

　"열심히 일하는 것만 남았네."

　기분 좋게 흥얼거리며 걷던 하은은 갑자기 오른쪽 발이 휙 젖혀지는 바람에 크게 흔들렸다.

　"아야. 아, 아파라."

　바닥을 보니 인도의 보도블록 사이에 반 토막 난 조각이 하나 떨어져 있는 것을 보았다.

　"이건 또 언제 파였대."

　살짝 절뚝거리며 치과 진료실 안으로 들어서자 성희가 깜짝 놀란 눈으로 다가왔다.

"선배님 왜 그러세요? 다리 다쳤어요?"

"응. 요 앞에 정류장에서."

"어머, 거기 아직도 안 메웠어요? 저도 지난번에 거기서 크게 넘어질 뻔했는데. 생각 없이 걷다가 갑자기 휙 발이 걸리는 거 있죠? 많이 아프겠어요."

"그나마 다행이야. 살짝 삐걱했거든."

"무슨 일이에요?"

도현이 진료실로 들어오며 두 사람에게 다가갔다.

"하은 선배님 발목 접질린 거 같아요."

"많이 아파요? 정형외과 가서 사진 찍어 봐요. 인대 늘어났을 수도 있는데."

"그 정돈 아니에요, 도현 쌤."

"근데 도현 쌤. 얼굴이 왜 그래요?"

성희가 도현의 푸석푸석한 얼굴을 보며 한마디 했다.

"아, 말도 말아요. 어제 친구랑 막창집에서 술 한잔했는데 막창이 진짜 질겨서 질겅질겅 씹었더니……."

"씹었더니요? 비닐?"

도현이 깊은 한숨을 내뱉었다.

"내 혓바닥인 거 있죠."

"푸흡."

도현의 말에 성희는 깔깔거리며 웃었다. 하은은 어이가 없어 헛웃음이 나오다 사레가 걸렸다.

"콜록콜록. 아, 정말. 도현 쌤 못 말려."

"환자 오기 전에 정신 좀 차려야겠어요."

도현이 의국으로 들어가고 얼마 지나지 않아 형일이 나와 하은을 찾았다.

"미화 쌤, 하은 쌤 못 봤어요?"

"환자 진료 보기 전에 잠시 쉬라고 했어요. 탈의실에 있을 텐데, 왜요?"

"파스 하나 찾았는데 붙이면 좀 나을까 하고요."

"이리 주세요. 제가 갖다 줄게요."

형일이 건네준 파스를 들고 탈의실로 간 미화는 조심스럽게 노크를 하고는 안으로 들어갔다.

"좀 어때?"

"많이 접질린 건 아니에요."

"다행이다. 이거 형일 쌤이 줬어. 그래도 모르니까 붙이는 게 좋을 것 같아."

"네. 그럴게요."

"이거 붙이고 좀 쉬었다 나와."

"아니에요. 움직일 만해요. 밖에 바쁜 거 아는데요."

하은이 파스를 개봉하는 것을 보던 미화는 할 말이 있는 듯 입을 벙끗거리다 결심한 듯 입을 열었다.

"고마워."

스타킹을 내리고 발목에 파스를 붙이려던 하은의 손이 멈췄다.

"네가 했었던 진심 어린 충고 고맙게 생각해. 아무도 내게 대놓고 꼬집어 준 적 없었거든. 쉬운 일이 아니었을 텐데 네가 후배라서 다행이다."

"기분 나쁘게 받아들이지 않으셔서 저도 다행으로 생각해요."

"하은이 네가 선배가 아니라서 오히려 내가 다행이지. 나 먼저 가 볼게."

미화가 쑥스러운 듯 웃고는 쏜살같이 나가 버렸다.

파스를 붙이고 다시 진료실로 들어가자 하은의 발목을 보며 치과 식구들이 다들 한마디씩 했다.

"별거 아니니까 너무 걱정하지 마세요. 조심히 잘 다닐게요."

재민의 걱정스러운 표정에 하은은 괜찮다는 눈짓을 보냈다.

형일이 준 파스가 효과가 있었는지 오후가 되자 통증은 거의 사라졌다. 파스 냄새 때문에 신경이 쓰였던 하은은 짬을 내어 탈의실로 가서는 파스를 떼어 냈다.

"이제 냄새 안 나겠지?"

발목부터 올라오는 파스 냄새 때문에 어시스트 할 때 이만저만 신경 쓰인 게 아니었다. 많이 붓지도 않았으니 집에 가서 뜨거운 찜질을 하면 내일은 아무 일 없었다는 듯 괜찮아질 것이다.

진료실로 돌아온 하은을 맞이한 건 재민과 대화를 하고 있는 신경과 정하나였다. 온다더니 정말 왔다.

정하나에게 매력적인 미소를 뿌리며 대화하고 있던 재민이 하은을 불렀다.

"아, 하은 쌤."

"네."

그녀의 발목을 본 재민이 의아한 표정을 지었다.

"이제 괜찮아요. 파스 냄새가 너무 신경 쓰여서요."

"괜찮다고 느껴질 때가 제일 조심해야 할 때인데."

"제 몸은 제가 잘 알아요. 정하나 선생님, 오신다더니 지금은 시간이 괜찮으신가 봐요?"

"시간이 나서 잠깐 들렀어요. 진료받을 수 있다면 보고 가려고요. 접수는 했어요."

"그러세요? 지금 당장은 자리가 안 나는데요."

자리가 안 난다는 말에 정하나가 하은을 빤히 쳐다보았다. 그러더니 안쪽 진료실을 기웃거렸다.

"저기 안쪽은 과장님 진료실인가요?"

"네. 특별한 경우를 제외하고는 사용하지 않아요."

"특별한 경우요?"

"과장님 체어가 필요한 외래 상황이 아니면 함부로 사용하려고 하지 않죠. 신경과도 마찬가지 아닌가요?"

또박또박 설명하듯 말하자 정하나의 얼굴이 못마땅하다는 듯 일그러졌다.

"박재민 선생님께 진료받으세요. 아님 인턴 쌤 환자 없는데 급하시면 불러 드릴까요?"

"기다릴게요."

10분 후 빈 체어가 생기자 정하나는 당연한 듯 그곳으로 가 앉았다. 하은과 미화, 수정의 시선이 쏠렸지만 신경 쓰지 않았다. 정하나가 있는 체어로 향하는데 미화가 붙잡았다.

"내가 볼게."

"네?"

"과장님 환자 끝났어."

"그럼 좀 쉬세요."

"괜찮아. 저 쌤 왜 저래? 지가 무슨 신경과 과장이야?"

"그런가 보다 해야죠."

미화가 재민의 어시스트로 가자 하은은 서 과장님 진료실 쪽으로 향했다. 내일 물품 신청하기 전에 재고 확인을 해 두는 게 좋을 것 같았다.

그때 진료실 안으로 흰 가운을 펄럭이며 성민이 급하게 들어왔다. 진료실을 재빠르게 훑던 그는 정하나가 누워 있는 체어와 그 옆에 서 있는 미화를 확인했다. 하은이 아니라는 것을 알고는 다시 번뜩이는 눈으로 훑으려는 찰나 하은과 시선이 마주쳤다.

하은은 자신을 향해 급하고도 전투적인 자세로 걸어오는 성민의 모습에 덜컹 무서움을 느꼈다. 뭐가 잘못됐나? 새로 한 치아에 이상이 생긴 걸까?

"아, 저기……."

성민은 하은의 팔을 잡아 서 과장님 진료실 안으로 들어갔다. 하은은 목소리를 낮추며 물었다.

"무슨 일인데요? 뭐 잘못됐어요?"

진료실 안쪽 방에서 서원일 과장의 목소리가 흘러나왔다.

"하은 쌤, 무슨 일이에요?"

"그러니까……."

"교합이 안 맞는지 불편해서 왔습니다, 과장님."

서원일 과장이 고개를 내밀어 성민을 보더니 잠깐만 기다리라고 했다.

"내가 하던 게 있어서 10분만 기다려 줘요."

"괜찮습니다. 일 끝나고 나오십시오."

성민이 접수도 하지 않고 올라온 상태에다 그녀의 팔을 붙잡는 바람에 시선이 잠시 쏠렸었다. 하은은 조마조마한 심정으로 바깥쪽 진료실을 기웃거렸다. 성민은 그런 하은의 어깨를 붙잡아 밖을 보지 못하게 했다. 잔뜩 목소리를 낮추며 그녀의 귓가에 입술을 가까이 댔다. 불만이 잔뜩 들어 있는 목소리는 '허튼 소리하면 가만 안 둔다' 처럼 들렸다.

"왜 내 말을 듣지 않는 거지?"

하은은 소리 없이 왜 그러느냐고 입 모양으로 물었다.

하은을 쳐다보는 성민의 눈빛이 이리저리 흔들렸다. 모습은 성난 호랑이 같은데 눈빛은 안절부절못하는 강아지 같았다.

정하나가 치과에 접수하는 것을 봤다는 주성의 지나가는 말에 성민은 워드 작업하던 것을 중단하고 곧장 치과로 올라왔다. 예상보다 빠른 정하나의 행동에 성민은 계단을 두 개씩 밟으며 치과로 향했다. 다행히 직접 어시스트를 하지 않는 모습에 마음이 살짝 놓였지만 어떻게 된 일인지 듣고 싶었다.

"정하나 만나게 되면 나한테 연락하라고 했잖아요."

"이제 겨우 두 번 봤어요. 그것도 얼굴만. 그걸로 뭘 연락해요?"

"두 번이나?"

무슨 큰일 난 것도 아닌데 과민 반응을 보이는 성민을 하은은 이해 안 된다는 표정으로 쳐다보았다. 말똥말똥 자신을 쳐다보는 하은에게 성민은 무조건 자신에게 연락을 해야 했다고 큰소리치고 싶었다. 밖에 누워 있는 정하나를 치과 밖으로 던져 버리고 싶은 충동도 동시에 일었다.

분명히 경고했다. 더 이상 알려고 하지 말고 그에게 미련을 갖지 말라고 말이다. 정하나가 자신을 배신하고 학점을 따라갔던 남자 선배에게 새로운 애인이 생기자 어떤 행패를 부렸는지 과 전체에 소문이 파다했었다. 그 꼴을 하은이 당하게 둘 수는 없었다. 그래서 연락이 닿으면 무조건 자신에게 알려달라고 한 것이었다.

"오늘 말고 또 봤다고?"

거친 목소리에 하은은 발을 동동 굴렀다. 자칫 사람들의 시선이 집중될 게 뻔했다. 이따 저녁에 이야기하자고 말하고 싶었지만 이미 서 과장이 성민을 본 상태였다.

"일단 앉으세요, 최성민 선생님."

하은은 성민의 팔을 잡고 재촉했다. 체어에 앉히고 에이프런을 목에 두르는데 성민이 하은의 가녀린 손목을 잡았다.

"오늘 퇴근하고 봐요. 꼭."

하은은 대답 대신 고개를 끄덕였다.

✳   ✳   ✳

퇴근을 준비하는 탈의실 안은 뜬금없이 등장한 여자에 대해 시끄러웠다.

"그 신경과 정하나 선생은 왜 그런데요?"

"너도 봤지? 박재민 쌤한테 막 눈웃음치는 거."

성희와 수정이 정하나에 대해 말을 꺼내자 금옥이 눈을 흘겼다.

"그 태도 봤어요? 절 쳐다보는 눈빛이 아주 그냥…… 기분 나빠요. 지가 의사면 의사지, 왜 날 아래위로 훑어요? 어이가 없어서."

미화가 캐비닛에서 재킷을 꺼내며 어이없는 웃음을 지었다.

"웃긴 게 뭔지 알아?"

"뭔데요?"

"구강 상태가 아주 양호하다는 거. 개인적으로 관리 잘하고 있던데?"

"치과에 올 필요가 없었단 말이에요?"

금옥의 질문에 미화가 입을 삐죽거렸다.

"아마도 박재민 쌤 때문에 온 거 같아. 안 그래? 오자마자 박재민 쌤한테 딱 달라붙어서 진료 봐 달라고 하고. 박재민 쌤도 그렇지. 무슨 남자가 그렇게 친절하냐? 매력 없게."

미화의 투덜거림에 잠자코 옷을 갈아입던 하은은 살포시 웃음이 터져 나왔다. 예전에도 재민은 누구에게나 친절했다. 그런 점이 다정다감하다고 느껴졌었는데 지금은 그리 좋게 느껴지지 않았다.

"환자에게 친절하면 좋죠, 뭐."

캐비닛을 닫는 하은을 미화가 눈을 동그랗게 뜨며 쳐다봤다.

"그건 아니지. 다른 쌤들은 안 친절해? 일반적인 친절이랑 매력적인 미소를 남발하는 거랑은 달라. 안 그러니?"

"그럼요."

"맞아요. 박재민 쌤은 웃음을 너무 남발해요."

굼뜨게 옷을 갈아입고 있는 하은에게 미화가 물었다.

"박재민 쌤 그렇게 웃음이 많아서 어째?"

"네?"

"둘이 맞선 봤다며."

"아아."

재민은 아침 커피 타임 때 자신의 섣부른 행동에 대해서 미안하다고 사과했다.

"맞선 봤다고 다 잘 되는 건 아니잖아요. 그냥 교회 오빠죠."

미화가 조금은 의심스럽다는 눈빛을 보냈다.

"다른 남자가 있는 건 아니고?"

"네?"

당황하는 하은의 표정에 미화는 눈을 돌렸다.

"아니야. 됐어. 집에 가서 발목 찜질이라도 해. 그럼 다들 내일 봐."

"네. 내일 뵐게요."

하은이 조금만 더 앉아 있다 가겠다고 하자 후배들이 인사를 하고 탈의실을 빠져나갔다.

지하 주차장에서 하은을 기다리는 성민의 기분은 롤러코스터를 타는 것처럼 기복이 심했다. 입 밖으로 튀어나오려는 욕을 간신히 참으며 성민은 핸들을 쥐어 잡았다. 직진형인 그의 성격을 힘겹게 눌러 가며 조심스럽게 하은에게 다가가고 있는데 정하나의 등장에 성민은 마음이 심란해졌다. 쓸데없는 껌 종이 조각 같은 그의 과거가 그녀에게 털끝만큼이라도 닿지 않길 바랐다.

족보 선배에게 좋다고 들러붙을 땐 언제고 새로 애인이 생기자 정하나는 두 사람의 헤어짐을 옳게 받아들이지 못했다. 소문으로는 깔끔하게 헤어졌다고 했지만 새로 나타난 여자 후배를 찾아가 진상 아닌 진상을 피웠다. 선배에게 꼬리를 친 나쁜 년이라며 뺨을 때리고, 학생 식당에서 우연히 만나기라도 하면 식판을 엎어 버리거나 발을 걸어 넘어트리는 건 다반사였다.

그 후배는 결국 정하나를 피해 한 학기를 휴학하는 사태가 벌어졌었다. 동기와 선후배들의 따가운 시선에도 정하나는 아무렇지도 않은 듯 학교를 다녔다. 대단한 멘탈의 소유자였다. 남자 선배에게 간 게 오히려 그를 위해 잘된 일이었다고 느꼈었다. 그의 인생에 두 번 다시 마주하지 않을 거라 생각했던 정하나가 이런 식으로 다시 등장할 줄이야.

"후우."

하은이 내려올 시간이 다가오자 성민은 차에서 내려 엘리베이터 앞으로 걸어갔다.

지하 3층에서 문이 열리자 연한 핑크색의 원피스를 입은 하은이 걸어 나왔다. 강렬한 그의 시선을 당찬 얼굴로 마주하는 하은을 보며 성민은 자신이 꽤 대단한 여자에게 매료되었다는 것을 새삼 느꼈다.

여자든 남자든 누구 앞에서 자신이 작아진다거나 조심스러워진 적은 없었다. 늘 당당했고, 자신감이 넘쳤다. 그런데 왜 김하은이란 여자 앞에서는 안절부절못하는 걸까. 왜 그녀의 표정과 눈빛을 살피게 되는 것일까. 분명 두 살이 어린데 반말도 함부로 할 수 없는 묘한 분위기가 있었다. 불편하면서도 계속 보고 싶은 감정이 공존했다. 그래서 더 강렬하게 그녀를 원하는 것일지도 모르겠다.

"오늘 예쁘네요. 핑크색 잘못 입으며 굉장히 촌스럽던데."

그의 칭찬에 하은의 얼굴이 살짝 붉어졌다.

"바쁘다면서 시간 낼 수 있었어요?"

"일단 차에 타요. 둘이서 이야기하고 싶으니까."

불편하지 않은 침묵 속에서 성민은 그녀와 처음 저녁을 먹었던 한정식 집으로 이동했다. 한정식 집에 도착하자 예약을 했는지 주인이 제일 안쪽 방으로 안내했다.

잠깐의 침묵이 흐른 뒤 성민이 먼저 입을 열었다.

"우선, 미안해요."

"뭐가요?"

"정하나가 하은 씨 앞에 나타난 거."

"……성민 씨가 나한테 보낸 거 아니잖아요."

하은의 반응에 성민의 눈이 커졌다.

"정하나 씨, 성민 씨가 나한테 가 보라고 한 거 아니잖아요."

"하지만 나 때문에 괜한 피해를 보는 건 사실이죠. 내 과거 때문에. 이미 잊어버리고 지난 일이 현재 내 앞에 있는 내 사람에게 어떠한 영향을 끼친다는 것 자체가 기분이 나쁘거든요."

걱정이 한가득인 성민의 눈빛을 보며 하은은 그가 자신을 많이 생각한다는 것을 느꼈다. 별거 아닌 여자다. 신경 쓰지 말라고 할 수 있을 텐데 본인 잘못이라고 사과를 하고 있었다.

"얼굴만 두 번 봤는데 호의적이진 않았어요. 악의적이지도 않았고요. 성민 씨가 예전에 한 번 언급했던 여자라서, 구강 관리가 잘되어 있는 사람이 왜 치과에 진료를 받으러 왔을까 생각해 봤죠. 성민 씨가 아프지도 않은 치아를 불편하다고 핑계 대고 올 만큼, 경계를 해야 하는 여자인가 하는 생각도 들고요."

"내 과거에 대해 말하고 싶진 않지만 이렇게 된 이상 한 번은 짚고 넘어가야겠죠. 예전에 잠깐 사귄 사이고, 그때도 말했지만 내가 차였어요."

하은은 성민의 말을 차분히 듣고 있었다. 중간중간 나오는 음식을 맛보면서 최대한 편하게 행동하려고 노력했다. 성민이 바짝 긴장한 태도로 앞에 앉아 있어서 그녀만이라도 이성적으로 행동하고 싶었다.

성민을 타박하거나 몰아세우고 싶은 마음은 들지 않았다. 성민은 지나치리만큼 그녀에게 정직했다. 어쩌면 이런 날이 오리라는 것을 짐작했을지도 몰랐다.

"내 입으로 내 과거를 언급한다는 것 자체가 무척이나 기분이 나쁜데, 듣고 있는 하은 씨는 오죽할까 싶어서. 더 화가 납니다."

"맞아요. 성민 씨 과거가 상관없는 나에게 영향을 주고 있어요."

성민이 고개를 끄덕이며 수긍했다.

"그런데 말이죠. 최성민 선생님이랑 저, 상관없는 사람인가요?"

"……!"

"세림대학교병원에서 최고로 인기 많은 남자, 여자들이 다 탐내는 남자랑 연애하려면 어느 정도 감수해야 한다고 마음먹고 있었어요. 좀 엉뚱한 사람이 나타나긴 했지만요."

맞선 상대로 성민이 나타났으니 얼마나 탐이 났을까. 거절당한 것이 부채질을 했을지도 모른다.

이런 일을 겪게 했으니 하은에게 뺨 맞을 각오하고 왔는데 의외의 반응에 성민은 얼떨떨했다. 보기보다 꽤 강단 있는 여자였다. 그녀의 눈빛을 보자 갑자기 뜨거운 키스를 퍼붓고 싶은 욕구가 강하게 밀려왔다.

"그런데, 저라는 걸 어떻게 알았을까요."

"내가 결혼할 사람이 있다고 말했으니까요."

"……네?"

"하은 씨라고는 말 안 했어. 가까운 곳에 있다고만 했는데."

"어쨌든 나라는 걸 알았네요. 그 정하나라는 여자가."

"정하나는 내가 알아서 처리할 거예요."

그 말에 하은은 옅은 미소를 지었다.

"경우에 따라서 남자가 해결할 수 있는 게 있고, 여자가 해결할 수 있는 게 있죠. 눈 뒤집힌 여자 처리하는 거 쉽지 않을 거예요. 오늘 보니 꽤 질척거리겠다 싶기도 하고요."

성민은 어금니를 꽉 깨물며 두 주먹을 불끈 쥐었다. 의사라는 직업은 전문의의 능력도 중요하지만 대외적으로 보이는 이미지도 중요하다. 의사로서 이미지가 망가지면 병원 측에서도 두 손 놓고 보고만 있지 않을 것이다.

"어쨌든 정하나라는 여자에 대해 어느 정도 정보를 얻었으니 만일을 대비해야겠죠. 이 일로 성민 씨를 탓하진 않겠어요. 그리고 지난번 성민 씨가 궁금해했던 거 해결해야죠?"

너무나 쿨한 모습에 김하은이란 여자에 대해 더 궁금해졌다.

"치과에 새로 오신 박재민 선생님이요. 지난번 맞선 상대예요, 교회 오빠."

그의 짐작이 맞았다. 착하기도 해라.

"맞선 상대로 나왔던 교회 오빠 이름이 박재민인데, 알고 보니 치과 의사고, 우리 병원으로 발령받았더라고요. 그런데 치과에 온 첫날, 치과 식구들 앞에서 나랑 맞선 본 거랑 같은 교회에 다녔다고 말을 하는 바람에 내가 화가 났던 거죠."

차근차근 말하는 그녀를 사랑스럽게 바라보았다. 그녀의 솔직함이 너무 마음에 든다.

"눈도장 찍으러 나간 거 맞고, 지금은 사귀는 사람이 있다고 말했어요. 재민 오빠한테 정식으로 사과도 받았고요."

"박재민 선생이 하은 씨에게 마음 접은 건 확실한 겁니까?"

남자란 동물은 함부로 믿어선 안 되는 존재다. 정하나처럼 하은에게 엉겨 붙을지도 모를 일이었다. 생각을 정리하던 그는 손목에 찬 시계를 확인하고는 급하게 휴대폰을 꺼내 어디론가 전화를 걸었다.

"최성민입니다. 네, 죄송하지만 30분 후에나 도착할 것 같은데 기다려 주셨으면 해서요. 네, 감사합니다. 곧 출발하겠습니다."

통화를 끝낸 성민이 자리에서 일어나 하은에게 다가왔다.

"대충 먹은 거 같으니까 나랑 어디 좀 가요."

"어딜요?"

"가 보면 알아요. 뭔가 확실한 게 필요한 것 같아서요."

성민이 데려간 곳은 청담동에 있는 해외 명품 쥬얼리숍이었다. 첫 번째 이니셜만 봐도 감탄이 저절로 났다. 가격이 사악해서 그렇지 능력만 된다면 소장하고 싶은 것들이 가득 있는 곳이었다.

"도착했어요."

"성민 씨, 여기는……."

차에서 내린 성민은 조수석 문을 열고 망설이는 하은의 안전벨트를 풀었다. 눈치를 보는 그녀의 손을 힘 있게 잡고 매장으로 향했다. 깍지를 끼고는 팔을 감아 팔짱을 꼈다. 빠져나가지 못한 하은은 성민에게 끌려가다시피 걸어갔다.

문을 열고 들어가자 기다렸다는 듯 단정한 복장의 여자 매니저가 두 사람을 맞이했다.

"어서 오세요, 그동안 잘 지내셨죠? 요즘 어머니도 통 안 오시네요."

"네, 잘 지냈습니다. 갑자기 죄송합니다."

"별말씀을요. 언제든 환영입니다."

높은 천장과 블랙으로 꾸며진 매장 안은 꽤 고급스러웠다. 홀 정중앙에 있는 커다란 로고를 보는 순간 하은은 침을 꿀꺽 삼켰다. 압도적인 고급스러움과 바늘이 떨어져도 들릴 것만 같은 고요함에 심장이 벌렁거렸다. 백화점에 입점해 있는 매장과는 분위기가 달랐다.

그녀가 긴장한 것을 눈치챘는지 잡고 있는 손에 힘이 가해졌다. 도망갈 생각은 하지도 말라는 무언의 경고처럼 느껴졌다.

매니저는 성민과 하은을 따로 마련되어 있는 VIP룸으로 안내했다. 폭신한 소파에 앉자 다른 직원이 원하는 음료가 있는지 물어왔다.

"하은 씨, 뭐 마실래요?"

"음⋯⋯."

"원하는 건 다 있어요."

"재스민 차 있나요?"

"재스민 차와 아이스 아메리카노로 주세요."

"네, 알겠습니다."

직원이 물러나고 매니저가 공손한 자세로 무엇이 필요한지 물었다.

"일단 반지부터 보죠."

일단이라고? 놀란 눈으로 성민을 쳐다보자 매니저가 살포시 미소를 지었다.

"그럼 커플링부터 내오겠습니다."

매니저가 밖으로 나가자 하은이 잡힌 손을 빼려고 힘을 주며 말했다.

"여긴 왜 온 거예요?"

놓아줄 생각이 없는지 성민은 가볍게 그녀의 반항을 잠재웠다. 손을 잡지 않은 다른 손으로 하은의 턱을 잡고 올렸다.

"내 거라는 표시가 필요한 거 같아서. 사귀는 사이면 커플링은 기본이니까."

쪽. 입술에 가볍게 키스하는 성민을 외면하는 하은의 목소리
가 떨렸다.

"커, 커플링이요?"

"임자 있는 사람이라고 찍어 놔야지. 파리 꼬이는 건 싫어."

다시 그의 입술이 닿았다 떨어졌다. 장난스러우면서도 애정
이 듬뿍 담겨 있었다. 가볍게 쪽쪽 거리는 소리가 귓가로 파고
들어 심장을 공격했다.

이제껏 연애를 해 본 적이 없는 하은에게 커플링이란 먼 나라
의 이야기였다. 대학 때 동기들이 커플링을 했다며 행복한 표정
으로 자랑하는 것을 남의 일처럼 봤었다. 그녀에게 남자가 생기
더니 이젠 커플링까지 생기나 보다.

"커플링. 약혼반지. 결혼반지. 팔찌. 발찌. 목걸이. 또 뭐가 있
지?"

"네?"

"김하은 당신과 상징적인 것을 나누어 갖고 싶어. 그게 구속
을 나타내도 난 좋아."

"성민 씨."

"강력할수록 마음에 들 거 같고."

성민이 고개를 기울이며 아까와는 달리 진한 키스를 하려고
하자 하은은 떨리는 손으로 그의 가슴을 밀어냈다. 매니저가 언
제 올지도 모르는 상황인데 성민은 개의치 않는 것 같았다.

"왜."

"오, 온다고요. 곧."

타액으로 반짝이는 하은의 입술을 성민의 굵은 손가락이 훑고 지나갔다. 부끄러워하는 그녀의 얼굴을 바라보는 성민의 눈빛이 한층 더 짙어졌다.

짙어진 눈빛에 하은의 심장이 더 심하게 떨렸다. 이제 막 사귀는 것을 인지하기 시작했는데 약혼반지니 뭐니 하는 말을 들으니 정신이 멍해졌다. 게다가 성민의 감미로운 키스에 하은은 자신이 어디에 와 있는지 잊어버릴 것만 같았다.

성민이 그녀의 귓가에 속삭였다.

"우리 사이를 좀 더 공식화할 필요도 있는 것 같고."

낮게 속삭이는 목소리가 귓바퀴를 타고 안으로 들어가 뇌를 자극했다.

"으윽."

"입술 도장은 표도 안 나니까. 눈에 띄기 쉬운 곳에 표시해야지."

"하아."

아무렇지 않게 행동하는 성민에 비해 하은은 온몸이 예민해지고 힘이 들어갔다. 심장이 다시 쫄깃거리며 움찔거렸다. 그녀 앞에서 조심스럽게 행동하는 듯하면서도 방심하고 있을 때 훅 치고 들어왔다.

그의 말은 곧 공개 연애를 하겠단 소리로 들렸다. 하긴, 정하나가 치과에 오는 순간 그녀와 성민 사이에 무슨 일이 있다는 소문이 퍼지는 건 시간문제였다.

직원이 가져다준 재스민 차를 마시며 그녀는 시선을 돌렸다. 뚫어질 듯 쳐다보는 성민의 강렬한 눈빛에 하은은 몸이 덜덜 떨렸다. 해가 지고 마감이 끝난 매장에 조용한 VIP룸에서 성민과 단둘이 있으니 뭔가 불편했다. 그에게서 뿜어져 나오는 남성적인 향에, 이글거리는 눈빛에 정신을 잃을 것만 같았다.

"오래 기다리셨습니다."

매니저가 내려놓는 것을 보는 하은의 눈이 흔들렸다. 블랙 벨벳 위에 고급스러운 자태를 뽐내며 빛나고 있는 반지가 그녀의 시선을 빼앗아 갔다. 여자들이 왜 그토록 갖고 싶어 하는 반지인지 충분히 이해하고도 남았다.

"하은 씨 마음에 드는 걸로 골라요. 난 아무거나 괜찮으니까."

정말 예뻤다. 다른 말은 필요도 없었다. 매니저가 옆에서 간단히 설명하고 있었지만, 그녀의 귀에는 들어오지 않았다. 처음 보는 예쁘고 아름다운 반지에 시선을 빼앗겨 버렸다.

그중에 그녀의 눈에 들어오는 디자인이 몇 개 있었다. 올리브 잎 모양이 여러 겹으로 되어 있는 밴드 형식의 실버 반지였다. 불순물이 하나도 포함되어 있지 않은 순수한 은의 성격을 그대로 반영하고 있었다.

또 하나는 성민의 남성미를 대변해 줄 수 있을 만큼 단호하면서도 품위가 느껴지는 디자인의 반지였다. 커다란 'T' 이니셜이 양쪽으로 컷아웃(Cut out)되어 있었다. 그 옆에 조금 작은 사이즈의 여자 반지도 보였다.

그녀의 시선을 빼앗은 디자인을 성민이 집어 올렸다.

"어머, 가장 고급스러운 두 디자인을 고르셨네요. 안목이 있으세요."

가장 고급스럽다는 말은 가장 비싸다는 말과 일맥상통한다. 하은은 매니저를 슬쩍 눈짓하다 성민을 보았다. 이토록 부담스러운 커플링은 솔직히 어려웠다.

성민이 한 손엔 올리브 잎을 다른 손에는 이니셜 반지를 잡았다.

"하은 씨에겐 이 올리브 잎이 어울리고, 나에겐 이게 어울리겠네."

커플링을 하러 왔는데 각자 다른 디자인을 낄 수는 없는 노릇이다. 매니저가 옆에서 거들었다. 성민의 눈빛을 읽은 매니저는 가격이 얼마든 옆에 있는 여자가 마음에 드는 반지를 고를 것이란 것을 알았다.

"꼭 커플링이라고 해서 커플들만 끼는 반지는 아닙니다. 아시면서 그러세요. 여자분 혼자서도 이 반지는 많이 하십니다."

"하은 씨, 어때요?"

"둘 다 굉장히 예뻐요. 그런데 이 디자인이 성민 씨한테 더 잘 어울리고, 여자용도 심플하면서도 고급스러워서 좋아요."

결단을 빨리 내려야 할 것 같은 느낌에 하은은 이니셜 반지로 결정했다. 그녀보다는 성민에게 커플링의 위력이 더 영향을 미쳤으면 좋겠단 계산이었다.

"이니셜 반지로 할게요."

"알겠습니다. 그럼 치수를 재겠습니다."

매니저가 두 사람의 치수를 재더니 기다리지 않아도 된다고 했다. 포장을 위해 매니저가 반지를 챙겨 나가자 성민이 기다렸다는 듯 하은의 입술 위에 다시 쪽 소리를 내며 입맞춤을 했다.

"잠깐만 있어요."

잠시 뒤 성민이 예쁘게 포장된 작은 민트 색 종이 가방을 들고 왔다. 하은의 옆에 앉은 성민은 정갈하게 묶인 리본을 풀어 케이스를 열었다. 케이스 안에 자리 잡고 있는 반지를 보니 느낌이 또 달랐다. 멋지고 고결해 보이기까지 했다.

하은의 반지를 먼저 꺼낸 성민은 그녀의 왼손을 잡고 네 번째 손가락에 반지를 끼웠다. 신중하고 절도 있는 움직임에 하은은 아랫입술을 깨물었다. 커플링을 나눠 끼는 느낌이 이토록 강렬하고 벅찬 느낌이 들 줄은 몰랐다.

"이 회사의 이니셜은 이런 뜻을 담은 건 아니지만. 우리 둘 사이에서는 신뢰(Trust)의 T라고 생각해요."

"아."

성민이 그런 뜻을 담으리라곤 생각지 못했다. 듣고 나니 정말 그랬다. 그가 처음부터 말했던 신뢰와 정직. 그리고 우리 둘이라는 표현이 무척 벅차게 느껴졌다. 가슴 한가득 채워지고 넘치는 느낌.

깊고 검은 두 눈에 따스함과 열정을 담아 성민이 하은을 쳐다보았다.

"정말 탁월한 선택을 했어, 김하은 씨."

왼손을 잡고 올려 반지가 끼워진 네 번째 손가락에 정중한 자세로 입맞춤을 했다.

"성민 씨."

하은과 눈을 마주한 성민의 눈이 파르르 불타올랐다. 커다란 두 손이 작은 그녀의 얼굴을 감싸더니 두 입술이 뜨겁게 맞닿았다. 부드럽게 아랫입술을 빨아 당기다 놔주면서 숨을 뱉어 냈다.

짙은 남성의 숨결에 하은은 아랫배가 조여지는 느낌이 들었다. 그녀가 가녀리게 떨리는 숨을 쉬자 성민은 그녀의 머리와 목을 양손으로 떠받쳐 고개를 더 젖혔다. 부드럽지만 진한 입맞춤이 점점 더 서로를 갈구하기 시작했다. 목을 받치고 있던 성민의 손이 어깨를 따라 내려갔다. 반지를 낀 왼손 손가락 사이로 깍지를 끼며 뜨거운 혀를 밀어 넣었다.

"으읏."

그녀의 달뜬 신음에 성민이 천천히 입술을 떼어 냈다. 아쉬운 듯 조금씩 오물거리는 입술을 머금으며 흥분된 자신을 달랬다.

"김하은, 당신 때문에 진짜 미치겠다."

그의 뇌에선 끊임없이 하은을 갈구하는 호르몬을 방출하고 있었다. 그녀를 처음 본 순간부터 방출되기 시작한 호르몬은 도통 그칠 생각을 하지 않았다.

"하아."

몸을 떼며 뒤로 물러난 성민은 그녀에게 반지 케이스를 쥐여 주었다.

"내 손에 끼워 줘."

케이스를 여는 하은의 손끝이 키스의 흥분으로 미세하게 떨렸다.

"결혼반지라도 끼워 달라고 하면 기절할 것 같은 표정이야."

하은은 침을 꿀꺽 삼키며 성민의 왼손에 반지를 끼웠다. 그가 강조한 신뢰가 두 사람 사이에서 든든한 버팀목과 반석이 되길 바랐다.

"말이 커플링이지. 반지 나눠 끼면 결혼하는 거랑 마찬가지 아닌가."

멍한 표정으로 그를 쳐다만 보고 있는 하은에게 성민이 싱긋 웃으며 말했다.

"반지만 끼워 주는 거야?"

"네?"

"아니다."

매니저에게 잠시 시간을 달라고 했지만 여기서 지체할 수는 없었다. 성민은 하은의 어깨를 감싸며 자리에서 일어섰다.

"당신의 키스는 좀 더 은밀한 곳으로 가서 받아야겠어."

조수석 문을 열고 하은을 밀어 넣는 성민의 손길이 어딘가 모르게 급했다. 문을 닫으려다 말고 다시 입술을 한입에 삼켜 아랫입술을 강하게 빨아 당겼다.

"읏."

거칠게 흘러나오는 숨결에 온몸에 소름이 오소소 돋아났다. 그녀의 어깨를 붙잡고 있는 손에 점점 더 힘이 실리고 있었다. 폭주하고자 하는 것을 간신히 다잡고 있는 것이 느껴질 정도였다.

"하아, 정말 미치겠다. 김하은."

움켜쥔 어깨를 떨어트리듯 놓아 버리며 성민은 상체를 세웠다. 조수석 문을 잡은 상태로 고개를 들어 까맣게 변한 하늘을 쳐다보았다.

성민이 내뱉는 짙은 숨에 하은은 몸이 달달 떨렸다. 그가 밀어붙일 때면 시공간을 초월한 다른 세상에 있는 느낌이 들었다. 아무도 없는 곳에 단둘만 있는 것 같은. 그가 주는 열정을 온몸으로 느낄 수 있었다.

달콤하고 유혹적인 키스, 그녀의 몸을 스치듯 더듬는 강인한 손, 그의 향이 그녀의 정신을 저 멀리 보내 버렸다. 노골적으로 좀 더 원하는 그의 재촉에, 그가 만들어 내는 기분 좋은 아찔한 느낌에, 몸 전체로 퍼져 나가는 열기에 몸을 맡기고 싶었다.

그가 먼저 멈추지 않는 이상 달콤한 파도에서 허우적거리고 있을지도 몰랐다. 연애에 대해, 남녀 관계에 대해 직접 느끼는 것은 처음이지만 지금 그가 어떤 상태인지 모른다면 거짓말일 것이다.

성민은 그녀를 원하고 있었다. 간절하고 열렬하게 말이다. 그녀를 보는 뜨거운 눈빛과 목소리에서 충분히 느낄 수 있었다. 아슬아슬하게 그 강도를 조절하고 있다는 것도 어렴풋이 알 수 있었다. 그와 자신의 감정이 너무 벅차 어쩔 줄을 몰라 하던 하은은 두 손으로 얼굴을 가렸다.

성민은 호흡을 가다듬었다. 그녀의 속도에 맞춰 가겠다고 마음에도 없는 말을 던졌다. 그래야 도망가지 않을 테니까. 갑작스러운 욕망을 불러일으킨 감정을 좀 더 객관화하기 위해서이기도 했다.

시간이 지날수록 객관화는커녕 김하은을 원하는 마음은 점점 더 커졌다. 남자로서의 본능이 이성을 앞질렀다. 사람들이 인정한 그의 똑똑한 뇌가 '김하은을 네 것으로 만들라'는 생물학적 지시만을 내렸다.

같은 병원에 몸담고 있으면서도 얼굴 보기는 하늘의 별 따기만큼이나 힘들었다. 사람들의 시선과 관심을 받는 것을 싫어하는 그녀기에 더 조심스럽게 다가갈 수밖에 없었다. 하은을 보는 하루하루 애가 탔다.

커플링을 그녀의 손에 끼워 줄 때 성민은 이것이 결혼반지이길 원했다. 그의 것. 최성민의 여자 김하은. 결혼을 먼저 할까. 그다음에 연애를 해도 나쁘지 않을 것 같단 생각이 들었다.

이글거리는 성민의 두 눈이 작은 두 손에 얼굴을 파묻고 있는 하은에게 향했다. 그녀 역시 그와 같은 심정일까. 가슴을 크게 들썩이며 성민은 이성을 되찾기 위해 노력했다. 아직 해결할 일들이 남아 있다. 모든 것이 깔끔하게 해결이 된 다음에 해도 늦지 않았다.

"그때까지 참을 수 있을까."

성민이 내뱉는 말에 하은은 천천히 고개를 들었다.

"네?"

그녀를 갖든 결혼을 먼저 하든, 치워 버려야 하는 것을 먼저 해결해야 했다.

"후우."

다시 한 번 깊게 숨을 내뱉은 성민은 조수석 문을 닫고 운전석으로 들어와 앉았다. 핸들에 한쪽 팔을 얹은 채 그녀를 바라보는 성민의 눈은 차분히 가라앉아 있었다.

"내가 하은 씨에게 약속할 수 있는 건, 당신을 사랑하고, 원하는 마음이야. 절대로 변하지 않을 것들이지."

그의 눈이 다시 번뜩이자 하은은 긴장으로 침을 꿀꺽 삼켰다.

"내가 당신을 얼마나 많이 원하는지 잘 알지?"

어느새 존댓말 대신 반말을 하는 그의 목소리가 너무나 고혹적이라 하은은 고개를 끄덕였다. 존댓말과 반말을 상황에 맞게 사용하는 모습이 너무나 자연스러웠다.

"난 김하은 씨 당신을 믿어. 누가 이상한 말을 한다고 해도 당신 입에서 나오는 말만 믿겠어. 그러니 내 말도 무조건 믿고 따라와. 지금 이 순간부터 이 반지는 절대로 빼지 마. 나도 빼지 않을 테니까."

대답을 강요하는 단호한 눈빛에 하은은 목소리를 가다듬었다.

"네."

"내가 필요하면 언제든 불러. 당장 갈 테니까."

"네."

잔뜩 긴장한 태도로 있는 하은의 뺨에 성민의 커다란 손이 닿았다. 조금 전과는 비교도 안 될 정도로 훨씬 부드러워진 목소리였다.

"당신 속도에 맞추려니 내가 죽을 것만 같아서 재촉하고 싶어졌어. 조금만 빨리 쫓아오라고."

"아, 알았어요."

하은은 떨리는 목소리로 고개를 끄덕였다. 정신을 못 차릴 때 결혼부터 하자고 할까. 마음을 바꿔 이대로 몰아붙일까 싶은 생각이 들었다.

참아야겠지. 참을 수 있었다. 결혼부터 하자고 하면 오히려 김하은의 이성이 더 빨리 제자리로 돌아올지도 몰랐다. 그건 안 될 일이었다.

성민은 이성을 찾은 듯 아주 정중한 태도로 그녀를 집까지 바래다주었다.

"잘 자요. 잘 때도 빼지 말고. 알았죠?"

"네. 그럴게요."

그녀의 대답이 마음에 들었는지 성민의 표정이 한층 더 부드러워졌다.

"올라가요. 푹 자고 내일 봐요."

병원에서 밤샘해야 할지도 모른다는 성민이 집에 오자 윤 여사가 반갑게 맞이했다.

"어머, 이번 주는 병원에 있겠다더니."

"들어가 봐야 합니다. 드릴 말씀이 있어서 잠시 들렸습니다."

깍듯한 성민의 태도에 윤 여사는 순간적으로 긴장했다. 저 입에서 무슨 말이 나올까 싶었다.

"아버지는요?"

"방에 계신다."

성민은 성큼 안방으로 향했다.

"아버지, 저 들어갑니다."

성민의 뒤를 따라 윤 여사도 들어갔다.

"어, 그래. 무슨 일이냐?"

"어머니, 앉으세요. 두 분이 같이 들으셔야 합니다."

단호한 성민의 태도에 윤 여사와 남편은 시선을 주고받았다. 그러다 아들을 쳐다보는 두 사람의 시선이 우연하게도 성민의 손으로 향했다. 아주 잠깐 시간이 멈췄다.

부모의 시선이 자신의 왼손에 고정된 것을 안 성민은 차라리 잘됐다 싶었다.

"커플링입니다."

"뭐, 뭐라고?"

"커플링?"

"사귄 지 얼마 되지 않았습니다."

"그런데 벌써……."

성민은 시선을 들어 아버지를 정면으로 쳐다보았다.

"결혼하고 싶습니다."

또다시 시간이 멈추었다. 성민의 폭탄선언에 윤 여사는 아들을 보며 입을 벙긋거렸다. 아들의 눈을 정면으로 마주한 아버지가 이윽고 입을 열었다.

"너 사고 친 것이냐."

"여, 여보. 설마요."

윤 여사가 떨리는 눈으로 남편을 쳐다보았다.

"아닙니다. 마음은 굴뚝같은데, 자칫하다간 놓칠 수도 있을 것 같아서 참고 있는 중입니다."

"허."

"성민아."

논리적이고 이성적인 아들의 입에서 나오는 말이 사실로 느껴지지 않은 윤 여사가 한 손으로 이마를 감쌌다.

"어떻게 된 일이냐. 연애엔 관심 없는 것 같더니 뜬금없이 결혼을 하겠다고?"

"제 것으로 만들고 싶은 여자가 나타났습니다. 그래서 결혼하려고요."

"더, 더 자세하게는 말 못 하니?"

반대는 있을 수 없다는 표정으로, 확고하고도 단호한 표정으로 앉아 있는 아들을 보고 있으니 예전 남편이 프러포즈했을 때 모습이 떠올랐다. 예쁘고 매력적인 미소는 자신을 닮아 흡족해했는데 갈수록 남편의 강인함을 닮아가는 것 같았다.

"어머니도 아버지와 결혼 후 연애하지 않으셨습니까. 저도 그러려고요."

"하, 하지만. 지난번 말한 그 아가씨야? 마음에 두고 있는 사람?"

"네. 그리고 신경과 정하나 말입니다."

"어? 어어."

"신경과 정하나와는 예전에 아주 잠깐 사귀었던 사이이었어요."

"뭐라고?"

첫 번째 떨어진 폭탄에 정신을 차리기도 전에 두 번째 폭탄이 떨어졌다. 윤 여사는 정신을 차릴 수가 없었다.

성민은 간단하게 설명했다. 뒤돌아볼 가치도 없는 여자에 대해 구구절절 길게 설명할 필요성을 느끼지 못했다.

감히 그들의 자랑스러운 아들 성민이 다른 사람에게 밀렸다는 사실에 화가 났다. 남녀 사이야 사귀고 헤어짐은 흔히 있는 일이지만 문제는 일방적인 이별 통보였다. 성적이 좋았던 남자 선배에게 가 버렸다고 말을 했지만 아들의 자존심이 얼마나 상했을지 상상이 갔다. 그런 줄도 모르고 두 사람을 연결해 주려고 한 것에 미안함을 느꼈다.

"어머니께 자주 연락하는 거 같던데 전화 받지 마세요."

"그러마. 그런 아이인지 몰랐구나."

세림대학병원 잘나가는 의사가 된 지난 연인과 다시 이어질 구실이 생겼으니 놓치고 싶지 않았을 것이다. 그런 의도로 살갑게 전화를 자주 했던 모양이다. 그런 것도 모르고 살가운 태도에 흡족해했었다.

"아주 괘씸하구나."

아침저녁으로 전화를 걸어 안부를 묻는 정하나의 전화가 윤 여사는 싫지 않았다. 붙임성 있는 며느리가 생길 것 같아 기대가 컸다. 성민이 부모에게 예전 일을 말하지 않을 거란 생각으로 아무 일 없었다는 듯 행동하는 것에 소름이 돋았다.

"무슨 낯짝으로 내게 그런 전화를. 정말이지 기가 막히네."

잠자코 성민이 하는 말을 듣고 있던 아버지가 입을 떼었다.

"그건 그렇고. 반지 주고받은 아가씨는 언제 볼 수 있는 것이냐."

"곧 보시게 될 겁니다. 그 전에 확실하게 처리해야 할 일이 있어서요."

"알았다. 너무 기다리게 하지는 말아라."

아들이 이리 단호하게 나오는데 궁금하지 않을 수가 없었다. 병원으로 다시 들어가 봐야 한다며 일어서는 성민을 배웅하고 들어온 윤 여사가 자리를 깔고 드러누웠다.

"세상에, 정말 괘씸해서 원. 내가 완전히 속았지, 속았어."

병원으로 향하던 성민은 쥬얼리 매장에서 통화한 후 꺼 두었던 휴대폰의 전원을 눌렀다. 말도 없이 사라진 그를 찾는 부재 중 전화가 열 통이 넘었다. 목록을 보니 주성과 종윤이 그를 애타게 찾고 있었다.

샤워를 하고 나온 하은은 화장대 앞에 앉아 머리를 말리면서 중간중간 왼손을 확인했다. 지금 이게 정말 현실인지 아직도 느껴지지 않았다.

"우리 둘 사이에서는 신뢰(Trust)의 T라고 생각해요."

손가락으로 반지에 새겨진 음각을 쓰다듬었다.

"지금 이 순간부터 이 반지는 절대로 빼지 마. 나도 빼지 않을 테니까."

다시 심장이 움찔거렸다. 성민의 낮은 중저음 목소리는 언제나 그녀를 꼼짝 못하게 만들었다. 강렬하게 쳐다보는 눈빛에 몸이 녹을 것 같았다. 그녀를 삼켜 버릴 듯 키스하던 그의 입술과 강하게 끌어안는 힘이 아직도 남아 있는 것 같았다.

그에게 완전히 넘어갔다. 처음부터 예고 없이 치고 들어오더니 정신없이 몰아붙이는 성민의 저돌적인 행동에 그녀는 속절없이 무너져 내렸다. 그녀가 생각해 왔던 모든 것들이 최성민의 등장으로 쓸모없어져 버렸다.

반지를 만지는 그녀의 입가에 피식 웃음이 터져 나왔다. 사랑은 머리로 하는 것이 아니라 가슴으로 한다더니.

"그 말을 믿지 않았는데."

진짜 인연이란 것이 있긴 있는 모양이었다. 자기 짝은 알아본다더니 이런 걸 두고 하는 말일 것이다. 최성민이란 남자가 가진 조건을 떠나 그녀가 무시하려고 했던, 관심을 가지지 않으려고 했던 남자란 생명체가 어느 날 갑자기 김하은 앞에 툭 떨어졌다. 그러곤 그녀를 통째로 집어삼켰다. 그녀의 머리와는 별개로 심장이 먼저 그를 맞이했다. 하은은 왼손을 감싸 쥐고는 심장 위로 가져갔다.

"당신으로 할게요. 내 인연으로 말이에요."

9
공식화된 사이

　병원으로 돌아온 성민을 제일 먼저 맞이한 사람은 깝돌이 주
성이었다. 그 옆에선 종윤이 조심스러운 눈으로 그를 보고 있었
다.

　"아니, 선배님! 도대체 전화는 왜 꺼 두신 겁니까!"

　"과장님이 찾으셨어?"

　호들갑스러운 주성의 모습에도 성민은 그저 특별한 일이 있
었던 거냐는 식으로 물었다. 그런 성민의 태도에 주성은 맥이
빠졌다.

　"하아. 딱 한 번 찾으시고는 더 안 찾으셨어요."

　주성은 혀를 삐죽 내밀며 고개를 절레절레 흔들었다.

　"뭐 때문에 전화한 거야?"

　"작업하시다가 갑자기 나가셔서."

　"그건 낮이었고. 새로 한 이가 불편해서 생각난 김에 진료 보

고 왔는데?"

"무슨 일 있는 거 아니죠?"

하나 선배가 치과에서 이상한 짓을 하진 않은 것 같았다. 만약 그랬다면 순식간에 소문이 났을 것이다.

"없어."

"밥 먹고 왔는데 안 보이셔서 걱정했어요. 말없이 사라지진 않으시잖아요."

"과장님께서 별말씀은 없으셨어?"

"딱 한 번 선배 찾으시더니 그 뒤론 별말씀 없으셨어요. 퇴근하시면서 선배한테 메일 보냈다고만 하셨어요."

"알았어."

잠들어 있는 노트북 모니터를 툭 건드리는 성민의 손으로 주성의 시선이 내리꽂혔다. 성민의 왼손 네 번째 손가락에서 반짝반짝 빛나는 반지를 떨리는 주성의 손끝이 가리켰다. 그 끝을 따라 시선을 보낸 종윤이 떠억 입을 벌렸다.

"헐."

우리가 보고 있는 생경한 물질이 여자라는 존재가 좋아하고 열광하는 반지라는 걸 인지한 주성과 종윤은 입을 벌린 채 서로를 쳐다보았다.

말 잘하는 주성이 말문이 막힐 때가 있긴 있는 모양이었다. 손가락을 사정없이 아래위로 흔들면서 말을 잇지 못했다. 재활의학과에 들어온 첫날부터 그의 뒤를 졸졸 따라다녔던 주성이다. 의도적으로 커플링이 잘 보이게끔 왼손을 움직였다.

"주성아."

"그, 그러니까. 이, 이게, 그……."

주성은 침을 꿀꺽 삼켰다.

"나한테 다른 할 말이라도 있어?"

커플링을 한 것을 안 주성이 가만있을 리가 없을 것이고, 그가 굳이 나서지 않아도 소문은 날 것이다. 어서 이게 무엇인지 물어보란 말이야.

주성은 머리를 좌우로 흔들더니 눈을 깜빡이며 눈앞에 보이는 것을 다시 한 번 확인했다.

"말없이 사라진 이유가…… 이거였어요?"

성민은 왼손을 의자 등받이에 올리며 몸을 살짝 틀었다.

"이거라니, 내가 뭘?"

주성이 성큼 다가오더니 덥석 왼손을 잡았다. 자신의 눈높이에 맞춰 들어 눈을 동그랗게 뜨고 쳐다보았다.

"이거 말이에요. 이거 커플링이죠? 제 예전 여자 친구가 하도 여기 브랜드 노래 불러서 갔다가 가격 보고 뒤돌아섰던……. 쪼잔하단 말 듣고 깨졌는데."

"커플링처럼 보여?"

"그럼 선배님 눈에는 뭘로 보입니까? 선배가 반지를 좋아해서, 마음에 들어 샀다는 말이라도 하시게요?"

"임자 있는 몸이라고 표시한 건데."

"헙."

종윤의 입에서 숨 막히는 소리가 터져 나왔다. 잠시 입을 다물고 있던 주성의 입가가 옆으로 쭈욱 늘어났다. 자잘한 경련이 일었다.

"야, 이거 정말 흥미진진한데요. 정말 뛰쳐나가고 싶네."

병원은 진료가 끝난 지 오래다. 낮에 이런 일이 있었다면 당장 2층 치과로 달려가 확인했을 텐데. 주성은 몸이 근질근질해 미칠 지경이었다. 어디 대나무 숲이라도 있으면 좋을 텐데 말이다.

"하나 선배는 치과에 왜 갔대요?"

"진료받으러 갔겠지."

"아하."

"더 알려고 하지 마라, 김주성. 개인 생활은 존중해 줘야지."

"물론이죠, 선배님."

개인 생활은 존중하는 게 맞지만 눈에 보이는 행동은 공유하겠단 말로 알겠습니다.

※   ※   ※

버스에서 내려 병원을 향해 걸어가는 하은의 얼굴은 살짝 상기되어 있었다.

아침을 먹다 엄마에게 커플링을 들킨 순간부터 쉴 새 없는 질문에 시달려야 했다. 마음이 가는 남자가 있다고 말한 지 얼마 되지 않아 보란듯이 커플링을 하고 왔으니 신기할 수밖에 없었을 것이다.

"이게 그렇게 눈에 띄나."

치과에 들어서는 순간 쏟아질 질문 공세를 떠올리자 벌써부터 가슴이 쿵쾅거렸다. 자신도 이런데 성민은 어떤 질문에 시달

릴까 싶어 걱정도 되었다.

하은은 병원 현관 앞에 잠시 서서 휴대폰을 꺼냈다. 풍선 바람 빠지듯 숨을 불며 하은은 성민에게 메시지를 보냈다.

〈아침에 엄마가 보셨어요. 겨우 진정시키고 출근했어요. 성민 씨는 괜찮아요?〉

그의 집에서도 난리가 났을 것이 분명했다. 바로 전화가 울렸다.

"네."

—잘했어요.

"네? 뭘요?"

—내 말대로 반지 안 뺐다는 소리니까.

"아……."

정신이 정말 어떻게 된 모양이다. 성민의 목소리만 들어도 괜스레 가슴이 쿵쾅거렸다. 그를 자신의 인연으로 받아들이고 인정한 순간, 확실하게 마음이 굳어진 그 이후부터 그녀의 마음은 온전히 최성민이란 남자에게 향했다. 메마른 땅에 오아시스의 물이 조금씩 퐁퐁 흘러나오던 것이 어느 순간 화산이 폭발하듯 펑 터지더니 콸콸 솟아올랐다.

—자세한 이야기는 나중에 하기로 하고. 일단 마음 단단히 먹고 있어요.

"왜요?"

단단히 먹으라는 말에 불안해졌다.

─병원에 이미 소문났으니까. 사람들이 이것저것 물어볼 텐데 그냥 웃어넘겨요. 알았죠?

어제저녁에 있었던 일이 벌써 소문이 났다는 게 말이 되는 일인가.

"벌써 소문이 났다고요? 어떻게요?"

─그렇게 됐어요. 그러니까 하은 씨, 마음 단단히 먹고 무조건 나한테 넘겨요. 내가 알아서 할 테니까. 알았죠?

"하아."

─그렇게 고개 숙이고 한숨 쉬지 말고.

깜짝 놀란 하은은 고개를 들었다. 병원 현관 유리문을 통해 그가 통화를 하며 그녀를 향해 걸어오는 게 보였다. 아침 햇살처럼 활짝 웃는 모습에 하은은 심장이 쫄깃해지는 것을 느꼈다.

그녀에게 가까이 다가온 성민이 상체를 숙여 그녀와 시선을 맞췄다.

"오늘 아침엔 더 예쁘네. 잘 잤어요?"

"네."

그의 시선에 발그레해지는 얼굴이 더없이 사랑스러웠다.

소문은 삽시간에 퍼졌다. 그의 의도대로 발 빠른 주성이 이미 온 동네 다 퍼트리고 다녔으니 말이다.

천천히 늦게, 의심스럽게 나는 것보다 확실하게 한 방에 나는 게 나았다. 그만큼 수습도 빠를 테니 말이다. 그 수습이야 뻔한 결말이겠지만.

오전 중에 소문이 돌 거란 예상보다 더 빠른 반응이 1층을 휩쓸었다. 촐싹이 주성의 능력을 한 단계 높게 봐야 할 듯했다.

아침부터 그를 보는 사람들마다 그의 왼손을 힐끔거리기 바빴다. 말없이 그의 손을 잡고 보는 사람, 힐끔힐끔 그의 왼손을 보는 사람, 눈짓이나 질문으로 사실이냐며 묻는 사람 등 다양했다.

그 물음에 성민은 빙긋이 웃었다. 그 웃음 하나로 대답을 확인한 사람들은 똑같이 놀란 눈으로 그를 쳐다보았다. 이제 다들 상대방을 확인하기 위해 몰려들 것이 분명했다.

"당분간 점심은 나랑 먹어요."

"네?"

"몰려드는 시선을 빠르게 처리하려면 확실한 걸 보여 줘야 되니까. 그러면 호기심도 빨리 사라질 테고."

"하, 하지만……."

하은은 아직 사람들의 시선을 받을 마음의 준비가 되지 않았다. 일이 커져 버린 것만 같았다. 몰려드는 시선을 과연 잘 이겨 낼지 걱정이 앞섰다.

"내가 옆에 있으니까 걱정 같은 거 하지 말아요. 다 막아 준다니까."

성민의 입술이 순식간에 볼에 닿았다 떨어졌다.

"나만 믿으라고. 올라가요. 휴대폰 가까이 두고."

빠른 걸음으로 2층으로 올라가며 하은은 최대한 얼굴을 들지 않고 고개를 숙였다. 행여나 사람들과 눈이라도 마주칠까 후다닥 탈의실로 들어갔다.

"후우."

옷을 갈아입고 진료실로 들어가자 청소 아주머니께서 바닥을 쓸고 있었다.

"안녕하세요."

"안녕하세요. 오늘은 제일 먼저 나오셨네요."

"아, 그런가요?"

의국실 문이 살짝 열려 있어 하은이 빼꼼히 안을 들여다봤다.

"정말 아무도 없네."

어젠 응급 환자가 없었는지 별다른 흔적이 없었다. 가볍게 아침을 시작할 수 있다는 생각이 들자 하은은 부지런히 진료실 안을 정리하기 시작했다.

"하은 쌤. 굿모닝!"

"네. 도현 쌤도 굿모닝이요."

"참, 재활의학과 최성민 쌤 말이에요. 어제 낮까지만 해도 없었던 반지가 손가락에 떠억 하니 나타났다는데요?"

"에?"

그녀를 똑바로 쳐다보며 눈 깜박하지 않고 말하는 도현의 눈빛에 하은은 침을 꿀꺽 삼켰다.

"1층이 발칵 뒤집혀졌어요."

"아, 아아. 네."

"하은 쌤, 뭐 집히는 거 없어요?"

하은은 왼손을 등 뒤로 슬그머니 숨겼다. 표정을 보아하니 아무래도 다 알고 말하는 것 같았다. 발 없는 말이 천 리를 간다더니.

"뭐, 뭐가요."

등 뒤로 돌려진 손으로 시선을 옮기며 도현이 눈썹을 추어올렸다.

"어디 좀 봐요."

"뭘 봐요."

"에이."

도현은 재빨리 하은의 왼손을 잡았다.

"오호. 이게 최성민 쌤이랑 나눠 낀 반지란 말이죠? 대박인데
요. 진짜 보고 있어도 믿어지질 않네."

진료실 유리문이 열리며 치과 식구들이 우르르 들어왔다. 도
현과 하은을 바라보던 시선은 곧바로 하은의 왼손으로 향했다.

"오! 정말이야?"

"정말인가 봐."

"선배님."

성민이 마음 단단히 먹으라 했지만 하은은 무방비 상태로 노
출되었다. 그도 똑같은 상황에 처했을 텐데 어쩜 그리 태연한
얼굴로 그녀를 봤을까.

이럴 땐 무슨 말을 해야 할까. 침착하게 대응하고 싶었지만
그런 마음을 우습게 여기듯 얼굴이 새빨개졌다는 것을 알 수 있
었다.

"하은 쌤, 얼굴 빨개졌네."

형일이 빤히 쳐다보며 말하자 하은은 붉어진 얼굴을 부여잡
고 후다닥 서 과장님 진료실로 도망쳤다. 정말 굉장한 일이라며
다들 한마디씩 하는데 형일과 재민만이 남아 하은이 사라진 자
리를 바라보고 있었다.

미화를 비롯한 후배들은 하은이 사라진 곳으로 몰려갔다. 후

배들의 시선에 미화가 먼저 입을 뗐다.

"우리도 병원 들어와서 알았어. 어떻게 된 일이야? 1층 방사선과에서 난리도 아니던데."

"아, 저기, 그러니까……."

"우린 영문도 모르고 방사선과에 붙들려서 이런저런 질문 공세를 받았어."

"그러게요. 선배님, 언제 이렇게 된 거예요?"

"아……."

그래, 이 정도는 예상했었다. 예상만 했을 뿐이지 어떤 식으로 대답을 해야겠다고 생각은 하지 않았다. 아니, 못 했다. 그럴 시간이 있었느냔 말이다.

미화를 보니 놀람이 있을 뿐 다른 의미를 가진 눈빛은 아니었다. 그나마 선배와 소통이란 걸 했으니 얼마나 다행이었는지. 하늘이 도운 거야.

"우리도 뭘 알아야 대답을 하든지, 널 막아 주든지 하지. 우리보다 더 잘 알고 있어서 이상했어."

"죄송해요."

"죄송할 게 뭐 있어. 그나저나 언제부터 만나게 된 거야?"

번갯불에 콩 구워 먹는 것보다 빠른 성민의 페이스에 말렸는데 하은이 뭘 어찌 설명하겠는가. 그녀가 할 수 있는 말은 그저 한마디밖에 없었다.

"어쩌다 보니."

"뭐?"

"정신 차리니 커플링을 끼고 있더라고요."

"어머, 어머."

성희와 금옥이 또 두 손 모아 찬양의 자세를 취했다.

"역시 달라요. 그죠? 우리 하은 선배 정신 쏙 **빼놓고** 그냥 몰 아붙인 거 보세요."

"그러게. 그냥 인물이 아니란 말이지."

성희가 옆에서 거들었다.

"거봐요. 제가 최성민 선생님 눈빛이 예사롭지 않다고 했잖아 요."

"1층에 소문 쫙 퍼졌으니 2층까지 올라오는 건 일도 아닐 거 야. 벌써 알고 있을지도 모르지."

그때 진료실 문이 벌컥 열리며 혜원이 잔뜩 흥분한 얼굴로 들 어섰다. 몰려 있는 그녀들을 향해 종종걸음으로 다가왔다.

"정말이네. 정말이야."

혜원의 표정을 보아하니 이미 소문은 일파만파로 퍼진 것 같 았다. 중앙 공급실에서 받아오는 소공포와 소독포를 본 하은은 모든 걸 포기했다.

"공급실 난리 난 거 알아?"

대충 짐작은 갔다. 매일 오전 각 과에서 한 명씩 중앙 공급실 에 들러 필요한 소독 물품을 받아서 내려오고, 전달 사항과 함 께 병원 내 소문은 간호사들을 통해 방방곡곡으로 전달된다. 병 원 내에서의 각종 정보와 소문의 근거지는 중앙 공급실이라고 해도 과하지 않았다.

"어쨌든 나도 그 반지 구경 좀 해 보자."

오전 진료 마감 시간이 다가오자 접수 테이블 서랍에 넣어 두었던 그녀의 휴대폰이 부르르 떨렸다.

〈식당에서 봐요.〉

"정말 같이 먹자는 거야?"

성민이 남긴 메시지에 휴대폰 진동 떨림보다 더한 떨림이 온몸으로 퍼져 나갔다.

"선배님, 식사하러 안 가세요?"

"어? 어어. 가야지."

머뭇거리자 미화가 하은의 표정을 살폈다.

"식당에서 먹는 거 불편하면 나가서 먹을까?"

"아니에요. 식당으로 가요."

"괜찮겠어?"

"네."

대답을 하면서도 하은의 입에서 웃음소리도 아닌 이상한 한숨이 튀어나왔다. 얼마나 많은 시선이 쏠릴지. 따로 있어도 엄청날 텐데 같이 있는 걸 보면 어떻게 될까.

"후우."

"그냥 무시해. 그게 제일 좋아. 사람들이 뭐라고 물으면 노코멘트하고."

"네."

식당으로 내려가면서 하은은 최대한 주변을 살피지 않으려 했다. 비스듬히 시선을 내려 걸었고 성희와 금옥에게 둘러싸여

줄을 섰다.

치과를 나타내는 색의 카디건을 아직 입지 않아서 얼마나 다행인지 몰랐다. 9월 초니까 망정이지 조금만 더 지났더라면 카디건 색 때문에 존재가 부각됐을지도.

막상 하은의 주변 사람들은 잠자코 있었다. 조금 떨어져 서 있는 사람들의 시선이 몰리는 것에 하은은 심장이 터질 것만 같았다.

"여기 있었네."

누군가 그녀의 손을 잡았다. 화들짝 놀라 고개를 드니 최성민이 그녀를 향해 눈을 반으로 접으며 웃고 있었다. 성민의 등장에 주변에서 숨을 들이마시는 소리가 들렸다.

"어머, 저기 봐. 최성민, 최성민 쌤."

"정말 대박이다."

"반지 봤어? 그거 T사 거라던데."

소곤거리는 소리가 그녀의 귀를 파고들었다. 잘 안 들려도 되는 말들이 그녀의 귓가에 곧바로 꽂혔다. 슬그머니 손을 빼려고 하자 성민이 힘주어 잡더니 손을 놓아주었다. 엄연히 직원들이 이용하는 식당이고, 병원의 특성상 사소한 애정 행각을 보일 수도 없었다.

주변에서 느끼지는 눈빛을 의식한 성민은 아쉬움에 입맛을 다셨다.

"치과는 여전히 환자가 많죠?"

"뭐, 늘 그렇죠."

"지난번 새로 한 이가 손 보고 난 뒤로는 훨씬 편해졌어요."

두 사람의 대화에 귀를 기울이던 직원들의 얼굴이 실망으로 변해 갔다. 뭔가 새로운 내용이 있을까 싶었던 기대감이 무너지는 순간이었다.

"스케일링을 해야 할 것 같은데 예약이 많이 밀렸나요?"

막막하게 서 있는 하은을 대신해 미화가 대답했다.

"스케줄 표 봐야 하는데 식사 끝나고 한 번 올라오세요. 예약 잡고 가세요."

"그럴까요?"

식판을 쥐고 움직이면서 밥과 반찬을 조금씩 덜은 하은이 치과 식구들과 함께 빈자리를 찾았다.

"여기요!"

두리번거리는 하은의 시야에 누군가 손을 번쩍 드는 것이 보였다.

"어, 그래."

성민이 식판으로 하은의 등을 떠밀었다. 그녀는 파도에 밀리듯 그가 안내한 자리로 가서 앉았다. 미화는 후배들과 함께 조금 떨어진 곳에 자리를 잡았다.

"고맙다."

먼저 자리 잡아 놓겠다는 주성의 말에 성민은 따로 부탁하지 않아도 됐다. 나란히 앉은 두 사람을 보던 주성과 종윤은 왼손을 확인했다. 눈에 크게 띄지 않은 디자인임에도 불구하고 반지가 눈에 쏙 들어왔다. 종윤의 팔을 툭 치며 주성이 눈을 찡긋거렸다.

성민은 밥을 먹다 말고 주변을 돌아보았다. 다 먹고 자리에서 일어나는 사람, 앉아서 먹고 있는 사람. 일반적인 모습임에도 그들의 시선은 힐끔힐끔 두 사람을 향했다. 특히나 바로 옆에 앉아서 식사하는 직원은 두 사람 사이에 어떤 대화가 오갈지 잔뜩 기대하는 눈치였다.

얼굴을 붉힌 채 밥알을 세는 하은을 보다 못한 성민이 깔끔하게 주변을 정리했다.

"밥 먹는 거 처음 봅니까? 식사들 하시고 개인 시간 가지셔야죠."

마음 같아선 그녀를 품속에 품어 사람들의 시선으로부터 차단해 주고 싶었지만 병원 식당이라는 점이 못내 아쉬웠다. 먹다가 체하면 당신들이 책임질 거냐고 묻고 싶었다.

성민의 표정에서 아무것도 얻지 못할 거라는 걸 인지한 직원들이 자리에서 일어나 서둘러 식당을 빠져나갔다. 힐끔힐끔 하은을 쳐다보는 주성에게 성민이 한마디 했다.

"그만 봐. 닳는다."

"풉, 우읍."

"콜록콜록."

놀란 하은이 국을 먹다 콜록거리자 성민은 자상하게 등을 톡톡 두드려 주었다. 주성과 시선이 마주치자 성민은 눈을 크게 부라렸다.

"눈 안 돌리지."

물을 벌컥벌컥 들이켠 종윤이 먼저 일어나겠다며 식판을 들고 일어섰다. 일어날 생각이 없어 보이는 주성의 발을 종윤이 식탁 아래로 찼다.

"다 먹었으면 일어나. 페이퍼 볼 거 있잖아."

"어? 그래, 가자. 식사 맛있게 하세요. 먼저 일어나겠습니다."

낮은 한숨을 쉬는 하은을 보던 성민이 목소리를 낮춰 물었다.

"많이 힘들어요?"

"아뇨. 괜찮아요."

"괜찮아 보이지 않으니까 묻는 겁니다."

"……괜찮아질 거예요."

그녀를 걱정하는 말에 하은은 고개를 들어 성민을 쳐다보았다. 이렇게 잘생기고 멋있는 사람이 자신의 남자다. 이런 사람에게 사람들의 관심이 가는 건 당연했다.

천천히 의문스럽게 소문이 시작되면 엉뚱한 말이 붙어 다른 말로 변질되기 쉬웠다. 무언이지만 눈에 보이게끔 확실하게 해주는 것이 소문을 잠재우기 더 나을 것이다. 커플링까지 나눠 낀 마당에 두려워하고 부끄러워할 필요가 없었다.

내가 죄짓는 것도 아닌데. 두 사람이 서로 끌리고 있는데 다른 사람들의 시선이 뭐 그리 대수롭나 싶은 생각이 들자 하은은 자신감이 생겼다. 사람들의 시선을 받는 것에 익숙지는 않지만 죄지은 사람마냥 있는 것은 성민에게도 보기 좋은 모습은 아니었다. 생각이 거기까지 미치자 하은은 성민을 향해 활짝 웃었다.

"괜찮아요. 성민 쌤은 훨씬 더 괜찮아 보이네요."

그를 믿으라고 했다. 다 떠넘기라고 했지만 두 사람 일인데 성민 혼자 다 감당할 필요는 없다. 사람들의 호기심 어린 시선으로부터 그녀를 보호하기 위해 그가 그랬다는 걸 알았다. 하지만 그에게 온전히 기대고 싶진 않았다. 자신의 일이기도 했다.

"사람들이 반지에 관심을 많이 가지네요. 다들 부러운가 봐요."

하은이 왼손을 올려 그에게 보란 듯이 흔들었다. 일순간 주변의 시선이 그녀의 흔들리고 있는 손가락으로 쏠렸다. 눈으로 확인되는 순간이었다.

"하, 하하."

입을 벌리고 소리 없이 웃던 성민의 입에서 찬탄의 소리가 흘러나왔다.

"역시. 내가 사람 보는 눈이 있단 말이야."

예측하기 힘든 김하은. 그래서 더 예쁘다. 더 사랑스럽다. 으스러지게 안아 주고 싶다. 여린 것 같지만 제법 강단 있는, 매력적인 사람이다.

"하은 씨."

"네?"

"진짜 볼수록 매력 있어. 이미 반했지만 진짜 홀딱 반하겠어."

성민의 애정 어린 말에 하은은 밥을 먹는 게 더 이상 불편하지 않았다. 꼭꼭 씹어 천천히 밥을 먹기 시작했다. 먼저 식판을 비운 성민은 그녀가 다 먹을 때까지 기다려 주었다.

"1층 카페에서 커피 어때요?"

"좋아요."

식판을 들고 일어서자 성민이 그녀의 식판을 뺏어 들었다.

"내가 치울 테니 입구에 있어요."

입구로 가는 동안 직원들의 시선이 달라붙었지만 하은은 개의치 않았다. 불편했던 마음을 가다듬고 나니 훨씬 편해졌다. 성민이 오기를 기다리던 하은은 그의 뒤를 따라오면서 그녀를 쏘아보는 시선을 발견했다. 정하나의 시선이 그녀를 향해 곧장 날아들었다.

"아, 잊고 있었네."

한 번은 부딪쳐야 하는 요주의 인물이었다. 왜 저 여자를 잊고 있었을까.

자신을 뚫어지게 노려보는 시선을 마주하면서도 하은은 이상하게 웃음이 삐져나오려 했다. 제일 먼저 민감하게 구는 인물인데 말이다.

여기서 한 번 웃어 줄까? 그녀에게 다가오는 성민을 향해 하은은 과하지 않은 미소를 지었다.

자신의 뒤를 쫓아오는 사람이 있다는 걸 알지 못한 성민은 하은을 향해 두 팔을 벌리려다 바로 아래로 떨어트렸다. 그러곤 그녀에게 가까이 다가와 속삭였다.

"이거 진짜 불편하네. 공식화시켜도 내 마음대로 좋아한다는 표현도 못 하고."

"더 재미있는데요, 난?"

"그렇게 나온단 말이지."

하은은 뒤를 힐끔 돌아보았다. 어차피 1층으로 올라가야 하기 때문에 정하나는 그들의 뒤를 따라올 수밖에 없었다.

"난 오늘 달달한 캐러멜 마키아토 아이스로 마실래요."

'달달한'에 힘을 주어 말하면서도 하은은 스스로 유치한 생각이 들었다. 이렇게까지 해야 하나. 작지만 솜방망이 선방을 먼저 날렸다.

정하나와 시선이 부딪힌 후 말한 것이기에 그녀의 의도를 파악했을 것이다. 정하나의 레이저 눈빛이 언제까지 그녀를 향할지 궁금했다. 하은은 정하나가 어떻게 나올지 은근히 기다려졌다.

어제 성민이 그녀를 보호하기 위해 급히 치과에 온 것을 보면 소문을 들은 정하나가 가만있을 리가 없었다. 그러고 보니 하루가 지나지 않았는데 그녀에게 많은 일들이 일어났다.

카페에서 주문하고 기다리고 있는데 정하나가 그들에게 다가왔다.

"최 선생님."

나란히 서 있는데 성민에게만 인사를 건넨 정하나가 하은을 쳐다보았다. 정하나의 등장에 성민은 하은의 표정부터 살폈다. 정하나의 시선 못지않게 받아치는 하은의 앞을 성민이 가로막았다.

"뭔가요, 정하나 선생님."

"뭐긴요. 소문이 정말인가 싶어서 확인 차 들렀죠."

"소문? 확인?"

"너무 급작스러운 일이라서 의심스럽기도 하고."

"의심스럽다니. 이거 말인가?"

정하나의 눈높이에 맞게 자신의 왼손을 들어 보였다. 반지를 확인한 그녀의 눈가가 파르르 떨렸다. 분한 나머지 두 손을 주먹 쥔 그녀는 기가 차다는 듯 한숨을 내뱉었다.

성민은 손을 뒤로 돌려 하은의 왼손을 잡았다.

"여기 나머지 짝이 있는데. 이걸 보고 싶었던 거지?"

"하."

똑같이 생긴, 치수만 조금 다른 두 개의 반지를 확인한 정하나는 충격으로 입을 다물지 못했다.

"이거 너무 큰일 벌이는 거 아니야?"

"큰일이라니?"

"성민 씨, 굳이 이런 연극 안 해도 돼. 내가 과거의 잘못을 빌고 매달리는 모습 보고 싶어서 이러는 거야?"

"정하나."

"다시 시작할 수 있어. 성민 씨 어머님도 날 얼마나 좋아하시는데."

딱딱하게 굳은 얼굴로 성민은 하은을 앞으로 세우더니 그를 향하게 몸을 돌렸다. 자신의 짝이 제정신 아닌 여자의 말을 듣고 기분 상하는 걸 보고 싶지 않았다.

"정하나."

"이런 식으로 불쑥 커플링 낀다고 내가 믿을 것 같아?"

하나는 성민의 품에 안기다시피 있는 하은을 살벌하게 노려봤다.

그의 손을 떼어 내려는 하은의 손짓을 막으며 성민은 정하나를 벌레 보듯 쳐다보았다.

"두 사람 만난 지도 얼마 되지 않았어. 너랑 나랑 알고 지낸 게 얼만데……."

"정하나, 정신 차려."

자신의 화난 목소리도 사랑스러운 그녀의 귀에 들리지 않았으면 했다.

"사람들 많은 곳에서 창피당하고 싶지 않으면 이쯤 해라."

"최성민, 내가 널……."

"누구 믿으라고 낀 거 아닌데."

"뭐?"

품에 둔 하은과 시선을 맞춘 성민이 천천히 내뱉었다.

"김하은이란 여자, 최성민 거니까. 다른 남자들 기웃거리지 말라고 표시한 건데."

"……."

하은을 바라보는 눈빛이 뜨거운 다짐을 담고 있었다.

"최성민은 김하은 짝이니까, 이제 관심 끄라는 표시인데."

하은을 향해 매력적인 미소를 지으며 말을 이어 갔다. 그의 짙은 눈동자에 하은은 빨려 들어갈 것 같았다.

"말귀 참 못 알아듣네. 의대 나온 여자가."

성민은 정하나를 철저히 무시한 채 하은을 바라보았다. 오직 그녀만 보인다는 그의 태도에 정하나는 발을 굴렀다.

"어떻게 할까, 하은 씨."

성민의 눈빛은 사랑스러움과 따뜻함이 가득 담겨 있었지만 부드러운 목소리는 정하나를 향한 경고를 담고 있었다. 그녀가 아주 오래전 봤던 성민의 강한 카리스마를 눈앞에서 확인하는 순간이었다.

주문한 음료가 나왔다는 말에 성민은 커피를 챙겼다.

"치과에 스케일링 예약하러 갈까요?"

그녀에게 커피를 건네주는 성민의 행동이 무척이나 자연스러 웠다.

등을 떠미는 성민의 재촉에 하은은 마지못해 걸음을 옮기며 정하나를 힐끔 쳐다보았다. 그녀의 눈에 들어온 정하나의 모습 은 화가 바싹 오른 독거미가 털 달린 다리를 공중에서 휘젓는 것처럼 보였다. 그녀를 향해 잔뜩 독기를 뿜고 있었다.

성민과 헤어진 후 화장실에 갈 때를 제외하고는 진료실 밖으 로 나갈 일이 없었다. 복도에서 다른 과 사람들을 만날 일이 없 어 얼마나 다행인지 모른다.

성민보다 더 큰 호기심을 불러일으킨 주인공은 하은이었다. 워낙에 눈에 띄지 않게 다녔고, 적정선을 유지하고 있는 그녀가 성민에 의해 허물어져 시선이 쏠리는 것은 당연했다.

"당분간은 사람들 시선 때문에 힘들 거야. 그래도 아까 보니 까 잘 대처하던데? 성민 쌤이 든든한 방어막이 되어 주니까 다 행이다."

옷을 다 갈아입은 미화가 신발을 갈아 신으며 하은을 물끄러 미 쳐다보았다.

"성민 쌤 어디가 제일 마음에 들었어? 빠르게 진행될 만한 사 건이라도 있었던 거야?"

일이 많았죠. 정신 차리지 못하게 밀어붙이는 힘과 강렬한 눈 빛, 냄새나는 발을 아무렇지 않게 주물러 주는 다정함. 거기에 정직해지자더니 입술 도장부터 찍고, 알고 보니 서로 같은 아파 트에 살고 있고, 은근슬쩍 반말을 섞는 것에 묘한 매력을 느꼈다. 무엇보다 두 사람 사이에 신뢰와 배려를 강조하는 그의 우직함 등 매력을 느낄 일은 많았다.

"그냥 끌렸어요. 가슴이 떨린다고 해야 할까……."

"인연인가 보다."

"음……."

"우리 서로 뒤끝 없기로 한 거 잊지 마."

"네?"

"성민 쌤, 처음 치과 왔을 때 말이야. 내가 어떤 마음이었는지 이해하지?"

"그럼요. 다들 가지는 호기심이죠."

"선남선녀가 서로 알아봤으니 누가 방해할 수 있겠어. 안 그래?"

"네."

"이왕 초스피드로 진행되는 걸 보면, 올해 안에 국수 먹을 수 있는 거야?"

"그건 좀, 너무 빠르죠."

미화가 가방을 어깨에 메며 문으로 향했다.

"나도 커플링 끼고 싶다. 성민 쌤한테 소개시켜 줄 남자 없는지 물어봐."

부러움 반, 농담 섞인 말을 하며 미화가 손을 흔들며 내일 보자고 했다.

1층으로 내려가는 길에 성민의 전화가 왔다. 퇴근하냐고 묻는 말에 내려가는 중이라고 하자 그는 재활의학과로 오라고 했다.

"거길 왜 가요."

─뭐가 어때서.

"사람들 눈도 있는데."

─이미 다 알고 있는 사실인데, 뭐.

"그러니까 더 조심해야죠. 괜한 소문나요."

─흠.

"어제 일이 빨리 소문이 난 거 보면 몰라요? 정말 깜짝 놀랐다니까요."

─그거야…….

"어쨌든 병원에선 조심해야 될 거 같아요."

─이제까지 아무 일 없었는데 조심해야 할 게 뭐 있다고.

"우리 둘을 놓고 마음대로 상상하는 거 싫어요."

─무슨 말인지 알겠어. 그럼, 주말에 만나면 뭐 있어?

"뭐가요?"

─오늘 양보한 대가로 뭐가 오는 게 있어야지.

그 말에 괜히 얼굴이 달아오른다.

"아, 진짜."

음란마귀가 씌었나. 진짜 별거 아닌 말에 왜 이상한 상상이 드는지 모르겠다. 1층 현관에 다다를 무렵 또각또각 구두소리가 나더니 그녀 앞에서 걸음을 멈추었다.

정하나였다.

"잠깐 끊어요."

─왜. 좀 더 통화해. 오늘도 집에 못 가는데.

"나중에 다시 통화해요."

─통화하다 말고 왜 그러는데.

"아는 사람을 만났어요. 다시 전화할게요."

성민과 통화하는 중이었다는 걸 안 정하나의 입이 비스듬히 찢어졌다. 고개를 비틀며 내뱉는 숨에서 독기가 느껴졌다.

"정말 못 봐주겠네."

아까와 달리 높은 힐을 신었는지 정하나의 키가 한 뼘은 더 커져 있었다. 그녀를 내려다보는 시선이 곱지 않았다.

"나한테 볼일 있어요?"

처음부터 예의를 차리지 않는 상대에게 굳이 예의를 차릴 필요는 없다. 기본만 지켜 주면 물거나 해치지 않는 것이 제 신조다.

지난번 재민과 만났던 카페로 자리를 옮긴 두 사람은 한동안 서로를 쳐다만 봤다. 누가 선제공격을 하느냐 눈치를 보는 건 아니었지만 일종의 기 싸움이었다.

"뭔데요?"

정하나의 뾰족한 시선을 담담하게 마주하던 하은이 먼저 입을 열었다. 이런 식으로 오래 앉아 있으면서 바라보고 싶은 사람은 아니었기에 빨리 해치워야 했다.

성민과 나눠 낀 커플 반지를 자세히 보라는 듯 하은은 정하나의 눈높이에 맞게 올려 주었다.

"이거 때문에 온 거죠?"

반지를 보는 순간 정하나의 눈이 빠르게 움직였다.

"김하은 씨, 생긴 거와 달리 꽤 여우네요? 성민이도 이런 모습 알고 있어요?"

"내가 여우 같아요?"

"무슨 말을 했기에 성민이가 커플링을 했죠?"

마치 친한 사이인 것처럼 그의 이름을 부르는 모습에 하은은 묘한 기분이 들었다.

"그 말은…… 정하나 씨가 예전에 커플링을 하자고 했을 때 성민 씨가 안 해서 묻는 거죠?"

"하! 뭐, 뭐라고?"

표정 보니 맞네.

"나하고는 안 했는데, 왜 김하은과는 했을까."

여유롭게 느릿느릿 말하는 모습이 마음에 안 들었는지 정하나는 도끼눈을 하고 하은을 잡아먹을 기세로 노려보았다.

"김하은 씨, 뭘 모르는 모양인데. 성민이와 난 아주 깊은 관계였다고!"

두 사람 사이에 신뢰를 초석으로 깔았다. 그래서 반지에 신뢰라는 의미를 담아 나눠 꼈다. 갖다 붙이기 나름이지만 의미에 부합되는 상징적인 것이다. 그걸 의심해선 안 됐다.

"그래서요?"

과거는 과거일 뿐. 중요한 건 현재다.

"그래서라니? 내가 무슨 말 하는지 못 알아들어요?"

"깊은 관계든 얕은 관계든, 이미 지난 일 아닌가요? 그것도 한참 전에."

뭔가 내 심사를 뒤집어 놓고 싶어서 기다렸을 것이다. 이간질 하는 사람을 제일 경멸하는데.

"김하은 씨."

"정하나 선생님, 아까 성민 씨가 했던 말 기억 못 해요? 최성민, 임자 있으니까 관심 끄라는 표시라는 거. 의대 나온 사람인데 그 말이 무슨 뜻인지 못 알아들어요?"

"김하은 씨, 깊은 관계가 뭔지 몰라? 우린 둘 다 처음이었다고. 누구든 처음은 못 잊는 법이야."

심장이 쿵쾅거렸다. 긴장감인지 충격인지 모르겠지만 타격을 입은 건 분명했다.

성민처럼 잘난 남자가 경험이 없을 거라 생각지 않았다. 막연히 생각했던 부분을 구체적으로 듣게 되니 새삼스럽게 충격으로 다가왔다.

"집안끼리 추진하는 결혼이에요. 성민이가 잠깐 한눈판 거라고. 누구한테 지시받는 거 싫어해서. 상처 받기 전에 물러나는 게 김하은 씨에게도 좋을 거야."

"아아. 날 생각해서……."

정하나와의 대화는 미화 때보다 더 심심했다. 미화는 그나마 공통적인 접점이 있고, 오해가 있었다. 앞에 앉아 자신에게 독기를 품는 여자를 보고 있는데도 전투력이 불타오르지 않았다. 아니, 독기에 속지도 않는다. 그저 앵앵거리는 귀찮은 모깃소리 같았다. 이 모기를 어떻게 잡을까. 귀찮아서 그냥 두면 계속 괴롭히겠지.

"성민이도 알아요? 치과 박재민 선생님이랑 하은 씨, 그렇고 그런 사이라는 거?"

대답을 못 하는 하은을 보며 정하나는 꼬투리를 잡았다는 표정으로 의자에 기대 다리를 꼬았다. 그것 보란 듯 비웃으며 팔짱을 끼고는 심술 맞게 입술을 움직였다.

"퇴근하고 여기서 박재민 선생님이랑 은밀하게 만났던 사실, 내가 모를 줄 알아요?"

하은은 답답함에 한숨을 내쉬었다. 성민이 이 여자와 헤어진 게 정말 다행이란 생각이 들었다.

"말 못 하는 거 보니 내가 잘못 본 게 아닌가 봐요?"

"맞아요. 재민 오빠 만났어요."

"재민 오빠? 하! 그렇게 부르는 사이예요?"

하은은 정하나와 똑같이 의자에 기대며 다리를 꼬고, 팔짱을 꼈다.

"그래서 뭘요? 성민 씨한테 이르려고요?"

"커플링 한 여자가 다른 남자와 오붓한 시간을 보냈다는 걸 알면 어떻게 나올까요? 병원에 이미 소문은 다 났는데, 성민 씨 얼굴에 아주 똥물을 퍼붓는 격인데 말이죠. 김하은 씨, 참 대단하네요. 뻔뻔한 거예요? 낯짝이 두꺼운 거예요?"

"낯짝 두꺼운 사람은 내가 아니라 정하나 씨 같은데."

"뭐라고요?"

더는 못 들어주겠다는 결론에 다다르자 하은은 빨리 이 상황을 정리하고 싶어졌다. 이 여자가 내가 하는 말을 제대로 알아들어야 할 텐데.

"처음이 소중하다면서, 정하나 씨 이제껏 독수공방했어요? 두 사람이 사귀고 헤어진 게 언젠데 잠자코 잘 있다가 왜 이래요?"

"내가 내 남자 다시 찾겠다는데 이유가 필요해요?"

하은은 눈을 살포시 감으며 어깨를 으쓱거렸다. 가벼운 한숨을 쉬면서 눈을 떠 정하나를 쳐다보았다. 동그랗게 뜬 그녀의 시선을 받은 정하나가 순간 움찔거렸다.

"나는 말이에요. 드라마에 나오는 여주인공처럼 악역으로 나오는 사람의 말을 곧이곧대로 믿지 않아요. 드라마는 그게 문제죠. 내 편의 말은 듣지도 않고, 날 적으로 간주하는 사람의 말을 100% 믿으니까. 그것만큼 어리석은 사람이 또 있나 싶어요. 안 그래요?"

"지금 무슨 말을 하는 거예요?"

자신이 하는 말이 하나도 먹히질 않자 정하나는 버럭 화를 냈다. 온순해 보인다 했더니 완전히 잘못 짚었다는 것을 안 정하나는 적당한 말을 찾기 위해 눈동자를 이리저리 굴렸다.

"성민 씨는 진짜 사랑을 하고 싶은 여자라고 느낀 게 내가 처음인가 봐요. 그런 느낌 처음이라 놓치고 싶지 않은 거겠죠? 누가 하자고 졸랐던 커플링도 억지로 내 손에 끼운 걸 보면 말이죠. 정하나 씨가 놓치고 후회하는 모습을 보니까, 내가 못 도망가게 꽉 잡아야겠어요. 필요하면 다리라도 부러트려서."

"하! 이것 봐요."

"남녀 사이, 사귀다가 헤어지는 거 흔히 있는 일이에요. 집착이 얼마나 무섭고, 위험한 것인지 신경과 선생이면 더 잘 알지 않나요?"

정하나가 부들부들 떨리는 손으로 앞에 있는 물 잔을 집어 들었다.

"이, 이……!"

"그거 뿌리게요? 의사 선생님 체면이 있지."

물 잔을 쥔 채 정하나는 입술을 잘근잘근 깨물었다.

"나 자극해서 좋을 거 하나 없어요. 당하고만 있는 타입이 아니라서."

꼬았던 다리를 펴며 하은은 자리에서 일어섰다.

"마음만 먹으면 정하나 씨 신상 터는 거 쉽게 할 수 있어요. 우리 집안에 의사가 제법 있거든요. 의료계가 넓으면서도 은근히 좁더라고요? 아닌 건 아니에요. 미련하게 굴지 말아요."

몸을 돌려 나가려던 하은은 다시 정하나를 향해 몸을 돌렸다.

"참. 우리 두 사람 만난 거 성민 씨한텐 비밀로 해 줄게요. 성민 씨 알면 정하나 씨 살아남지 못할 거 같아요. 그 정도 예의는 나도 있어요."

더는 같은 자리에 있기 싫어 하은은 빠른 걸음으로 카페를 빠져나갔다. 문이 닫히는 소리에 하은의 다리가 후들거렸다.

"내가 무슨 말을 한 거야."

스스로가 생각해도 잡아먹을 듯 덤비는 정하나의 시선을 무슨 정신으로 받아 냈는지 신기했다. 이가 딱딱 부딪히며 소리를 냈다. 말이 안 통하는 여자와 대화했던 후폭풍이 그녀를 덮쳤다.

두 팔로 몸을 감싸며 하은은 천천히 걸음을 옮겼다. 빨리 집으로 가 쉬고 싶은 마음이 간절했다.

버스를 타고 갈까, 택시를 탈까 생각하던 하은은 빠른 걸음으로 다가오는 여자의 발소리를 들었다.

자신을 부르는 정하나의 목소리가 들리자 하은은 걸음을 재촉했다.

"이봐요, 김하은 씨. 거기 안 서요? 당장 서란 말이야!"

"아앗!"

하은의 몸이 거칠게 돌려 세워졌다. 그녀의 왼팔을 쥐어짜듯 붙잡은 정하나의 눈이 튀어나올 정도로 부릅떠져 있었다.

"이렇게 당하고 있을 줄 알아? 내가 못 가지면 너도 못 가져!"

"아악! 이거 놔요!"

양팔을 쥐고 몸을 앞뒤로 흔드는 정하나의 손이 그녀의 팔을 부숴 버릴 듯 옥죄어 왔다. 정하나의 악쓰는 소리에 하은은 두통이 몰려옴을 느꼈다.

"거기! 지금 뭐 하는 겁니까?"

"아, 씨."

어둠 속에서 한 남자가 다가오자 정하나는 하은의 몸을 던지듯 떠밀어 버리고는 황급히 자리를 벗어났다.

의국에 남아 최 과장님의 임플란트 수술 동영상을 보던 재민은 배가 고파 밖으로 나오던 길이었다. 걸어가는데 행인들이 몸싸움을 하는 것처럼 보여 말리려던 차에 두 여자 중 한 사람이 하은이라는 것을 알았다.

"하은아! 괜찮아? 저 여자 누구야? 어?"

하필이면 지난번에 접질렸던 오른발이 또 말썽이었다. 땅에 넘어지지 않으려고 중심을 잡으려 했던 하은은 발이 꺾이는 바람에 발목에 무리가 간 것이다.

"아! 아, 아파요."

격한 통증에 등 뒤로 식은땀이 흘러내렸다.

"어디 봐. 지난번 접질린 발목 아니야?"

너무 아파 하은은 말이 나오지 않았다. 눈앞이 하얘지는 기분이었다. 통증에 눈을 감자 눈물이 주르륵 뺨을 타고 흘러내렸다. 그 모습에 재민은 속이 탔다.

"하은아, 일어설 수 있겠어? 못 일어서겠지? 응급실 가자."

울음이 터지려고 하자 하은은 입술을 꽉 깨물었다.

"업힐 수 있겠어? 아니다. 내가 응급실까지 안고 갈게."

재민은 조심스럽게 하은을 안아 올렸다. 급하게 뛰어가려던 재민은 발목에 통증이 전해질 것 같아 조금 빠른 걸음으로 걷기 시작했다.

"그 미친 여자는 누구니? 너한테 왜 그러는데."

도망가는 여자를 먼저 붙잡았어야 했던 걸까. 눈물을 흘리는 하은을 보니 재민은 속이 상했다. 소리 내어 울어도 되는데 작은 입술을 꽉 물고는 흐느끼고만 있었다.

"하아, 진짜."

재민의 목에 팔을 감은 채 하은은 눈을 감았다. 접질린 발목의 통증도 엄청났지만 정하나의 이성을 잃은 모습이 떠오르자 눈물이 주르륵 흘러내렸다. 그녀를 돌려세우는 정하나의 모습은 정상의 범주를 넘어선 것처럼 보였다.

하은이 재민에게 안겨 응급실에 들어오는 모습에 당직을 서던 간호사와 인턴의 눈이 휘둥그레졌다.

"어머! 무슨 일이에요?"

"하은 씨? 이게 대체……."

"발목을 크게 접질렸어요. 지난주에도 접질렸는데 하필 같은 곳을 또…….”

진료를 기다리고 있는 환자는 배에 가스가 차 복통을 호소하는 아이 말고는 없었다. 재민이 하은 대신에 접수하자 간호사가 정형외과 당직 선생을 호출했다.

“사진부터 먼저 찍죠. 어디서 넘어진 거예요?”

“요 앞 버스 정류장 근처요.”

아파서 말을 못 하는 하은 대신에 재민이 설명했다.

당직 의사는 재민을 묘한 시선으로 쳐다보았다. 하은의 옆에 재민이 있는 것이 이상했다. 병원을 발칵 뒤집어 놓은 주인공 중 한 사람인 하은의 옆에 있어야 할 남자 주인공이 없는 것이다.

“하은 쌤, 지금 퇴근하는 길이에요?”

“아. 누굴 좀 만나고 집에 가는 길이었어요.”

사람들의 시선이 쏠리자 하은은 떨리는 손끝으로 눈물을 닦아 내고 마음을 가라앉혔다.

재민이 걱정스러운 눈빛으로 하은을 살폈다. 그러다 반지가 눈에 들어오자 괜히 성민이 원망스러워졌다. 하은을 먼저 챙기다 보니 사고의 원인이 된 여자를 잡지 못한 재민은 원망의 화살을 성민에게 돌렸다.

당직 의사가 하은의 발목을 보며 심각한 표정을 지었다. 접질린 발목을 또 접질렸으니 인대 파열은 사진을 찍으나 마나였다.

“걸을 수 있겠어요?”

“네.”

고개를 끄덕이며 하은이 일어서려 하자 재민이 말렸다.

"잠깐만."

밖으로 나간 재민이 휠체어를 밀고 들어왔다.

"무리하면 안 되니까."

오른발을 조심스럽게 바닥에 내려놓으며 일어서자 재민이 한쪽 팔을 잡아 주었다.

"김하은!"

다급한 성민의 목소리가 응급실을 흔들었다. 누군가로부터 연락을 받았는지 그의 표정은 잔뜩 굳어 있었다. 큰 걸음으로 온 성민은 부축하고 있던 재민을 밀어내고 하은을 품에 안았다.

"하은 씨."

걱정이 잔뜩 묻은 성민의 탁한 목소리에 하은은 눈물이 나오려 했다.

"김하은. 하아, 다행이야. 다행이다."

"성민 씨……."

겨우 진정시켰는데 한가득 걱정을 담은 그를 보니 눈물이 퐁퐁 차올라 흘러내렸다. 손가락으로 닦아 내도 다시 터진 눈물은 그칠 기미가 보이지 않았다.

"당신이 응급실에 왔다는 말을 듣고…… 하아."

내가 뭘 떠올렸는지. 퇴근한다는 사람이 응급실로 왔다는데 내가 뭘 생각했겠어.

10분 전 당직 의사와 복도 자판기에서 캔 커피를 하나씩 마시고 헤어졌다. 의국으로 들어오자마자 응급실에 김하은이 왔다는 전화에 상대방이 하는 말을 더 듣지도 않고 뛰어왔다. 분명 누구를 만난다고 했는데 사고라도 난 것일까. 불안한 마음에 응급실로 내달렸다.

성민은 하은을 감싸며 매트 위에 앉혔다.

"김하은, 어떻게 된 거야."

"흠흠."

하은의 얼굴에서 시선을 떼지 못 하는 성민을 보며 재민은 목소리를 가다듬었다.

"사진부터 찍고 이야기하죠."

"사진?"

그제야 정신을 차린 성민은 하은의 발로 시선을 내렸다. 그러더니 재민이 가져온 휠체어를 보고는 하은을 번쩍 안아 들어 얌전히 앉혔다.

하은이 사진을 찍는 동안 성민은 그녀의 옆에서 떨어지지 않았다. 이리저리 발목의 위치를 바꿀 때마다 옆에서 보조했다.

사진을 찍고 다시 휠체어에 하은을 앉힌 성민은 재민을 쳐다보았다. 그녀는 두 시간 전에 퇴근했다. 누군가를 만난다고 했고, 지금은 응급실에 실려 왔다. 그것도 박재민과 함께 말이다. 이 상황을 어떻게 받아들여야 하는 거지.

"어떻게 된 일인지 아십니까?"

태워 버릴 듯 쏘아보는 성민의 눈빛에 재민은 자신이 관련되어 있다고 생각한다는 것을 느꼈다.

"뭐 좀 먹으려고 나왔는데 버스 정류장에서 어떤 여자가 하은이를 폭행하는 걸 봤어요."

"뭐라고요? 폭행?"

성민의 눈빛이 살벌하게 변했다.

"누가요?"

"뒷모습만 봐서 누군지 확인은 못 했어요. 내가 다가가니까 그대로 도망가서."

날카로운 시선이 곧장 하은에게로 향했다. 몰아붙일 듯 다가선 성민은 휠체어에 앉아 있는 하은의 앞에 무릎을 굽히고 시선을 맞췄다.

맑고 투명한 눈이 눈물로 잔뜩 젖어 있는 게 영 마음에 안 들었다. 뺨으로 흘러내린 머리카락을 다정하게 넘기면서 성민은 최대한 부드럽게 물었다.

"하은 씨, 누구 만난 거예요?"

재민이 어떤 여자라고 했다. 병원 앞에서 어떤 여자가 제 여자에게 폭행을 가했다.

"……."

"대답 안 하는 거 보니 맞네."

느릿느릿 단정 짓듯, 낮게 깔린 성민의 목소리는 굉장히 위험하게 들렸다.

"성민 씨……."

부어오르기 시작한 하은의 발목을 보는 눈이 차갑게 식어 갔다. 다친 발목을 두 손으로 감싸며 다시 한 번 확인하는 목소리가 판결을 내렸다.

"정하나."

딱딱하게 군은 얼굴로 생각에 잠겨 있는 그를 보는 하은의 눈빛이 불안감으로 흔들렸다.

성민이 제아무리 잘났어도 엄연히 수련의였다. 레지던트 2년

차. 그게 최성민이란 남자의 현재 위치였다. 그가 할 수 있는 일
은 아무것도 없었다.

"성민 씨."

그녀를 위해 그가 나서는 것은 너무도 위험했다. 그의 평판에
오점을 남기는 행동을 하게 해서는 안 된다.

"나 괜찮아요. 발목이 부러진 것도 아니고."

그를 진정시켜야만 했다.

"나 좀 봐요."

발목을 부드럽게 손끝으로 쓸고 있는 그가 시선을 맞추었다.
싱긋 웃는 그의 눈빛이 예사롭지 않았다.

발목의 통증은 어느 순간 느껴지지도 않았다. 그녀의 신경은
오로지 성민에게 향했다. 그가 무슨 일이라도 저지를 것 같아
마음이 조마조마했다.

"정말 괜찮……."

"사진 나왔습니다."

정형외과 의사가 발목 X—ray 사진을 띄우고는 세 군데를 지
적했다.

"골절은 없는 것 같아요. 그런데 외측인대(Lateral ligament) 세
군데가 파열됐어요."

지적한 세 곳이 모두 검게 선을 그은 것처럼 보였다. 하얗게
이어져 있어야 하는 부분이 끊어진 게 문외한인 그녀가 봐도 한
눈에 문제가 생겼다는 걸 알 수 있었다.

"깁스하는 것이 제일 좋은데 불편할 수 있어요. 아니면 좀 더
오래 걸려도 부분 깁……."

"아닙니다. 깁스하죠."

하은을 향한 질문에 성민이 대답했다.

"하, 하지만."

깁스하면 어시스트는 불가능하다.

그녀를 내려다보는 성민의 표정은 단호했다. 군소리 말고 따르라는 표정이었다. 성민의 말에 고개를 끄덕이며 의사가 말을 이었다.

"깁스는 2주. 반 깁스는 3주 정도 걸려요. 깁스 풀어도 한 달 정도는 물리 치료를 받아야 할 거예요."

"그렇게 오래요?"

"인대 파열, 가볍게 보면 정말 큰일 나요. 깁스 풀고, 물리 치료 제대로 안 받은 상태에서 또 접질려 오는 분들 많아요. 그러다 수술하는 거죠."

"아……."

성민이 그녀의 휠체어를 밀며 움직였다.

"수술 없이 인대 붙이려면 2주쯤이야."

처치실로 옮겨 깁스 과정을 다 지켜본 성민은 처치가 끝나자 하은을 고이 안아 올렸다.

"왜, 왜 이래요?"

재민과 정형외과 의사가 헛기침하며 고개를 돌리는 것을 보며 그녀는 얼굴을 붉혔다.

"내가 뭘."

"내려 줘요."

"깁스 풀 때까지 내가 보살필 거니까 그리 알아요. 군말 말고 따르고."

　성민에게 자신이 소속됐다는 느낌을 받은 하은은 그저 말없이 그의 어깨를 꼭 안았다.

10
내가 할 수
있는 것

　그녀의 집까지 운전해 오는 동안 성민은 말 한마디조차 하지 않았다. 신호에 걸리면 얼굴을 돌려 그녀를 한 번씩 바라보기만 할 뿐이었다.

　하은은 그가 무슨 생각을 하고 있는지 궁금해 미칠 지경이었다. 내일이면 또 소문이 돌겠지. 김하은이 응급실로 왔더라, 그것도 최성민이 아니라 박재민과 함께. 커플링 소문이 나자마자 다른 남자와의 응급실행이라. 뭐가 이리도 꼬이는 건지.

　지하 주차장에 주차하고 운전석을 돌아 조수석 문을 연 성민은 잠자코 하은을 안아 올렸다.

　"걸을 수 있어요."

　"알아요."

　성민은 그녀를 안은 채 엘리베이터로 향했다. 그녀가 사는 층을 누르고 가만히 그녀를 내려다보았다. 할 말이 많은 표정인

329

그를 보며 하은은 일이 이렇게 된 것이 자신 탓이라고 생각했다. 정하나를 자극하지만 않았어도, 센 척하지 않았다면 어땠을까. 좀 약한 척했다면 나았을까. 재민이 그 자리에 없었다면 상황은 또 어떻게 변했을까.

엘리베이터 문이 열리자 성민은 그녀의 집 앞으로 걸어갔다.

"성민 씨, 내려 줘요."

설마 이대로 함께 집에 들어가려는 건 아니겠지.

"걸을 수 있다니까요."

딩동.

"성민 씨!"

인터폰으로 확인이 된 건지 문이 신속하게 열렸다.

"어머, 하은아! 이게 어찌 된 일이야? 다리가…… 여보, 여보!"

"안으로 좀 들어가겠습니다."

가볍게 고개를 숙이며 성민이 안으로 들어가려고 하자 엄마가 현관문을 더 활짝 열었다.

"무슨 일이야?"

안방에서 하은의 부친이 나오자 성민은 재빨리 하은을 소파에 앉히고는 상체를 90도로 숙였다.

"밤늦게 불쑥 찾아뵙게 되어 죄송합니다. 하은 씨와 같은 병원에 다니는 최성민입니다."

"아니, 이게 도대체 무슨 일이야?"

멀쩡하게 출근한 딸이 한쪽 다리에 깁스를 하고 돌아왔다. 그것도 남자와 함께.

"하은아, 다리가 왜 이래? 응?"

"아, 버스 정류장에서 넘어졌어요."

"넘어져?"

"잠시 딴생각을 하다가 발이 걸렸어요."

"단순히 넘어졌는데 깁스를 한다고?"

성민을 바라보던 엄마가 소파에 앉았다. 그의 손에서 반짝이는 반지를 두 눈으로 확인했다. 아침에 어영부영 말하고는 횡하니 출근해 버리더니 그 반지의 짝을 낀 남자와 집으로 왔다. 비록 좋지 않은 일이긴 했지만.

"서 있지 말고 앉으세요, 선생님."

"아닙니다. 서 있겠습니다."

엄마와 아빠가 시선을 주고받았다. 아내의 눈짓을 따라가 보니 딸과 남자가 같은 모양의 반지를 끼고 있었다.

"흠흠. 최…… 뭐라고?"

"최성민입니다. 세림대학병원 재활의학과 2년 차입니다."

"아."

아빠의 눈이 꼼꼼하게 스캔하듯 성민을 훑어 내리는 것을 보며 하은은 긴장으로 침을 삼켰다.

"우리 딸애는 남자에 대해 관심이 별로 없었는데. 두 사람이 같은 반지를 나눠 낀 건 맞는가?"

"네. 맞습니다. 커플링입니다."

엄마가 뭔가 말을 하려고 하자 아빠가 제지했다.

"일단 오늘 일부터 설명을 좀 들었으면 하네. 같이 있다가 이런 일이 벌어진 거라면, 반지는 당장 빼는 게 맞는 것 같고."

"아빠!"

정색하는 아빠를 보는 하은의 다리가 덜덜덜 떨렸다. 화가 나면 그 누구도 못 말린다. 괜한 거로 트집을 잡는 성격도 아니다. 이 상황에 대한 설명을 요구하는 것은 당연했다.

"다친 건 전데 왜 최 선생님께 물어요? 제가 제일 잘 아는데."

"그럼 설명을 해 봐! 멀쩡히 나가서 왜 이 꼴로 집으로 왔는지. 그것도 처음 보는 남자를 데리고 말이야!"

"며칠 전에 한 번 접질렸는데 같은 자리를 또 접질리는 바람에……."

"그래서?"

"인대가 파열됐다고……."

"어머나."

대충 둘러대고 싶었지만 그럴 수 있는 분위기가 아니었다. 차라리 혼자 왔다면 상황이 심각하게 변하진 않았을 것이다.

심각하고 살벌한 분위기에 성민이 나섰다.

"병원에 있다가 하은 씨가 응급실에 왔다는 연락을 받고 알았습니다. 2주 정도 깁스를 하고, 물리 치료를 꾸준히 받으면 정상적으로 회복이 될 겁니다. 앞으로 하은 씨 출퇴근은 제가 책임지고 맡아서 하겠습니다."

"무슨 자격으로?"

"여보."

"아빠."

어림없다는 표정과 단호한 말투에 성민은 잠깐 움찔했다.

"절차를 제대로 밟지 않고 불쑥 인사드리게 되어 정말 죄송스럽게 생각합니다."

성민은 서 있던 자리에서 그대로 하은의 부모님을 향해 절을 했다.

"아, 아니. 이봐요."

험악한 분위기에서도 밀리지 않는 성민의 태도에 엄마는 안절부절못했다.

"하은 씨에게 첫눈에 반했습니다. 누군가에게 첫눈에 반단하는 건 적어도 제게는 있을 수 없는 일이라고 생각했는데 하은 씨를 보는 순간 알게 되었습니다. 아직 앞으로 가야 할 길이 많이 남았지만, 하은 씨를 놓치기 싫어서 제가 어제 커플링을 하자고 했습니다."

"우리 하은이 동의 없이 말인가?"

"아빠! 그게 아니라……."

"그게 아니면 뭐?"

"저도 성민 씨 좋아해요. 이 사람은 믿고 싶어요. 아니, 믿고 있어요."

"네가 다른 사람들처럼 연애도 하고 헤어지고, 뭐 그런 게 있었다면 내가 지금 이 상황이 당황스럽진 않을 거다. 내가 어떤 심정인지 자넨 이해 못 할 거야."

키도 크고 인물도 좋은 데다 남자다운 향기를 물씬 풍기며 제 딸을 안고 내 집 한가운데 들어선 존재를 보는 순간, 그 심정을 누가 헤아릴 수 있을까. 남자가 말했듯 어느 정도 절차가 있어야 하는데 대뜸 들어보지도 못한 남자와 반지를 나눠 끼고 앞에 나타난 모습이 너무나 갑작스러웠다.

"아빠. 오늘은 그만하시고 나중에 따로 자리를 마련할게요. 네? 성민 씨 병원에 다시 들어가야 해요."

"그래요, 여보. 시간도 늦었으니 우리 따로 봐요."

"흠. 내가 기분 나쁘게 말했더라도 이해하게. 딸 가진 부모 심정이 어떤 건지 당사자가 아니면 모르니까."

"아닙니다, 아버님. 저도 이렇게 첫인사를 드리게 되어 매우 죄송스럽게 생각하고 있습니다."

소파에서 일어나려는 하은을 말리며 성민은 부모님께 인사했다.

"내일 아침에 뵙겠습니다."

"정말, 정말 오려고요?"

"내가 데려다주면 되네. 바쁜 사람이 굳이 올 필요는 없어."

"아닙니다. 데리러 오겠습니다."

그녀에게 눈짓으로 잘 자라고 하고는 성민은 뒤돌아 나갔다. 문이 닫히기가 무섭게 아빠가 하은을 불렀다.

"여보, 오늘은 그만해요. 애도 놀래서 쉬어야 하니까. 나랑 이야기 좀 해요."

엄마가 아빠를 방으로 데리고 들어가자 하은은 한숨을 쉬며 천천히 방으로 들어갔다. 깁스한 다리를 침대에 조심히 얹고 다리를 쭉 뻗으며 누워 눈을 감았다. 정말 많은 일이 있었던 하루였다.

그녀의 출근 시간에 맞춰 집으로 온 성민의 손에는 차에 두고 내린 목발이 들려 있었다. 현관에 서 있던 그는 한발씩 걸어오는 하은을 보자 눈빛이 흔들렸다. 두 손이 그녀를 안기 위해 자동으로 뻗어 나갔다.

"오지 마세요."

하은은 서둘러 말렸다. 그의 눈빛을 보니 어제처럼 부모님이 계심에도 불구하고 낯 뜨겁게 그녀를 안아 올릴 태세였다.

아침을 먹는 동안 아빠는 아무런 질문도 하지 않았다. 어젯밤 엄마한테 무슨 말을 들었는지는 모르지만, 그녀의 얼굴과 반지를 한차례 훑어보고는 입을 다물었다.

막 성민과 신발을 신으러 나가는 차에 그녀의 아빠가 물었다.

"병가는 쓰지 않을 거냐?"

"일단 가서 보고요. 이 상태로 어시스트 한다 해도 환자들이 불편해할지도 모르니까 상황 봐서요."

"알았다."

깁스용 신발을 신고 다른 한쪽은 편한 운동화를 신었다.

"그럼 다녀오겠습니다."

그녀의 부모님께 정중히 인사하는 성민을 보며 하은은 얼굴을 붉혔다. 이런 상황이 당황스럽기도 하고, 우습기도 하면서 한집에 사는 신혼부부 같은 느낌도 들었다.

"갔다 올게요, 엄마."

"그래. 몸조심하고."

"네."

"잘 부탁해요, 최 선생님."

"걱정하지 마십시오, 어머님."

현관문이 닫히고 엘리베이터 문이 열리자 하은의 몸이 공중으로 붕 떴다. 그녀를 가볍게 안아 올린 성민이 이마에 쪽, 하고 뽀뽀했다.

"하은 씨, 잘 잤어요? 아프진 않았고?"

"아프지 않았고 생각보다 잘 잔 거 같아요."

"다행이네."

"목발 가져왔으면서 왜 그래요."

"아, 목발."

목발을 들고 온 건 어른들께 보여 주기 위함이었다. 그의 속내는 다른 곳에 있었다.

"편하게 내려가자고."

"이, 이게 편한 거예요?"

하은은 부끄러움에 그의 어깨를 톡 치며 입술을 깨물었다.

"왜? 난 좋은데."

"다른 층에서 사람이 탈지도 몰라요."

"타면? 지금 우리 모습을 보고 의아하게 생각하는 사람이 오히려 더 이상해."

깁스 때문에 무게가 더 나갈 텐데 성민은 아무렇지 않다는 표정으로 웃었다.

"그렇게 좀 보지 말아요."

"어떻게 보는데."

애정을 가득 담은 눈으로 구석구석 훑어보는 눈길에 아침부터 몸이 말랑말랑해지는 느낌이 들었다.

지하 주차장에 도착하자 내려 달라는 그녀의 말을 무시한 채 성민은 차로 걸어갔다.

"내가 여왕님 대접해 줄 때 얌전히 있으라고, 좀."

"어머? 해 줄 때요?"

조수석 문을 열고 하은을 앉힌 성민은 안전벨트를 해 주고는 물끄러미 그녀의 얼굴을 쳐다보았다.

"왜, 왜요."

"나야 당신만 괜찮다면 1년 365일 안고 다닐 수 있어. 하지만 거부할 거잖아."

"흥봐요."

"다른 사람 시선을 왜 의식해?"

"뭐든 적당히란 게 있다고요."

"난 지금도 충분히 적당히 하고 있는데."

그의 몸이 숙여지나 싶더니 작은 입술이 삼켜졌다. 부드럽게 아랫입술을 훑더니 쪽 소리와 함께 떨어져 나갔다.

"모닝 키스 안 했잖아."

성민은 문을 닫고 운전석으로 돌아와 앉았다. 붉게 홍조를 띤 얼굴로 성민을 힐끔 노려보자 그가 눈썹을 치켜세웠다.

"왜, 너무 짧았어? 좀 더 할까?"

가까이 다가오려는 그의 입술을 손으로 막으며 하은은 눈을 부릅떴다.

"진짜, 아침부터 왜 이래요?"

"저녁엔 괜찮은 거야?"

"……"

"좋았으면서."

"원래 능글맞았어요?"

"좋다는 거 표현하는 데 뭐가 문제야. 나랑 키스하는 거 싫어? 그래요, 김하은 씨?"

그와 키스하는 건 언제나 좋았다. 커다란 몸집이 다가오고, 살짝 압박해 오는 묵직함이 좋고, 키스할 때 그에게서 풍기는 체취가 좋았다. 그녀를 달래듯 어루만지는 그의 입술이 좋다. 그래서 문제다. 더 요구하고 원하게 될까 봐. 그가 키스 생각이 없을 때 그녀가 원하게 될까 봐. 조금은 부끄러웠다.

그의 시선을 피해 밖을 보자 성민이 그녀의 손을 잡아 입술로 가져갔다.

"내 키스가 마음에 든다고 할 때까지 내가 더 열심히 해야지, 뭐."

"최성민 선생님, 생각 외로 짓궂어요."

"내가 하은 씨 앞에서 대외적으로 보이는 행동을 보일 필요는 없으니까. 이런 내 모습은 김하은 씨만 안다고."

그의 진심이 느껴졌다. 그가 늘 그녀를 진심으로, 성의껏, 최선을 다해 대한다는 걸 느낄 수 있었다.

"오늘 출근하면 병가부터 내도록 해요."

"집에만 있고 싶지 않아요. 어디 돌아다니지도 못하고."

"그 다리로 출근해 봐야 치과 식구들을 더 신경 쓰게 할 텐데."

"일단 스케줄 보고요."

그녀가 빠지면 커다란 공백이 생긴다. 서 과장님 환자들까지 밖에서 다 관리해야 한다는 건데 어시스트가 턱없이 모자를 게 분명했다.

병원 직원 주차장에 주차한 성민이 시동을 끄고 몸을 돌렸다.

"CCTV 확인했어요."

"네?"

언제 그걸 확인한 걸까. 이 남자는 잠도 없나. 당사자인 나도
이제 슬슬 알아볼까 하고 있었는데 벌써 확인했다니.

"성민 씨."

"응."

"이번 일에 나서지 말아요."

"왜?"

"괜히 복잡하게 만들고 싶지 않아요. 내가 알아서 할게요."

"나랑 결혼할 사람이 폭행을 당했는데, 나보고 두 손 놓고 보
고만 있으라고?"

"성민 씨."

"결국 나 때문인데."

"이게 왜 성민 씨 때문이에요? 상관없는 일이에요."

"왜 없어. 나 때문인데. 그래서 내가 다 조치할 거야."

"대놓고 망신당하고 싶어요?"

"뭘 망신당하는데."

"……."

"과거 일 자꾸 들춰내고 싶지 않지만, 정하나랑 잠깐 사귀었
던 거 내가 숨겨야 하나? 숨길 일은 아니야. 이미 지나간 일이
고."

"알아요."

"내 여자에게 손을 댔다는 것이 중요해. 정하나는 정신과 치료가 필요한 여자라고."

"그러니까 내 선에서 해결하겠다고요. 저도 오늘 CCTV부터 확인해야겠다고 생각했어요. 정식으로 고소할 계획이니까. 그것만으로도 충분히 정하나 징계 먹을 수 있어요. 굳이 성민 씨가 나서지 않아도 된다고요."

"내 체면을 생각해서 당신 뒤에 숨으라는 거야? 그게 더 창피하고 망신스러운 거야."

"성민 씨, 내 말 좀……."

"당신이나 내 말 들어. 사람들이 뭐라고 수군거려도 내가 먼저야. 내가 막아 준다고 했잖아. 내가 방패가 되어 준다고."

정하나가 경고를 무시할지도 모른다는 생각에 미리 조사해 놓은 것이 있었다. 우연하게도 그 결과가 어젯밤 그의 메일로 도착했다. 정하나를 완전히 매장할 것이다. 영원히.

"사람들 입에 오르내리는 거 이제 와서 막을 순 없겠지. 제일 좋은 방법은 신속하게 해결하는 거야. 그러면 또 그렇게 잊히는 거야."

"괜히 나 때문에……."

하은은 이번 일이 그에게 오점으로 남겨지지 않길 바라는 마음이 컸다. 정하나를 만난 것은 그의 탓이 아니다. 그저 운이 없었을 뿐이다. 재수 없게도.

그가 알아서 사태를 수습하게 두는 것도 나쁘지 않겠지. 하지만 이건 온전히 그만의 문제는 아니었다.

"당신 때문이 아니야. 내 과거 때문에 당신이 피해를 본 거야. 다시 말하지만 이번 일은 내가 알아서 해결해. 그러니까 가만히 있어."

문을 열고 내린 성민은 조수석으로 돌아와 목발을 한 손에 들고 하은을 안아 올렸다.

"병원이라고요."

"알아. 엘리베이터까지만."

2층을 누른 성민은 결국 치과 진료실 앞까지 데려다주었다.

"옷 갈아입기 불편할 거야. 박재민 선생님이 어제 상황 잘 아니까 도움이 되겠네."

"네."

"어떻게 되는지 연락하고."

"알았어요."

인상을 쓴 채 문을 열고 성민이 들어서자 종윤이 자리에서 벌떡 일어섰다.

"선배님."

눈짓으로 인사를 대신한 성민은 자리에 앉아 노트북을 켰다.

"소문이 어떤 식으로 났지?"

"아……."

정형외과와 붙어 있으니 소문이 안 났을 리가 없다. 주목받는 두 사람에게 다양한 사건들이 연달아 일어났으니 말이다. 어제 하은이 응급실로 왔다는 소식을 들었을 때 주성과 종윤도 같이 있었다.

"주성이는?"

"씻으려고. 그나저나 괜찮아요?"

"같은 곳을 두 번 접질려서 그래. 넘어진 걸 박재민 선생님이 밥 먹으러 나가는 길에 봤고."

"아아. 그렇게 된 거군요."

"주성이가 또 이상한 소리 해?"

"아뇨."

노트북과 연결된 프린터에서 프린트물이 차곡차곡 쌓이기 시작했다.

"과장님 뵙고 오늘 하루 오프 낼 거야."

"네?"

"특별한 일 없지? 내가 잊고 있는 거라도 있어?"

"아뇨. 없어요."

"김유정 선배한테는 내가 말할게. 오늘 하루 수고 좀 해 줘."

"알겠습니다."

재활의학과 전호진 과장실을 찾은 성민은 준비한 자료를 들고 안으로 들어갔다.

"어. 어서 와."

"과장님."

"무슨 일이라도 있어? 표정이 왜 그래."

성민의 표정을 본 전 과장의 목소리에 걱정이 묻어났다.

"일단 앉지."

"네."

소파에 앉은 성민이 전 과장 앞으로 가지고 온 자료를 올려놓았다.

"이게 뭔가."

"상의 드릴 일이 있습니다."

"상의?"

"과장님께서 알고 계셔야 하는 일입니다. 제 개인적인 일이지만, 처리하다 보면 다른 사람을 통해 과장님께서 알게 되실 일입니다. 그 전에 의논드리고 싶습니다."

"개인적인 일을?"

"분명 개인적인 일이지만, 제가 세림대학병원에 몸담고 있는 이상 100% 개인적인 일이라고 보기엔 무리가 있습니다."

전호진 과장은 성민이 내민 것을 읽기 시작했다. 첫 줄 단어를 확인하는 순간 전 과장의 시선이 성민에게 닿았다.

"다 읽으시면 말씀드리겠습니다."

"크흠. 이것 참."

전 과장은 입을 다문 채 보고서를 읽기 시작했다. 한 장씩 넘길 때마다 전 과장의 표정이 놀라움과 당혹스러움, 분노로 일그러졌다.

"이게 도대체……."

전호진 과장은 새롭게 알게 된 사실에 경악을 금하지 못했다.

"신경과 정하나 선생이 경계선 성격장애라고?"

"급하게 조사해서 더 자세히 알아내진 못했지만 확실한 것 같습니다."

"약을 처방받은 기록은 없는데?"

"과장님께서도 아시겠지만 정하나 선생의 어머님이 한소연 이사님이십니다."

정하나의 엄마인 한소연은 현재 대한의사협회 상임이사회 간부로 있으며 제일병원 혈액종양내과 과장이다. 국내에서 유명한 혈액종양내과 전문의로 이름을 날리고 있어 정하나의 콧대가 하늘 높은지 모르고 치솟았다.

"한소연 선생님은 아주 유명하셨지. 학부 때 아무도 한 선배님 성적을 따라갈 사람이 없었어. 지금도 그 성적은 깨지지 않았지."

최고의 성적을 유지하던 한소연은 동기인 정영준과 결혼해 정하나를 낳았다. 정하나가 중학생이 되던 해 두 사람은 성격 차이로 이혼했고, 그 뒤로 정하나는 엄마 한소연과 살고 있었다.

"한소연 선생님께서 다른 루트를 통해 정하나에게 처방한 것이 아닐까 싶어서 더 조사 중입니다."

"이보게, 최 선생. 이렇게 조사한 이유가 뭔가? 자네 괜한 짓을……."

"정하나가 자신을 통제하지 못하고 있습니다. 그런 정황이 조금씩 포착되고 있고, 치과의 김하은 선생이 공격당했습니다."

"뭐? 공격?"

성민은 주머니에서 USB를 꺼내 태블릿 PC에 꽂았다. 하은을 뒤따라가 일방적으로 공격하는 정하나의 모습을 보며 전 과장은 놀라움을 감추지 못했다. 정하나의 일방적인 공격이었다.

"하나 더 보시죠."

딱딱하게 굳은 표정으로 성민은 또 다른 동영상을 클릭했다. 하은을 공격하다 재민이 나타나 도망치던 정하나는 골목 안에 주차된 차를 보더니 가방에서 뭔가를 꺼내 타이어를 펑크 냈다. 구두를 벗어 접혀 있는 백미러를 마구 내리치는 장면이 녹화되어 있었다.

"허……."

"일반 사람도 이럴 수 있다는 말씀은 못 하시겠죠. 분노와 충동 조절을 하지 못합니다."

그와 잠깐 사귀고 있을 때도 그랬다. 끊임없이 그에게 애정을 확인했다. 주변 사람들에게, 특히나 우위에 있는 선배들에겐 그야말로 애굣덩어리였다. 그땐 아버지의 부재를 남자로부터 충족시키려고 한다고만 생각했었다.

"아직 미심쩍은 상황이긴 하지만, 송규철 과장님과의 관계도 조금 의심스럽습니다."

"신경과 송규철 과장 말인가?"

"네."

전호진은 얼마 전 모임 자리에서 송규철을 봤다. 그의 여성 편력은 익히 알고 있는 사실이었다. 새로이 여자가 생긴 것 같은 느낌이 들긴 했지만 지도하고 있는 레지던트 정하나일 거라는 생각은 하지 못했다. 누군가 정하나가 송규철에게 심하게 살갑게 군다고 했지만 원래 애교가 많은 것이라 여겼다.

"최 선생, 자네……."

"정신이 올바르지 못한 사람이 사람의 목숨을 좌지우지하는 위치에 있는 건 결코 있을 수 없는 일입니다. 과거에 미련이 남아 있는 여자의 집착과는 다릅니다. 정하나의 행동은 결코 용서받을 수 없습니다. 정하나가 송규철 과장님과 불미스러운 관계를 유지하는 것도, 정신과 약을 복용하고 있다는 것도 충분히 징계감이라고 여겨집니다."

"사생활 뒷조사한 것에 대해서는 어찌할 건가."

"그건 거기에 맞는 적절한 처벌을 받겠습니다."

"내게…… 뭘 원하는 건가."

"이 일을 수면으로 끌어올리기엔 많은 것이 복잡해지고 병원에도 이로울 게 하나도 없습니다."

"그래서."

"김하은 선생에 대한 폭행 건은 따로 진행할 예정입니다. 경계선 성격장애로 약을 먹고 있는 것과 송규철 과장님과의 관계가 확실해지면 정하나의 해임을 건의할 계획입니다."

"최 선생, 정하나 죽이려고 작정했군."

"그냥 넘어가기엔 무리가 있어서 말입니다."

"단순히 김하은 선생에게 한 행동에 대해 이러는 건 아닌 것 같은데."

"의사로서 선서한 이상 병원과 환자를 걱정하는 것은 당연합니다. 제가 아직 2년 차라서 힘이 없습니다. 저에 대해 애정이 있으시다면, 조금만 도와주셨으면 합니다."

상의할 일이 있다고 하기에 과에 대한 일인 줄 알았다. 이런 엄청난 사건을 접하게 될 거란 생각은 하지 못한 전 과장은 머리가 아팠다. 한 손으로 머리를 짚으며 한숨을 내쉬는 것 말고는 현재 할 수 있는 건 없었다.

"최대한 일이 커지지 않게 해 보겠네. 이런 일은 신속하게 마무리 지어야 자네한테도 해가 되지 않을 거야."

"알고 있습니다. 그래서 오늘 하루 오프를 낼까 합니다."

"오프?"

"정하나 문제로 만날 사람이 있습니다."

전 과장은 누군지 묻지 않았다. 모든 정황이 확실해지면 그때 알아도 될 일이었다. 성민이 보통내기가 아니라는 것은 막연히 느끼고 있었지만, 오늘은 분위기가 완전히 달랐다. 마치 그의 영역에 침범한 하이에나를 물어서 집어 던지려는 맹수 같았다. 자칫하다 그의 신변에 큰 변화가 올지도 모르는데 전혀 개의치 않는 모습이었다.

"자네가 조용히 처리하고 싶다니까, 알겠네. 일이 좀 더 확실해지면 내가 부원장님을 만나 뵙지."

"감사합니다."

전호진 과장과의 면담이 끝난 성민은 2층으로 향했다. 하은은 접수 데스크에 앉아 있었다. 옷은 갈아입지 못하고 치과를 나타내는 보라색 카디건만 걸친 상태였다.

"최 선생님."

"하은 씨."

진료 중인지 주변에 다른 사람은 없었다. 다행이었다. 성민은 데스크 위로 몸을 숙이며 말했다.

"어떻게 하기로 했어요?"

"오늘 하루는 앉아서 접수만 받기로 했고. 내일부터 쉬어요. 이번 주까지요."

"잘됐네요."

"성민 씨, 아니 최 선생님 표정이 안 좋아 보이는데…… 무슨 일 있어요?"

걱정이 가득 담긴 하은을 향해 성민은 가볍게 미소를 날렸다.

"없어요. 나 오늘 오프 냈어요."

"왜요?"

"처리할 게 있어서요."

"아……."

그녀에겐 나중에 말하는 게 좋을 것 같았다. 일이 어느 정도 진행이 되었을 때 말해도 늦지 않을 것이다.

"퇴근은 제시간에 할 거죠?"

"네."

"그때 맞춰서 데리러 올게요. 기다려요."

예약 환자가 문을 열고 들어오자 성민은 고개를 살짝 끄덕이고는 몸을 돌려 나갔다.

오프를 내고 성민이 찾아간 곳은 제일병원이었다. 메일로 정하나에 대해 자료를 받은 성민이 제일 먼저 한 일은 한소연 교수에게 전화를 건 것이었다.

그가 알고 있기로 한소연 교수는 자존심과 자긍심으로 똘똘 뭉친 사람이었다. 그 영향을 정하나가 받지 않았을 리는 없었다.

    ✳   ✳   ✳

무음 LED 시계가 10시 58분으로 변하는 것을 보던 소연은 자리에서 일어나 불안한 시선으로 창밖을 보았다. 어젯밤 늦은 시간임에도 불구하고 최성민이 그녀에게 만나자는 연락을 해 왔다.

─따님에 대한 일로 확인해 볼 것이 있습니다. 내일 시간 좀 내주십시오.

자신을 최성민이라고 밝힌 남자가 딸에 관해 확인해 볼 것이 있다고 했다. 들어 본 적이 있는 이름이었다. 하나가 예과 과정에 있을 때 정말 마음에 드는 남자를 만났다고 했었다.

"지금은 아무것도 몰라. 예과 때 성적이 앞으로도 쭉 유지 된다는 보장은 없어. 성공하려면 든든한 지원자를 옆에 두어야지. 심심하면 데이트나 하고 깊게 사귀지는 말아라."

성민에 대해 언급했을 때 그녀가 한 말이었다. 그리고 얼마 되지 않아 하나는 뿌듯한 표정으로 성적이 좋은 남자 선배를 만난다고 했었다.

"흐음."

최성민에 대한 정보는 쉽게 얻을 수 있었다. 실력이 좋은 촉망받는 의사로 주목을 받고 있었다. 연구에 몰두하는 것을 좋아하며 쏟아지는 관심에 비해 여자관계는 깔끔했다. 여자에게 목석같았던 최성민이 같은 병원 직원과 사귄다는 소식까지 확인되었다.

"날 왜 보자고 한 거지."

똑똑똑. 몸을 돌려 시간을 확인하는 순간 LED 시계가 11시로 모양을 바꾸었다.

"네."

문이 열리고 성민이 들어와 조용히 인사했다. 그녀가 입을 떼기도 전에 그는 소연의 앞에 영상 하나를 틀었다.

동영상을 보는 한 교수의 눈가가 파르르 떨리기 시작했다. 떨리는 입술을 애써 진정시키려는 모습을 보는 성민의 눈은 아무런 감정도 담고 있지 않았다.

"이걸 보여 주려고 늦은 시간에 연락한 건가요? 최 선생에 대해서 들은 적이 있어요. 하나가 예전에 만나는 남자가 있다고 했었죠."

"한 교수님은 미안하다는 표정 하나 짓지 않으시는군요."

"내가요?"

"제 약혼녀가 무방비 상태로 폭행을 당했는데 말입니다. 2주 동안 깁스해야 하고, 한 달 이상의 물리 치료가 필요합니다."

"보상을 원해요? 하나가 최 선생에게 미련이 많이 남았나 보네요. 질투심에 여자들끼리 한 몸싸움 정도로 여기면 되는 것을."

전혀 흔들리지 않는 표정에 성민은 속으로 혀를 찼다. 완벽을 고집하는 한 교수다. 딸의 저런 행동을 곱게 봐줄 리가 없다. 겉으론 별일 아닌 것처럼 하고 있지만, 그 속은 그렇지 않을 것이다.

"어렵게 하나의 심리 테스트 결과를 손에 넣었습니다. 예과 때 모두 했던 테스트였죠."

"······?"

"7년 전, 경계선 성격장애와 피해망상증이 있다는 결과가 나왔었는데. 알고 계시죠?"

"아, 그거."

당연히 알고 있었다. 하나에게서 미심쩍은 행동이 몇 가지 보였기에 테스트 결과를 누구보다 궁금해했었다. 그래서 미리 손을 썼다. 그녀가 가진 배경은 그런 문제쯤은 쉽게 해결할 수 있었다.

"그거라고 하셨습니까?"

"그때 하나가 장난삼아 해 본 거라고 그랬는데. 정말 그런 증상들을 아주 잘 알고 있어서 나도 놀랐어요. 그래서 신경과나 정신과 전공도 나쁘지 않겠다 싶었죠."

그렇게 둘러대서 의대에 남을 수 있었다.

순간적으로 한 교수가 방어 태세를 취하듯 권위적인 태도로 입을 열었다.

"최성민 선생, 지금 나한테 와서 꺼내려고 하는 말이 어떤 파문을 일으킬지 알고 하는 소리인가?"

"충분히 알고 있습니다."

"없는 일을 만들어서, 아니 오래전에 장난삼아 한 심리 검사를 가지고 이제 와 뭘 어쩌겠다는 거지? 나와 하나를 모함하려고 작정한 거야? 날 상대로?"

철저히 현실을 거부하는 모습에 성민은 잠시 생각에 잠겼다. 침착한 표정을 보여 주기 위해 노력하고 있는 모습이 애처롭게 느껴졌다. 본인은 모르겠지만 떨리는 눈을 감추려고 애쓰는 모습이 눈에 훤히 보였다.

완벽주의자인 한소연 교수의 이혼 사유는 알려진 것처럼 남편의 외도 때문이 아니었다. 강박증이 아닐까 싶을 만큼 작은 실수도 용납하지 않는 그녀의 성격을 남편은 견뎌 내지 못했다. 그래서 의도적으로 이혼의 빌미를 만들었다. 외도한 남편을 곁에 두지 않을 거라는 그의 계산이 적중했다는 것을 모두 잘 알고 있었다.

"하나는 한 교수님께 버림받고 싶지 않다는 말을 종종 하곤 했었죠. 그땐 왜 그런 생각을 하는지 몰랐습니다."

"……."

"지금은 그 이유를 충분히 알 것 같습니다. 하나가 왜 성적에 집착했는지도. 수단과 방법을 가리지 않고 필사적으로 최정상에 오르고 싶어 했는지도 알 것 같습니다."

"하나는 최정상에 오를 거야."

"송규철 과장님은 그 오름에 걸림돌이 될 텐데요."

"누구?"

한 교수의 놀란 표정을 보니 송규철 과장과의 부적절한 관계에 대해서 모르는 듯했다.

"신경과 송규철 교수님과 사적으로 무척 친밀하다고 알고 있습니다."

"송 교수라면……."

그의 화려한 여성 편력에 자신의 딸이 얽혀 있다니. 하나가 누구 딸인지 뻔히 알면서 그런단 말인가. 한 교수의 동공이 심하게 흔들렸다.

성민은 마지막 카드를 던졌다. 전호진 과장에겐 아직 확실치 않다고 했지만 결정적인 증거만 없을 뿐이었다.

"송 과장님의 관계는 조만간 터질 겁니다. 정하나의 심하게 살가운 태도 때문에 주변 사람들이 이미 눈치를 챈 상태죠. 그리고 한 교수님께서 후배를 통해 약 처방을 내렸다는 증거도 곧 제 손에 들어옵니다."

말을 마친 성민이 비릿한 미소를 지으며 자리에서 일어서자 한 교수가 따라 일어섰다.

"뭘 어쩌자는 거지?"

냉정함을 가득 담은 눈이 작은 체구의 여자를 냉랭하게 쳐다보았다. 자존심으로 똘똘 뭉친 여자이니 타격이 클 것이다. 그녀가 이제껏 쌓아 온 명예가 한순간 무너질 것이다.

"치료를 받아야 하지 않겠습니까?"

성민을 노려보는 한 교수의 눈빛이 살벌했다.

한소연 교수님, 당신은 어떻게든 이 상황을 해결하려 들겠지. 하지만 빠져나갈 구멍은 없을 거야.

"교수님 명예는 지키셔야 하지 않겠습니까."

11
일상으로
돌아가기

　성민은 퇴근 시간에 맞춰 치과로 갔다. 하은은 카디건을 벗고 사복 차림으로 치과 식구들과 있었다. 그녀를 바라보는 성민의 얼굴은 한없이 부드러웠다.

　"하은 쌤, 잘 쉬고 잘 챙겨 먹고. 다음 주에 봐."

　재민이 다정하게 말을 건네자 하은은 고개를 끄덕이며 미소 지었다.

　"뼈가 부러진 것도 아닌데 다들 걱정이 너무 심하세요."

　"어머, 나도 어쩌다 발목 삐면 신경 많이 쓰이고 짜증 나던 데."

　아니라는 듯 미화가 손을 저었다.

　"선배님 걱정을 우리가 안 하면 누가 해요."

　"치과는 걱정하지 마. 알아서 다 돌아가니까. 알았지?"

　"신경 써 주셔서 고마워요, 선배님."

"에이, 뭘. 깁스했다고 발 함부로 디디고 그러면 안 돼. 알지? 집에서 느긋하게 밀린 영화도 보고, 미드도 보고 그러면서 시간 보내."

"네."

진료실 입구에 서 있는 성민을 본 미화가 반갑게 말했다.

"어, 성민 쌤 오셨네."

"안녕하세요."

"우리 하은 쌤 데리러 오신 거예요?"

"네."

"공개적인 커플이 됐다고 너무 표 내는 거 아니세요?"

"최대한 조심하고 있는데요."

"조심요? 그걸 누가 믿어요. 성민 쌤 눈에서 꿀이 뚝뚝 떨어지는데."

"그런가요?"

재민이 하은의 어깨에 손을 대더니 앞으로 슬그머니 밀었다.

"최성민 선생님이 잘 알아서 하시겠죠."

"그건 걱정 안 하셔도 됩니다."

다른 사람들이 있어 성민은 재민에게 직접 고마웠다는 말을 하지 못했다. 눈으로 두 사람만이 알 수 있게 감사한 마음을 전했다.

"그럼 이제 퇴근하겠습니다."

목발을 하고 천천히 걷는 하은을 살피며 성민이 옆에서 보조를 맞추었다. 그들의 뒷모습을 보는 치과 식구들의 눈에는 부러움이 가득 넘쳐 났다.

엘리베이터를 타고 지하 주차장으로 가는 동안 두 사람 사이에 침묵이 흘렀다.

하은은 성민이 무슨 일로 오프를 냈는지, 볼 일은 잘 해결되었는지 궁금했다. CCTV를 확인했다더니 그와 관련된 일은 아닐지 걱정도 되었다.

성민은 그녀의 환한 미소를 보는 순간 달려가 끌어안고 싶은 것을 겨우 참고 있었다. 재민의 따뜻한 시선이 마음에 들지 않았고, 잠깐이지만 그녀의 몸에 손이 닿은 것도 마음에 들지 않았다.

조심스럽게 걷는 그녀를 확 안고 싶었지만 병원 안이라 참고 또 참았다. 생각보다 한소연 교수를 만난 게 정신적인 에너지 소모가 컸다. 그녀를 품에 안고 체취를 맡고 싶었다. 그러면 위로가 되리라.

지하 주차장에 도착하고 주변에 아무도 없다는 것을 확인한 성민은 하은을 안아 올렸다.

"어, 성민 씨!"

"목에 팔 감아요."

성큼성큼 걷는 탓에 하은은 성민의 목에 팔을 감았다. 그의 숨결이 그녀의 목에 닿아 흩어졌다. 하은은 그의 목에 얼굴을 묻는 순간 안도감이 밀려왔다.

"꽉 잡아."

차로 다가간 성민은 한쪽 다리를 올려 그녀의 허벅지 뒤쪽을 받쳐 지탱하고는 조수석 문을 열었다. 조심스레 그녀를 앉히고 안전벨트를 해 주었다.

성민이 운전석으로 돌아갈 때 하은은 차 안을 가득 채운 꽃향기에 몸을 돌렸다. 뒷좌석 한쪽에 100송이는 족히 돼 보이는 장미 꽃다발이 눈에 들어왔다. 일반 장미보다 꽃송이가 매우 컸다. 한 겹 한 겹의 꽃잎이 일그러짐 없이 아름답게 도도한 모습으로 피어 있었고, 그 옆으로 다양한 사이즈의 쇼핑백이 놓여 있었다.

"봤어요?"

차에 탄 성민의 눈이 하은의 시선을 따라갔다.

"오늘부터 집에서 시간 보낼 텐데 기분 전환에 도움이 될까 하고."

"……."

놀란 하은의 눈이 성민에게 향했다. 또 훅 치고 들어온다. 까칠한 것 같으면서 아닌 것 같고 부드러운 것 같으면서도 강했다. 그녀를 바라보는 눈이 한없이 부드럽고 촉촉했다가도 열정으로 번뜩거리기도 했다. 또 쓰다듬고 위로해 준다.

"장미 향이 차 안에 가득해요."

하은이 깊게 숨을 들이마시며 향을 음미하자 성민의 눈에 만족감이 어렸다.

"손에 쥐여 주고 향을 맡았으면 하지만, 꽤 무겁더라고."

"100송이?"

"응. 마음 같아선 꽃집의 꽃을 죄다 사고 싶었지만, 뭐라 할까 봐."

"꽃향기에 취해 정신 못 차릴지도 몰라요."

"나한테만 취하면 돼."

간질거린다. 그녀의 심장이. 파르르 떨리는 심장이 그를 향해 뛰기 시작한다.

"성민 씨는……."

"왜?"

얼굴을 가까이하며 그녀와 시선을 맞추는 그의 눈빛이 짙게 변했다.

"오글거리는 말을 너무 쉽게 해요."

"내 말이 오글거린다고?"

"네."

성민은 그녀의 머리카락을 귀 뒤로 넘기며 작은 귀에 입술을 가까이 댔다.

"나도 내가 이럴 줄 몰랐어. 그래서 마음에 안 들어?"

오소소 귓바퀴를 따라 잔털이 일어섰다. 목을 움츠리며 고개를 기울이자 성민의 입술이 뺨에 닿았다. 천천히 미끄러지며 그녀의 입술 근처로 내려왔다.

"보고 싶었어."

강인한 입술이 보드라운 입술을 천천히 입안으로 삼켰다.

"아침 아니니까 괜찮은 거지?"

얼굴이 확 붉어졌다. 아침이 아니니 괜찮다니. 이 남자 정말 못 말리겠다.

"마음에 들었으면 좋겠어."

천천히 아랫입술을 부드럽게 깨물고 핥기를 반복했다. 입안으로 들어올 듯 뜨거운 혀가 서성이면서도 선뜻 안으로 들어가지 않았다.

한참 동안 뜨겁게 탐하던 그가 아쉬운 듯 느릿느릿 입술을 떼어 냈다.

"갈까?"

"……네?"

그의 키스에 취해 정신이 몽롱해졌다. 긴 손가락이 그녀의 입술을 더듬더니 코끝을 톡톡 쳤다.

"집에 가자고. 책임지고 출퇴근시켜 준다고 했잖아."

몸을 바로 하고 시동을 걸며 싱긋 웃는 모습에 하은의 마음은 다시 한 번 더 흔들렸다. 최성민은 볼수록 매력적인 남자가 아니라 마성의 남자였다. 그녀의 혼을 빼놓는.

"난 하은 씨랑 밥도 먹고 차도 마시고 싶지만 어른들 기다리셔. 아픈 사람 늦게 데려다주면 눈 밖에 날지도 몰라. 그건 내가 원하는 게 아니야."

하은은 아직 자신이 병원 주차장에 있다는 것을 알았다. 그나마 그래도 이성적인 생각을 해서 다행이었다. 성민이 가까이 있으면 주변이 보이지 않았다. 이것도 병인가 보다.

차가 겨우 출발해 집 앞에 도착했다. 차에서 내려 목발을 의지해 서 있던 하은은 성민이 두 손 가득 들고 있는 쇼핑백과 꽃바구니를 쳐다보았다.

"그 안에 든 건 뭐예요?"

"하은 씨 심심하지 말라고 뭘 좀 샀어."

"뭔데요?"

"나중에 풀어 봐."

"힌트?"

"없어."

"없어요?"

"뭘 좋아할지 몰라서 내 마음대로 골랐어. 그중에 마음에 드는 게 있으면 말해 줘. 다음에 참고할게."

엘리베이터를 타고 하은의 집이 있는 층에서 내리자 현관문을 연 엄마가 보였다.

엄마는 하은과 성민 대신 어마어마한 크기의 새빨간 장미 바구니를 보며 놀란 듯했다.

"어머."

잠시 장미를 바라보다가 성민 쪽으로 시선을 돌렸다. 출퇴근을 책임지겠다더니 정말인 건가, 하는 눈빛이었다.

"들어와요."

"네."

뭘 샀는지 쇼핑백도 다양했다. 엄마는 깁스한 하은의 다리를 보며 의문스러운 표정을 지었다.

"둘이 쇼핑한 거야?"

"쇼핑은 무슨."

"그럼 이게 다 뭐야?"

"성민 씨가……."

"하은 씨가 이번 주 병가를 냈습니다. 다리가 불편해서 어디 나가지도 못하는데, 심심할까 봐 몇 가지 샀습니다."

"아, 그래요."

"아빠는요?"

"한 시간쯤 걸리신대."

거실 테이블 위에 풍성한 장미 바구니를 내려놓고 소파 옆에 쇼핑백을 내려놓은 성민에게 앉기를 권했다.

"아닙니다. 하은 씨 퇴근했으니 전 가 보겠습니다."

"괜찮으면 같이 식사라도……."

"초대해 주셔서 감사합니다, 어머님. 오늘은 좀 힘들 것 같습니다. 병원에 들어가 봐야 합니다."

"우리 하은이 퇴근 때문에 나온 거예요? 굳이 그럴 필요까지야."

"아닙니다, 어머님. 옆에 같이 있어 줘야 하는데 그러지 못해서 마음이 편하지 않습니다."

성민을 바라보는 엄마의 눈이 반짝였다. 어쩜 이리 반듯할까. 키도 크고 인물도 훤한 데다 말투도 반듯하고 모든 말과 행동에 진심이 묻어났다. 믿음직스러운 태도에 성민에 대한 호감도가 급상승했다.

성민이 돌아가자 엄마는 하은의 손을 붙잡았다.

"어쩜, 저 마음 씀씀이 봐. 너한테 정성이구나."

성민이 뭘 샀을지 궁금했던 하은은 쇼핑백 하나를 들여다보았다.

쇼핑백 안을 확인한 하은은 웃음이 나왔다. 여자들이 좋아할 만한 다양한 소품들이 하나둘씩 쇼핑백 밖으로 나왔다. 하얀 고양이 얼굴에 분홍색 리본을 단 깜찍한 캐릭터가 눈에 들어왔다.

"어떻게 이런 걸 살 생각을 했지?"

휴대폰 케이스를 시작으로 3D 마우스, 다양한 사이즈와 캐릭터 모양의 메모지, 밤에 사용하는 무드등, 무릎 담요까지 온통 분홍색이었다.

아기자기한 소품들을 하나하나 보며 하은은 소리 내 크게 웃었다. 그러다 낯익은 작은 민트 색 종이 가방이 눈이 들어왔다. 그와 커플링을 했던 T사 쇼핑백이었다.

"어……."

검은색 벨벳 반지 케이스와 작은 카드가 들어 있었다. 뚜껑을 열자 지난번 봤던 올리브 잎 모양으로 디자인된 반지가 반짝이고 있었다.

반지 안쪽에 글귀가 새겨져 있었다.

그대를 영원히.

떨리는 입술을 깨물며 카드를 펼치는 하은의 눈에서 눈물이 톡 떨어짐과 동시에 웃음이 터져 나왔다. 정말 못 말리겠다.

나의 뜨거운 키스를 그대의 손에 바칩니다.

하은은 책상 위 나란히 올려 둔 깜찍한 분홍색을 다시 또 보았다. 보고 또 봐도 자꾸 웃음이 나왔다. 노트북 마우스를 그가 사 준 것으로 교체하고, 옆에 예쁜 메모지를 보기 좋은 위치에 두었다.

"방이 확 살아나네."

깜찍하고 귀여운 캐릭터를 좋아하긴 했지만 일부러 모으는 스타일은 아니었다. 유독 난리를 떠는 여자를 보면 그렇게 좋을까 싶었다. 그런데 오늘따라 그 캐릭터들이 무척 예쁘고 사랑스럽게 보였다. 그녀의 심장이 간질간질 핑크빛으로 변해 가는 것 같았다.

"나도 모아 볼까?"

아니다. 방 안을 전부 핑크빛으로 꾸미는 짓은 하고 싶지 않았다. 소품 정도야 괜찮을 것 같지만. 그때였다. 문자 알림 음이 울린 것은.

〈자고 있어요?〉

성민이었다. 귀가 간지러웠나. 답장을 보내려다 하은은 통화 버튼을 눌렀다. 신호가 딱 한 번 울렸는데 그의 목소리가 들려왔다.

—하은 씨.

"네."

—피곤할 텐데 아직 안 잤어요?

내가 안 자고 있길 바랐으면서 엉뚱한 소리를 하고 있다.

"자꾸 웃음이 나와서 못 자고 있어요."

—왜요?

"선물이 마음에 무척 들어서요."

—어떤 선물?

"귀엽고 사랑스러운 선물이요."

—마음에 들어요? 뭘 좋아할지 몰라서.

"무지무지 마음에 들어요."

—하은 씨도 그 캐릭터 좋아해요?

"사다 모을 정도는 아닌데, 귀엽다고 생각했었어요. 성민 씨가 사 준 소품들이 너무 사랑스러워서 이참에 다른 것도 사 볼까 하고요."

—진짜? 다행이네.

"어쩌다 이런 생각을 했어요?"

—아, 그게……

한소연 교수를 만나고 나오면서 성민은 하은에게 뭔가 더 해 주고 싶었다. 목걸이를 할까 팔찌를 할까 생각하던 그는 지난번 하은이 마음에 들어 했던 반지를 사기로 했다.

반지를 구매하고 나오는 길에 잠시 걷고 싶었던 성민은 지나가던 여자들이 꺄악거리는 소리에 시선을 돌렸다.

"저거 너무 예쁘지 않아? 새로 나왔나 봐. 나 저거 갖고 싶었는데!"

갖고 싶었다는 말을 하는 여자의 얼굴이 좋아 죽겠다는 표정이었다.

그녀도 좋아할까. 그는 아기자기한 소품 가게 안으로 들어갔다. 이 캐릭터를 싫어하는 여자는 없을 거라는, 모든 여자의 사랑을 받는 캐릭터라는 점원의 친절한 설명에 성민은 덜컥 구매해 버렸다.

"온통 분홍색이었을 텐데 괜찮았어요?"

—뭐가?

괜찮았을 리가 없다. 아이들과 여성을 상대로 장사하는 곳에 잘못 들어온 건 아닌가 싶었다. 아기자기한 소품들이 가득한 곳에 정장 슈트를 입고 들어선 그는 이상한 나라의 걸리버가 소인국에 갔을 때의 모습과 별반 다르지 않았다.

"쑥스럽거나, 뭐 그런 거요. 온통 캐릭터밖에 없었을 텐데."

—그런 거 신경 안 써. 마음에 든다니 나도 기분 좋네.

기분 좋다는 그의 말에 진심이 느껴졌다.

"성민 씨는 특별히 좋아하는 거 있어요?"

—나? 그런 거 없어.

"정말요?"

—아, 하나 있다.

"뭔데요?"

—왜? 주려고?

더 낮아지는 성민의 목소리가 귀에 감겨 들어왔다.

"음. 줄 수 있다면? 내 능력 안에서요."

—김하은. 김하은을 갖고 싶어.

"……."

많은 뜻을 내포하는 말이었다. 단순하게 내 여자로 만들고 싶다는 포괄적인 뜻일 수도 있고, 아니면 다른 뜻을 담은 말일 수도 있었다.

그가 다시 질문했는데 들리지 않았다.

—대답은?

"네?"

—줄 수 있냐고.

"어…… 그러니까, 음."

어떤 말을 해야 할지 눈을 이리저리 굴려 보았지만, 딱히 떠오르는 말이 없었다. 그가 말하는 건 후자인 듯했다.

—대답 안 하는 거 보니, 하은 씨 이상한 생각이라도 한 모양이네.

"아, 아니에요."

—나도 하은 씨 선물받고 싶다고 했는데. 선물 줄 수 있냐는 말에 그렇게 오래 생각을 해?

아까 놓친 질문이 그거였던 모양이다.

"어떤 선물을 하면 내 진심을 담을 수 있을까, 생각하다 보니 그랬어요."

—잘 둘러대네.

"네?"

—내일은 뭐 할 거야?

"늦잠도 좀 자고. 미화 선배가 미드 추천해 준 게 있는데 그거 볼까 생각 중이에요."

—그래. 하은 씨 하고 싶은 거 해. 나는 열심히 기다리고 있을게.

"뭘 기다려요?"

—깁스 푸는 날 기다리는 거지. 지금 상태로는 어디 갈 수도 없으니까. 그래도 잠깐 들릴 수 있으면 들릴게.

"네."

—잘 자.

"성민 씨도 잘 자요."

＊　　　＊　　　　＊

"다녀왔습니다."

신발을 벗고 들어오는 하나의 인사에 소연은 반겨 주는 말 대신 차가운 눈빛을 보냈다.

"엄마?"

소연의 시선이 시계로 옮겨지며 시간을 확인했다.

"12시가 다 되어 가는데 어디서 뭘 하다가 오는 거니."

소연의 고저 없는 목소리와 차가움에 하나는 몸을 움찔거렸다.

움직이지 않는 입술을 억지로 늘리며 하나는 소연의 다리 옆 바닥에 앉았다.

"병원에 있다가 왔죠. 볼 게 많잖아요."

"병원?"

"네."

"너……."

딸의 얼굴을 꼼꼼히 뜯어보는 소연의 눈빛은 매스(Mass)와도 같았다. 얼음보다 더 차가운 눈빛에 하나는 몸이 덜덜 떨려 왔다. 입안이 바싹 말라왔다.

"일어나 봐."

"네?"

"일어나라고!"

두 팔을 붙들린 채 일어난 하나의 눈에 눈물이 그렁그렁 맺히기 시작했다.

"엄마, 왜 그래요. 응? 무슨 일인데. 말, 말로 해요."

딸의 블라우스를 잡은 손에 힘이 실리며 옷이 찢어졌다.

"엄마! 엄마, 왜 이래요."

두려움이 가득한 얼굴로 자신을 쳐다보는 딸의 눈빛에도 소연은 흔들리지 않았다. 그녀의 시선은 딸의 몸에 남은 키스 마크에 닿아 있었다. 가슴 위쪽 볼록한 곳에 진하게 남겨진 키스 마크. 발갛게 붉은 걸 보니 집에 오기 전에 같이 있었던 모양이다.

엄마의 시선을 따라 고개를 내린 하나는 두 손으로 가슴을 가렸다.

"엄마. 저기, 이거는⋯⋯."

쫘악.

"악!"

거친 마찰음을 내며 뺨을 맞은 하나는 바닥으로 쓰러졌다.

"너 무슨 짓을 하고 돌아다니는 거야! 응? 네가 뭐가 부족해서! 뭐가 부족해서 하필 송규철이냐고! 내 얼굴에 먹칠하려고 작정했구나!"

"어, 엄마⋯⋯."

맞은 뺨이 순식간에 부어오르기 시작했다. 태어나 처음으로 뺨을 맞아 충격이 컸고, 아빠와 헤어지던 날 엄마가 보였던 눈빛을 또 마주하니 너무나 무서웠다.

"엄마, 내가 잘못했어. 나 버리지 말아요. 흑, 제발요."

"한 가지 묻자."

368

울음을 삼키며 하나는 고개를 끄덕였다.

"송 교수랑 얼마나 됐니."

"흐흑."

"얼마나 됐냐고!"

"흑…… 6개월 정도요."

"정리해. 내일 당장."

하나는 정신없이 고개를 끄덕였다. 눈물 때문에 앞이 잘 보이지 않으면서도 소연을 쳐다보며 손을 붙잡았다.

"그럴게요. 엄마, 화내지 말아요. 내가 잘못했어요."

"너 약 안 먹고 있지."

"엄마……."

그건 어떻게 알고 있을까. 얼마나 남았는지 물어볼 걸 대비해 매일 알약 개수를 체크하고 있었다. 약통에도 분명 하나씩 비워지고 있었다.

"너 최성민 선생 찾아갔었니?"

"……."

"최성민 선생 약혼녀를 찾아가 폭행도 했어?"

하나는 소연의 앞에 무릎을 꿇고 머리를 바닥에 박았다.

"엄마, 내가 다 잘못했어. 당장 가서 사과할게. 응? 사과도 하고, 정리도 할게요."

하나는 눈물과 콧물로 범벅된 얼굴로 바닥에 머리를 쾅쾅 박았다. 카펫이 깔려 있어 상처는 나지 않았지만 하나는 깨트리려는 듯 힘을 실었다.

소연은 몸을 낮춰 딸의 머리를 붙잡았다. 얼굴을 두 손으로 잡고 시선을 마주했다. 눈물로 얼룩진 딸의 모습은 보기 흉했다. 그녀를 바라보는 눈은 두려움으로 떨고 있었다.

성민이 가고 오랜 시간 생각을 해 보았다. 딸은 더는 약을 먹고 있지 않은 것 같았다. 그랬으니 충동 조절이 힘들었으리라. 언제부터 먹지 않은 것일까.

"방에 진정제 갖다 놨어. 꼭 먹고 자. 난 생각을 좀 더 해 봐야겠다."

"먹을게요. 먹고 잘게요. 엄마, 앞으로 약 챙겨 먹을게요. 나, 나 미워하지 말아요."

딸의 얼굴을 쓰다듬는 소연의 얼굴에 희미한 미소가 지어졌다.

"미워하지 않아."

✳   ✳   ✳

늦잠도 자고 미화가 추천해 준 미드를 보겠다는 하은의 계획은 아침부터 틀어졌다. 규칙적인 생활이 몸에 배서 그런지 늘 일어나는 시간에 눈이 번쩍 떠졌다.

"늦잠 좀 자려고 했더니."

부모님과 여유롭게 아침을 함께하고 출근하는 아빠에게 인사를 한 하은은 성민에게 받은 캐릭터 무릎 담요를 가지고 거실로 나왔다.

"엄마, 커피 마실까?"

"그럴까? 너 뭐 마실래. 우유 넣어 줄까?"

"제가 할게요."

"앉아 있어. 뭘 움직인다고 그래."

"아예 못 움직이는 것도 아닌데요, 뭘. 커피 정도야."

"됐다. 오랜만에 좀 쉬어. 깁스 풀지 않은 상태로 다음 주에 출근한다며."

사실 지금 상태로도 출근하는 것은 어렵지 않았다. 단지 깁스 한 상태로 어시스트를 하지 못할 뿐이었다.

"오랜만에 딸이랑 느긋하게 커피 마시니 좋긴 하다만."

우유를 넣은 커피 잔을 내밀며 엄마는 딸의 깁스한 다리를 잠시 쳐다보았다.

"엄마도 참. 다리가 부러진 것도 아닌데."

"인대가 세 개나 다 파열됐다는데 걱정이 안 되니? 발목이 얼마나 중요한데. 우습게 보지 마라."

"알아요. 물리 치료도 열심히 받을게요."

"그거야 최 선생이 알아서 책임지고 하겠지."

엄마를 보는 하은의 눈이 웃음으로 접혔다.

하은은 왼쪽에 낀 반지를 바라보다 다시 오른쪽으로 시선을 내렸다. 오른손 약지엔 월계수 잎 모양의 반지를 꼈다. 두 반지 모두 항상 몸에 지니고 싶어 양손에 낄 수밖에 없었다.

"그 반지 엄마도 좀 껴 보자."

엄마가 오른손에 시선을 주며 눈짓하자 하은이 반지를 빼서 엄마에게 주었다.

"이게 내 손가락에 들어가려나 모르겠네."

살림으로 굵어진 손가락에 반지가 들어가지 않았다. 새끼손가락 반 정도 들어가는 게 최선이었다.

"내가 엄마 반지 하나 해 줄까? 나 깁스 풀면 사러 가요."

"말이 그렇다는 거지. 이런 반지를 내가 왜 껴. 젊은 사람들 취향인데. 엄마는 금반지가 좋더라."

"아빠한테 반지 하나 해 달라고 해요."

"네 아빠한테? 지금 내가 결혼반지도 안 끼고 있는 판에 반지 사 달랐다간 괜히 잔소리만 듣지."

딩동. 그때 현관문에서 누군가 초인종을 눌렀다.

"어? 누구지."

현관으로 나간 엄마가 두 손에 풍성하고 화사한 꽃병을 들고 나타났다.

"와. 진짜 예쁘다."

고급스러운 브라운 화기에 마리골드, 장미, 리시안셔스, 까치밥으로 예쁘게 꾸며진 풍성한 화병이 소파 테이블 위에 놓였다.

"최성민 선생이 보낸 거란다."

"성민 씨가 보냈다고요?"

"응. 여기 카드도 있어."

접힌 카드를 펼쳐 본 하은은 그가 꽃을 인터넷으로 주문한 것이 아니라는 걸 알았다. 카드엔 그가 직접 쓴 내용이 있었다.

보고 싶어.

군더더기 없는 네 글자가 전부였다. 멀리 떨어져 있어서 못 보는 것도 아닌데 보고 싶다는 글자를 읽는 것만으로도 괜히 울컥해진 하은은 입술을 꽉 다물었다.

"최 선생, 너한테 참 잘하는구나. 어제도 꽃바구니 보내 놓고는 또 보내고."

그 뒤로 성민은 매일 아침 꽃을 보내 왔다. 매번 다른 꽃들로 된 꽃바구니와 화병을 보냈다. 어느 날은 꽃바구니 안에 달달한 초콜릿도 함께였다. 카드의 내용도 매번 달랐다.

점심 맛있게 먹어요.
미드 잘 보고 있어요?
같이 커피 마시고 싶네.

일반적으로 보내는 카드 내용과 달랐다. 꽃과 바구니를 고르면서 그때그때 기분을 카드에 적어서 보냈다고 했다. 꽃을 받고 난 뒤 통화하는 동안 두 사람은 잠시 다른 세상으로 이동했다. 둘만의 공간에서 아낌없는 낯간지러운 말을 주고받았다.

매일 자기 전, 한 시간 이상 통화를 하면서도 다음 날 그가 보내온 카드를 보자 하은의 심장이 세차게 두근거렸다.

부모님의 초대로 성민은 하은의 집에서 저녁을 함께하고 거실에서 과일을 먹는 중이었다. 딸을 향한 아버지의 애정 가득한 눈빛과 온화한 미소를 짓는 어머니를 보며 성민은 하은의 반듯함이 어디서 오는 건지 알 수 알았다.

엄격하지만 딸에게 사랑을 듬뿍 쏟는 아버지. 온화한 미소와 차분하고 상냥한 말투의 어머니로부터 하은은 사랑을 먹으며 잘

자란 싱그러운 나무 같았다. 그녀의 싱그러움에 미소가 절로 지어졌다.

"최 선생은 우리 하은이만 보면 그렇게 좋아요? 늘 웃는 모습이네요."

그 말에 성민은 멋쩍은 표정을 잠깐 짓더니 활짝 웃었다.

"하은 씨 보면 기분이 좋아집니다. 보고 있는데도 보고 싶단 마음이 들고, 대화하고 있는데도 더 말을 하고 싶은 기분이 듭니다. 아무래도 병에 걸린 것 같습니다."

"어머나."

성민의 말에 오히려 엄마의 얼굴이 붉어졌다. 딸을 바라보는 엄마의 눈에 기쁨이 넘쳐 났다.

"남자가 거 참. 입 간지러운 말을 어찌 저리 잘하는지. 의심스럽군."

"제가 의심스러우십니까, 아버님?"

"크흠."

지지 않고 말을 하는 성민의 태도에 아빠는 그저 무릎을 탁치며 다른 곳을 쳐다보았다.

"오랜만에 하은 씨 바람이라도 쐬어 주고 싶은데 잠시 1층 벤치에서 커피 한잔해도 되겠습니까."

엄마가 얼굴을 활짝 피며 거들었다.

"그래요, 그래. 집에만 있었으니 답답할 텐데."

엄마가 하은의 방으로 들어가 무릎 담요를 가지고 나오며 가져가라 했다. 부모님의 배웅을 받은 두 사람은 밖으로 나왔다.

"오랜만에 안아 볼까."

엘리베이터 문이 열리자 성민은 기다렸다는 듯 하은을 번쩍 안아 올렸다.

✹　　　✹　　　✹

신경과 송규철 교수의 연구실. 블라우스 단추를 끼우던 하나는 고개를 비스듬히 돌려 송 교수를 쳐다보았다. 이미 옷을 챙겨 입은 규철은 작은 냉장고에서 생수를 꺼내 컵에 따라 하나에게 내밀었다.

"오늘따라 생각이 많은 것 같은데 무슨 고민이라도 있나?"

"네? 아⋯⋯."

당장 정리하라는 불호령이 떨어졌음에도 하나는 송 교수의 부름에 오늘도 그의 연구실로 왔다. 미적거리다가는 엄마에게 들킬지도 모를 일이었다.

"저, 교수님."

"말해."

뭐라고 말을 꺼내야 할지 방향을 잡고 있지 못하고 있는데 규철이 먼저 입을 열었다.

"다른 남자 생겼니?"

"네?"

"너 남자 생겼구나."

"그게⋯⋯."

어중간한 거짓말을 지어내는 것보단 차라리 그가 던진 말을 인정하는 게 나을지도 모른단 생각에 하나는 고개를 끄덕였다.

"하긴, 넌 예쁘니까."

규철은 하나의 수긍에 내심 안도했다. 정하나의 과장된 살가움이 신경 쓰이고 있는 판에 소문까지 돌고 있는 것 같아 정리하려던 참이었다. 진짜 남자가 생겼는지 어떤지는 모르겠으나 떼어 낼 기회가 생겨서 다행이었다.

"그래, 그럼. 이제 부르지 않을게. 남자 친구랑 잘해 봐."

그냥 툭 던졌는데 덥석 물어서 다행이었다. 뭐가 하나의 마음을 변하게 한 것인지 모르지만 그에겐 잘된 일이었다.

"오늘 당직이지?"

"네."

"그럼 가서 대기 타."

"알겠습니다."

당직 의사들이 쪽잠을 잘 수 있게 만들어진 공간에 막 들어서던 순간 하나는 응급실 호출을 받았다. 응급실에 도착한 하나에게 간호사와 당직 인턴이 설명하기 시작했다.

"갑자기 구토하더니 안면 장애를 일으키면서 쓰러지셨다고 합니다."

"시간은요?"

"보호자 말로는 저녁 먹고 얼마 되지 않았다고 하는데……."

"시간! 시간 말이에요."

그녀의 외침에 보호자가 달려와 9시쯤이라고 했다. 급성 뇌경색의 골든타임은 발작 후 서너 시간이다. 정맥으로 혈전 용해제(TPA)를 투여해야 한다.

하나는 시간을 확인했다. 12시가 넘었다. 증상이 나타난 지

세 시간이 넘어간 상태다. 이러다 환자를 잃을 수 있겠다는 생각에 하나는 재빨리 항응고제 헤파린을 정맥 주입했다.

투여하고 나니 번쩍 스쳐 지나가는 것이 있었다. 하나는 옆에 있는 담당 간호사에게 작게 물었다.

"이 환자 INR(International normalized ratio)* 수치 검사 들어갔어요?"

"오더 내리지 않으셔서……."

하나는 두 눈을 감았다. 늘 하던 검사였는데 왜 빠트렸을까. 검사 결과 기다리는 시간이 아깝긴 했다. 이제껏 정상 수치 범위 안을 나타내는 검사 결과를 보며 골든타임을 놓치는 경우도 가끔 봤기에 당연히 정상이라 생각한 것이다.

제발, 이 환자도 정상 범위이길. 제발.

신은 그녀의 편이 아니었다. 환자는 동맥경화증으로 항응고제를 복용하고 있었다. 환자는 뇌출혈 증상을 보였고 곧장 수술실로 올라갔다. 연구실에 있던 송규철이 연락을 받고 응급 수술에 들어갔다.

"정하나, 넌 들어오지 마."

"하아……."

내가 뭘 한 거지. 이제껏 이런 실수가 없었는데. 다른 선배들은 잘했는데. 다들 검사해도 정상으로 나오던데 왜 하필…….

아니야. 내가 놓친 부분이야. 내가 실수한 거야. 가족들은 약을 먹고 있다는 걸 말해 주지 않은 거야, 왜. 왜!

---

*INR(International normalized ratio):국제 정상화 비율.

병원 지하로 내려가는 통로 계단에 앉아 하나는 자신을 자책하면서도 부정하기를 반복했다.

"엄마…… 엄마, 나 어떡해. 흐흑…… 흑."

다음날 병원은 발칵 뒤집혔다. 환자는 응급 수술을 받은 뒤 중환자실로 옮겨졌다. 보호자들은 담당 의사를 불러오라며 응급실에서 난리를 쳤다.

병원장부터 시작해 주요 임원들의 비상대책위원회가 열렸다. 말이 비상대책회의지 정하나에 대한 의료 과실 여부를 논의하는 자리였다.

그 자리에 하나의 엄마 한소연도 참석했다. 외부 인사의 참여는 있을 수 없는 자리였지만 한소연의 등장에 아무도 안 된다 말하지 못했다.

"잠시만 하나와 둘이 대화 좀 할게요."

딸과 둘이 남게 되자 소연은 소파에 앉았다. 어떠한 표정조차 보이지 않는 엄마의 얼굴을 보며 하나는 그 앞에 무릎을 꿇었다. 올려다보는 두 눈에 두려움이 가득 찼고 버려질 거란 불안감에 눈동자가 흔들렸다.

"엄마……."

"송규철 교수가 너에게 무슨 말이라도 하든?"

"……네?"

"송 교수가 네게 걱정하지 말라든가. 뭐 그런 말 했냐고."

"자네 방에 가 있어."

송 교수는 그녀와 눈조차 마주치지 않았다.

"아뇨."

딸의 대답에 얼음송곳 같은 눈빛이 날아들었다.

"6개월이나 몸을 섞었는데 네 뒤도 못 봐준다든? 넌 도대체 뭘 했니! 그동안 뭘 한 거야!"

"엄마! 잘못했어요. 내가 잘못했어요."

하나는 바닥에 납작 엎드렸다. 마주 잡은 손 위로 굵은 눈물방울이 뚝뚝 떨어졌다.

"송 교수는 네 뒤를 봐주지 않을 거다. 지도 교수가 봐주지 않는데 병원에서 이 사건을 두리뭉실 넘기려고도 하지 않겠지. 구차하게 변명하지 마. 사실 그대로 말하고 인정해."

"엄마!"

"이건 명백한 의료 사고야. 넌 해임될 거야. 만에 하나 그 환자가 죽기라도 한다면……."

"엄마, 어떻게 안 될까요? 그 환자 죽으면 안 돼요. 죽으면 안 된다고요!"

"그 환자가 죽길 바라는 사람은 아무도 없어. 무사히 퇴원하길 바라는 거지."

소연이 자리에서 일어서자 하나의 눈빛이 크게 흔들렸다. 마치 자신을 버리려는 듯한 느낌에 하나는 소연의 두 다리를 붙잡으며 울부짖었다.

"안 돼요, 엄마. 나 버리지 말아요. 제발. 제발요."

"논의가 끝날 때까지 입도 벙긋하지 마. 그게 널 위한 최선의 방법이니까."

다리를 붙잡고 꺼억꺼억 울고 있는데도 소연의 눈은 차가웠다. 그녀 인생에 오점이 둘이나 생기다니 통탄할 일이었다. 남편에 이어 딸까지 그녀의 성에 차지 않았다. 이 일을 최대한 빨리 마무리 지어야겠다. 하나는 더 이상 이 바닥에 있지 못할 것이다. 치료를 위해 멀리 보내야겠다.

"무조건 납작 엎드려. 변명할 생각하지 말고. 알았니?"

"네. 그럴게요. 그럴게요, 엄마."

금요일 저녁, 혜원이 보낸 한 통의 문자에 하은은 마음이 편치 않았다. 병원에서의 의료 사고는 크든 작든 일어난다. 인간이 하는 일이기에 완벽할 순 없지만 의도치 않게 작은 실수가 바로 정상적으로 잡힐 수도 있고, 혹은 더 큰 사건으로 번지기도 한다.

의사는 신이 아니다. 알고 있는 지식을 총동원해 최선을 다할 뿐이다. 그래서 의료 사고는 의사에게도, 그 일을 당한 환자에게도 안타까운 일이다. 같은 직종에 근무하는 사람으로서 설명할 수 없는 그 무엇이 있기에 마음이 아파 왔다.

저녁을 먹는 동안 하은이 계속 말이 없자 이상하다고 생각한 엄마가 넌지시 물었다.

"최 선생이랑 싸웠니?"

"아뇨. 왜요?"

"아까부터 말이 없어서 그러지. 아까 낮에 최 선생이 보낸 꽃이랑 초콜릿 바구니 보고는 기분이 좋은 거 같더니, 방에 있다 오니까 안색이 안 좋아져서 묻는 거야."

"아."

의료 사고에 대해 말하고 싶지 않았던 하은은 월요일 출근하는 게 걱정이라고 얼버무렸다.

"최 선생이 출퇴근시켜 준다며."

"말이 그렇지 어떻게 매일 해요. 저보다 출근 시간도 훨씬 빠른데."

"최 선생, 수술은 없잖아. 응급 상황이 있을 리도 없고."

"그건 그렇죠. 그래도 워낙 자기 일에 몰두해서 요 며칠은 계속 병원에 있던걸요."

"그래?"

'뭐든 열심히 하면 좋은 거지'라며 하며 엄마와 아빠는 소리 없는 시선을 주고받았다.

하은은 좀 쉬어야겠다며 방으로 들어갔다. 창가에 있는 작은 1인용 의자에 앉아 혜원이 보낸 문자를 또 들여다봤다.

〈정하나 쌤 의료 사고 냈나 봐. 병원 난리 났어. 징계 먹을 것 같아. 어쩌냐.〉

차라리 정하나가 계단에서 굴러 다리가 부러졌다는 문자였다면 참 고소하다 했겠지만 이건 차원이 다른 문제였다. 의료직에서 영원히 떠나야 할지도 모를 일이고, 운이 좋다면 잠깐 쉬었다가 다른 병원으로 이직하면 되는 것이었다. 어찌 됐든 의료 사고는 의사에겐 치명타이면서도 커다란 트라우마로 자리 잡게 될 터였다.

"마음이 뒤숭숭하네."

아예 모르는 사람이었다면 대충 흘려들었을 텐데 좋지 않은 감정으로 얽혀 있는 사람이다 보니 기분이 묘했다.

"고소를 하기가⋯⋯."

마음이 심란해졌다. 악의적 의도가 다분했던 정하나를 고소하려고 했었다. 받은 만큼 돌려주고 싶었지만 의사에게 제일 치명적인 의료 사고가 일어났다. 그게 신경이 쓰였다. 그녀가 고소하지 않아도 정하나에게 무거운 징계가 따를 것이다. 착잡한 심정으로 이러지도 저러지도 못하고 있는데 노크 소리와 함께 방문이 열렸다.

"하은아, 최 선생 왔어."

"네?"

거실로 나가 보니 성민이 와 있었다.

"온다는 말도 없이⋯⋯."

"전화하려다가 집도 코앞인데 부모님께 인사도 드릴 겸 들렀어요. 쉬는 거 방해했어요?"

"아니에요. 안 그래도 좀 기분이 그랬는데 잘됐네요."

기분이 그렇다는 말에 성민의 표정이 걱정으로 흐려졌다.

"발목이 아픈 거예요?"

"아뇨. 발목이 아플 게 뭐 있다고. 저녁은요?"

"먹고 나왔어요."

"그럼 커피 한잔할까요? 요 아래서?"

밖으로 나가고 싶어 하는 하은의 마음을 눈치챈 성민의 시선이 재빨리 하은의 아버지에게 향했다.

"하은 씨 데리고 잠시 나갔다 와도 되겠습니까?"

"그러게. 마음대로 걸어 다니지도 못하니 답답하겠지."

"감사합니다. 오래 붙들고 있지는 않겠습니다."

성민을 보는 시선이 처음보다 훨씬 부드러워진 아빠의 변화에 하은의 입꼬리가 슬그머니 올라갔다.

"한두 시간 정도면 될 거예요."

카페로 자리를 옮기는 동안 말이 없는 하은에게 성민은 아무 질문도 하지 않았다. 걱정스러운 눈빛만이 그녀의 얼굴을 더듬었다.

주문한 허브티가 나오고 그녀가 한 모금 마시기를 기다린 성민은 하은이 찻잔을 내려놓자마자 바로 입을 열었다.

"이제 말할 준비가 됐어요?"

"……."

하은은 가만히 성민을 쳐다보았다. 그의 머리카락을 따라 이마, 짙은 눈썹, 그녀를 바라보는 검은 눈동자와 날렵한 콧등, 따뜻한 입술을 지난 시선이 그의 전체적인 얼굴을 그리듯 보고 있었다.

정하나에게 일어난 사건을 자랑하듯 말할 줄 알았다. 아니, 그의 문자가 먼저 올 줄 알았다. 그런데 내색조차 하지 않는다.

그녀와 관련된 일에서만 말수가 많았다. 단호하고 고집스럽게 생긴 저 입으로 낯 뜨거운 말을 내뱉고, 뜨거운 입맞춤을 했다. 오직 그녀에게만.

평상시와 달리 아무런 말도 하지 않는 그녀에게 무슨 일이 있있는지 먼저 물을 만도 한데 묻지 않는다. 무관심이 아니라 그녀의 감정을 살피고 있다는 것이 느껴졌다. 먼저 입을 열기 전엔 묻지 않겠단 뜻이다.

"병원에 일이 생겼다고 들었어요."

"그래요?"

닫힌 입술에서 나오는 말은 그녀의 기분을 어루만지는 듯 따뜻했다.

"많이 심각해요?"

"환자 상태는 호전되고 있어요."

"다행이네요."

고개를 끄덕이는 성민을 보며 하은은 조심스럽게 물었다.

"어떻게 되는 거예요? 6개월? 1년?"

성민의 얼굴이 천천히 좌우로 움직였다.

"그럼요?"

"내가 말했잖아. 정하나 그냥 안 둔다고. 이 사건으로 더 쉬워졌지. 크게 힘 안 들여도 되니까."

"성민 씨."

"어차피 이 일이 없었어도 어떻게든 내가 끌어내렸을 거야."

"나랑 연관된 거 말고 다른 뭐가 있는 거예요?"

"하은 씨는 몰라도 되는 일. 알아서 좋을 게 하나도 없으니까."

"난…… 고소하고 싶지 않아요. 내가 피해를 입은 건 맞지만 의료 사고가 정하나 쌤에게는 더 큰 벌이 될 거예요."

하은을 마주하는 성민의 시선에선 아무것도 읽을 수 없었다.

그녀의 머릿속을 샅샅이 파헤치는 것처럼 그의 시선이 다가와 꼼꼼하게 훑어 내렸다.

오늘 퇴근 전 한소연이 후배를 통해 처방을 내렸다는 증거를 전달받았다. 정하나를 의료계에서 완벽하게 들어낼 수 있는 증거였다. 다만 슬그머니 큰 사건에 묻혀서 작은 사건이 의미 없어지는 것이 싫을 뿐이었다.

"당신을 폭행한 것이, 이 일로 없었던 일이 되지 않아."

"그건 어쩌다 다리가 끼여서 실수로⋯⋯."

"그때 박재민 선생님이 그 자리에 없었다면? 그랬다면 어땠을까?"

그녀의 팔을 잡아당기며 분노를 표출했던 정하나의 표정은 정말 무시무시했었다. 팔을 파고드는 손아귀 힘이 굉장했었다.

"정하나는 당신한테 분명 해코지했을 거야."

그랬을지도 모른다. 그의 말이 맞긴 하지만 일어나지 않은 일이다.

"징계를 받는 것만으로도 충분히 그 일에 대해 값을 치른다고 볼 수 있잖아요. 괜히 신고까지 덤으로 하고 싶지 않아요. 성민 씨 말 들으니 단순히 자숙의 시간을 지내는 것도 아닌 것 같은데."

"정하나는⋯⋯."

성민은 말하다 말고 입을 다물었다. 굳이 다 말할 필요는 없겠지.

"어쨌든 당신에게 있었던 일에 대해 확실한 책임을 져야 해. 봐준다고 될 게 아니야. 그 누구든 잘못을 했으면 합당한 대가는 치러야지."

"당사자인 내가 괜찮다고 하잖아요."

"동정심이야?"

마음에 안 든다는 표정과 함께 그의 눈이 번뜩였다.

"생각에 따라 달라요. 사소한 일에 목숨 걸고 달려드는 사람이 있고, 큰일인데 사소한 것처럼 느끼는 사람도 있고요."

"그래서. 인대 세 개쯤 파열된 건 사소한 일이다? 그런 거야?"

그녀를 바라보는 눈빛이 험상궂게 변했다.

"난 정중한 사과를 원했어요. 하나 쌤이 질투에 눈이 멀어서 감정적이었던 것……."

"잠시 감정적이었다? 그러니 이해해야 한다?"

점점 더 낮게 가라앉는 성민의 목소리에 미세하게 몸이 떨렸다.

"하은 씨, 정확하고 반듯한 거 좋아하는 줄 알았는데 이렇게 무른 사람인지 몰랐어. 자신에게 해코지를 한 사람을 이해하려는 마음, 어떻게 받아들여야 하는 거야?"

"그게 아니라 일이 겹치니까요. 정신적으로 충격이 클 텐데."

같은 병원 직원으로서 법적 절차를 밟는다는 것이 어렵고 힘든 일이었구나. 직접 당해 보니 생각처럼 쉽지가 않았다.

"날 붙잡은 건 의도적이었지만 발이 삐끗한 건 운이 나빴어요. 그냥 사과받고 끝냈으면 좋겠어요. 괜히 복잡하게 해서 시간 끌고 싶지도 않고요."

"그 생각 때문에 날 보고 반가운 표정도 안 지었던 거야?"

성민의 얼굴이 섭섭함으로 가득 차 있는 걸 본 하은은 미안한 표정을 지었다.

"성민 씨 얼굴은…… 무서웠으니까요. 그날 응급실에서 본 성민 씨는 무서웠어요. 이 남자한텐 잘못하면 안 되는구나 싶고. 난 시간이 흐르면 그냥 잊히더라고요. 성민 씨 말처럼 무른 면이기도 하고, 변명하자면 망각 시스템이 잘 돌아가는 거죠. 사람에 따라 달라요. 굳이 안 좋은 일을 선명하게 기억할 필요는 없으니까요. 괴로우니까, 나랑 상관없는 사람을 계속 떠올리며 오랜 시간을 함께 가는 게 싫으니까요. 떨쳐 낼 수 있으면 떨쳐 내는 거죠."

그의 눈빛에 다시 따스함이 물드는 것이 보였다.

"빨리 잊고 내가 충실하게 에너지를 쏟을 수 있는 값진 것에 몰두하고 싶은 거죠. 그게 내 방식이에요."

조곤조곤 말하는 하은을 바라보던 성민은 딱딱하게 굳어 있는 가슴 한구석 어딘가로부터 따스함이 번져 나갔다.

김하은이란 여자가 이런 여자구나. 그녀가 하는 말을 전부 이해하고 받아들일 순 없지만, 그녀의 생각을 존중한다. 어쩌면 그녀의 말이 옳은 것일지도 모른다. 가치 있는 일에 자신의 에너지를 쏟고 싶다는 그 말이 가슴에 팍하고 꽂혔다.

성민의 입가가 부드러워지며 따스함과 사랑을 가득 담은 눈이 하은에게 향했다.

"하은 씨, 참 예뻐."

조금은 심각한 이야기를 하는 중이라고 생각했는데 그의 뜬금없는 말에 하은의 동그란 눈이 더 동그래졌다.

"네?"

"예쁘다고, 당신. 예쁘네."

성민이 자리에서 벌떡 일어서더니 그녀의 옆자리로 옮겨 왔다. 커다란 두 손으로 그녀의 얼굴을 잡더니 얼굴을 가까이했다.

"내 부족한 면을 당신이 채워 줄 수 있을 거 같아. 그래서 감사해."

따뜻한 입술이 살포시 내려와 작은 입술을 머금었다. 살짝 힘이 실린 그의 입술은 야하지 않았다. 감사와 존중이 가득 담긴 정중한 입맞춤이었다. 입술을 떼어 낸 성민이 하은을 안아 올렸다.

"집에 데려다줄게. 빨리 깁스 풀면 좋겠다."

괜찮다고 해도 내려 주지 않을 것이 분명했기에 하은은 잠자코 있었다. 안고 가는 게 꽤 힘이 들 텐데 숨소리조차 흔들리지 않는 그를 보며 하은이 말했다.

"힘들면 힘들다고 해요."

"이 정도로 힘들면 남자 구실 제대로 할 수나 있겠어? 나 저질 체력 아니야."

엘리베이터에서 내려 그녀의 집 앞에 조심히 내려놓으며 성민이 귓가에 속삭였다.

"잠시만 이대로 있어. 키스 좀 하자."

그녀를 벽에 기대어 서게 한 성민이 한 손으로 가녀린 허리를 받치고 다른 한 손으로 뒷머리를 잡았다. 두 입술이 맞닿으며 작은 숨을 뿜어냈다. 천천히 시작된 입술의 맞물림이 점점 높은 파도가 되어 두 사람을 휘감았다. 서로의 따뜻함을 공유하고 나누며 달콤한 굿나잇 인사를 만들어 갔다.

✳   ✳   ✳

길었던, 혹은 짧았던 2주일이 지나 길고 하얀 석고 덩어리를 제거하는 날이 돌아왔다. 성민의 부축을 받으며 출근한 하은은 곧장 정형외과로 갔다.

"어서 오세요, 하은 쌤. 오늘 드디어 푸네요."

"네."

대답하는 하은의 얼굴이 밝았다. 제대로 씻지도 못하고, 옷 입기도 불편했던 2주 동안 많은 일이 일어났었다. 어수선했던 병원은 금세 평상시 바쁜 환경으로 돌아갔고, 정하나에 대한 입방아는 쉬이 잠잠해졌다.

드디어 무거웠던 석고를 떼어 내니 상대적으로 가늘어진 하얀 발목이 드러났다.

"알죠? 깁스 떼어 냈다고 해서 바로 무리하면 안 되는 거?"

"알아요."

"힘을 다 받아 내지 못하니까 일주일 정도는 지탱해 줄 발목 보호대를 해야 해요. 지하 의료기 판매하는 곳에 가면 있어요."

"네."

"물리 치료받는 거 잊지 말고요."

"열심히 잘 받을게요."

"그런 건 신경 안 써도 돼."

진료실 문을 열고 성민이 들어왔다. 그의 손에는 이미 하은을 위한 발목 보호대가 들려 있었다.

"누가 모른다고 할까 봐."

정형외과 의사가 고개를 저으며 웃음 지었다. 그녀를 진료실에 들여보내 놓고 어디 갔다 온다더니 지하에 내려갔다 온 모양이다. 하긴, 그의 전공이 재활의학이니 어련히 알아서 준비했을까.

"재활의학과 전공의를 남자 친구로 두셨으니 더 길게 설명은 안 하겠습니다. 최 선생님이 극진하게 보살필 것 같으니 말이죠."

발목 보호대를 하고 일어서니 오른발이 가벼워진 느낌이 들었다. 잘 걸을 수 있음에도 성민은 그녀를 2층 치과 진료실까지 데려다주었다.

두 사람의 이동하는 모습에 직원들의 시선이 한 번씩 쏠렸다. 예전에 비하면 그 시선은 오래 머물지 않았다. 기정사실로 되었으니 그들의 이슈도 끝난 것이다.

"이제 그만 가세요."

"응."

대답만 하고 갈 생각을 안 하는 그를 다시 재촉했다.

"아침에 바쁜 일 없어요?"

"내가 다 알아서 해."

"그건 아는데, 왜 그렇게 쳐다봐요?"

"깁스 푸니까 좋아서."

그의 눈빛이 유난히 반짝거렸다.

"저도 좋아요. 발이 가벼워져서 날아갈 것 같아요."

"내가 못 날아가게 잘 붙잡아 줄게."

잡아 준다고 말하는 눈빛이 이상하게 느껴지는 건 기분 탓일까.

또 그녀의 심장 속으로 훅 치고 들어왔다.

그녀를 향해 눈을 찡긋거리더니 가운 주머니 속에서 뭔가를 꺼내 손에 쥐여 주었다. 빨간색 은박 포장지에 쌓인 손바닥만 한 하트 모양의 초콜릿이었다.

"깁스 푼 거 축하해. 오늘 저녁 같이 먹자."

또 별거 아닌 것에 심장이 두근거렸다. 발목 보호대를 사다 주고, 하트 모양 초콜릿 하나에 감동을 먹는 자신이 신기했다. 그이기에 가능한 것일지도 모르겠다. 성민은 늘 그녀를 설레이게 했다.

발목 보호대를 하고 있었지만 치과 식구들의 배려로 오래 서 있는 어시스트는 그녀에게 돌아오지 않았다. 괜히 무리했다가 크게 덧나면 훌륭한 어시스트의 부재가 또 생기기 때문에 미연에 방지하는 것이라 했다.

퇴근 시간이 다가오자 하은은 물리 치료실로 내려가 치료를 받았다. 치료받는 내내 성민이 계속 옆에 있어 주었다.

빨간 등 아래 발목을 두고 그가 커튼을 닫자 좁은 공간에 그와 둘이 있게 되어 기분이 묘해졌다.

하은은 괜히 얼굴이 붉어졌다. 헛기침을 하자 성민이 놀라 물었다.

"뜨거워?"

"아, 아뇨. 괜찮아요."

"전부 다 끝나려면 한 3, 40분 걸릴 거야."

"네. 그런데 여기 있어도 돼요?"

"나?"

하은이 눈을 깜빡였다.

"당연하지. 내가 일하는 일터인데. 난 지금 열심히 환자 진료 중이야."

"그렇긴 하네요."

세림대학병원 최고의 인기남인 최성민이 그녀의 앞에 나타났던 그 순간부터 그녀의 생활은 평탄치 않았다. 평범한 남자가 아니었기 때문에 덩달아 그녀의 생활도 흔들렸다. 조용하고 평화로웠던 김하은의 생활은 최성민의 등장으로 흐름이 깨졌다.

미화 선배의 극에 달한 히스테리를 경험했지만 좋은 결과를 낳았다.

정하나라는 복병이 나타나 공포심을 느끼기도 했다. 인대 파열이라는 사건이 생겼고, 그러면서 성민과의 관계는 나날이 알콩달콩해졌고 사랑이 점점 무르익어 간 계기도 되었다.

부모님께 자연스럽게 인사도 드리게 되면서 그에 대한 호감과 신뢰도 함께 얻었다. 풍파가 있어야 그 뒤에 오는 평화가 더 소중하고 가치 있게 느껴지는 것일까.

정하나에 대해 하은이 측은지심을 느끼자 참다못한 성민이 모든 것을 다 까발렸다. 정하나의 정신적인 문제, 한소연 교수의 후배를 통해 불법 처방과 송규철 교수와의 은밀한 관계까지. 그의 입에서 흘러나오는 생각지 못한 일들을 들으며 그녀는 벌렁거리는 심장을 진정시키느라 힘들었다.

한소연 교수의 입김으로 정하나는 하루아침에 병원에서 사라졌다. 송규철 교수의 6개월 휴가도 같은 시기에 진행되면서 소문은 무성해졌다.

성민은 한소연을 찾아가 후배를 통해 정하나에게 줄 약을 불법 처방한 것에 대해 증거를 내밀었고, 그것이 알려지면서 협회가 한동안 시끄러워졌다.

하지만 워낙 강력한 우월 의식을 가진 집단이라 한소연을 그자리에서 끌어내기엔 너무나 미미한 사건이었다. 세상은 그렇게 돌아가고 있었다.

그녀의 발목에 투명한 젤을 바르고 온열기로 마사지하는 성민에게 하은이 조심스럽게 물었다.

"정하나에 대해 들은 거 있어요?"

"그게 왜 궁금해?"

"아뇨. 어디서 치료라도 받고 있나 해서요."

"외국으로 나갔어. 한 교수도 당분간 외국에 머문다고 들었고."

"잘됐네요."

한소연은 사회적으로 본인이 원하는 만큼의 명성에 올랐을지는 몰라도 엄마로서의 모성은 터무니없이 부족했다. 정하나의 정신적인 질병도 결국 한소연이 엄마의 역할을 다하지 못해 생겨난 것이었다.

"뭐가?"

"정하나한테 엄마란 존재가 필요하니까요."

"두 사람이 외국으로 나간 건 맞는데. 같이 있진 않아."

"같이 안 있으면요?"

"한소연 교수가 뭔가 느꼈을 거라고 생각해?"

"그럼 정하나 혼자 보냈단 말이에요? 이게 누구 때문인데요!"

"그 사람들 이야긴 더 안 했으면 해. 우리 둘 이야기로도 시간이 모자란 판에."

"거의 매일 봤는데 뭐가 모자라요."

"하은 씨는 나랑 헤어지는 게 별로 아쉽지 않나 보네."

"……."

"나만 아쉽고. 뒤돌아서면 또 보고 싶고 그런 거야? 나 혼자?"

"에이. 왜 또 그래요."

"오늘은 뭐 먹을까?"

이 남자 화제 전환을 참 잘한다. 훅 치고 들어왔다가 그 속도만큼이나 빠르게 빠져나간다. 삐친 것 같다가도 금세 다시 돌아온다.

"삐친 척하는 거예요? 아니면 삐쳤는데 그게 오래 못 가는 거예요?"

"왜. 내가 삐치면 어떻게 해 주려고."

"어떻게 해 주긴요. 달래 줘야죠."

온열 마사지를 끝낸 성민이 티슈로 발목에 남아 있는 젤을 닦아 냈다. 젤은 분명 발목 쪽에 묻혔는데 휴지가 발가락 사이에서 움직였다. 요상한 움직임에 목소리가 떨리면서 끊어졌다.

"여기구나. 여기 민감하네."

"성민 씨……."

최대한 목소리를 낮추며 그를 불렀지만, 고개가 돌려지지 않았다. 그러더니 휴지를 버리고는 손가락을 발가락 사이에 밀어 넣었다.

"으윽. 읍."

상체를 벌떡 세운 하은이 성민의 팔을 붙잡았다.

"미쳤어. 미쳤어. 변태예요?"

"변태?"

"그래요."

"내가 변태라고?"

"지금 뭐하는 거냐고요."

"뭐하긴. 알아 두면 좋잖아."

"뭐가 좋아요!"

"당신한테 좋지. 누가 좋겠어."

싱긋 웃으며 그녀의 입술에 촉 하고 입술이 닿았다 떨어졌다.

"진짜……."

부릅뜬 눈을 보면서도 성민은 음흉하게 웃으며 귓가에 속삭였다.

"두 사람이 서로 허용한다면 그건 변태 행위가 아니야."

"앗."

몸을 떼기 직전 성민이 귓바퀴 끝을 이로 살짝 물었다 놓았다. 짜릿한 전류가 귓속으로 파고들며 빛의 속도로 빠르게 온몸으로 내달렸다.

"싫어? 지금 한 거. 마음에 안 들어?"

마음에 안 들 리가 없지 않나. 이 짜릿한 기분은 당한 사람만이 알 수 있을 것이다.

"하은 씨는 지금 한 것이 싫고, 내가 좋으면. 이건 변태 행위로 볼 수 있어. 당신이 나하고 영혼을 교감하는 키스를 나눌 때도 우리 둘 중 누구 하나가 싫다고 하면 변태 행위가 될 수 있는 거라고."

그가 뭔가 설명하고 있는 것 같지만, 머릿속으로 쏙 들어오진 않았다.

"이상하고 특이한 행위만이 그렇게 정의 내려지는 건 아니야. 좀 더 확실한 예를 알고 싶어? 만약 하……압."

하은이 두 손을 뻗어 성민의 입을 막았다. 아무리 커튼이 닫혀 있고, 라디오 소리도 난다지만 누가 들을까 무서웠다.

"알, 알았다고요. 그러니 그만해요."

입술이 막히자 성민은 작은 두 손에 뜨거운 입김을 불어 댔다. 볼수록 예뻐 죽겠는데. 말하는 게 너무 예뻐서 홀랑 벗겨 삼켜 버리고 싶은데.

석고가 제거되고 당분간 매일 그녀의 발목을 만지며 하루를 마감할 생각에 작은 위로를 받은 것 같지만 그렇지 않았다. 예전에 그녀의 발을 마사지해 준 적이 있었지만, 그때와는 또 달랐다.

그땐 순수 의사로서의 피로를 덜어 주기 위한 도움이었다면 지금은 노골적으로 그녀를 탐하는 손길이었다.

"담당 의사를 바꿔 달라고 해야겠어요."

성민은 자리에서 일어나 커튼을 열었다.

"오늘은 첫날이니 여기까지 하겠습니다. 혹시라도 불편하시면 언제든 연락 주세요."

그러더니 쌩하니 사라져 버렸다.

12
달콤한 연애를
원해요

변태라고 해서 기분이 많이 상했나. 저녁을 먹고 집으로 오는 동안 성민은 에스코트를 위해 허리나 팔을 잡아 주는 것 빼고는 어떠한 신호도 보내지 않았다.

너무 정중했다. 제삼자 입장에서 본다면 흠잡을 곳 없는 매너였지만, 하은은 뭔가 아쉽고 괜히 미안해져 죄지은 느낌이 들었다.

아파트 단지 내 벤치에 앉아 가을 풀벌레 소리를 듣는 하은의 머릿속이 복잡했다. 그런 말해서 미안하다고 해야 하나. 고개를 돌려 그를 쳐다보았지만 표정은 딱히 화가 나 있지 않았다. 저녁을 먹는 동안 대화가 많이 오가진 않았지만 그렇다고 어색한 분위기는 아니었다. 평소와 같은데 그렇지 않다는 느낌. 분명 같이 있는데 옆에 없는 것 같은 오묘한 느낌이었다.

그녀의 눈을 마주하며 성민이 무심한 듯 물었다.

"하은 씨, 아까부터 왜 그렇게 날 심각한 표정으로 봐요?"

"네?"

"아니, 뭐."

성민은 속으로 웃음을 삼키며 고개를 옆으로 살짝 기울여 쳐다보았다.

"혹시 화났어요?"

무릎 위에 두 팔을 얹은 채 그녀를 빤히 쳐다보는 그의 눈빛이 무심했다.

화난 게 분명해. 서운하거나.

"내가 하은 씨한테 화를?"

그가 한 손을 들어 그녀의 어깨 앞으로 흘러내린 머리카락을 뒤로 넘겨 주었다. 귓등을 스치는 손이 따뜻했다.

"하은 씨는 날 화나게 하지 않아."

커다란 손이 그를 쳐다보는 예쁜 얼굴을 사랑스럽게 쓰다듬으며 내려오다 턱 끝에서 움직임을 멈췄다.

"성민 씨……."

이름을 부르는 목소리의 떨림에 그의 표정이 부드러워졌다. 얽힌 그의 시선이 견디기 힘든지 수줍은 듯 눈길을 아래로 내려가는 것이 유혹적으로 다가왔다.

입술을 내려 달콤함을 맛보았다. 천천히 맞닿은 곳에서 떨림이 느껴지자 고개를 살짝 틀어 조금 더 크게 베어 물었다. 그러자 숨을 혹, 하고 들이마시는 소리가 났다. 턱을 쥔 손에 힘을 싣자 입술이 살짝 벌어졌다.

그들이 앉는 벤치는 정해져 있었다. 오늘도 자연스럽게 그쪽으로 가려는 하은의 손을 이끌어 조금 더 안쪽의, 어두운 곳으로 이끌었다. 의도된 것이었다. 마음도 확인하고 걸림돌도 다 해결된 마당에 그녀는 뭘 망설이는 걸까. 이제 남은 건 영원한 사랑을 맹세하면 되는 것인데.

그가 보내는 수신호를 하은은 읽어 내지 못하고 있었다. 연애가 처음이라 그럴 수 있다고 이해하려고 해도 이미 그녀를 향한 사랑이 가득인데 이런 식으로 가다간 터질 것 같았다. 그건 곤란하다. 하은의 등을 더 바짝 끌어당기며 뜨거운 열정을 쏟으며 다짐했다.

이젠 내가 나설 수밖에 없겠어.

그녀를 데려다주고 집으로 향한 성민은 현관문을 열고 들어가자마자 어머니에게 붙잡혔다.

"잠깐 대화 좀 하자."

어머니의 손짓에 성민은 소파로 향했다. 무슨 말을 할지는 뻔하다.

초조함을 가득 담은 눈을 보며 성민은 괜찮다는 듯 미소를 지었다.

"웃음이 나오니, 넌?"

"웃으면 안 돼요?"

"지금 웃을 일이 아니지. 암."

"궁금하신 거 말씀하세요. 다 대답해 드릴게요."

느긋하게 기다리는 건 익숙하지만 하나밖에 없는 아들이 폭탄 터트리듯 여자가 있다고 하더니 어느 날 반지를 끼고 나타났다. 누군가에게 공을 들이고 있는 것이 훤히 보이는데 도통 데리고 올 생각을 하지 않았다.

답답해서 물었더니 인대가 파열되어 2주간 깁스를 해야 한다고 했다. 게다가 바로 앞 동에 산다는 말을 어제 들었다. 엎어지면 코 닿는 거리에 사는데 그깟 깁스가 문제인가.

"오늘 깁스 풀지 않았니?"

"풀었어요."

"이번 주말에 볼까? 시간 되겠어?"

아들을 바라보는 윤 여사의 눈빛과 목소리에 성급함이 묻어났다.

"저야 좋죠."

토요일 점심을 함께하기로 약속하고 방으로 들어간 성민은 옷을 벗으며 욕실로 들어갔다. 샤워기 밑으로 들어가 쏟아지는 따뜻한 물을 온몸으로 맞으며 생각을 정리해 보았다. 그녀를 알게 된 시간을 따져 보니 이제 겨우 두 달 정도 지났다. 두 달밖에 안 됐다니 믿어지지 않았다. 꽉 닫힌 마음의 문을 두드리기 무섭게 활짝은 아니지만 쉽게 열렸다.

천천히 다가서려고 한 계획은 정하나의 등장으로 방향 전환을 해야 했다. 그녀의 맞선, 정하나의 등장과 방해, 하은의 인대 파열까지. 짧은 기간에 엄청난 일들이 일어났다. 그래서 그럴까. 그녀를 향한 감정은 날이 갈수록 커지고, 조바심이 생겨 참기가 힘들어졌다.

느긋하게 연애를 하려고 했었다. 그게 처음 약속이었지. 그런 건 개나 먹으라고 해. 결혼하고 나서 연애하면 되는 거다.

오늘 물리 치료실에서 그럴 생각은 없었다. 직접 그녀의 다친 발목을 어루만지고 치료도 해 주고 싶었다. 앙증맞은 하얀 발을 보고 있으니 장난치고 싶은 마음에 좀 만졌다. 발가락 끝이 오므라들며 이리저리 피하는 행동에 웃음이 나왔다. 당황스러운지 벌떡 일어나 그의 입을 막는 손끝은 파르르 떨리고 있었고, 얼굴은 빨갛게 익어 있었다.

김하은은 뭐든지 진지했다. 가볍게 넘기거나 장난 같은 건 모르는 숙맥. 그를 변태라 불렀지만, 그 뜻도 제대로 모르는 게 분명했다. 고작 발가락 좀 만졌다고 그렇게 정색을 하나. 더한 것이 앞으로 남아 있는데 어쩌면 좋을까. 연애도, 남녀가 나누는 감정의 손짓도 낯설어하는 그녀를 어떻게 하면 좋을까. 그에게 주어진 최대의 과제였다. 논문을 들여다본들 해결이 안 되는 가장 큰 것.

"일일이 묻고 확인해야 하는 건가."

저녁 먹고 온다는 하은이 생각보다 일찍 집으로 귀가하자 엄마가 그녀의 방으로 따라 들어갔다.

"저녁 먹고 오는 길이야?"

"네."

"오늘 물리 치료는 받았고?"

"네. 받았어요. 발목에 아직 힘을 제대로 주지 못해서 한동안 보호대를 해야 해요."

"압박붕대네."

하은은 겉옷을 벗어 옷걸이에 걸고는 침대에 앉았다.

"요즘은 워낙 잘 나오니까요. 양말처럼 신고 벗을 수 있어요."

엄마가 그녀의 방에 들어오는 건 궁금한 것이 있을 때다. 지금 짓고 있는 표정 또한 그랬다.

"엄마. 제 눈치를 왜 보세요?"

"내가? 그런 거 없는데?"

시선을 이리저리 피하며 아니라는 표정에 하은은 입을 삐죽였다.

"다 보여요."

"그래?"

먼저 말을 꺼내 주니 다행이다 싶어 엄마는 하은의 손을 잡고 마주 앉았다.

"얘, 이제 깁스도 풀었으니까 한 번 봐야 하지 않니?"

"뭘 봐요?"

엄마가 한 손으로 그녀의 팔을 툭 치며 재촉했다.

"뭘 보긴. 최 선생이 그렇게 우리 집을 드나들었는데. 인사드리러 가야 하는 거 아니냐고."

"아……."

"널 아침저녁으로 출퇴근시켜 줘. 아니, 그전에 심심하지 말라고 선물 보내, 꽃바구니 보내, 간식도 보내고 말이야. 게다가 반지도 나눠 꼈는데. 최 선생네 집에서도 알 거 아니야."

딸을 살갑게 챙기는 성민의 다정한 손길과 눈길에 엄마는 이미 마음을 굳힌 지 오래다. 매일 밤 남편에게 최 선생이 얼마나 자상하고 지극정성인지 그날 있었던 일을 말하기 바빴다. 저렇게 애지중지하는 모습을 보니 딸 가진 엄마로서 걱정거리는 던 셈이었다.

자고로 여자는 남자에게 사랑받는 게 최고였다. 그건 시대를 떠나, 지구상에 사는 모든 여자들이 원하는 불변의 진리다.

"그리고 말이야."

입술을 잘근잘근 깨무는 엄마를 하은은 눈을 깜빡이며 쳐다보았다. 뭘 물어보고 싶어서 뜸을 들이시는 걸까.

"왜요?"

"요즘 젊은 애들은 그……."

"뭔데 그래요."

하은의 재촉에 엄마는 눈을 딱 감고 속사포처럼 쏟아 냈다.

"스킨십도 빠르다던데 집에 오는 시간이 왜 이리 빠른 거니?"

엄마가 방금 뭐라고 하신 거지? 놀라서 벌어진 입을 겨우 달으며 하은이 눈을 깜빡였다. 질문을 받은 자신의 얼굴은 멀쩡한데 엄마의 얼굴은 붉게 물들어 있었다. 하은은 멍한 표정으로 벽에 걸린 시계를 확인했다.

"엄마, 지금 11시가 다 되어 가요."

"그러니까 묻는 거야."

"네?"

말 나온 김에 속 시원하게 물어나 보자 싶은 심정인지 엄마의 질문이 계속 이어졌다.

"아니. 저녁도 먹고 차도 마시고 집도 바로 코앞인데, 오는데 시간이 걸리는 것도 아니고. 널 바래다주고 돌아가는 시간이 오래 걸리는 것도 아니고. 응?"

"엄마."

"반지도 나눠 낀 사이고 최 선생이 너한테 그렇게 지극정성인데. 그걸 보면 더 오래 같이 있다가 들어와야지. 왜 밥만 먹고 들어오느냐고."

"엄마!"

이런 질문을 하는 엄마의 모습이 낯설었다. 집에 일찍 들어오는 게 오히려 잘못하고 있는 것이라고 말하고 있지 않은가. 귀가 시간이 늦어진다고 걱정하실까 봐 내심 시간에 신경이 쓰였었는데.

"최 선생, 혹시 그쪽으로 문제……."

"엄마!"

휘둥그레진 눈으로 엄마를 쳐다보던 하은은 자신의 얼굴이 뜨겁게 달아올랐다는 것을 느낄 수 있었다. 순식간에 열기가 얼굴로 올라왔다. 결코 그런 건 아닌 것 같거든요.

"남자는 겉보기와는 다르다고 하더라."

"엄마, 진짜!"

"혹시 그쪽으로 의욕이 없다거나……."

하은은 얼떨결에 엄마의 입을 막았지만, 엄마는 그 손을 풀어내며 꼭 확인해야겠단 표정으로 말을 이어 갔다.

"딴 건 몰라도 여자는 남자에게 사랑받고 살아야 해. 물론 정신적인 사랑도 중요하지. 하지만 자고로 부부는 서로 살을 부대끼며 한 이불 덮고 사는 거야. 그런 건 아주 자연스러운 거라고. 너랑 최 선생 둘 다 아직 젊은 나이인데 벌써 뭔가 낌새가……."

젠틀해 보이는 그가 둘이 있으면 얼마나 엉큼하며 능글맞고,

스스럼없는 말을 하는지 엄마는 모를 것이다. 앞으로 알아서도 안 되는 일이었다.

엄마의 입에서 나오는 말에 민망해진 하은은 엄마의 두 팔을 붙잡으며 천천히 또박또박 말했다.

"지극히 정상이에요! 엄마, 지극히 정상이라고요."

지극히 정상이라는 말에 엄마의 표정이 순식간에 안도감으로 풀렸다. 그러나 곧 의심의 눈초리로 그녀를 쏘아보았다.

"그럼 네가 의욕이 없는 거니?"

쿠쿵. 어디선가 벽이 무너지는 소리가 나는 것 같았다. 그 벽에 깔리는 느낌이랄까. 심각한 표정으로 그녀를 보고 있는 사람은 분명 엄마가 맞았다.

엄마는 눈동자의 떨림도 없이 그녀에게 고정되어 입을 다물고 있는 하은의 팔을 잡고 흔들었다.

"내가 정곡을 찌른 거니?"

"……엄마."

"응, 하은아."

하은은 붙잡힌 팔을 뿌리치고 일어나 방 안을 돌아다녔다. 그러다 고개를 홱 돌려 엄마를 쳐다보았다.

"왜, 왜 그러니?"

이상한 시선으로 쳐다보는 딸의 표정이 무서우리만치 심각했다.

"엄마."

"그, 그래. 말해."

"엄마는 내가 막 늦게 돌아다니고 그러면 좋겠어요?"

"어?"

"내가 늦게 들어오면 신경 쓰이지 않아요?"

"……."

그래. 그렇게 가르쳤다. 아무한테나 함부로 마음 주면 안 된다고. 몸가짐 잘해야 한다고 했었다. 그 흔한 남자 친구가 없었을 때, 저러다 혼자 늙는 거 아닌가 걱정하면서도 마음 한편으론 저러다 딸이 엄한 남자한테 걸리면 어쩌나 걱정도 했었다. 그거야 그때고 지금은 상황이 다르지 않은가.

"하은아, 이리 좀 앉아 봐."

좋게 말하면 순수한 거고 나쁘게 말하자면 숙맥이었다.

"최 선생 보면 기분이 어때?"

"좋죠."

"좋아? 그냥 좋다. 그거 말곤 없어?"

뚫어져라 쳐다보는 엄마의 시선에 또 얼굴이 화끈화끈해졌다.

"둘이 키스는 했니?"

"엄마!"

"했나 보구나."

하은은 입술을 꽉 깨물며 눈을 부릅떴다.

"엄마랑 아빠가 연애 때 어땠는지 말해 줄까?"

부모님의 연애 이야기는 종종 들어서 알고 있다. 말하자면 책을 수십 권을 낼 수도 있다고 했었다. 그녀도 안다. 다른 사람들은 어떤 연애를 하고 있는지. 얼마나 오글거리고, 깨를 볶는지 말이다.

이야기를 들려주는 엄마의 표정은 타임머신을 타고 그때로 돌아간 듯했다. 얼굴도 살짝 붉어지고, 미소도 짙어졌다. 아빠와의 둘만의 데이트를 이야기하는 엄마의 눈이 밤하늘에 빛나는 별보다 더 빤짝거렸다. 엄마의 사랑은 여전히 진행 중이었다.

✳　　　✳　　　✳

금요일 저녁, 저녁을 먹은 두 사람은 석촌 호수 산책길을 따라 걷고 있었다. 걷고 싶다는 하은의 말에 성민이 잠시 머뭇거렸지만 그녀의 손을 팔에 걸고는 산책길로 안내했다.

"빨리 걷는 것도 안 되고, 뛰려는 생각은 당분간은 하지 말아요."

"네, 선생님."

물리 치료 첫날 이후 성민은 진중한 얼굴로 그녀의 발목에 집중했다. 장난치는 것도, 야릇한 손길도 없었다. 일이 많으니 맘 편하게 주말에 보자고 했지만, 성민은 어떻게든 시간을 내서 그녀와 저녁을 먹으려고 노력했다. 커피까지 마시고 헤어질 때가 있었고 테이크 아웃해서 병원으로 들어가는 경우도 있었다. 그녀를 위해 세심한 배려를 하고 있다는 것이 눈에 확연하게 보였다.

생각에 잠긴 그녀를 말없이 보며 걷던 성민이 호수를 볼 수 있는 벤치에 자리가 나자 그리로 이끌었다.

"여기 잠시 앉아요."

뒷주머니에서 짙은 색의 손수건을 꺼내 깔고는 그 위에 하은을 앉혔다.

"손수건 가지고 다니는 남자 처음 봐요."

"그래요?"

"네."

"처음엔 그냥 넣어 다녔던 거 같아요. 손을 씻은 다음에 닦으려고 하니 페이퍼 타올도 많이 쓰는 거 같고. 기계식은 이런저런 말이 많고. 그러다 뒷주머니에 손수건을 꺼내 썼는데 좋았어요. 보드랍고 더 위생적인 것 같아서."

"아. 저도 손수건은 넣어 다녀요. 엄마가 늘 가지고 다니셨거든요."

"소독제가 잘 나와 있긴 하지만 그것에만 의존하는 것도 안좋아. 소독제라고 하니까 사람들은 비누로 씻는 것보다 훨씬 더건성으로 바르니까."

"그런 것 같아요. 손도 더 거칠어지는 것 같고."

하은은 자신의 손을 슬그머니 맞잡았다. 하루에 수십 번을 씻는 손이다. 매번 손에 크림을 바르지도 못한다. 물과 소독제가 묻은 솜이 온종일 그녀와 붙어 있다. 여자 손 치고는 참 딱딱했기에 성민이 손을 잡는 것이 신경이 많이 쓰였다. 보기에 예뻐보일지 모르지만 보드라운 것과 거리가 멀었다.

맞잡은 그녀의 손을 성민이 슬그머니 당기더니 손을 떼어 냈다. 그러곤 그 위로 그의 커다란 손을 얹었다.

"하은 씨보다 한 마디 조금 더 크네."

"이렇게 대보니까 정말 크네요."

손을 뒤집어 제자리를 지키고 있는 반지를 엄지로 쓰윽 문질렀다.

"하은 씨 손, 참 예뻐. 안 예쁜 게 없는 거 같아."

"내 손, 안 예뻐요."

저절로 움츠러드는 손가락을 그의 손이 붙잡았다. 다시 길게 펴며 사랑스럽다는 듯 쓰다듬었다.

"왜? 예쁜데. 손에 비해 손가락이 가늘면서 길고."

"부드럽지 않잖아요. 딱딱해요."

다시 움츠러드는 손을 꽉 쥐고 고개를 숙여 하은과 눈을 맞췄다.

"그게 신경 쓰이는 거야?"

"내 또래 손보다 못났죠."

성민이 그녀의 두 손을 올려 손등에 차례대로 입을 맞추었다.

"손톱 길고, 색도 화려하고, 뭘 자꾸 붙이고 그러는 거 난 별로던데. 하은 씨는 그렇게 꾸미고 싶어?"

손가락 하나하나에 따뜻한 입술이 내려앉았다. 쓸데없는 고민을 한다는 듯 다정했다.

"난 단정하고 깔끔한 손톱이 좋은데. 하은 씨 손이 딱딱하다고 느낀 적 한 번도 없어. 병원에서 근무하는 사람의 손이 부드럽다면 의심해 봐야 해."

"의심이요?"

"맡은 바 일을 잘하고 있지 않다는 거지. 환자를 대하는 사람의 손은 하루에 수십 번, 수백 번 씻을 수밖에 없어. 그 환경에 보드라운 손을 유지하는 게 오히려 이상한 거야."

가만히 그를 쳐다보았다. 점점 깊어가는 가을을 따라 하늘은 일찍 어두워졌다. 운동하거나 산책하는 사람의 수도 많이 줄었다. 주변은 더 조용해졌다.

"신기해요."

"뭐가?"

"지금 이렇게 있는 거요."

그윽하게 바라보는 눈빛이 순간적으로 반짝이는 듯했다. 그의 고개가 숙여지더니 귓가에 바짝 붙여졌다.

"나도 내가 신기해. 평화롭게 벤치에 앉아 있으니 말이야."

무슨 뜻인지 몰라 궁금증 가득한 눈길로 보자 성민의 입술이 휘어졌다.

"내 마음은 한가롭게 앉아 있고 싶지 않거든."

"그럼 뭘 하고 싶은데요?"

그의 눈빛과 음성이 더 깊게 가라앉았다.

"그거 굉장히 위험한 발언인 거 알고 하는 소리야?"

"아……."

엄마의 말에 따르면 연애 초기엔 성냥에 불을 붙이려는 시늉만으로도 불이 붙여지고, 순식간에 산이 홀라당 탈 수 있는 위력을 가진다고 했다. 이성보다는 본능의 욕구를 채우는 것이 먼저이고, 그런 감정은 어떻게 막을 수 있는 게 아니라고. 같이 있다 보면 손을 만지고, 입맞춤을 하고 나면 더 진한 걸 원하게 되는 건 당연한 이치였다.

분명히 알겠는데, 난 뭐가 문제인 것일까. 혼전 순결? 그런 건 아니다. 그렇다고 또 아니라고도 말하기엔 애매한 부분이었다.

"난…… 어, 그러니까."

성민은 그녀를 신뢰하고 존중하는 만큼 감정 표현에도 솔직했다. 거짓이 없었다. 오히려 숨기려고 하는 것은 그녀 자신이었다. 하은은 침을 꼴깍 삼키고는 성민의 깊고 진한 눈을 마주했다.

"내가 뭘 원하는지 잘 모르겠어요."

그는 살짝 미소를 지으며 그녀를 자신의 넓은 가슴으로 끌어당겼다. 그가 안아 주니 기분이 좋다. 가슴에 맞닿은 귀에 힘차게 뛰는 심장 소리가 들렸다. 머리 위로 성민의 깊은숨이 흩어져 내리자 하은은 고개를 들며 몸을 살짝 떼어 냈다. 내뱉는 숨이 심각하게 들렸다.

"하은 씨는 선이 너무 분명해. 너무 모범적이라고."

그게 또 김하은이 가진 매력이기도 했다. 하지만 그건 어디까지나 사람을 대할 때 해당된다. 사랑이란 감정을 가진 남녀 사이에 모범적인 게 가당키나 한가.

"내가요?"

"응. 사랑하는 사람들이 그 감정을 표현하는 건 자연스럽고 당연한 거야. 내가 당신을 정말로 좋아한다고 말해 봤자 내 키스 한 번보다 못해. 몸의 대화는 굉장히 중요하다고. 말로 표현할 수 없는 감정을 그대로 전달할 수 있으니까."

하은은 또다시 침을 꿀꺽 삼켰다. 그의 눈빛이 점점 열망으로 뜨거워지고 있었다. 심장이 쫄깃해지고 몸 어딘가가 긴장으로 움츠러들었다. 그 긴장감이 싫지 않았다. 그녀가 모르는 그 감정에 대해 궁금한 건 사실이다.

"자신이 그어 놓은 선에서 제자리걸음을 하고 있는 건 하은 씨야. 내가 억지로 끌어당기면 하은 씨는 따라오게 돼 있어. 하지만 난 그렇게 하고 싶지 않아. 당신을 존중하니까."

그가 키스를 하면 하은은 그를 받아들이기에 급급했다. 두 손은 어찌할 바 몰라 어정쩡하게 있었고 그가 입을 벌리면 벌리는 대로, 달콤함을 주면 주는 대로 받아 마셨다. 그가 더 원한다면 그녀와의 하룻밤은 일도 아니다. 늘 중간에 멈추는 건 그 자신이었다.

"나도 알아요. 성민 씨가 날 얼마나 위하고 존중하는지."

"내가 말을 안 해도?"

그와 눈을 마주한 채 하은은 고개를 끄덕였다.

"네. 안 해도 느낄 수 있어요. 성민 씨의 눈길과 손짓, 목소리가 그걸 보여 주고 있어요."

그의 손을 이끌어 그녀의 심장이 뛰는 곳으로 가져갔다.

"내 철벽을 무너트린 것처럼. 평생 갇혀 지낼 수 있었던 날 구해 준 것처럼. 내가 겁을 먹고 망설이는 감정에 대해 성민 씨가 알려 주면 되잖아요. 내가 나 자신에게 좀 더 솔직해질 수 있게 이끌어 줘요."

하은이 하는 말이 무엇을 뜻하는지 정확하게 알아들었다. 그녀가 무엇을 노력하려고 하는지 감이 잡혔다. 그 선을 넘을 수 있게 도와 달라고 손을 뻗고 있었다. 두 손 들어 반겨야 하는 상황인데 그녀의 입을 통해 직접적으로 들으니 선뜻 나서지지 않았다.

"뭘 어떻게 이끌어 달라는 거야?"

"성민 씨랑 같이 있으면 좋아요. 같은 시간과 공간을 함께하는 게 좋아요. 다만……."

"다만?"

"나도 성민 씨를 좀 더 가까이 느끼고 싶고, 알고 싶고."

또 빙 둘러 말한다. 그렇게 부끄러운가.

"좀 더 간략하게 말해 봐."

하은은 입술을 숨기듯 깨물며 시선을 피했다.

"내가 뭘 말하는지 성민 씨는 알고 있어요."

"내가?"

호수를 바라보며 입술을 곱씹는 모습에 성민은 인내를 가지고 기다렸다.

얼마나 시간이 흘렀을까. 여전히 입을 다물고 호수를 바라보고만 있는 하은을 보며 성민은 이번엔 져 주기로 했다. 그녀의 어깨를 끌어당겨 품에 안았다.

"놓치지 말고 잘 따라와."

말은 그렇게 했지만 과연 그녀가 무리 없이 따라올 수 있을까 싶었다.

신체 건강한 남자가 사랑하는 여자를 만났다. 연애 시작 2개월이면 좋아한다는 말보다 몸으로 표현하기가 더 쉽고, 더 강하게 전달하고 싶어진다. 그녀를 향한 사랑의 감정이 매일매일 뜨거운 불길처럼 치솟고 있는데, 정작 상대방은 아무렇지도 않은 모양이다.

그렇다고 그의 스킨십을 거부하거나 싫다고 하지는 않는다. 뜨거운 그의 열기를 받아 주는 건 맞는데, 망설인다는 느낌이

강하게 전달되니까. 그와 같은 시간을 함께 공유하고 있으면서도 다른 생각을 하고 있다는 느낌이었다.

그녀는 그게 무엇인지 인지하지 못하고 있지만, 뭔가 꿈틀거리고 있었다. 이래서 습관이 무서운 것이다. 서로에게 길드는 것이 그리 나쁘진 않은 것 같다.

✳   ✳   ✳

다음 날 오전. 외출 준비를 하던 성민은 노크 소리에 문을 열었다.

"네. 어머니."

"어디서 볼 건지 정했어?"

"아버지께서는 언제 들어오시죠?"

"가까운 곳으로 가셨으니 3시 안에 들어오실 거야."

"잘됐네요. 처음 보는 자리에서 밥을 먹기는 그러니까 집으로 데리고 올게요."

"우리 집?"

"네. 자연스러워서 좋을 것 같아요. 어머니도 기다렸다고 표 내지 마시고요."

"그래. 무슨 말인지 알겠어."

부모님이 보자고 하셨다는 걸 알면 하은이 부담 가질 것이 뻔했기에 자연스럽게 집으로 데리고 오기로 했다. 그가 그랬던 것처럼 말이다.

점심시간에 맞춰 영화를 보고 나온 두 사람은 맨 처음 만나서 먹었던 한정식 집으로 향했다. 작은 방으로 안내받은 두 사람에게 사장이 오랜만이라며 메뉴판을 내밀었다.

"오늘 특선으로 주세요."

"알겠습니다. 다른 필요한 것은 없으십니까?"

"네. 필요하면 추가하죠."

방문이 닫히자 성민은 자신의 옆자리를 톡톡 두드리며 자리를 옮기라 했다.

"싫어요."

"왜."

"뭐가 왜예요. 불편해요. 그냥 여기서 먹을래요."

다시 옆자리를 두드리며 성민이 고갯짓했다.

"이리 와."

하은은 끈질긴 성민의 시선에 포기의 한숨을 쉬며 일어섰다.

"알았어요."

성민의 옆으로 옮겨 앉음과 동시에 방문이 열리며 음식이 들어왔다. 종업원의 눈이 순간 흔들렸지만 아무렇지도 않은 듯 음식을 내려놓았다. 타락죽과 꽃 모양의 백김치, 전복구이와 새우쌀전병말이를 성민이 빤히 쳐다보자 하은이 고개를 갸웃거렸다.

"뭐 묻었어요?"

"아니. 먹음직스러워서."

하은이 새우 쌀 전병말이 하나를 집어 들자 성민이 빤히 쳐다봤다. 그녀와 눈이 마주치자 그가 입을 벌렸다.

기대에 찬 시선에 잠시 머뭇거리던 하은은 손을 움직여 성민의 입에 가져갔다.

"맛있어."

하은은 음식을 씹는 그에게서 시선을 떼지 못했다.

"이번엔 내가."

성민이 남은 한 개를 집어 그녀에게 가져갔다. 머뭇거리다 입을 벌리자 그 틈 사이로 성민이 젓가락을 쑥 밀어 넣었다. 맞은편에 앉았다면 그가 먹여 주어도 이만큼 떨리진 않을 것이다. 거의 붙어있다시피 앉아 있으니 음식 씹히는 소리까지 생생하게 들렸다.

"맛있어?"

뚫어져라 보는 시선에 고개를 끄덕이자 성민이 이내 어깨를 부딪쳐 왔다.

"많이 먹어. 먹는 모습이 예쁘네."

붉어지는 얼굴을 원망하며 하은은 고개를 숙였다.

"내가 무슨 말만 하면 붉어지네."

"이런 게 처음이라 그래요. 여러 사람이 있는데 옆에 누가 앉아 있는 것과 성민 씨가 옆에 앉아 있는 건 다르다고요."

"좋으면 같이 있고 싶고, 보고 있어도 보고 싶고, 만지……."

문이 열리며 음식이 들어왔다. 코스로 나오긴 하지만 점심 특선이라 단출했다. 미리 전화했더니 음식이 따뜻하게 준비되어 나왔다.

"원래 사랑하는 사람하고는 마주 보는 거 아니래."

"왜요?"

"나란히 앉아서 같은 곳을 봐야 한대. 나도 그렇게 생각해."

역시 이 남자, 참 독특하단 말이지.

뭔가 탐색하는 시선에 성민이 이마로 그녀의 이마를 콩 찧으며 말했다.

"또 그 표정."

"어떤 표정이요?"

"의외라는 표정. 감탄하는 표정."

"내가요?"

"응."

뻔뻔하다. 능글맞다. 어디서 오는 자신감일까. 너무 의외의 모습에 조금 당황스러웠다.

"내가 원래 내 스타일대로 한다면, 하은 씨 도망갈걸."

"……."

"맞춰간다고 했잖아. 근데 하은 씨가 너무 천천히 움직여서 내가 좀 힘들어."

"음……."

"그래도 어제, 이끌어 달라고 해서 기뻤어. 한 발짝 다가갈 용기를 달라는 뜻이니까. 맞지?"

꼭 그런 걸 확인을 해야 할까.

식사가 끝나갈 무렵 성민의 시선이 다시 은행이 담긴 접시로 향했다.

"은행이 성민 씨한테 뭐라고 말해요?"

"아니."

"왜 그렇게 봐요?"

이유를 알면 싫어할 텐데.

"그러고 보니 은행을 못 먹었네."

"자요."

하은은 은행 접시를 성민의 앞으로 끌어 주었다.

"은행 잘 못 집는 사람도 있던데. 입에 넣어 줘."

하은은 젓가락 끝에 힘을 주며 은행 한 개를 집어 들었다. 천천히 성민의 입가로 가져가는 하은의 입이 덩달아 벌어졌다. 하필 그 타이밍에 은행이 젓가락을 벗어나 톡, 하고 떨어졌다.

"어어."

앞에 있는 간장 종지에 떨어지며 검은색 물방울을 터트린 은행이 데구루루 굴러 성민의 다리로 떨어졌다. 흰색 셔츠 중간에 간장이 튀고, 베이지색 바지에 얼룩이 졌다.

"아, 어떡해! 성민 씨, 미안해요."

"괜찮아."

"하필이면……."

단추 라인을 따라 간장 방울이 떨어져 얼룩이 졌다. 하필이면 바지 지퍼 쪽에 말이다.

"정말 미안해요. 은행이 미끄러워서."

"집에 가서 갈아입으면 돼. 별거 아니니까 신경 쓰지 마. 다 먹었으면 나갈까?"

차에 타서도 얼룩진 셔츠에서 시선을 떼지 못하는 하은을 보며 성민이 간장 자국을 손으로 가렸다.

"음식 먹여 주다 보면 그럴 수 있지. 별거 아닌 걸로 왜 그래. 하은 씨, 너무 그러지 마."

그러니까 내가 더 미안해지잖아. 김하은 참 단순해. 착한 건지. 순진한 건지. 그래서 나는 좋지만.

기분 좋은 웃음이 나오려는 것을 차선 확인하는 척 고개를 돌려 피했다.

집에서 가까운 곳이라 오래 걸리지 않았다. 지하에 주차한 성민이 운전석을 돌아 조수석 문을 열며 하은의 손을 이끌었다.

"올라가자. 온 김에 커피도 마시고. 참, 며칠 전에 꽤 좋은 차가 들어왔는데."

손을 잡고 이끄는 그의 얼굴이 왠지 밝아 보였다. 담백한 한정식을 먹고 나니 커피보다 깔끔하고 향긋한 차가 끌렸다.

"그래요?"

"응, 어머…… 지난번에 보니까 재스민 좋아하는 것 같던데. 재스민도 있고 다른 차도 많으니까 골라 봐."

하은이 딴생각을 하지 못하도록 성민은 엘리베이터를 타고 올라가는 동안 계속해서 말을 걸었다.

"세탁소에 맡겨야겠다. 두면 지워도 자국이 남을지 몰라."

"주방 세제로 빨면 바로 없어질 것 같기도 하고."

"주방 세제?"

"옷 줘 봐요. 주방 세제로 없어질 것 같아요."

"알았어."

엘리베이터 문이 열리자 성민이 하은의 손을 붙잡았다.

비밀번호 입력하는 소리가 나자 하은은 퍼뜩 정신이 들었다. 서둘러 성민을 쳐다보았지만 이미 문은 열렸고 그녀의 몸은 반이상 안으로 들어섰다.

집에 단둘이 있는 건데 어쩌지?

"어, 저기. 성민 씨."

"들어와. 집에 아무도 없어."

아무도 없어. 아무도 없어. 어디선가 메아리가 되어 귓가에 맴돌았다.

나보고 간장 자국을 지워 달라고 했지. 아니다. 내가 지워 준다고 했었나. 순간 하은의 머릿속에 이상한 상상력이 뭉게뭉게 피어나기 시작했다.

그가 옷을 벗고……

얼굴이 또 붉게 달아오른 하은은 손바닥으로 얼굴을 가렸다. 아, 어쩌지. 놓치지 말고 잘 따라오라는 걸까.

13
결혼은 사랑의
시작이다

구두를 벗고 안으로 들어서자 모던한 스타일의 거실이 눈에 들어왔다. 그녀의 집과 구조였지만 독특한 인테리어 탓에 색다르게 느껴졌다. 그녀의 집은 엄마의 성격이 많이 반영되어 아기자기한 면이 더 강했다. 꽤 넓은 평수인데 공간의 미가 돋보이는 거실이었다. 소파 맞은편 벽에는 TV 대신 밝은 톤의 모던한 그림이 걸려 있었다. 은은한 그레이 빛이 도는 소파는 깔끔, 그 자체였다.

성민 씨 어머님은 이런 스타일이시구나.

성민은 거실을 찬찬히 훑어보는 하은의 어깨를 잡고 소파로 데리고 갔다.

"여기 앉아 있어요. 옷 갈아입고 나올 테니까."

"아, 네."

문을 닫고 방 안으로 사라지는 성민의 뒷모습을 보며 하은은 자리에서 일어났다. 집에 아무도 없다는 말에 이어 옷 갈아입는다는 말이 또 귓가를 맴돌았다. 설마 웃통을 벗고 나오진 않겠지.

얼룩이 생긴 셔츠를 그냥 받기만 하면 되는 건지. 시선을 어디에 둬야 하는 거지. 집에 둘만 있다는 사실에 신경이 집중되자 심장이 급격하게 날뛰었다.

다행히 그가 옷을 갈아입고 나오자 하은은 안도의 한숨을 삼켰다.

그가 건네주는 셔츠를 받아 주방으로 향했다. 수도꼭지를 틀어 간장이 튄 곳에 물을 묻히고, 주방 세제를 수세미 끝에 소량 묻혀 거품을 낸 뒤 얼룩 위를 살살 문질렀다.

"이러면 지워지는 거야?"

그녀의 등 뒤에 바싹 붙어 귓가에 대고 말하자 하은이 깜짝 놀랐다.

"거, 거기에 대고 말……."

말하지 말아요. 이거 뭔가 이상한 자세다. 영화에서도 드라마에서도 자주 등장한 자세. 성민의 손이 슬그머니 앞으로 와 그녀의 거품 묻은 손을 잡았다. 하은은 심장이 떨려 와 숨이 가빠졌다.

안절부절못하는 하은을 보며 성민은 피식 새어 나오는 웃음을 삼켰다. 진짜 귀엽다니까. 이 순진한 아가씨를 어쩌면 좋을까.

성민이 바지 주머니에 두 손을 찔러 넣으며 한 발짝 물러섬과 동시에 도어락의 비밀번호를 누르는 소리가 들렸다.

"성민아, 나간다더니 들어왔니? 이 신발은 또 누구 거래."

맑은 목소리의 주인공은 성민의 어머니 같았다. 하은은 재빨리 손을 씻고 거실로 향했다.

"어머."

그녀의 등장에 하은은 깜짝 놀랐다. 심장은 여전히 두근거렸지만 성민으로 인해 심장이 터질 듯한 긴장감보다는 차라리 그의 어머니를 뵙는 게 백배는 더 나을 듯싶었다.

하은은 매사에 진지하기 때문에 부모님께 인사드리자고 하면 이것저것 신경 쓸 게 뻔하다는 성민의 말에 윤 여사는 성민이 외출하기 전 집에 있지 않고 밖에 있다가 들어오겠다고 했다. 집에 아무도 없다고 하고 데려오는 게 낫지 않을까 해서였다.

성민이 한정식 집에서 출발한다는 문자에 윤 여사는 아파트 입구 빵집에서 아들의 차가 들어오기를 기다렸다. 차가 들어가는 걸 확인하고는 어느 정도 시간을 두고 집으로 향했다.

"손님이 와 있네."

자신을 보자마자 허리를 꾸벅 숙이며 인사하는 하은을 윤 여사가 호기심 어린 눈으로 쳐다보았다. 이 아가씨구나. 우리 아들 혼을 쏙 빼놓은 아가씨가.

빠르게 하은을 스캔한 윤 여사의 입가에 미소가 피어났다. 사진보다 훨씬 단정하게 생겼네. 성민이 제짝으로 정한 아가씨라면 두말하지 않고 식구로 받아들이기로 마음먹은 지 오래였다. 짝을 찾았다며 반지 끼고 나타났을 땐 당황스러웠지만 그 성격을 모르지 않는 바. 남편을 쏙 빼닮은 아들이니 믿을 수밖에 없었다.

성민이 아무 여자나 데리고 올 거라 생각지 않았다. 옆에 서 있는 아들을 보니 아침에 나갈 때 입은 옷이 아니었다. 두 사람이 집에 들어온 지 얼마 되지 않았는데, 이 아가씨 얼굴은 왜 발그레한 걸까.

"김하은입니다."

"어머니, 약속 있다고 하지 않으셨어요?"

"어어. 갑자기 취소됐지 뭐야. 혼자 점심 먹고 들어올까 하다가 빵 생각이 나서 사 왔지. 데이트하러 나간다더니 어쩐 일로 집에 온 거야? 이리 좀 앉아요."

윤 여사가 소파로 자리를 옮기며 하은에게 앉으라 손짓했다. 하은은 고개를 돌려 개수대에 걸쳐져 있는 셔츠를 바라보았다.

"아, 그게."

"점심 먹다가 뭘 흘렸는데 하은 씨가 지워 준다고 해서 주방에 있었어요."

"뭐가 묻었는데?"

"먹다가 간장이 튀어서요."

"다 지워져서 헹구기만 하면 돼요."

하은은 재빨리 다가가 세제를 씻어 냈다. 간장 자국은 말끔하게 지워졌다.

"그럼 성민이 네가 빨래 바구니에 넣어. 하은 씨는 이리 와 앉아요."

성민이 셔츠를 받아 세탁실로 향하자 하은은 고개를 살짝 숙이며 자리에 앉았다.

그의 어머니의 등장은 갑작스러웠지만 차라리 이게 나은 것 같았다. 표정도 인자하시고 그녀를 바라보는 눈길이나 말투가 친근하게 느껴져서 좋았다.

성민이 옆에 앉으며 슬며시 미소를 지었다. 시선을 살짝 아래로 내리고 있어서 보지 못하는 하은을 두고 성민과 윤 여사는 서로 눈짓을 주고받았다.

"좀 갑작스럽긴 한데. 하은 씨도 그렇겠네."

"죄송합니다."

"죄송할 게 뭐 있나? 내가 무척이나 보고 싶어 했어요. 성민이랑 반지 나눠 낀 아가씨가 누군지 정말 궁금했거든."

"집에 계신 줄 알았으면 옷 갈아입으러 안 오는 건데 그랬어요. 하은 씨 당황하게 만들기만 하고. 미안해, 하은 씨."

"아, 아니에요."

능글맞은 녀석. 윤 여사는 아들을 힐끔 노려보고는 다시 말을 이어 갔다.

"거창하게 약속 잡으면 괜히 신경도 쓰이고 하는데, 난 차라리 잘됐다 싶네. 지나가다 만난 것처럼 얼굴 보고 하는 거지. 우리 성민이도 하은 씨 부모님 뵀다고 들었어요."

"아, 네. 어쩌다 그렇게 됐습니다. 제가 다리를 다치는 바람에요."

"나도 들었어요. 치료 잘 받고 있죠?"

"네, 감사합니다."

윤 여사가 흡족한 표정으로 가볍게 손을 부딪쳤다.

"잘됐네요. 그럼 이제 날만 잡으면 되는 건가?"

"네?"

어제는 엄마가 충격적인 말을 하더니 오늘은 성민 씨 어머니께서 아무렇지도 않은 듯 말을 하신다. 놀란 표정으로 성민을 쳐다보자 그는 아무렇지도 않은지 어깨를 으쓱였다.

"내가 있다고 두 사람, 바로 나갈 거 아니지? 아버지도 곧 오실 텐데."

"아버지께서요?"

"응. 나 빵집에 있는데 전화 왔더라. 나가더라도 커피 한잔하고 나가."

주방으로 향하는 윤 여사의 뒤를 따라 하은이 자리에서 일어서자 성민이 손을 붙잡아 다시 앉혔다.

"앉아 있어."

"어머님 주방으로 가시는데 도와드려야죠."

성민이 웃으며 고개를 돌려 큰 소리로 물었다.

"어머니, 도와 드릴까요?"

"도울 게 뭐 있다고."

어머니가 다시 거실로 나오며 뭔가 잊은 듯 가볍게 손뼉을 쳤다.

"아, 맞다. 맛있는 커피 사 오시라 해야겠다. 하은 씨, 뭐 특별히 즐기는 거 있어요?"

"아뇨. 없습니다."

"네 아버지한테 전화해야겠다."

"아버지도 하은 씨 보면 깜짝 놀라시겠네요."

"여보, 어디예요? 그래요? 잘됐네. 집에 들어오면서……."

하은이 거실 소파에 앉아 있음에도 모자의 대화는 일상처럼 자연스러웠다. 그녀의 어머니 또한 성민이 처음 집에 왔을 때 최대한 자연스럽게 대하려고 했지만 숨을 쉬듯 자연스럽진 않았다.

생각보다 개방적인 분위기였다. 그녀에 대해 성민이 뭘 어떻게 말해 두었기에 자연스러운 걸까. 조심스러운 눈초리로 성민을 흘어보자 그가 눈을 찡긋거리며 웃었다.

사람은 보이는 게 다가 아니라고 하더니. 조금은 딱딱한 집안 분위기이지 않을까 생각했던 것은 보기 좋게 빗나갔다. 그녀의 집보다 훨씬 더 화기애애한 것 같았다.

소파 등받이에 팔을 얹으며 그 위에 턱을 괸 성민은 빵을 썰고 있는 어머니를 향해 만족스러운 미소를 지었다. 어머니의 연기가 예상보다 뛰어나 성민은 깜짝 놀랐다. 이런 면이 있는지 몰랐다. 하은을 집으로 데려오겠다고 했을 때 기대에 찬 표정을 보였기에 혹시나 기다렸다는 듯 대하면 어쩌나 했는데 괜한 걱정이었다.

자리에 앉아 있는 게 부담스러웠던 하은은 일어서서 주방으로 향했다. 마늘 바게트와 초코 롤 케이크를 자르는 걸 보고 있으니 성민이 다가와 잘린 마늘 바게트 빵을 하나 집어 하은의 입으로 가져갔다. 순간 놀란 하은이 입을 꽉 다물고 눈을 동그랗게 뜨자 성민이 먹어 보라고 재촉했다. 슬쩍 시선을 돌리니 그의 어머니는 등을 돌려 다른 접시를 찾고 계셨다. 하은은 얼른 입을 벌려 성민이 넣어준 마늘 바게트를 재빨리 씹었다.

"이 양반이 올 때가 됐는데."

말이 떨어지기 무섭게 현관이 열렸다.

"오셨나 보다. 내가 주문한 거 잘 챙겨서 왔나 모르겠네."

모자의 뒤를 따라 현관으로 나간 하은은 성민과 똑같이 생긴 남자와 시선이 마주치자 허리를 굽혀 인사했다.

"안녕하세요. 김하은입니다."

"아버지 오셨어요."

"어? 우리 집에 꽃이 배달됐네. 여보, 이거 당신이 말한 거."

아파트 입구에 있는 커피숍에서 아메리카노 2잔, 따뜻한 라테와 모카가 테이크 아웃 트레이에서 꺼내졌다.

"우리 예쁜 아가씨는 휘핑크림 있는 거 좋아하나? 아니면 라테를 좋아하나?"

"아……."

말씀하시는 걸 보니 휘핑크림 있는 커피가 그녀의 몫인 것 같았다.

"네. 휘핑크림 좋아합니다."

거실에 둘러앉아 커피와 빵을 먹으며 대화를 나누는 모습이 전혀 낯설게 느껴지지 않았다.

하은은 그 점이 이상했다. 성민의 부모님은 너무나 자연스럽게 그녀를 대화에 끌어들였다. 딱히 어떤 질문도 하지 않았다. 어머님의 약속이 깨진 이야기와 오늘 새벽에 있었던 골프 이야기로 대화는 시작되었다.

"집도 가깝다고 들었는데 얼굴 보기까지 참 오래 걸렸네."

한참 대화에 빠져 있던 하은은 자신을 향한 질문에 입가가 굳어졌다. 성민의 아버지가 그녀를 빤히 쳐다보며 물었다.

"아, 네."

"사정이 있었잖아요. 아버지도 아시면서 그러세요."

"다리는 이제 괜찮은 거죠?"

하은을 보자마자 묻고 싶었던 질문이었다. 무턱대고 물으면 캐묻는 것 같이 느껴질까 한참을 돌아 물었다.

"네. 말씀 편하게 하세요."

"앞으로 우리 식구 될 텐데, 그럴까?"

성민이 누굴 닮았는지 말해 주지 않아도 알 것 같았다. 다정한 미소는 그의 어머니, 멋진 외모와 체격, 직설적인 대화법은 아버지로부터 물려받은 것이었다.

"집도 가까우니 식사 장소야 근처로 정하면 되고. 말 나온 김에 진행하지. 어떠냐, 성민이는?"

뭘 진행하자는 것인지. 하은의 눈동자가 성민의 부모와 성민 사이를 이동하느라 바빴다.

"괜찮습니다."

"우리 예쁜 아가씨는 어때?"

"네?"

예쁜 아가씨라니. 아버님 역시 훅 치고 들어오신다.

"특별한 약속 없으시면 오늘 저녁도 좋고, 내일 점심도 좋아. 추석 끝나고 예단 준비하고. 12월은 너무 추우니까 11월 안으로 식 올리는 건 어떤가."

"네?"

그녀를 제외한 세 쌍의 눈이 하은의 얼굴로 향했다. 무언의 재촉이자 설렘의 눈빛이었다. 그녀를 사이에 두고 세 사람은 계획을 짜고, 진행하고 있었다. 당사자 중 한 명인 그녀의 의견은 들어 볼 생각도 없는 모양이었다.

하은은 정신이 혼미해졌다. 뭔가 머릿속으로 쓰나미처럼 밀고 들어오는 것 같다. 알면서도 당하는 기분이다.

성민이 슬그머니 손을 잡더니 힘 있게 쥐었다.

"저기, 그러니까 아버님 말씀은⋯⋯."

그녀의 대답이 끝나기도 전에 또 일이 진행되어 갔다.

"여보, 우리 예단이 필요한가? 당신 필요해? 그 털 많이 달린 북슬북슬한 거?"

"어머, 이 양반은! 나 동물 보호 단체에 매달 후원하거든요. 이이가 정말."

윤 여사의 시선이 하은에게 향했다.

"우린 예단 같은 거 안 해도 되는데. 둘이 마음에 드는 집만 구하면 돼."

지금 뭐가 어떻게 돌아가고 있는 거지. 하은이 대답을 못 하고 망설이고 있는데 정적을 깨는 벨소리가 들렸다. 하은의 집에서 온 전화였다.

"괜찮으니까, 전화 받아요."

"실례하겠습니다."

하은은 자리에서 일어서지도 못하고 몸을 겨우 돌려 작은 목소리로 속삭였다.

"네, 엄마. 네. 같이 있어요. 아, 집에요? 무슨 일로. 일단 알았어요. 끊어요."

"어머님?"

"네."

"뭐라셔?"

"아…… 집에 잠시 들리라고 하세요."

"우리 성민이?"

"네. 보고 싶으시다고요."

그러자 잘됐다며 성민의 아버지가 자리에서 일어났다.

"우리 아들 보고 싶다고 부르시는 거 보니 딱히 장소 정할 필요도 없겠어. 사돈집이 바로 코앞인데 이러고 있으면 안 되지. 여보, 일어나요. 나랑 나가서 뭐 좀 삽시다."

"뭘요?"

"고기 좀 사서 성민이랑 같이 가지 뭐. 굳이 격식 따질 필요 있어?"

정말이지 일사천리로 진행되고 있었다. 성민도 예상하지 못했던 눈치였지만 초고속 진행에 내심 환호성이라도 지르고 싶었다.

성민의 부모님이 문을 닫고 나가는 소리에 하은은 정신이 들었다. 놀란 눈으로 성민을 바라보자 그가 이해한다는 듯 고개를 끄덕였다.

"하은 씨, 많이 놀랐지? 우리 아버지가 좀 그러셔."

"뭘요?"

"마음에 들면 무조건 직진하시거든."

"하지만…… 오늘 처음 뵌 걸요."

"집에선 선보라고 하고, 난 관심 없다고 하고. 노심초사하시다가 내 짝 찾은 거 같다고 반지 끼고 나타났으니 얼마나 기쁘

셨겠어."

"놀라진 않으시고요? 결혼은 그렇게 쉽게 정하는 게 아니에
요."

쉽게 정하는 게 아니라는 말에 성민의 눈빛이 차가워졌다.

"하은 씨는 나랑 결혼할 마음이 없다는 거야? 그런 거야?"

"그런 말이 아니잖아요."

"그럼 뭔데?"

짧은 한숨을 쉰 하은은 성민의 손을 잡았다.

"우리가 좋다고 빨리 결혼하고 싶다고 해도 어른들은 항
상……."

"이리저리 따져 본다?"

고개를 끄덕이는 하은을 못마땅한 눈빛으로 쳐다보며 성민이
잡힌 손을 놓고는 팔짱을 꼈다.

"우리 집에선 날 믿으셔. 그리고 나도 날 믿고. 내 선택에 누
구도 아니라고 말 못 해."

"성민 씨."

"하은 씨 부모님도 날 무척이나 마음에 들어 하시는 것 같던
데. 사윗감으론 부족하게 느끼시나?"

"그게 아니잖아요."

인사드리러 가야 하는 거 아니냐는 엄마의 말이 바로 어제였
다. 성민의 부모님이 그녀를 어떻게 반겼는지 들으신다면 당장
날을 잡자고 할 것이다.

팔짱을 낀 자세로 성민은 더 고압적인 표정을 지었다.

"하은 씨는 늘 그렇게 체계적으로 움직여? 항상 순서가 있다

고 생각해? 뭐든지 모범적인 케이스에 맞춰서 진행해야 하는 거야?"

"그게 무슨 말이에요?"

"일과 관련된 것은 그렇게 진행하면 실수 없이 잘되겠지. 하지만 이건 달라. 당신과 나 사이의 사랑에 대한 거라고."

"······그래요."

팔짱을 푼 성민이 그녀의 두 팔을 붙잡더니 얼굴을 가까이했다. 뜨거운 숨을 그녀의 입술 위로 뱉어 내며 고개를 기울였다.

보드라운 입술이 뜨겁게 삼켜지고, 성민의 열정이 작은 입안으로 침입했다. 구석으로 도망가는 하은을 붙잡고 빨아 당겼다. 맞물린 입술은 달콤한 액을 만들고, 흥분된 숨이 좁은 틈 사이로 흘러나왔다.

그가 주는 짜릿함에 기분이 둥둥 떠다녔다. 상의 가장자리를 더듬으며 슬그머니 안으로 들어오는 손길에 떨리는 눈을 뜬 하은은 벽에 걸린 시계를 바라봤다.

"아."

하은은 두 팔로 성민의 가슴팍을 밀어내며 정신을 차렸다.

"성민 씨, 성민 씨."

흥분으로 거칠어진 그의 눈빛을 마주하니 다시 짜릿한 전류가 한차례 몸을 훑고 지나갔다.

"엄마한테 전화해야겠어요. 성민 씨 부모님 가신다고요."

"아, 그러네."

머리카락을 쓸어 올리며 성민은 소파에 쓰러진 그녀로부터 상체를 일으켰다.

"갑작스러운 방문인데 괜찮으시려나."

하은의 전화를 받은 연희의 억양은 점점 더 하이톤으로 올라갔다.

"오늘 저녁에 집으로 오신다고? 어어, 알았다. 같이 올 거지? 그래."

"무슨 일인데 그래?"

"큰일 났네. 어쩌면 좋지. 여보, 하은이가 지금 최 선생 집에 있나 봐요."

"그래?"

"네, 근데 최 선생 부모님이 우리 집에 온다고……."

"우리 집에? 오늘?"

읽고 있던 신문에서 눈을 뗀 우성의 눈은 놀라움으로 커져 있었다.

"약속을 따로 잡으려다가 내가 아까 최 선생 보고 싶다고 집에 오라고 전화했는데, 그때 같이 있었나 봐요."

연희는 손을 맞잡고 발을 동동 굴렀다. 청소야 오전에 다 끝났고, 아까 마트에서 최 선생에게 먹일 음식 재료들도 다 사 놓은 상태다. 집에 손님이 오는 것을 좋아하긴 하지만 이런 급작스러운 만남에 정신이 혼미해졌다.

"어떤 음식을 좋아하시려나."

생각에 잠긴 남편의 얼굴이 별거 아니라는 듯 변하자 의아한 표정으로 쳐다보았다.

"당신 표정이 갑자기 왜 그래요?"

"우리가 최 선생 처음 봤을 때를 생각해 봐."

발목을 다쳐 깁스한 하은을 안고 집으로 들어서는 성민을 처음 본 날 얼마나 놀랐던가. 넙죽 인사를 하는 성민을 보는 아내의 눈은 반짝반짝 빛이 났었다. 꽤 큰 체격의 잘생긴 남자가 딸을 바라보는 눈빛은 사랑으로 가득 차 있었지. 그 뒤로는 어땠나. 매일매일 하은에게 구애하는 모습에 못내 흐뭇했던 우성이었다.

성민이 언제 자신의 부모님께 인사시키나 기다렸는데 일주일밖에 지나지 않았다. 그쪽 집에서도 아들이 반지를 낀 것을 모를 리 없을 테고, 몇 번 대화를 주고받아 본 결과 성민의 성격도 보통이 아니란 걸 짐작할 수 있었다. 사돈 될 사람이야 오늘 보면 알게 될 것이다. 아쉬운 사람이 움직인다고 했던가.

"여보, 전화 다시 해서 하은이 먼저 집으로 오라고 해."

❋   ❋   ❋

드디어 양가 어른이 만났다. 현관문이 열리며 성민이 먼저 인사를 하고 옆으로 비켜섰다. 나이에 비해 훤칠한 키에 누가 봐도 성민의 부친이라는 걸 알만큼 잘생긴 사돈의 등장에 연희는 순간적으로 얼굴이 붉어졌다.

우리 사위가 바깥사돈을 닮았네. 옆에서 부드럽게 웃는 안사돈의 미소는 익히 보아온 것이었다. 참 골고루 잘 닮았다.

"어서 오세요."

"불쑥 찾아뵙게 되어 죄송합니다."

"아, 아닙니다. 들어오세요."

통성명과 함께 인사가 오가고 나자 모두 식탁으로 이동했다. 8인용 식탁이 오랜만에 북적거렸다. 집이 꽉 찬 느낌과 함께 웃음소리가 끊이질 않았다. 그 모습을 보는 하은의 마음은 한결 가벼워졌다. 혹시라도 서먹하면 어쩌나 걱정했는데 쓸데없는 걱정이었다.

"이 고기는 나중에 드세요. 처음엔 같이 구워 먹을 생각으로 샀다가 괜히 번거롭게 만드는 것 같아서 회로 준비했어요. 괜찮으시죠?"

"아이고, 뭘 이렇게까지……. 감사합니다. 어서 앉으세요."

성민을 위해 준비했던 소갈비 찜과 잡채가 식탁에 오르고, 성민의 부모님이 사 온 돌돔과 다금바리 회가 식탁 중앙에 놓였다. 회를 먹기 위한 작은 접시들과 종지가 각자 앞에 놓이고 술로는 사케와 소주가 자리를 잡았다.

성민의 아버지 국현이 자리에서 일어나 사케를 들며 하은의 아버지 우성의 잔을 채웠다.

"가까운 거리에 사돈이 있다는 걸 알았다면 진즉 자리를 마련했을 텐데요. 너무 늦었지만, 앞으로 자주 만나면 좋겠습니다."

우성이 동의하듯 고개를 끄덕였다.

"좋지요. 애들이 당최 말을 안 하니 저희도 아주 답답했습니다. 앞으로 자주 뵈면 좋지요."

잔이 채워지자 우성은 술을 받아 국현의 잔을 채웠다.

"굳이 애들이 함께 있지 않아도 시간 내서 보면 좋겠네요. 오늘 저희가 불쑥 결례하고 찾아왔는데 다음번에 저희 집으로 오세요."

"그럴까요?"

돌아가며 잔을 채운 국현이 잔을 들어 올렸다.

"우리 성민이와 우리 예쁜 새아기 하은이의 행복한 앞날을 위하여!"

'위하여'를 외치는 부모님들의 얼굴엔 기쁨이 넘치고 성민의 그윽한 눈은 하은에게 향했다.

양가 어른들은 성민과 하은에겐 신경도 안 쓰고 대화하기에 바빴다. 아파트 단지 내에서 본 것 같다며 지나가다 보지 않았느냐를 시작으로 네 사람의 대화는 끊이질 않았다. 성민과 하은은 묵묵히 음식을 먹으며 부모님의 모습을 바라보았다.

이렇게 편안한 과정이었던가. 아니었다. 사촌 오빠네 집은 결혼 전에 집안이 난리가 났었다. 결혼 승낙이 있기까지 시간이 오래 걸렸고, 겨우 허락이 떨어지자 예단 때문에 또 많은 말들이 오갔었다. 뭐가 그렇게 따질 게 많고 지켜야 하는 절차가 많았던지. 두 사람이 사랑하는데 주변의 간섭이 너무 많았다.

그 모습을 봐서 그런지 그녀의 결혼도 쉽게 진행되지는 않을 것이라 생각했었다. 최성민은 일반인이 아니었으니까 말이다.

뚜껑은 열어 봐야 안다고 했지. 하은은 자신에게 온 사랑에 감사했다. 누구처럼 우여곡절을 겪지 않아도 되고, 두 팔 벌려 환영해 주는 분들을 만나게 되어 감사했다.

잔잔한 미소를 지으며 생각에 잠긴 하은을 바라보던 성민이 식탁 아래로 그녀의 발을 건드렸다. 그녀가 얼굴을 들자 성민이 환하게 웃으며 소리 없이 입술을 움직였다.

"사랑해."

그날 이후 양가 어른들은 성민과 하은 없이도 자주 만났다. 마음 맞는 이웃을 만난 것처럼 서로의 집을 오가기도 하고, 저녁 산책을 같이하기도 했다. 국현이 골프 회원권을 가지고 있어서 주말이면 네 사람은 종종 골프를 치러 가기도 했다.

하은은 꿈을 꾸고 있는 것 같았다. 예상하지 못한 순조로운 진행이 믿어지지 않았다. 너무나 평화롭고 행복한 시간에 하은은 감사하다는 말이 입에 붙어 버렸다.

아침 일찍 골프장으로 출발하는 부모님을 배웅한 두 사람은 성민의 집으로 갔다. 현관을 들어서자마자 그가 뒤에서 하은의 허리를 잡고 끌어안았다.

"나한텐 고맙다는 말 안 해?"

등 뒤로 성민의 탄탄한 가슴이 느껴지고 귓가에 그의 숨이 닿자 하은은 고개를 비틀며 말했다. 예민한 귀가 뜨거운 숨결에 즉각적으로 반응을 보였다. 귓바퀴를 돌아 목덜미를 타고 발끝까지 초고속으로 내달렸다.

"윽, 고, 고맙죠."

"또 얼굴 빨개진다."

그의 손을 잡은 하은의 손끝이 떨려 왔다.

"허리 좀 놔 줘요."

"싫어. 좀 안고 있자."

그에게 안긴 채 신발을 벗고 거실로 들어선 하은은 성민에게 밀려 방으로 들어갔다.

몇 번 그의 집에 오긴 했지만 성민의 방엔 오늘이 두 번째다. 성민의 부모님과 늘 함께했었기에 거실에서 보낸 시간이 많았다. 아무도 없는 집에, 그의 방에서 단둘이 있는 것은 오늘이 처음이었다.

탁. 등 뒤로 문 닫히는 소리가 꽤 크게 들렸다. 침대에 그녀를 앉히곤 바짝 붙어 앉은 성민은 그녀의 빨개진 얼굴을 잡아 마주보게 했다.

"내가 틈틈이 키스했는데도 이렇게 부끄러워해서야."

그의 짙은 시선에 얼굴이 더 뜨거워진 하은은 고개를 돌리려 했지만 큰 손에 제지당했다. 성민의 얼굴이 가까이 다가와 낮게 속삭였다.

"자꾸 부끄러워하니까 내가 더 미치겠잖아. 막 흔들고 싶어서."

손바닥에 닿은 그녀의 볼이 화르르 타오르는 것이 느껴지자 성민의 호흡이 거칠어지고 목소리가 더 낮게 가라앉았다.

"진짜 유혹적이야. 모르지? 하은 씨 수줍어하는 모습을 보면 나쁜 남자가 되고 싶어진다고."

"성민 씨……."

"홀랑 먹어 버리고 싶게 말이야."

"으읍."

커다란 손이 그녀의 새하얀 목덜미를 감싸며 입술을 부딪쳐 왔다. 짙은 시선만큼이나 그의 입술은 열정적이고 뜨거웠다. 달콤하고 뜨거운 키스는 그녀를 격정으로 몰아갔다.

두 사람의 결혼 날짜는 10월 셋째 주 토요일로 정해졌다. 양가 어른의 예단은 결혼식 당일에 입을 한복과 양복 한 벌이 전부였다. 그에 반해 성민의 부모님은 하은에게 많은 것을 주고 싶어 했다.

의미 있는 반지를 나눠 꼈으니 충분하다는 하은의 말에 결국 윤 여사가 한발 양보했다. 하은이 받은 예물은 다이아몬드 세트, 한복에 어울리는 천연 진주 세트와 순금 쌍가락지로 결정됐다.

소박하고 조용한 결혼식을 원하는 하은을 위해 작은 가든파티 형식으로 예식이 진행되었고, 결혼 생활에 충실하고 더욱더 사랑할 것을 맹세함으로써 혼인 서약을 끝냈다.

소박한 예식이 끝나자마자 두 사람은 부모님과 친지들, 지인들의 축복을 받으며 비행기에 올랐다. 하은이 가고 싶어 했던 하와이에 두 사람은 진작에 도착했지만 아직 그들이 묵어야 할 호텔 방조차 구경하지 못한 상태였다.

가볍게 짐을 정리한 뒤 뜨거운 물에 샤워를 하고 나온 하은을 성민이 곧바로 침실로 이끌었기 때문이었다.

"으읏."

흥분으로 바짝 솟은 가슴의 정점을 혓바닥으로 쓰윽 핥아 올리다 다시 휘감아 입안으로 삼켜 버리기를 반복하자 하은의 신음이 더 크게 터져 나왔다. 남아 있는 한 장의 속옷 위로 그가 하체를 밀착시키더니 은근하게 압박을 가했다.

성민이 침대 맡에 있는 반 정도 비워진 와인 잔을 들어 입으로 가져갔다. 그리고는 곧장 하은의 입안으로 달콤한 와인을 넘겨주었다. 침대로 몰린 하은은 성민이 입으로 전해 주는 와인을 받아 마시며 서서히 몸이 이완되는 것을 느꼈다. 그가 주는 짜릿함이 배가 되어 그녀의 몸으로 퍼져 나갔다.

"이게 마지막 와인이야. 그만 마셔도 될 거 같아."

성민은 하은이 맨 정신으로 그와 함께하길 원했지만 예식이 끝난 뒤부터 극도로 긴장하고 있는 그녀를 느끼고는 계획을 바꿨다. 그녀에겐 첫날밤에 대한 두려움이 큰 것 같았다. 그럴 땐 긴장을 풀어 주는 게 제일 좋다. 어느 정도 이성의 끈을 살짝 놓아주게 하는 것이 좋을 듯싶어 선택한 방법이었다.

살짝 벌어진 커튼 사이로 들어오는 햇살에 천천히 눈을 뜬 하은은 눈을 깜빡이며 정신을 차리려고 노력했다.

결혼 서약이 끝나는 그 순간부터 긴장감으로 몸이 뻣뻣하게 굳었다. 무슨 정신으로 공항에 도착했고 비행기에 탑승했는지, 호텔은 또 어떻게 도착했는지 순간 이동을 한 것처럼 기억에 남지 않았다.

그녀의 허리를 끌어안은 손에 힘이 들어가며 뒤로 끌어당겨졌다. 그래, 우리의 첫날밤. 뜨겁다 못해 몸이 산산이 부서지는 경험을 했다.

평생을 김하은 당신만을 바라보며, 당신을 최우선적으로 배려하고 사랑할 것을 맹세한다던 눈빛이 떠올랐다. 동시에 그녀를 향한 뜨거운 갈증과 열정도 느껴졌다. 결혼식이 있기 일주일

전 그가 키스 마크를 남기며 각오하라는 말을 속삭여서 그렇게 긴장했던 것일까.

하와이에 도착해서 호텔 방에 들어오기까지 하은은 계속 성민의 눈을 요리조리 피했다. 그런 그녀의 심정을 알았는지 성민의 입가에서 미소가 떠나질 않았다.

진짜 나쁜 남자라니까. 내가 속은 거야. 욕실까지 따라 들어오면 어쩌나 우려했던 것과 달리 혼자 편하게 씻고 나오자마자 그녀가 도착한 곳은 침대였다. 그 뒤로는 그의 페이스에 휘둘렸다. 키스로 전해 주는 와인을 받아 마시며 그가 주는 짜릿한 쾌감에 몸을 맡겼다.

그의 입술이 은밀한 곳에 닿았고 그녀는 야릇한 소리만 뱉어 냈다.

"하아."

창피하게 혼자 절정에 올라 흥분된 소리를 내질렀다. 그것이 신호탄이 되어 그의 본격적인 공격이 시작되었다. 그 뒤로 몇 번이나 성민의 손과 입술에 의해 환락의 파도를 타고 쾌락의 정점에 도달했다. 다리를 살짝 움직이자 은밀한 곳이 근육통을 호소했다.

"많이 불편해?"

그녀의 어깨에 자잘한 키스를 퍼부으며 그가 물었다.

"깼어요?"

"잘 잤냐고 물어보는 거 아니야?"

"잘…… 잤어요?"

"응. 하은 씨는?"

"푹 잔 거 같아요."

그녀를 바로 눕히며 성민이 입술을 포갰다.

"내 덕분이지?"

그가 부드럽게 입술을 머금으며 혀로 아랫입술을 핥았다.

"사랑해. 김하은, 좋아해. 사랑해. 감사해."

마주 보며 환한 미소를 짓는 성민을 보며 그녀 역시 미소로
답했다.

"고마워요. 나에게 와 줘서."

뜨거운 입술이 다시 겹쳐지며 떨어질 줄 몰랐다. 한참을 달콤
한 키스에 빠져 있던 두 사람은 하은의 배꼽시계 소리에 떨어졌
다.

"배 많이 고프겠다. 뭐 좀 먹자."

새벽까지 그에게 시달린 하은을 번쩍 들어 욕실로 간 성민은
샤워기 아래에 그녀를 내려놓았다.

"내가 씻겨 줄게."

풍성한 거품을 내 그녀의 몸 구석구석을 말끔하게 씻겨 주고
는 밖으로 내보냈다.

"금방 씻고 나갈 테니까 머리 말리지 말고 기다려. 내가 말려
줄게."

욕실 가운을 입고 긴 타월로 머리카락의 물을 닦아 내며 하은
은 창가로 걸어갔다.

평화로운 하와이의 해변이 눈에 들어왔다. 새들의 지저귐도
한가로이 해변을 걷는 커플도 보였다.

"밥 먹고 우리도 산책할까?"

고개를 끄덕이는 하은을 파우더 룸으로 데리고 간 성민이 의자에 앉혔다. 드라이어를 꺼내 하은의 머리카락을 말리며 물었다.

"오늘은 어떤 과정으로 할까?"

"네?"

"오늘 밤은 어떤 과정이 좋으냐고. 단계 말이야. 중급이 어떤 건지 알았으니 한 단계 올라가도 좋을 거 같은데."

"성민 씨!"

"얼굴 또 빨개졌어."

시원하게 웃으며 머리카락을 말리는 성민을 하은이 거울을 통해 째려보았다.

"중급도 소화 잘해 내던데, 뭘."

"그 입 다물어요! 자꾸 그러면 옆에 오지도 못하게 할 거니까."

"알았어. 입 다물게."

옆에 오지 못하게 하기는 뭘 못 하게 해. 김하은, 당신 약점 파악 다 끝났는데.

간단히 아침을 먹은 두 사람은 예쁘게 꾸며진 산책로를 향해 걸어갔다. 맞잡은 그녀의 손가락 사이사이로 손가락을 끼워 넣으며 성민이 하은의 머리에 키스했다.

"사랑해. 고마워. 우리의 본격적인 사랑은 이제 시작이야. 예쁘고 멋진 사랑 만들어 가자."

"네, 그래요. 우리 멋진 사랑 만들어가요."

결혼이 연인들의 사랑의 마침표가 아닌 앞으로 만들어 갈 시작점이라는 것에 두 사람은 동의했다.

성민과 하은은 하와이의 평화로움과 아름다움을 느끼며 달콤한 키스를 주고받았다.

—fin

작가 후기

정말 오랜 시간이 흘러 이 글을 완성하고 세상에 내보냅니다.

2010년 시높을 잡고 조금 짧은 분량으로 연재를 마쳤는데 대대적인 수정이 필요하다는 것을 느끼고는 폴더에 담아만 두고 있었어요. 병원의 전자 시스템이 도입되기 전의 병원 진료 시스템으로 진행이 되었던 내용이 전자 시스템으로 바뀌면서 많은 에피소드가 날아가 버렸지만 즐겁게 작업해서 행복했습니다.

임신과 육아에 파묻혀 로맨스 세계가 바뀐 것도 모르고 있었는데, 포기하지 않고 완결이란 마침표를 찍은 제게 머리를 쓰담쓰담해 주었답니다.

하은과 성민, 두 사람의 잔잔하고 담백한 사랑 이야기를 통해 대단한 사건이 없어도 일상에서 얼마든지 우리가 원하는 로맨스가 생길 수 있다는 것을 표현하고 싶었어요. 로맨스엔 갈등과 해결이 주요 포인트인데 갈등을 견디지 못하는 작가 탓에 너무 잔잔한 글이 되어 버렸지만, 〈당신으로 할게요〉를 작업하면서 한 단계 성장한 느낌이 듭니다. 아직 다양하게 표현하는 법에 미숙한 점이 많지만 앞으로 더 나아질 거라 믿습니다.

다시 글을 쓸 수 있게 용기와 응원을 아낌없이 제게 던져 준 나의 오랜 글벗 안정은 작가님. 정말 감사합니다. 앞으로도 잘 지냅시다.

뜬금없는 안부 인사에도 친절하게 맞아 주시는 정경윤 작가님. 감사드립니다. 작가님의 응원이 힘이 많이 되었답니다. 우리 모두 건필을 외칩니다!

완성도 높은 글을 위해 꼼꼼하게 교정 보시느라 고생하신 김지우 편집자님. 이번 작업을 통해 많이 배웠어요. 감사합니다.

쉬엄쉬엄하라며 걱정 많이 한 내 남편, 고맙고 사랑합니다.

'엄마, 작업 안 해? 작업해' 라며 응원해 준 사랑하는 아들 준혁이. 고마워. 사랑해.

끝으로 절 기다려 주시고, 반갑게 애정 듬뿍 쏟아 주신 많은 독자님들께 감사하다는 말씀드립니다.

늘 건강하시고 행복하시길 바랍니다.

— 2017년 갈수록 얼찍 찾아오는 여름 6월의 어느 날,

박현진